Thiago Wenzel

2030
O SEGREDO DOS ESCOLHIDOS

COPYRIGHT © SKULL EDITORA 2022

Proibida a reprodução total ou parcial desta obra, de qualquer forma ou por qualquer meio eletrônico, mecânico, inclusive por meio de processos de fotocópia, incluindo ainda o uso de internet, sem a permissão expressa da Editora Skull (Lei n° 9.610, de 19.2.98)

Diretor Editorial: Fernando Cardoso
Projeto Gráfico: Cris Spezzaferro
Revisão: Nadja Moreno
Capa: Gian Sena

Dados Internacionais de Catalogação na Publicação (CIP)
Elaborada por Bibliotecária Janaina Ramos – CRB-8/9166

W482	Wenzel, Thiago
	2030 – o segredo do Escolhidos / Thiago Wenzel. – São Paulo: Skull, 2022.
	357 p.; 16 X 23 cm
	ISBN 978-65-51230-48-6
	1. Ficção. 2. Thriller. 3. Literatura brasileira. I. Wenzel, Thiago. II. Título.
	CDD 869.93

Índices para catálogo sistemático:
1. Ficção : Literatura brasileira

Todos os direitos reservados, incluindo os direitos de reprodução integral ou em qualquer forma.

CNPJ: 27.540.961/0001-45
Razão Social: Skull Editora Publicação e Venda de Livros
Endereço: Caixa Postal 79341
Cep: 02201-971, - Jardim Brasil, São Paulo - SP
Tel.: (11) 95885-3264
www.skulleditora.com.br/selotodoslivros

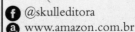

@skulleditora
www.amazon.com.br
@todos.livros

AO MEU PAI.

"POIS OS TEMPOS, DE FATO, MUDAM.
ELES MUDAM IMPLACAVELMENTE.
INEVITAVELMENTE. INVENTIVAMENTE."
— AMOR TOWLES

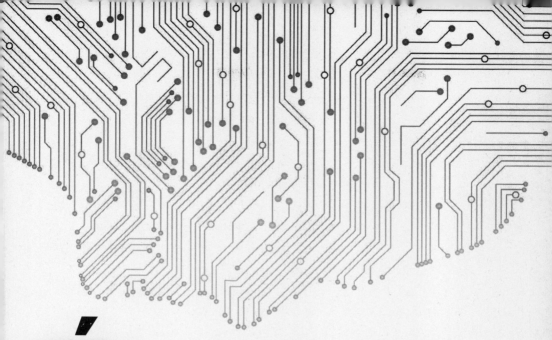

É preciso poucas gotas de tinta para estancar incontáveis litros de sangue. Dentro de poucas horas, seria assinado o tratado de paz e de reconhecimento mútuo entre israelenses e palestinos. Em virtude disso, uma lágrima caiu do olho direito de Bruce, contrariando os ditados do seu falecido avô, que gostava de reiterar que homens não choram.

— É inacreditável. Você sabe o quanto esperei por isso. Finalmente, a paz.

Iara acarinhou a mão do marido ao seu lado, escorado no para-lama do carro. O casal observava, do alto do monte, a cidade mediterrânea transpassada pelos primeiros raios de sol.

— Agora, uma vida nova — disse a ele, sorrindo de leve. — Será que dá pra ver nossa futura casa daqui?

— Ah, nosso lar. Só nós três...

Os olhos de Bruce umedeceram, ficando ainda mais azuis e cintilantes. Ele então afagou a barriga da mulher, grávida de pouco mais de dois meses.

— Você é tão linda. Espero que Naomy puxe por você e não por mim — Bruce brincou, contemplando por alguns instantes o rosto delicado da esposa, emoldurado pelo *hijab* cor-de-rosa. O tecido muçulmano que cobria parcialmente seus longos cabelos pretos tremulava com a suave corrente de vento.

— Você tem tanta certeza de que é menina... — disse Iara.

— Sim, eu sinto. Meu coração não se engana. — Bruce baixou os olhos. — Quero ser um bom pai, um ótimo pai...

O sol se levantava cada vez mais robusto no horizonte, iniciando um dia auspicioso, com uma certa mágica.

— Sabe, nunca gostei do primeiro dia do ano, não sei por quê. Até conhecer você... — acrescentou Bruce, envolvendo Iara com o braço direito. — E sei que esse primeiro de janeiro vai ser um dos meus dias preferidos de todos os tempos.

Os dois se beijaram ao som ritmado das britadeiras e escavadeiras autônomas que vinha dos edifícios ainda em construção lá embaixo, à beira do mar. Era a Nova Jerusalém, a primeira cidade na história a ser completamente projetada, construída e gerida por um sistema de Inteligência Artificial.

— Lembra quando eu disse que tudo ia dar certo? — perguntou Bruce, endireitando na cabeça o *kipá* judaico que havia se deslocado devido ao beijo. Ele alisou com delicadeza, no braço moreno dourado de sua esposa, um bracelete com pingente de pomba da paz, adornado em pedrinhas de brilhantes. A palestina fechou os olhos, como se estivesse sentindo-o dentro de si mesma.

— Sim, você me deu o bracelete da sua mãe, dizendo que seria o símbolo da paz que viria. O conflito enfim acabou, querido. Vou usá-lo para sempre.

Bruce sorriu, mas um breve suspiro exteriorizou um sentimento em que nostalgia e dor se misturavam.

— Você tem os olhos dela. Os olhos verdes mais bonitos que já vi.

Bruce olhou para Iara, erguendo o rosto da esposa para admirá-lo. Porém, era como se sua mente tentasse desenhar os traços de sua mãe — não se lembrava com perfeição de como eram, havia se passado muito tempo desde que ela se fora, de forma tão abrupta quanto inesperada.

— A pomba da paz. É a única coisa que tenho dela. Ela... — ele hesitou — sempre acreditou que a paz viria, mesmo nos piores momentos.

Fitando a terra em que seus sapatos pisavam, terra já tão banhada de sangue e dor, eles entrelaçaram os dedos e sorriram um para o outro. Bruce havia se apaixonado por aquele sorriso, amara-o desde o primeiro instante em que o vira — quando ainda não imaginava as cicatrizes que aqueles lábios se esforçavam tanto para ocultar.

— Eu amo você. Por toda a eternidade, Iara. — O israelense renovou os votos que faziam um ao outro a cada passagem de ano.

— Eu também amo você. Por toda a eternidade.

Então as máquinas pararam e o silêncio tomou conta do mundo. Iara repousou a cabeça no ombro de Bruce, que se sentiu completo. Contemplaram juntos Nova Jerusalém, o mundo novo, o símbolo definitivo da paz.

E, também, do fim do princípio.

— *Não, eu me arrependo! Fui tão injusto com eles. Não existe perdão! Está tudo acabado, tudo acabado. Eu sou o culpado!*

Ele se revolvia, com as mãos cheias de sangue, em um estado de semiconsciência febril, entre a fantasia e a realidade, entre a cruz e a espada, entre o recomeço e o fim.

Em meio a cadáveres e remorsos, Bruce se levantou.

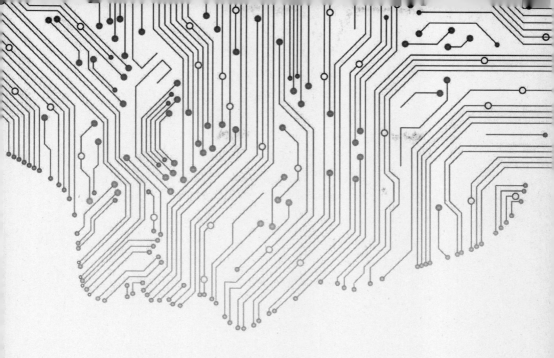

CAPÍTULO 1

19 de dezembro de 2036, noite passada

It's late in the evening, she's wondering what clothes to wear
She puts on her make-up and brushes her long blonde hair
And then she asks me, "Do I look all right?"
And I say, "Yes, you look wonderful tonight"

Sempre gostei de assobiar músicas, e o fiz muito bem, modéstia à parte, desde pequeno. Primeiro foram as cantigas judaicas da minha avó, depois na adolescência comecei a gostar de rock e daqueles megashows. Adorava mesmo as muito antigas, como as dos Guns'n'Roses, Metallica, Kiss, Aerosmith... E as baladas, as baladas românticas de que quase ninguém se lembra, só os *"old souls"* de verdade, Bob Dylan, John Mayer, Bruce Springsteen, estes que me traduzem tão bem.

E Eric Clapton. *Wonderful Tonight.*

Essa era uma das minhas preferidas no assobio — até porque nunca cantei exatamente bem. Uma das primeiras que me fizeram mover os lábios naquela noite, quando cheguei abarrotado de coisas em casa, as sacolas querendo cair, o coração batendo forte. Era essa que eu havia dançado em meu casamento com Iara, enquanto ela sorria para mim e tudo, tudo mesmo ao redor parou. Lembro da primeira vez em que a assobiei para ela, à beira do Nilo, onde tudo esteve perfeito — mais uma vez modéstia à parte. Ao menos foi o que ela disse.

Então, naquela noite eu fechei a porta assobiando. A casa estava silenciosa. Silenciosa demais, como não percebi. Até que Aquiles, nosso labrador dourado, veio saltando com seu sorriso de cão que me fazia sorrir. Nós nos abraçamos, como sempre na minha chegada.

— Ei, carinha, você não contou nada a ela, não é? — Pisquei para ele, de joelhos, afagando os pelos da sua face. — É um segredo só nosso.

E ele sorria, a língua de fora, agitada, compreendendo tudo.

— Olha só o que o papai comprou. Acha que a sua mãe vai gostar?

Mãe.

De súbito, bateu-me aquela tristeza antiga e esparsa. Meus olhos buscaram o tapete felpudo da sala. Mas então eu os ergui outra vez, pois aquela seria *A Grande Noite*. Seria tudo simples, é verdade. Nada de restaurante e motel cinco estrelas, mas as coisas mais simples são as melhores. As pessoas parecem ter se esquecido disso há muito tempo.

"Os pequenos detalhes são sempre os mais importantes." Lembrei-me da frase favorita de Iara e, por isso mesmo, a minha também.

— Olha só. Comida árabe. Eu vou fazer um belo jantar para ela. Aliás — levantei-me, com o cachorro a me observar com o rabo abanando —, espero que ela goste do creme de tâmara para a sobremesa. Foi uma aventura fazê-lo!

Aquiles latiu levemente, concordando.

— É, eu sei, você ama tâmaras, né? Essas vieram diretamente de Jericó. Pode deixar que guardo uma parte bem grande pra você, escondido. Não vai fazer mal um pouco de açúcar pra comemorar sete anos de casamento. Sete é um número cabalístico, sabia? Hoje em dia, quase ninguém fica sete anos em um casamento.

Coloquei as compras sobre o balcão de mármore que separava a cozinha da sala, onde havia um vaso com uma pequena muda de laranjeira de Jafa. Depois do jantar, iríamos plantá-la. Vê-la crescer a cada manhã em nosso jardim era o presente para uma data tão especial. Aquilo significava tanto para nós...

"Agora são exatamente vinte horas" — anunciou o sistema com a voz que só eu podia ouvir, uma mulher de timbre afável e calmo. Era a voz sintetizada da própria Iara, que eu fizera questão de gravar para dar os comandos do meu sistema de áudio pessoal. Nessa hora, as cortinas se abriram na janela à frente e nela surgiu a paisagem noturna do morro onde comemoramos o *réveillon* de 2030, menos de um mês após o nosso casamento.

Nós passamos por tantas dificuldades... Perder a única filha seria um baque para qualquer casal, mas finalmente estamos superando. Quero que tudo volte a ser como era no começo, como quando nos conhecemos, por pior que seja lembrar do que se passou.

Ansioso, com aquele tique nervoso de coçar a barba ruiva bem aparada, prontamente comecei a preparar as coisas para o jantar. É isso mesmo. Nos últimos anos eu havia realizado dois ou três cursos de gastronomia, sabendo ser esse um dos *hobbies* de Iara. Tinha me especializado em comida árabe, a nossa preferida, é claro, e também mediterrânea em geral.

"Alguém espera à porta, senhor Bowditch. Entrega em domicílio."

— Ué, entrega? Só pode ser uma predição de algum comércio.

Aquiles me acompanhou até a porta de entrada. Dei o comando e ela se abriu, em duas metades, uma para cada lado. Um *drone* segurava no ar um pacote muito bem fechado.

"Olá, senhor Bowditch. Sempre escolhemos o melhor para você: torta de pistache, a favorita de sua esposa. Mantenha a torta gelada, no máximo dez graus, antes de consumi-la. Tenha uma boa noite, e o felicitamos pelo aniversário de casamento" — disse o drone, em voz feminina.

Certamente a data do nosso aniversário e o sabor da torta favorita de Iara constavam em algum banco de dados qualquer, juntamente a diversas outras indicações — como meu bom humor hoje — de que muito provavelmente eu compraria o doce. Por isso o envio foi realizado, e a certeza de que a compra seria finalizada foi de fato concretizada.

Assenti, aproximando ao *drone* o "sensor 2030" às costas da minha mão direita para pagar. Tomei a torta nas mãos, enquanto Aquiles farejava o pistache, o chocolate, e o creme especial. Por um instante, fiquei ali parado, olhando o doce.

E pensar que havia suspeitado de você, Iara, me desculpe.

Mas logo rejeitei aquele pensamento tão antigo quanto incômodo e segui em direção à cozinha.

"Agora são exatamente vinte e duas horas. Sua esposa acaba de sair do trabalho e chegará em dezoito minutos."

Uau, como o tempo havia voado! Naquela noite, ela fazia plantão no laboratório. Preparavam ali uma grande descoberta na área de reprodução assistida. Que orgulho, Iara Bowditch! E pensar que ainda havia lugares onde não permitiam que mulheres muçulmanas estudassem, como aquela Malala Yousafzai...

Mas, felizmente, tudo pronto: *mezzé* como entrada, *hommos*, azeitonas, quibe com carne de cordeiro moída de forma manual, *babaghannuj*, coalhada e, meu preferido, o pão árabe. De principal, *sayadiah*, um prato de peixe com arroz e pistaches — como ela adora pistaches! — e *lahmé mechaouia*, já que adoro carne assada. Por precaução, como minha esposa adora doces, aceitei o envio da torta entregue pela padaria mais confiável do mundo, junto ao meu creme de tâmaras.

Arrumei na mesa, com delicadeza, dois pratos de porcelana e talheres de prata que haviam pertencido a meu avô, em Jafa. Duas taças de cristal e um vinho sem álcool já geladinho, para não profanar com *haram*, a alimentação proibida muçulmana, e tampouco desrespeitar minha abstinência jurada a D'us e a Iara.

Voei para o banho. O traje separado para a ocasião já me esperava no banheiro anexo ao nosso quarto.

Seja rápido, Bruce.
Hoje a noite é toda sua, Iara.

"São vinte e duas horas e cinquenta minutos, senhor Bowditch."

O áudio que surgia como a voz de Iara em minha mente só era possível devido à conexão personalizada do sistema ao polivalente sensor instalado nas costas da minha mão. O recurso que projetava sons que somente o destinatário era capaz de ouvir era uma evolução dos assistentes virtuais do passado recente. Ao invés dos hoje desnecessários alto-falantes, o sucessor da *Alexa* modulava o som em feixes inaudíveis, para então ser restaurado em uma faixa perceptível somente pela pessoa específica quando em contato com o ar.

A voz de Iara em minha cabeça confirmando o atraso da minha esposa disparava meu coração. Ela nunca havia chegado atrasada para nada, sempre fora extremamente pontual.

Na parede da sala de estar, acompanhado de uma trilha sonora romântica *old soul*, era projetado um clipe com nossas fotos, desde que havíamos nos conhecido. Não pude deixar de notar que, apesar de os fatos dos últimos anos terem aprofundado as linhas de expressão ao redor dos olhos, Iara ainda aparentava menos idade do que realmente tinha.

Aquiles também esperava, deitado ao meu lado no sofá. Consultei pela enésima vez meu relógio de pulso. E nada de ele localizar o GPS da Iara. Onde ela estava? Cada minuto parecia uma hora inteira que se arrastava.

"Mensagem de sua esposa, senhor Bowditch. Recebida às vinte e duas horas e sete minutos."

Meu coração saltou pela boca. Iara!

"Bruce, acho que há algum problema com o carro, ele não está fazendo o trajeto normal. Não sei ao certo para onde estou indo. Espere, acho que a reconheço… Sim, é ela. É ela, Bruce!"

Imediatamente tentei retornar a ligação. Uma, duas, dez tentativas pelo telefone do relógio, direto para o smartphone de Iara. *"Fora da área de cobertura ou indisponível."* Como assim? Isso nunca tinha acontecido. Tentei também com meu smartphone. Nada.

Vinte e três horas e vinte e sete minutos.

Por que o sistema demorou tanto para repassar a mensagem de Iara? Foi mais de uma hora de atraso! Isso simplesmente não era para acontecer. E quem seria "ela" a quem Iara se referiu?

Procurei fazer contato com o laboratório. O Dr. Harrison, que trabalhava com ela no projeto, as colegas de trabalho, as amigas do yoga... nada.

Ela havia simplesmente sumido. Comecei a suar frio, uma sensação já conhecida de *desaparecimento*.

Quase meia-noite.

"Problema com o carro, ele não está fazendo o trajeto normal", a voz de Iara ecoava em minha cabeça. Malditos carros autônomos! Ela costumava chamá-los todo dia para ir e voltar do trabalho. Não precisavam de motoristas, mas alguém poderia ter *hackeado* o sistema do carro? Eu mesmo nunca confiei neles.

Sentado no sofá, meus miolos ferviam, as mãos encravadas em meus fartos cabelos ruivos com a sensação nada boa de que algo acontecera. Inconfundível essa sensação, nos momentos de apreensão à espera de quem se ama.

Iara desapareceu. Eu sinto.

Não sabia ao certo o que fazer, se era melhor sair em busca de Iara ou esperar caso ela aparecesse. Já havia contatado a polícia. Não que eu precisasse, pois a atuação policial, assim como tudo em Nova Jerusalém, ocorria automaticamente quando julgada necessária.

Ela não é a primeira pessoa a desaparecer.

Pessoas têm desaparecido.

Acionei meu relógio novamente. Chamou, chamou, chamou. Já ia mandar desligar, até que, de repente:

— Fala, Bowditch — disse uma voz grave. Era Khnurn, o egípcio mais genial que já conheci. — Há quanto tempo! Aconteceu alguma coisa?

Ele já sabia?

— Você sabe... aquelas pessoas sumindo... você sabe, não? Sabe muito bem! — gaguejei, como quando fico muito nervoso, em tom quase acusador.

— Calma, o que aconteceu, meu amigo?

— Iara! Ela desapareceu. Está incomunicável. Ela não atende, e não vejo atividade alguma no smartphone dela. Nem no *watch*. Tentei falar com todo mundo que conhece ela... ela chegaria por volta das dez e vinte... e ela nunca se atrasa, nem no casamento... hoje fazemos sete anos juntos, K...

— Acalme-se, Bowditch. Não está agindo como o homem sensato que sempre foi. Pode ser um atraso, um imprevisto, um defeito no *smart* ou no *watch*...

— Não é um mero atraso, Khnurn — urrei. — Ela... ela nunca deixou de me responder em poucos minutos... tudo dela está inacessível, tudo. Um carro alugado a levou a algum outro lugar, essas malditas máquinas!

Contei sobre a mensagem deixada por Iara, repassada com mais de uma hora de inexplicável atraso.

— Estranho mesmo. Mas não está achando que tem a ver com os outros desaparecimentos, está? Você e suas teorias da conspiração, Bowditch.

— Eu não sei, não sei, Khnurn. Outras pessoas têm desaparecido nessa cidade. E minha esposa sumiu!

A ligação foi dominada por um instante de silêncio pétreo, somente entrecortado pela respiração de Khnurn do outro lado da linha.

— K, você sabe de alguma coisa? Fala, por favor, pelo amor de D'us!

— Não fale o nome do seu deus em vão, Bowditch. Eu não sei onde está sua esposa. Sinto muito. Talvez você deva esperar mais.

— Não, ela nunca se atrasou assim na vida, é a pessoa mais pontual que conheço. E aquela mensagem... aconteceu algo com ela, eu sei disso. Você não consegue contatá-la? Consegue fazer alguma coisa?

— Você sabe que me aposentei, Bowditch. Mas vou ver o que consigo fazer. Hummm... — Mais um silêncio cortante na linha. — Estranho, realmente não tenho a localização dela. Mas seus sinais vitais, do sensor 2030 dela, estão ok. — Olho mecanicamente para as costas da mão, onde está o meu próprio sensor. — Então não se preocupe em demasia, Bruce. Tentou falar com Tagnamise?

— Dra. Tagnamise, claro! Vou contatá-la, e já te retorno. Fica aí, K.

— Ok, Bow.

— Chamar Dra. Tagnamise.

Chamando, chamando, chamando.

— Porra, Tagnamise, atende!

Fazia anos que não falava com ela, desde que ganhou o Nobel da Paz virou uma deusa do Olimpo inacessível. Tentei umas dez vezes. Nada. Voltei a falar com Khnurn.

— Khnurn… como um sistema que tudo vê, tudo percebe, deixa pessoas desaparecerem assim, do nada?

Senti um nó na garganta e o ar faltando aos pulmões quando fixei os olhos nas imagens de Iara projetadas na parede em minha frente. Tentei desviar o olhar, mas o que vi me deixou ainda mais desestabilizado: uma garrafa de *Jack Daniels* na mesinha ao lado do sofá. O motivo do meu antigo vício agora servia de decoração — e de lembrança dos meus pecados.

— Desativar sistema de vídeo!

E assim parou de forma instantânea o clipe torturante que cobria toda a parede da sala. Eu e ela. Nossa história.

— O 2030, ou melhor, *O Praga* está nos vigiando vinte e quatro horas por dia. Você sabe, K, você ajudou a criá-lo! — sussurrei, deixando meu corpo resvalar do sofá e cair no tapete. Aquiles lambeu minha testa, era o que ele podia fazer. Já não sorria com sua grande língua. E eu mal podia respirar.

— Esses desaparecimentos nos últimos anos… agora minha esposa. Eu iria até o inferno buscá-la, porra! Khnurn? Khnurn, está aí?

A ligação caiu. Ou ele tinha desligado?

Tentei ligar novamente. Nada. "*Sistema indisponível. Estamos verificando, senhor Bowditch.*"

— Que porra é essa? *Verificando…* — murmurei, estatelado no tapete branco e olhando para o teto trabalhado em gesso.

Uma terrível certeza tomou conta de cada instância da minha existência: alguma coisa acontecera com Iara. Ela não voltaria. Não tão cedo.

Arrastando-me até a mesa lateral, encarei a garrafa como quem olha para a perdição. E ela retribuiu, nublando no reflexo do vidro a firmeza dos olhos de alguém há dois anos limpo, sem álcool. Sem mais postergar o irrefreável pecado, levei o gargalo do velho *Jack Daniels* à boca, entornando um demorado gole. Eu havia prometido a Iara, nenhuma dose… Às vezes, basta um único erro para que os acertos de uma vida toda sejam apagados.

Uma lufada de vento agitou as folhas do solitário pé de laranja de Jafa sobre o balcão, desviando minha atenção. Então uma lágrima escorreu no meu rosto. Uma gigantesca lágrima de uma vida inteira.

O zeide Josiah me ensinou aos quatro anos que homens não choram. Mas homens amam. Máquinas, não. Máquinas nunca vão amar. Elas fazem o que for necessário — a uma sociedade exausta de si mesma [1].

E o Praga nunca dorme, pois foi criado para isso. Ao contrário de mim, que temia não resistir e pegar no sono com a garrafa de uísque já quase vazia na mão.

A fuligem se misturava ao suor que ardia nos meus olhos. Meus braços manejavam extenuados sacos e mais sacos pretos. Ao carregá-los, um a um, eu não ousava descobrir o que tinha dentro deles. À exceção do último, cujo interior se revelava sempre o mesmo, à medida que minhas mãos desobedeciam a minha ânsia de não o abrir: um rosto lívido e sem vida. Um cadáver.

Jogado no chão da sala, acordei com um grito de pavor. Aquele pesadelo me perseguia, rígido e violento, como a realidade que me assolou ao abrir dos olhos — destino inevitável dos que sonham: Iara não estava ali para me confortar e exigir que eu contasse do sonho recorrente. E eu, em resposta, sempre lhe relatava tudo, com exceção de um detalhe: o rosto que eu via todas as noites dentro daquele último saco mortuário preto.

Sempre o mesmo rosto. O rosto de uma pessoa que talvez eu conhecesse melhor que a mim mesmo.

---

1. Em referência à citação de Byung-Chul Han.

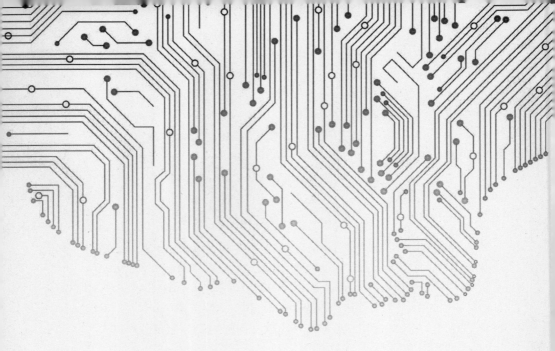

CAPÍTULO 2

— Vai, caralho, anda! Nem parece um Audi que chega a 350 por hora! — Interrompi o silêncio de chumbo que tomava conta da madrugada. Nova Jerusalém era limpa, verde e arejada; a estrada estava praticamente vazia, e as luzes do carro corriam refletidas nas paredes e janelas solares dos edifícios arquitetados através de parâmetros de Inteligência Artificial.

— Segura a onda aí, Bowditch. Não vai bater essa merda. Você tá nervoso, cara.

— Vou coisa nenhuma, eu sou o melhor motorista dessa cidade, Caolho. E qualquer coisa o 2030 desvia e aciona os freios a tempo, esqueceu? — Dei um meio-sorriso, totalmente irônico. — Não tem acidente nessa metrópole faz anos.

— A não ser o "incidente" no Hamfield... E você sabe o que eu penso sobre o 2030, Bowditch.

— Iara... — Ignorando a observação de Caolho, queimei a ponta de um cigarro no acendedor do carro. Há anos estavam em desuso, mas até nisso eu me considerava *old school* e pedi que adicionassem o apetrecho. — Eu vou descobrir toda essa merda.

— Você lembra das nossas suspeitas, sobre o Hamfield — O jornalista insistiu no assunto, enquanto endireitava as costas no banco do carona. — Esqueceu que investigamos o episódio do *blackout* naquela porra de hospital, Bowditch? Cinquenta pessoas mortas. Um genocídio! E disseram que foi um *acidente*, sei...

— O maldito *blackout*, bem na hora do nascimento da minha Naomy. — Suspirei. — Por anos pensei que não poderia ter sido coincidência. Como poderia esquecer, Caolho?

Uma música da moda tocava baixo quando instintivamente levantei os olhos para o retrovisor. Amorfo, franzi a testa, voltando outra vez o olhar ao espelho. Tentei não transparecer estar perturbado quando definitivamente confirmei quem dirigia o Toyota preto que nos seguia.

— Mas o que Hamfield tem a ver com minha esposa estar desaparecida, Caolho? — Procurei logo mudar o rumo da conversa.

Vestindo apenas uma camisa preta com dois botões abertos, assoprei pela janela a fumaça que me acalentava na madrugada escura e fria.

— Parecia óbvio tudo aquilo ter sido planejado pelo 2030, Bowditch. Você sabe que descobri muito desse sistema na época da Naomy — disse Caolho, que era como eu chamava meu velho amigo Isaac Atar, com seu tique de piscar sem parar o "olho falso" por puro nervosismo.

— Ah, claro, Caolho, "parecia óbvio", límpido como o mar do Mediterrâneo sob o sol! — desdenhei. — Levei anos para largar minhas teorias, *suas* teorias, e finalmente aceitar a morte da minha filha. Por que está trazendo isso tudo de novo, cara? Só quero saber onde está Iara! — O desespero era visível nos meus olhos, ainda um tanto ébrios do uísque, e latente no estômago nauseado de tudo.

— Iara não possui nenhuma família além de mim — continuei. — E a polícia disse que está investigando...

— A polícia de Nova Jerusalém é o 2030, Bowditch! Não por acaso o pessoal da T&K chama o 2030 de *O Praga*. Uma epidemia tecnológica implacável, é disso que estamos falando. E não é de hoje que pessoas desaparecem na cidade...

— Pessoas têm desaparecido, eu sei. Mas não me importo com os outros desaparecimentos, Caolho, quero saber da Iara.

— E se os demais desaparecimentos tiverem conexão com o de Iara, hein, espertalhão?

— Iara desapareceu, Caolho, e no momento só isso me interessa. Talvez estivéssemos equivocados à época, já pensou nisso? Eventos isolados ainda podem acontecer. O que descobrimos de Hamfield? Basicamente nada. E Aleph, apesar de ser quem ele é, sempre garantiu que ela nascera morta...

— Seu pai é um excelente obstetra, Bowditch, seria difícil ele errar, mesmo com o *blackout*. Você realmente confia nele? Chegou a duvidar, e por isso fomos atrás da verdade.

— "Meu pai" — desdenhei, com uma pontada no peito. Isso ainda era algo difícil de pronunciar. — Há anos não tenho exatamente um pai, Caolho. Não duvido de nada, mas...

— Por que o corpo de Naomy foi o único dentre os mortos em Hamfield a ser supostamente cremado? E eu digo "supostamente", pois ninguém presenciou a cremação. Seu pai aceitou cremar o corpo, imediatamente após o nascimento. Cremar! Justo ele, ortodoxo, que preza pelas tradições, uma ofensa! Nunca ficou claro, "límpido como o mar Mediterrâneo sob o sol" — ironizou.

— Iara me proibiu, não queria que eu visse nossa filha morta. Ela não mentiria pra mim. Mas eu queria ter visto Naomy ao menos uma vez, como era seu rosto, se seus olhos eram azuis como os meus, ou verdes brilhantes como os da minha esposa... — Embarguei a voz, contendo as lágrimas nos olhos. Naquela noite, eu havia derramado muitas lágrimas por Iara e, depois de tanto tempo, também por Naomy.

Balancei a cabeça para afastar aqueles pensamentos e pisei fundo no acelerador. Logo um aviso sonoro me puxou de volta à realidade:

"Senhor Bowditch, o veículo chegou a cento e trinta quilômetros por hora, recomendamos diminuir a velocidade para, no mínimo, oitenta quilômetros por hora. Repetindo, direção perigosa, área residencial e hospitais a poucos quilômetros. Caso haja danos ou lesões, lembramos que a seguradora se resguarda ao direito de não pagar o prêmio da apólice de seguro. Boa viagem."

— Ah, cala a boca, Virna. — Desliguei o áudio do aparelho de monitoramento de viagem com um golpe. — Essa merda de seguro nem é grande coisa mesmo.

— Acho que a Virna tem razão. E, aliás, acho que você está sendo precipitado, Bowditch. Não adianta ficarmos perambulando por aí, não encontraremos Iara dessa forma. Eu disse pra esperarmos até amanhã. Você bebeu, tá exalando álcool, desligou o sistema de bafômetro e de condições psicológicas pra conseguir entrar no próprio carro, cara. Por que não o coloca na versão autônoma?

— *Por quê*, Caolho? Porque um maldito carro autônomo desapareceu com minha esposa, caralho. Que pergunta!

Com um bipe, o monitor indicou uma multa por excesso de velocidade. Calar a Virna não significava estar livre da sua constante vigilância. Sem precisar dizer uma única palavra, Caolho se limitou a protestar com um suspiro, inaugurando mais um longo momento de silêncio entre nós.

Ao passo que por dentro eu fervia, suava e arfava, por fora eu seguia calado, com o olhar vago e o semblante frio. Eu puxava um cigarro atrás do outro, fazendo a fumaça correr dançante ao lado da janela do Audi. Caolho bufava ao meu lado, esfregando os raros cabelos pretos com as mãos. Eu não estava no clima para discussões, mas ao mesmo tempo não conseguia ser contrariado. Então, com uma olhadela pelo retrovisor no Toyota preto que ainda nos acompanhava a distância, respirei fundo e rompi o silêncio, falando pausadamente.

— É, eu estava errado, Caolho. Assim como você. Você sabe como descobrir as coisas, ao menos é o que diz. Mas não provou nada, nós não provamos. Devo aceitar que Naomy nasceu morta. É. Ela nasceu morta. Por que um *blackout* não pode ferrar um parto?

— E me diga por que, pra início de conversa, ocorreria um *blackout* mesmo com todas as medidas de segurança do Praga? Um sistema que não comete erros, que trouxe a paz pra região, que criou essa cidade "perfeita", não conseguiria resolver uma mera pane elétrica? Ah, essa não cola pra mim. Como você sempre diz, o Praga não dorme.

— Sei lá, Caolho — disse, tentando não me exaltar, enquanto a manhã iniciava tímida no horizonte. Mesmo assim, qualquer coisa parecia querer me tirar do prumo.

—Heyyyy! Sai daí! Tô com pressa! — Não conseguindo me conter, buzinei alto para dois palestinos que andavam à beira da estrada, ao lado de um grande *outdoor* em que se lia "*2030 — Nova Jerusalém: uma Nova Civilização*".

— Essa cidade ficou muito grande.

— Sinto muito por tudo, Bowditch, sério — registrou Caolho, piscando o olho não natural. — Mas você sabe que eu considero esse Praga uma ferramenta coercitiva. Ele reproduz e aprende tudo a partir de quem o criou. E o homem é o lobo do homem, você sabe. Criamos nosso próprio lobo. Um maior e mais esperto, sem escrúpulos. Esse é o Praga! É isso, não é? Você concorda, ao menos concordava. É só dar uma olhada na História, tudo o que o homem faz tem algum sentido autodestrut...

Eu ri com desprezo, interrompendo o discurso e assoprando a fumaça do cigarro.

— Caolho, Caolho... Pensando bem, você tem um olho e meio cérebro.

Mudei de rádio, aquelas músicas chatas de que os jovens gostavam, cheias de *reverbs* e efeitos excitantes, nada das vozes puras de vinte anos atrás. Foi quando, girando o *dial* — eles eram completamente desnecessários e anacrônicos, mas eu gostava deles —, encontrei a voz de alguém familiar.

— ... Evitou um dos piores ataques terroristas do século XXI. Isso foi graças ao 2030, esse sistema criado visando a paz, praticidade, racionalidade que poupa tempo e evita erros políticos, pessoais e sociais. Estocolmo está a salvo. E isso é só a ponta do iceberg do que o 2030 pode fazer. — Era a bela e dócil voz da Dra. Tagnamise, inconfundível para mim e Caolho e para boa parte da população mundial.

— Houve qualquer dano, doutora? — perguntou a repórter.

Acionei a imagem ao vivo com um comando de voz. Tagnamise vestia seu estimado *tailleur* branco, com gravata vermelha e um pingente dourado da T&K. A rosa branca, inseparável, repousava na lapela.

— Nenhum. — Ela sorriu, com o timbre calmo peculiar. — Felizmente, o 2030 foi utilizado como base para que tudo transcorresse bem. Estocolmo, assim como outras cidades na Europa, na América e na Oceania, está no mesmo caminho que Nova Jerusalém. Desde 2029,

Estocolmo tem licença para implantar o sistema, e alguma resistência era esperada.

— Certamente, Dra. Tagnamise. Temos visto progressos com o 2030, e a paz entre israelenses e palestinos, que já dura sete anos, é a maior prova disso — observou a repórter sueca, parecendo querer enaltecer a doutora.

— Correto. Veja, o 2030 é um sistema que aprende com o mundo e consigo mesmo, sistematiza as decisões, aperfeiçoa o gerenciamento e maximiza os potenciais humano e computacional. O Estado, até hoje, teve como objetivo evitar o Inferno na terra. O 2030 veio não apenas para isso, mas para instaurar o Paraíso, otimizando a vida social e individu...

Caolho desligou o rádio com um tapa, fazendo meus calcanhares flexionarem devido ao susto.

— Desculpa, mas não quero iniciar meu dia ouvindo sobre o Praga e toda essa publicidade idiota. Olha, Bowditch, você sabe por que me inscrevi no programa de seleção para Nova Jerusalém — disse Caolho, com a voz firme. — Sabe que tenho muitas evidências para pensar o que penso, apesar de você questionar. E a Dra. Tagnamise...

— Ela — interrompi — sempre teve um ego do tamanho dessa cidade, todos sabem disso. Mas admito que ela e Khnurn conduziram com maestria o sistema.

— Tagnamise é uma excelente política. Consegue o que quer. Não há quem não sinta empatia por ela e o marido, o tal magnata descendente dos Rothschild. Dizem que ele é uma figura de fachada. — Caolho ergueu o dedo em riste. — Só que ela é uma Malévola, uma manipuladora!

— Deixa a Tagnamise beijar seu Prêmio Nobel e comer quem ela quiser. Descendente dos Rothschild... tá bem, Caolho, ok. — Diverti-me com aquela teoria da conspiração ordinária. — A ida do homem à Lua também é uma farsa?

— Você sabe o que penso deles, do Praga e do Khnurn. — Caolho ignorou a minha provocação. — Esses desaparecimentos na cidade foram arquitetados pelo sistema. Já foram quase trinta nos últimos anos. Agora, por um carro autônomo, Bowditch! Como você não percebe? Nenhum desaparecimento foi solucionado, só pode ter sido o Praga. Apesar de eu não saber o motivo, ainda... Ele não passa de uma tecnologia nociva de controle social!

— Por que você repete tanto isso, Caolho? Em que se baseia? Na história de ter perdido seu olho? O de agora é até melhor, pode tirar fotos, filmar, analisar dados… — provoquei mais uma vez.

— Sim, eu sou caolho por culpa do Praga.

— Para com isso, Isaac. — Dificilmente o chamava pelo nome, apenas quando estava quase sem paciência. — Você não tem argumentos pra sustentar suas teorias conspiratórias. Por isso ninguém leva você a sério. Sorte sua ainda estar empregado no jornal.

— Tenho muitos contatos, Bowditch. E sei mais do que você imagina. Você se acha muito esperto, mas pensa como a manada.

— Hoje, israelenses e palestinos convivem pacificamente. Além disso, o sistema faz muito do que tínhamos que fazer. Agora temos mais tempo, nossas escolhas e possibilidades são maiores, focadas no que realmente nos interessa. Liberdade para melhoria de vida e bem-estar. Esse é o 2030.

— Ok, Bowditch. Liberdade em excesso é a grande jogada pra uma sociedade controlada — Caolho falava firmemente, apesar da exaustão da argumentação. — Pensa, eles escolhem por você, pra poupar seu tempo e tirar seu foco do que realmente interessa. Então me diz, até onde vai a sua praticidade, sua liberdade? Estamos em uma corrida contra a própria liberdade que nos cerca.

— O Praga facilita ao racionalizar o que o humano não consegue. Ele acabou de salvar Estocolmo, além disso…

— O mundo mágico do Praga! — Caolho me interrompeu, batendo palmas com ironia. — Resolvendo nossos problemas, escolhendo por nós "somente" para facilitar. E o lado humano? E a ambiguidade? Vamos aceitar a identidade de cada pessoa ser devorada, algemada a um sistema artificial? Você escolhe o tempo inteiro a partir do que *eles* escolhem pra você. Não existe livre-arbítrio real, o Praga decide, através de cálculos complexos, mas sem inteligência natural. O Praga esmaga o que há de mais humano!

— Isso é bobagem. Por que acha que o 2030 faria tanto mal, se ele age a partir de instruções visando apenas ao nosso bem? Instruções que ele extrai de cada um de nós. O Praga é uma máquina, mas age conforme nossas escolhas e vontades. Uma sociedade liderada por uma tecnologia criada e alimentada por ela própria…

Depois desse momento de exaltação eloquente, assoprei a ponta do cigarro e o joguei pela janela. O monitor indicou instantaneamente que eu estava sendo multado pelo mau comportamento, mas não me importei com aquilo.

— E posso dizer que eu adoro esse meu carro cheio de tecnologia que não pode me inibir de fazer o que quero.

— Que você cala quando quer, Bowditch. Mas o Praga nunca desliga, e sempre cria punições para quem não o segue, mesmo que não as notemos. Hamfield...

Dei um longo suspiro, exausto do confronto.

— Cara, sinceramente, não tô a fim de uma discussão filosófica agora, sacou? O Praga vai me deter de trocar de pista? Veja só. — Girei bruscamente o volante à esquerda, obrigando Caolho a se segurar no banco.

De qualquer forma, essa discussão me fez lembrar de como nos conhecemos, Caolho-que-ainda-não-era-caolho e eu, num curso de Filosofia de férias na Universidade de Tel Aviv. Nutríamos o mesmo gosto, "filósofos de final de semana", como brincava Iara, em meio a fervorosas discussões sobre qualquer assunto.

— Liberdade — desdenhou Caolho, se recompondo. — Bom, talvez o sistema perceba como a maior parte de nossas decisões não têm importância alguma. E deixa as importantes sob a batuta dele. Você pode trocar de pista, mas conseguiria atropelar o casal de palestinos que passamos há pouco, se quisesse? Como você mesmo disse, não há acidentes aqui há anos... A sensação de liberdade é mais importante que ela em si. Você tem seu livre-arbítrio, desde que siga as recomendações do seu carro, senão sua apólice será cortada. Respeita o limite de velocidade, senão levará suas multas. É uma liberdade coercitiva. Seja livre, mas somente nos limites que *ele* quiser! Estamos evoluindo, ok, Bowditch...

— Caolho, meu chapa, você tá cada vez pior. Regras são regras, e elas sempre existiram na sociedade. Devia agradecer por ter mais tempo e mais possibilidades, mas prefere inventar teorias. Já fui assim — disse, acendendo outro cigarro. — Escuta, são as pessoas, não o Praga, que importam agora.

— Ah, é?

— Sim, pessoas. O que vou resolver. Por isso estamos aqui. Minha esposa desapareceu, tenho uma filha morta, é isso... — Apertei os olhos ao tragar a fumaça do tabaco queimado. — Vou resolver o que posso resolver. Eu vou conseguir, o Praga vai me ajudar. E é pra isso que ele foi criado. Para nos ajudar.

Caolho se virou para mim, seu rosto parecia enfurecido:

— Como você mudou, Bowditch! Que merda eu tô fazendo aqui? Por que me intimou pra essa viagem de madrugada? Percebi que não estamos andando a esmo em busca de Iara. Para onde estamos indo? Me tirou da cama com a minha namorada! — Caolho gesticulou, batendo as palmas das mãos nas coxas. — Olha, se não acredita em mim, e acha que Iara não tá ligada aos desaparecimentos dos últimos anos, sabe, foda-se! E a pane elétrica de Hamfield, essa coisa de 1900 que nunca havia ocorrido e nunca ocorrerá novamente em Nova Jerusalém, acredita ser apenas um erro isolado? Ah, tá bem. Você foi lobotomizado pelo Praga, Bowditch!

— Você não sabe nada sobre mim. Como eu disse, você vive de teorias sem base, Caolho. É por causa do seu olho biônico? Isso afetou seu cérebro? — Alterei o tom de voz, olhando no olho azul faiscante daquele jornalista que sempre fora motivo de piada para a maior parte das pessoas.

— Puta que pariu, Bowditch! — Caolho urrou, aquilo já era uma briga. — Você não enxerga. Eu perdi um olho, você perdeu os dois!

Eu ainda me encontrava meio anestesiado da bebida. Mas, bem no fundo, a fúria me consumia, junto com o remorso, a dor e o vazio. E, em meio a tudo isso, eu ri, dissimulando o que na verdade sentia.

— Você é o Chapeleiro Maluco do País das Maravilhas — disse, sarcástico.

Caolho, vermelho de irritação, tomou ar, procurou se acalmar e fechou a jaqueta de couro preta até o pescoço com força.

— Ok, Bruce Bowditch, acabou a brincadeira. Me diz aonde você tá indo, eu mereço saber, te ajudei quando todo mundo te virou as costas. *Você* acreditava que Naomy estava viva, que aquilo tudo não fazia sentido. E entrei nessa roubada pra te ajudar, larguei minha vida privada pra isso!

Um silêncio de mau agouro pairou dentro do carro esportivo preto.

— Vou ver uma pessoa. — Finalmente cedi.

— Quem? Me fala, cara. Você pode tá colocando a sua, a nossa vida em risco!

— Não tá satisfeito, Caolho? É, acho que quem errou fui eu — disse, reativo. — Melhor você ir fumar um teco e pensar nas suas loucuras. Eu vou ver o Vergara, talvez ele saiba de alguma coisa.

— O quê?! Vergara? Você o espancou, chegou a ser preso por isso. Vai se ferrar, Bowditch! Pior que da outra vez. Vamos, me deixa sair — pediu Caolho, com a voz contida pela decepção. — Não vou me meter nisso novamente.

Fui rodando com o carro por mais alguns metros, até parar em um acostamento, sem dizer uma palavra. Caolho se lamentava, olhando fixo para frente. Então, tomado por um vórtice de sentimentos, abri a porta do carona com um botão, empurrando Caolho para fora. Pisei no acelerador, recolhendo a porta com o mesmo botão. Pelo retrovisor, ainda consegui ver Caolho desequilibrado tentando se manter de pé após a expulsão do carro.

— Foi o Praga, seu idiota! — O grito de Isaac Atar ecoou em meio ao cantar dos pneus.

Desculpa, Caolho, mas eu precisei fazer isso. Desculpa...

Precisando pensar, liguei em volume alto a tela com um som do Iron Maiden dos anos 2000.

Isso que é música.

Meus olhos atentos percorreram os lados, enquanto *Brave New World* tocava. Passei a mão pela barba ruiva, como faço quando fico pensativo ou desconfiado, ou ambos. Observei novamente o retrovisor do automóvel, e um morcego negro reapareceu no amanhecer virando a esquina atrás de mim. Vi uma silhueta conhecida dentro daquele Toyota preto que nos seguia há quase uma hora.

É, eles estão no meu pé outra vez.

O Praga... E se foi ele mesmo que arquitetou o *blackout* em Hamfield, na noite do nascimento de Naomy? Realmente, uma pane generalizada num hospital é algo no mínimo controlável para um sistema robusto como esse. E agora minha esposa, desaparecendo dentro de um carro guiado pelo sistema. Pessoas não evaporam em uma cidade que tem olhos e ouvidos onipresentes!

Lembrei-me então das palavras de Khnurn. Observando remotamente os dados monitorados pelo sensor 2030 de Iara, o egípcio garantiu que ela estava viva e bem. Ah, se o chip indicasse também a localização das pessoas...

O sensor 2030. Muitas vezes as pessoas o chamavam simplesmente de "o chip", apesar de não ser exatamente um. A Dra. Tagnamise preferia "microcontrolador subcutâneo", parecendo não notar a clara presunção da nomenclatura. Ele comandava um verdadeiro complexo tecnológico que viajava pela corrente sanguínea, liberando células artificiais para combater patógenos e transportar oxigênio. Os sensores vinculados ao chip detectavam as primeiras células cancerosas ou doentes como um verdadeiro sistema nanoimunológico. O sensor 2030 ainda limpava artérias, neutralizava toxinas e assim por diante, tudo de forma automática.

O chip recebia atualizações constantes a cada avanço das pesquisas do 2030. Seus benefícios altamente propagandeados garantiam que quase todo mundo em Nova Jerusalém o usasse sob a pele — Caolho era uma das exceções, obviamente. Até mesmo Aquiles tinha um, e sua atuação já salvara a vida do cachorro por pelo menos duas vezes.

Mesmo assim, tenho que retirar o quanto antes o sensor das costas da minha mão.

Parecia algo impulsivo, mas já tinha um cálculo do que fazer. Sem parar o carro, busquei debaixo do banco uma das garrafas com álcool que não me faltavam. Dei diversos goles no seu conteúdo e quebrei seu casco de vidro no assoalho do carro. Com um caco, abri a pele e fui arrancando o minúsculo dispositivo da mão direita. Meus olhos lacrimejaram, enquanto escorria um pouco de sangue pelo braço, ao lembrar que, retirando o sensor, a voz de Iara não mais me acompanharia em minha mente. Mas esse era um sacrifício necessário: minhas reações e emoções não poderiam seguir sendo analisadas em tempo real.

A revolução genética mostrou que humanos são dados[2]. Emoções são padrões e, por isso mesmo, são determináveis e rastreáveis. Parâmetros de temperatura, pressão sanguínea e batimentos cardíacos definem os fenômenos bioquímicos da saudade, do medo e do amor. Recebe-

---

2. Em referência à citação de Jamie Metzl.

mos as funções diagnósticas e terapêuticas do sensor e, em troca, cedemos nosso íntimo ao 2030.

Preciso ir em busca de Iara sem os olhos do Praga abertos dentro da minha alma.

Fiz um curativo mal feito na mão e segui meu rumo. Meus pensamentos, que agora voavam mais livres que a estrada à minha frente, voltaram-se à sirene da viatura que logo surgiu atrás de mim. Estava suando frio, bêbado, pensei em fugir. Será que o Caolho havia chamado a polícia?

Parei o carro em frente a um beco sem saída, deixando à mostra meu velho distintivo sobre o banco do carona. Algumas coisas nunca mudam.

Felizmente, a abordagem tinha como objetivo atestar minha própria segurança. Os policiais foram avisados pelo sistema que eu estava sem sinais de vida e seguiram meu carro, usando a localização do meu smartphone. Expliquei, então, que apenas havia me livrado do sensor.

— Só lunáticos não usam o sensor. O senhor sabe dos diversos benefícios dele, não é? — retrucou um dos policiais, brincando com o motivo que expus.

O outro policial adicionou algum comentário em claro tom de sarcasmo, num dialeto árabe que não compreendo — a inexistência da tradução em tempo real proporcionada pelo sensor 2030 me fez lembrar instantaneamente de um dos "diversos benefícios" do seu uso.

— Sim, eu sei, mas escolhi retirá-lo. Não é nada ilegal, certo? — respondi ao primeiro policial, que ainda ria da ironia em árabe que não compreendi.

— Não, realmente, é sua escolha... — disse o primeiro policial, em hebraico.

"Escolha".

— Bom, quando o senhor ficar sóbrio talvez se arrependa... — ele disse, olhando despretensiosamente o meu distintivo.

Eu, sóbrio. Algo cada vez mais distante, embora tivesse prometido a Iara e a mim mesmo que não beberia mais.

Indicaram-me, então, ir ao médico para tratar do ferimento que ainda sangrava. Concordei rapidamente e os policiais seguiram seu caminho de volta à viatura. Aparentemente, aquela abordagem havia servido para afastar meu perseguidor, pois não via mais sinais de sua presença.

De pronto reconheci a silhueta dentro do Toyota preto que sorrateira-
mente me perseguia, como não reconheceria aquela velha conhecida?
"Liberdade coercitiva."
Por que outro motivo estariam novamente no meu encalço?
Talvez você seja o gênio mais louco que já conheci, Caolho.

Fiquei com as mãos estáticas no volante por alguns instantes. Olhando para a viela escura que se aprofundava estreita à minha esquerda, com os pensamentos embolados pelo álcool, eu tentava articular cuidadosamente os meus próximos passos. Então meus olhos vidrados contemplando o nada foram de repente despertos pela visão de um grande saco preto cujo conteúdo bem que lembrava o formato de um corpo humano. Ao seu lado, o brilho dourado de um... bracelete!

Iara!
Morta, seu corpo sem vida dentro de um saco preto!

Então o ronco do motor da viatura a alguns metros me trouxe de volta daquele pensamento horrendo, como se o som da partida do automóvel dada pelo policial árabe tivesse trazido minha alma de volta ao corpo. As oscilantes luzes azuis e vermelhas do giroflex do veículo iluminaram o grande saco de lixo, cuja abertura expunha cenouras e alfaces mal acondicionadas, ao lado de uma lata de cerveja reluzindo o que não era, de forma alguma, a joia preferida de Iara.

Não eram inéditos pesadelos com corpos em sacos pretos. Entretanto, era a primeira vez que os tinha com os olhos bem abertos.

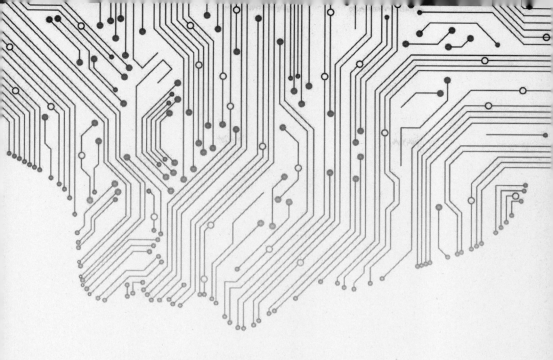

CAPÍTULO 3

TAGNAMISE

— O que me motivou, mas ninguém sabe, a buscar com todas as minhas forças a paz, o fim do sangue e das guerras, foram meus avós. Especialmente minha avó materna. Seu nome era Ester. Ela era bonita, como dizem que a rainha judia da Antiguidade era. Veja essa foto, que guardo sempre comigo desde criança. Olhe como eram lindos os olhos negros e fortes da minha avó...

O som das ondas interrompia gentilmente os nada embaraçosos momentos de silêncio entre nós. Estávamos nus, eu, Rachel Tagnamise, e Neil Mortimer, deitados no sofá da sala da mansão alugada em frente ao mar. Não ousava levar Neil para casa, mesmo com Ariel, meu marido, em viagem.

— Parecem-se com os seus, Rachel. E seus pais?

— Eles eram de Nevada, nos Estados Unidos. Assim como eu, embora tenha nascido em Bucareste, durante uma viagem deles. — Brinquei com a taça de champanhe vazia, circundando sua borda com o indicador. — Não sei nada a respeito deles faz tempo. Meu pai era um homem que não gostava de ver minha mãe e eu batendo asas, como o mais patriarcal dos ortodoxos. Não era assim com meus dois irmãos homens, esses para ele eram presentes divinos. Fico feliz por não me lembrar do rosto dele, embora me lembre sempre de seus…

Seus gritos de "você não pode", "vai me matar de desgosto" e "não devia ter nascido" me vinham à mente, mas preferi não falar deles a Neil.

— Continue, Rachel.

— Quanto à minha mãe, me lembro do seu sorriso, e de seus olhos que eram como os da minha avó. Esses que você diz serem como os meus. Foi uma mulher batalhadora, mas refém em um casamento em forma de prisão. Mas eu falava sobre meus avós… — Alisei brevemente a mão grande de Neil que repousava na minha cintura, como que pedindo permissão para trocar de assunto. — Meu avô era um homem forte, trabalhador, da pobreza ergueu um império de fábricas na Varsóvia. Davi era seu nome. Eles, meus avós, tinham nomes de reis… Eram reis!

Eu suspirei, contemplando os tons escuros da noite de Nova Jerusalém.

— Mas acabaram em um campo de concentração, mortos em alguma câmara de gás — continuei. — Tiveram a mesma sorte de milhares e milhares, a morte pelo ódio. Só D'us sabe o que senti quando visitei aquele lugar, vendo rostos em cada parede, seus passos em cada pedaço de chão, os fantasmas urrando por justiça. Tanto ódio… Não queremos mais as mãos sujas de sangue para alcançar a paz. O preço é muito alto, sempre foi…

— Tenho certeza de que isso está ficando no passado. Tenho orgulho de ter participado de sua história, Rachel, de ter minha participação nisso tudo. A tecnologia ajudando a dominar a tirania, a guerra, a violência… — Neil beijou meu pescoço — e a irracionalidade das paixões humanas.

Levantei-me, nua, em busca da garrafa aberta de champanhe.

— Sim, Neil. Achavam que eu não podia, ouvi isso boa parte da vida, mas eu consegui. Eu sou a Dra. Rachel Tagnamise. Criei um sistema computacional totalmente inovador, como a Condessa de Lovelace. Você conhece a Condessa, Neil?

Servi a minha taça até quase transbordá-la. A de Neil continuava cheia há horas. Como bom muçulmano, ele não bebia, mas eu o servi assim mesmo. De qualquer forma, estávamos partilhando do momento juntos.

— Sua língua está um pouco enrolada, meu bem, mas acho que consegue continuar a história. — O sorriso másculo de Neil Mortimer que tanto me agradava finalmente apareceu, fazendo companhia ao maxilar forte e à barba bem aparada do árabe.

— Bobo, não me faça rir! — Voltei ao sofá, sentando-me em frente a Neil, que permanecia deitado. — A Condessa de Lovelace criou o primeiro algoritmo para uma máquina, o modelo primordial de um computador. Ela sempre foi uma fonte de inspiração para mim. Infelizmente, meus avós não puderam contemplar meu discurso no final do PhD, quando homenageei eles e a Condessa. Nem conseguiram me prestigiar na fundação da T&K, ou no lançamento do *Noodle*, a semente do 2030, fruto de muito estudo, dedicação e amor à causa. E talento, é claro… Fiz tudo isso por amor, Neil.

Olhei sensualmente a Neil, de brincadeira, mas logo voltei ao tom sério da conversa.

— Não quero mais crianças órfãs e mutiladas, homens e mulheres mortos por causa do sangue que corre em suas veias. Eu sei da sua história, Neil, sei como sofreu…

Apenas quando estávamos a sós, eu podia ver Neil Mortimer sem seu sustentáculo de perseverança, o lenço quadriculado que lhe cobria a cabeça, o *keffiyeh*. Ele me explicava claramente que o *keffiyeh* se tornara um símbolo de resistência palestina, um sinal de protesto. Que só tiraria a vestimenta depois da paz completa para o seu povo. E via o 2030 como um enviado para que isso acontecesse.

— Então, por que ainda continua usando isso tão rigorosamente? É pela distância até o Paraíso? — divaguei, sorrindo. Sei que às vezes posso soar meio sardônica, mas Mortimer me perdoava, sempre me perdoou.

Neil então contou que quase deixou de usar o lenço quando o muro da Cisjordânia caíra, ou quando o tratado de paz e de reconhecimento mútuo fora assinado em 2030, e logo depois, quando Nova Jerusalém fora criada. Porém, decidiu por manter a tradição, prometendo a si mesmo deixá-lo somente quando o ponto final na questão da "antiga" Jerusalém fosse colocado. O único ponto que o 2030 ainda não conseguiu concluir.

— Entenda, Rachel — continuou Neil, ainda deitado, apoiando a cabeça na lateral do sofá. — Há os palestinos que fugiram ou foram expulsos dessas terras na *Nakba*, em 1948, dispersos pelo mundo. Há os palestinos que permaneceram como minoria árabe em Israel — palestinos-israelenses, ou palestinos-48. E há os palestinos-67, como eu, que ficaram na Cisjordânia e em Gaza ocupados por Israel na Guerra dos Seis Dias. Todos refugiados, sem pátria, nunca tivemos exatamente uma Palestina para nós. A condição de refugiado, para um palestino, e só para nós, é hereditária[3]. E assim foi por tanto tempo… Até nascer o primeiro palestino-2030. O primeiro palestino não refugiado, finalmente, com ajuda da T&K, do 2030, com a minha ajuda, Rachel! Você tem noção do que isso significa para mim?

Ele dizia isso olhando em meus olhos, contando uma história que percebo que lhe marcou toda a vida, desde a infância, que é quando somos o que de fato somos. Antes de todos os sistemas, humanos e artificiais, nos moldarem sem que percebamos.

Jerusalém sempre foi o maior empecilho para a paz entre os projetos nacionais de israelenses e palestinos. O Monte do Templo dos judeus ou a Esplanada das Mesquitas para os islâmicos, o Muro das Lamentações, o Haram al-Sharif — Cúpula da Rocha —, os bairros árabes na Jerusalém Oriental… Tudo era motivo de disputa. Nem o 2030 havia sido capaz de solucionar completamente a questão. Gerenciamento binacional? Divisão completa? Administração internacional? Administração pelo próprio 2030? Todas essas tentativas já tinham sido propostas e discutidas à exaustão, durante anos.

Em vão.

O programa, então, adotou uma solução diferente: a criação de uma nova cidade, para mostrar a palestinos e israelenses que o convívio pacífico e harmônico era possível, sem disputas territoriais ou religiosas. Uma Nova Jerusalém, construída do zero, parte em Israel e parte na Faixa de Gaza, hoje reconhecidamente Palestina. Para Jerusalém e seus lugares sagrados, somente uma fórmula flexível funcionaria. E essa fórmula envolveria, necessariamente, uma convivência no mínimo pacífica entre todos.

---

3. Em referência à citação de Lina Meruane.

O último entrave para a solução definitiva na região ainda era somente a questão da velha Jerusalém ao norte, que, com a nova, ao sul, o 2030 pretendia resolver.

— Prometo deixar o *keffiyeh* quando os únicos muros ainda em pé estiverem no chão e Jerusalém for uma só, para todos. E espero que seja o mais brevemente possível. Um brinde ao 2030 e a você, Rachel Tagnamise! A mulher mais inteligente, visionária e altruísta que já conheci.

— Obrigada pela sinceridade, Neil — brinquei, sorrindo. — Você sabe que também foi fundamental para isso tudo.

As taças então tilintaram na noite fria de Nova Jerusalém.

— Um brinde à paz e a Nova Jerusalém. Um brinde a nós, Neil!

Neil segurava a taça em companhia à minha, sem bebê-la.

— Um brinde, Rachel.

— Escute o urro dos ventos, são nossos antepassados clamando... À paz!

Tombou o galho de uma árvore, com estrondoso barulho, em frente à janela da ampla sala da mansão. Senti os pelos dos braços e da nuca se arrepiarem. Uma confirmação dos Céus, pensei.

Aconcheguei-me, nua, nos braços de Mortimer.

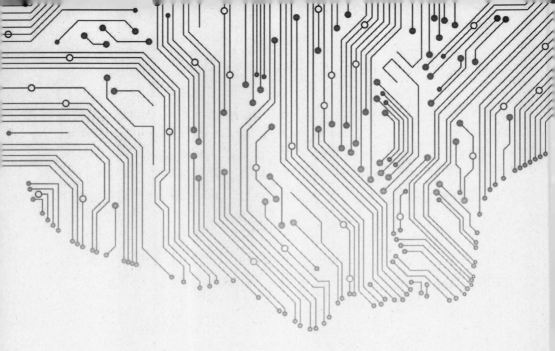

CAPÍTULO 4

20 de dezembro de 2036, hoje

Amanhece, enquanto guio o carro meio de ressaca, quase em zigue-zague. É logo ali, finalmente. A cidadela é a boca do inferno.

Vamos, Bruce. É hora de agir.

Escuto, sentado no carro estacionado, o conhecido chamado para a reza. Alguns funcionários da T&K começam a se enfileirar, um ao lado do outro. Formam colunas conforme outros continuam chegando, se juntando às filas. Duas, três, depois quatro. Há rapazes e idosos, mas nenhuma mulher. Eles estão descalços, as mãos juntas em prece. Ficam de joelhos, depois curvados, o rosto quase tocando a grama. Todos eles voltados para Meca, lugar sagrado para os muçulmanos, para Maomé, seu mestre que deixou registrado como devem viver. E a vida deles é regrada, são cinco orações por dia. É a reza do *Fajr*, a primeira após o nascer do sol.

Estão em frente à fortaleza horizontal da empresa instalada em Nova Jerusalém, numa área um pouco afastada da cidade. É um local privado, aconchegante. A cobertura tem formato orgânico, com rampas suaves e recobertas por um gramado contínuo, mesclando a arquitetura inovadora do edifício envidraçado de apenas dois andares ao bucolismo do grande bosque verde do entorno. Um riacho corre por cima de uma das rampas e deságua no interior do local, criando uma pequena cachoeira, vista apenas parcialmente pelo lado de fora. À frente, em alto-relevo em um grande bloco de concreto, vejo o logotipo da empresa em azul, amarelo e verde: T&K. Tagnamise&Khnurn. A sede do império. E pensar que tudo começou tão pequeno, uma ideia em uma universidade no Vale do Silício, na Califórnia.

Não vejo Eddie Vergara ali. É europeu, se não me engano espanhol, e não tem fé em nada. Ele é o seu próprio deus. Ou melhor, a T&K é o seu deus.

Diversos pontos das minhas antigas investigações sobre o incidente em Hamfield convergiam para Eddie Vergara. Por qual motivo ele, um funcionário da T&K, teria inserido no sistema interno do hospital a permissão para a cremação de Naomy? Aquela não era, nem de longe, sua atribuição. Além disso, Caolho conseguiu imagens de Vergara perambulando por lá, momentos antes do *blackout* e das câmeras se apagarem. Vergara nunca quis responder por que estava presente no hospital naquela noite.

Olho o relógio: são 7h37 da manhã. Sete é um número importante, mas doloroso. Sete anos de casamento... De qualquer forma, após um longo suspiro, deixo uma mensagem de áudio gravada pelo relógio multifuncional:

Caolho, olha, me desculpa, cara. Eu estava bêbado, assustado. Acho que você não vai me desculpar, mas devo lhe pedir perdão. Espero que esteja bem.

Não sou bom em falar certas coisas. Sempre foi difícil eu conseguir pedir perdão, pois não sou bom em perdoar a mim mesmo. E não é que eu esteja arrependido do que fiz para Caolho no carro, visto que aquilo foi *necessário*, mas espero ter a oportunidade de explicar meus motivos. Além disso, no fundo, confio e acredito nele. O fato de eu estar aqui, para de alguma forma confrontar aquele que era para nós o principal suspeito do que houve em Hamfield, demonstra isso. Caolho pode ser exagerado em muitas coisas, mas é o cara mais corajoso e um dos mais espertos que já encontrei.

Meu smartphone de repente toca alto, atraindo olhares de reprovação daqueles que ainda terminavam de rezar. É minha favorita do Metallica, *The Unforgiven*, é claro. Vejo na tela a foto de Aleph, que vem me ligando todo dia. Nunca o chamei de pai, engraçado, apenas de Aleph. E ele nunca me chamou de filho.

Não vou atender, nunca atendo. Por que ele quer falar comigo agora? Nunca aceitou meu casamento com Iara, nem me procurou depois de Hamfield. Quem não procura o próprio filho que acabara de perder a filha? Ainda mais tendo ele mesmo realizado o parto. Aleph me deve explicações, sinto que deve. Se não por mim, por Naomy... O homem sabe mentir, sabe mentir como sabe extrair um bebê morto ou vivo do ventre de uma mulher. Quando mente, ele olha para a minha boca, como se o que diz viesse da minha. E ele fez exatamente isso da última vez que nos vimos.

E lá está ele! Vergara para sua Lamborghini amarela no estacionamento entre as árvores, a vários metros do local de oração dos funcionários muçulmanos. Ele pode falar comigo agora — a medida protetiva contra mim venceu há pouco tempo. Mas, de qualquer forma, Vergara não tem nenhum motivo para querer conversar. Preciso pensar rápido.

Abro a porta do carro e coloco uma touca — faz um pouco de frio perto da mata. Minha camisa está toda amassada, mas fecho um dos dois botões abertos para ficar mais apresentável. Aproximo-me e dou um soquinho no vidro do carro que tanto dá orgulho a Eddie Vergara. Ele leva um susto, mas aperta o botão para abrir a porta que sobe.

— Olá, Vergara. Quanto tempo! Calma — levanto as mãos, reagindo ao seu espanto em me ver —, venho em paz. Na verdade, estava passando por aqui para falar com outra pessoa.

Apenas silêncio como resposta. Eu me abaixo um pouco para ficarmos na mesma altura e poder olhar nos seus olhos.

— Gostaria de conversar com você. É rápido, não vai atrapalhar seu trabalho. Mas é algo que me aperta faz tempo, e creio que não foi por acaso que o encontrei.

Mais silêncio. Uma pedra de gelo toda vestida de preto me olha em contraste com o amarelo do veículo e da inseparável corrente de ouro no pescoço.

— Eu... peço perdão a você, Ed. Posso lhe chamar de Ed? Sabe, toda aquela briga, aquela agressão, fui precipitado, julguei você mal...

— Por ter me chamado de "rato espanhol"? — ele pergunta, afagando o cavanhaque, com o olhar cínico.

— Sim, perdão por isso também. — Ponho-me em pé, dando-lhe espaço para sair do carro. Entretanto, ele se mantém imóvel, sentado no banco do motorista. — Eu tinha teorias, que minha filha pudesse ter sido morta por alguma ação do 2030 ou de alguém da T&K. Ou até mesmo que ela pudesse estar viva... — digo, tentando manter a voz calma e os olhos em Vergara. — São teorias conspiratórias do passado, Ed. Enfim, peço perdão a você pelo transtorno que provoquei. Um homem é capaz de se arrepender, não é?

— Quando lhe convém...

— É verdade, quando lhe convém, mas também quando de fato se arrepende. Repensei tudo, não sou de fazer aquilo. Um soco quebrando minha mandíbula doeria menos na minha consciência.

— Como o que você me deu.

— Sim, peço desculpas. Foi uma briga equilibrada, você luta bem. — Tento atenuar, esboçando um sorriso.

Ed finalmente sai do carro, com seus imponentes 1,90 m, colocando os óculos escuros.

— Bom, já faz alguns anos. E lhe acertei alguns socos em cheio. — Vergara sorri com ironia. — Ok. Está perdoado. Mas você... — de repente, ele me agarra pelo colarinho — realmente foi um babaca.

Suspiro fundo, tentando não revidar, enquanto meus olhos baixam até o chão gramado.

— Ok. Já fui um cara bem babaca, Ed. — Ergo os olhos para Vergara, sem querer perder mais tempo. — Ed, minha esposa Iara sumiu. Ontem à noite. E eu não sei, talvez você possa me ajudar, talvez consiga alguma informação — eu lhe suplico. — Nada faz sentido!

Coloco a mão no ombro de Eddie Vergara, enrijecido de puxar ferro. Seus olhos percorrem os meus, mas não consigo decifrar o que dizem.

— Bem, temo não poder ajudá-lo, Bowditch. Eu sou só um robô aqui dentro, como sabe, um rato perto de Mortimer e Tagnamise. — Vergara olha o relógio do seu smartphone. — Além disso, nem tomei meu café ainda...

Melhor eu ir com calma. Se ele souber de algo, não falará assim tão facilmente, ainda mais aqui.

— Entendo sua resignação — digo de forma condescendente. — Não tomo café da manhã, mas...

— Não foi um convite, Bowditch — Vergara me corta.

— Mas, por favor — continuo, fingindo não ter ouvido o comentário irônico —, aceite jantar comigo. Sei que seu horário aqui vai até às 17h, ou mudou...?

— Tudo sempre muda na T&K. Mas, felizmente, meu horário não. — Vergara dá um longo suspiro, vencido. — Ok, aceito fazermos um *happy hour* mais tarde.

— Então, está combinado. — Dou um sorriso, aliviado com a promessa do encontro.

— Tem uma boa lábia, Bruce Bowditch, como quase todos os policiais. Mesmo sendo dos forenses.

Percebo que Vergara está ciente do meu afastamento do trabalho. Entretanto, apesar da ironia, senti alguma sinceridade em sua resposta.

— Mas, quem é essa outra pessoa com quem veio falar, Bowditch?

Putz, é mesmo. Quem mais seria possível de me ajudar aqui dentro? Logo me veio a única resposta possível.

— Tagnamise — minto, sabendo que ele não tem muita intimidade com sua suprema chefe. — Ela é uma boa líder, não é? E uma boa pessoa, minha conhecida de anos, apesar de hoje um tanto inacessível. Tentei contatá-la, mas não consegui. Preciso falar com ela...

— Sobre Iara? Ou um cargo bem elevado na T&K? Devido a suas "habilidades forenses"...

Sobre o ombro de Vergara, não muito longe, percebo um Toyota preto se aproximando devagar do estacionamento da empresa. Reconheço-o imediatamente como o carro que me perseguia ontem à noite, assim como a atraente mulher de cabelos loiro-escuros que o conduz de janelas completamente abertas, sem temer ser vista.

— Cara, minha esposa sumiu. E não preciso de emprego, sou um policial nato. — Tento sorrir, enquanto me despeço de Vergara. Espero que nosso contato realmente possa valer de algo. Diferentemente da última vez, em que os únicos resultados da "conversa" com Vergara foram um olho roxo e o desprazer de conhecer a hospitalidade da delegacia de polícia em que a minha bela perseguidora trabalhava.

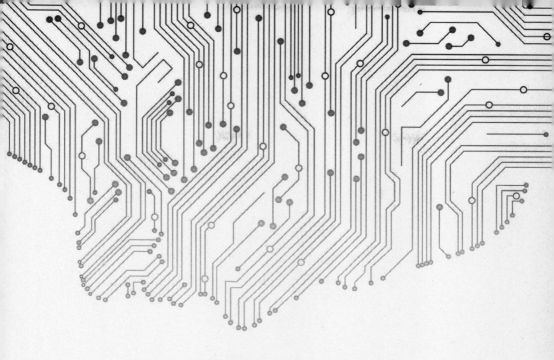

CAPÍTULO 5

— Gosto de comida italiana — comento, passando o lenço de seda na boca. — Agradeço por me trazer aqui, Vergara.

— Escolhi este restaurante pensando em você. Eles permitem fumantes, todo mundo aqui já tem meio pulmão — Eddie Vergara brinca. — Um brinde às tecnologias de reparação de órgãos!

— Realmente, estou inserido nisso — digo, buscando a taça de cristal. — Um brinde!

Após essa tentativa de transparecer algum entusiasmo, me volto ao prato mal tocado, dando uma fraca garfada na massa e um grande gole do vinho. O frescor da noite se aproxima devagar. O vento suave faz dançar as cortinas do elegante restaurante de decoração rústica — madeiras, flores, toalhas de mesa quadriculadas, conversas animadas ao redor, algo de italiano nas palavras ecoadas.

— Khnurn, meu antigo chefe, é quase um arquiteto, não acha? — Vergara pigarreia. —Não quis a sede da T&K no topo de algum arranha-céu, como gostam de fazer, fez questão de fazer as coisas daquele jeito. Por isso a sede tem dois andares apenas, sabe...

— Sei, já ouvi essa história. As torres representam para ele o ápice da vigilância e do controle, muros e obstáculos sociais, políticos, religiosos, essas coisas... — digo, lembrando-me de que a antiga sede da T&K em Tel Aviv, para a qual Khnurn torcia o nariz, era em formato de torre.

— Khnurn diz que a T&K não pode representar essas coisas, mas sim a liberdade. Sempre vem com essa conversa, até parece que, sei lá, é uma questão pessoal do velho. Vai ver que quer tudo horizontal para facilitar sua locomoção meio manca. — Vergara ri da própria piada de péssimo gosto, com a voz rouca de fumante um pouco enrolada pelo álcool.

— É, pode ser. — Dou de ombros. — Mas essa ideia fixa dele dá uma boa propaganda para a empresa, ao menos.

— Pra mim, é uma superstição do egípcio. Essa preocupação toda é tão 1984...

Vergara ri e acende outro charuto, assoprando a fumaça na minha cara. De dentro da sua redoma opaca de egocentrismo, parece nem ter percebido a inconveniência do ato. De qualquer forma, não posso perder a compostura. Havia ensaiado o que falar, estudado a personalidade de Eddie Vergara. Ele é um homem extremamente vaidoso, quer mais, sempre mais, e agir como se fosse o contrário é a minha grande cartada.

— Em que lugar você nasceu, Ed?

— Hum, se quer saber, nasci em Genebra, na Suíça, meio que por acidente. Tenho ascendência espanhola, meu padrasto era diplomata, separou-se da minha mãe, deixando-a à beira da pobreza. Não se pode ser pobre em Genebra, então fomos para Madri. Lá, aprendi a mexer com essa porcaria de programação, fiz muita coisa que se eu contasse você não acreditaria... Já invadi o Pentágono, ninguém soube!

— Sério? Não sei se lhe dou parabéns ou se tenho medo de você. — Finjo admiração em relação àquela soberba ridícula. — Sabe, gostaria de reiterar o pedido de perdão que fiz pela manhã. "Perdoai, e o Pai os perdoará", não é assim?

— Para quem renegou o *kipá*, você fala bastante de religião, Bowditch... — Vergara assopra novamente a fumaça, fingindo displicência. Ele está tentando me provocar ou puxar alguma conversa sobre o passado, mas ainda não é o momento para isso.

— Sabe, ainda hoje fico embasbacado com tudo que o 2030 conseguiu. — Mudo rapidamente de assunto, olhando as luzes de Nova Jerusalém através da janela ao lado da mesa. — O programa trouxe tantos benefícios para a região, para o mundo... E isso diz muito a seu respeito, Ed. Você tem grande participação nesses avanços todos, duvido que haja na T&K um programador melhor que você.

Noto a satisfação no leve levantar de lábios do suíço. Ele já está começando a entrar na minha. Você ganha a maioria dos homens quando os elogia mais do que merecem.

— Sei que é um cara de bom coração, Ed. E é por isso que talvez você possa me ajudar — digo, tentando aproveitar o momento de guarda baixa de Vergara — e da sua muito bem-vinda embriaguez. — Talvez você possa obter alguma informação sobre minha esposa. Já faz um dia que ela sumiu! Não posso simplesmente ficar sentado esperando. Sei que o 2030 não cometeria nenhum erro, pelo contrário. Tanto ele como você, e também como eu, um policial forense, nós estamos aqui para evitar e punir erros, certo? E o desaparecimento de Iara é um erro, só pode ser... O 2030 pode nos ajudar!

Vergara instintivamente foge do assunto, murmurando um discurso clichê sobre a polícia estar fazendo a parte dela. A polícia de Nova Jerusalém é parte do 2030, do Praga, como bem disse Caolho. Se o Praga realmente estiver metido nisso, uma investigação oficial certamente será inútil. Uma tentativa de abordagem direta a Khnurn ou Tagnamise, seus criadores, pior ainda. Porém, como dizer a Vergara que o 2030 pode estar com, digamos, problemas em relação a Iara e aos outros desaparecidos? Afinal, o que o programa que trouxe a paz à região poderia ter contra minha esposa? É preciso ter estratégia, como em um jogo de xadrez, que aprendi com o avô Josiah debaixo da árvore centenária na frente da casa do velho.

Cansado do assunto, Vergara faz um breve gesto com a mão e o garçom que possui a entediante missão de nos servir corre em direção à adega em busca de mais vinho.

— Então, agora a nova versão de Bruce Bowditch é amiguinha de Ed Vergara. — Ele ri, falando enrolado. Sei que Vergara é um consumidor contumaz de drogas, especialmente das "novas", mas hoje acredito que esteja sob efeito apenas de álcool. — Ótimo. Não é nada mal, são trocas, interesses. Todos nós, espertos, sabemos que é assim.

Pela primeira vez, noto um olhar diferente de Vergara para cima de mim.

— Sabe, Ed — desvio do assunto na mesma velocidade com que movo os olhos para a taça novamente cheia de vinho —, sempre foram injustos com você. Era você que deveria estar no lugar de Neil Mortimer. Embora, ah, acho que ele é um cara bom. Mas todos nós sabemos que ele é o verdadeiro homem da Dra. Tagnamise. Casamentos continuam sendo contratos, e Ariel Stern injetou muita grana na T&K. Até o magnata deve saber das traições da esposa. Mortimer está no topo por meros motivos passionais. — Ergo a taça pela haste, sem beber o conteúdo. Por um instante, analiso os olhos de Vergara, que insinuam que estou indo pelo caminho certo. — Sei que você sabe da competência e seriedade da Dra. Tagnamise, mas o coração, esse é enganoso, como dizem.

— Sim, o coração é enganoso, meu caro. — Vergara brinca com a extravagante corrente dourada no pescoço.

— Khnurn, quando ainda estava na empresa, certamente foi coagido por Tagnamise para colocar Mortimer onde está. Quer saber — cochicho, fingindo um momento de intimidade —, acho que você está muito aquém de onde pode chegar. Sempre pensei isso. É sério. Você é muito melhor que ele, Vergara.

— Ah, bom que alguém me reconheça! Não me dão o verdadeiro valor por lá… Mas, mesmo assim, a T&K é grande e boa demais a ponto de permitir que, trabalhando duro, se possa ter uma Lamborghini do ano e duas casas na praia — ergue o dedo para ressaltar, quase gritando —, uma em Long Island!

Termino de comer a *carbonara*, fingindo não perceber o olhar de reprovação do garçom em relação ao tom de voz de Vergara.

— Sabe que, se quiser, está convidado para conhecê-la, Bruce. As portas estão abertas pra você.

Para a minha surpresa, nesse momento Ed põe uma mão sobre a minha. Com a outra, segura a taça do vinho tinto caro. Não quero deixar assim claro a você, Ed, mas esse tipo de barganha está totalmente descartado.

— Tudo bem, Vergara. Agradeço. Mas, vamos aos fatos. — Desvencilho-me com cuidado, franzindo a testa. — Você vai me ajudar, não vai? Você sabe, no fundo, o tipo de homem que eu sou, o que aprendi com minha família, especialmente meu avô Josiah, o rabino, talvez um dos melhores. Por isso, preciso da sua ajuda para descobrir a verdade.

— A verdade tem tantas faces... — Vergara cantarola, apertando seu no cinzeiro sobre a mesa.

— É. Mas as faces que eu busco são a de Iara, e... de Naomy, talvez. Você sabe bem, amigo. Por favor, não me negue a verdade, estou sendo muito sincero com você.

Não adianta, a conversa com Caolho trouxe todas as antigas teorias sobre o episódio do *blackout* em Hamfield de volta à minha mente. Aquilo tudo parece, de alguma forma, estar conectado ao sumiço de Iara.

— Humm. Diga o que quiser, mas não volte com a ladainha de Naomy, tudo outra vez. — Vergara revira os olhos e empurra a sua cadeira com os pés. — Vou ao banheiro.

Vejo Ed Vergara se levantar e ir, sem cambalear, até o banheiro do restaurante. Vá, vá cheirar DFMA, essa droga da moda. Sinto o odor disso a quilômetros. Doidão, quem sabe seja até mais fácil para você colaborar. Apesar de não estar muito em posição de julgar, não é mesmo, Bruce-bebedor-de-uísque?

— Olá, Barba Ruiva. — Vergara voltou como um relâmpago, com um grão branco preso no nariz. Faço um sinal apontando o meu. Ele imediatamente se limpa, sem maior constrangimento, e toma a iniciativa.

— Eu sei o que você quer saber, garoto. Você até que é limpo, Bowditch. Eu, nem tanto. Ossos do ofício. Eu gosto de você, sempre gostei, apesar de tudo. É fácil disfarçar, não?

— Do que está falando? — Faço-me de idiota.

— Ora, do *blackout* no hospital Hamfield. Vem cá, nós dois sabemos do que estamos falando — sugere Vergara, falando de forma muito mais rápida que antes, quase comendo as palavras. — Você esperou muito pela pequena Naomy. Seu pai, talvez o melhor obstetra do país, fez o parto... e mesmo assim a criança veio ao mundo morta. Deve ter sido duro.

A ida ao banheiro — e o teco na DFMA — parece ter dado coragem e atrevimento ao suíço. Ótimo.

— Ainda é. Então, já que estamos sendo sinceros, Ed — encaro os olhos negros do *hacker* —, a pane foi premeditada, não foi? Por algum motivo, por alguém...

Ed Vergara entorna a taça de vinho inteira e olha fundo em mim.

— Ok, ok, posso dizer que *houve sim* uma premeditação, Bowditch. — Levanta-se, flexionando o corpanzil sobre a mesa, em minha direção. — Mas, quer um conselho, caçador de esqueletos? Pergunte ao seu pai. Ele sabe muito mais que eu. Ao menos sobre sua filha, considerando que os outros cinquenta mortos do hospital não lhe causem muita dor...

Aquelas frases me apertam o peito como se estivesse sendo sufocado. Caolho não estava errado. *Eu* não estava errado!

Abro a boca para falar, mas Vergara prossegue:

— Na-na-não, eu sou apenas um funcionário que *recebe* ordens. Um funcionário milionário, mas ainda um funcionário. Você não confia no 2030, não? Ou O Praga, como a cúpula, e você e Isaac Atar, o seu amigo caolho, o chamam. — Vergara limpa a boca com um lenço branco e se prepara para ir embora, devolvendo-o à mesa. — Se me dá licença, Bowditch, está na minha hora. Foi um prazer falar com você novamente. Deixa essa por minha conta. — Vergara pisca, passando rapidamente o chip inserido nas costas da mão na máquina leitora acoplada à mesa.

Fico em pé.

— Vergara, nunca me opus ao 2030, minha vocação é ajudar as pessoas, colaborar com o sistema. O *blackout* foi premeditado por quem? Por quê?! Você sabe, Vergara, ei, espere, eu... — tento segui-lo enquanto se dirige à porta de saída —, eu só queria saber se você...

Do lado de fora do restaurante, o jardim está à meia-luz. Entre árvores e esculturas greco-romanas, agarro Vergara pelos ombros, tentando não ser bruto.

— Ed, eu tô do teu lado, cara. Olha aqui. Eu só quero que tudo fique bem... só quero que você me ajude, e que nossa amizade...

— Hey! — Vergara aponta o dedo para mim, agressivo. — Sr. Bowditch, você está lidando com um cara esperto, tão esperto que se finge de morto. Tão morto quanto essas estátuas ou seus cadáveres da perícia criminal.

Assinto com a cabeça, um tanto frustrado, retirando as mãos de seus ombros.

— Nunca trabalhei com cadáveres, Vergara. Não diretamente, ao menos... Sabe que trabalho com perícias digitais. Bem, trabalhava...

Nossa conversa ecoa de modo mais distante, e o vento soa mais suave. Percebo que o jogo de xadrez chegou ao fim.

— Hey, não fique triste — Vergara diz, mais ameno, e sorrindo. — Que tal um passeio pela orla?

Vergara ergue a sobrancelha e as chaves de sua Lamborghini, seu namorado preferido. — Depois, quem sabe, continuamos a conversa no meu apê...

Não, definitivamente não, Vergara.

— Tô de boa, Vergara. Novamente, me desculpe por tudo. Não tenho por que querer o mal para você...

Tenho sim, filho da puta. Se souber que você teve algo a ver com o blackout, como o "melhor programador" da T&K, eu te mato. Ah, e eu sei, todo mundo sabe, que o Mortimer é muito melhor do que você, seu narcisista escroto.

Ed Vergara encolhe os ombros, não tão chateado.

— Tudo bem, Bowditch. Só vai perder a oportunidade de andar em uma Lamborghini, sentir o vento no rosto e depois tomar banho em uma enorme piscina térmica com os vinhos mais caros de Nova Jerusalém. Isso aqui — aponta para o restaurante —, isso aqui é vinagre! Nos vemos, meu chapa.

Murmuro um "ok", enquanto Vergara ruma para seu carro.

— Pergunte ao seu pai, ele sabe de tudo! — ecoa novamente Vergara, sob a soleira da porta da Lamborghini amarela, com um sorriso de Monalisa. — Ah, o convite para o passeio continua de pé. *Bonne nuit.*

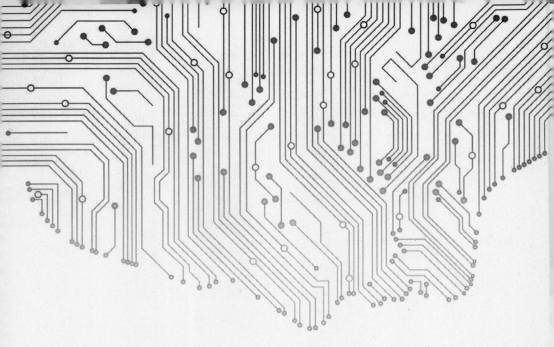

CAPÍTULO 6

"Por favor, querido Bruce, venha ao encontro do seu pai. É seu último pedido, e é urgente. Emmet."

Por que eu deveria? "Pai" é uma palavra um tanto forte.

Em contrapartida, as palavras de Vergara ainda ressoam na minha mente.

"Pergunte ao seu pai, ele sabe de tudo!"

Bebo um longo gole de *Jack Daniels*, fechando a mensagem de Emmet no smartphone. Tenho vontade de vomitar, mas não é por causa do álcool. Sentado nos primeiros degraus da escada que dá para a varanda de casa, me encontro completamente sozinho. Tenho somente Aquiles, meu fiel companheiro, que permanece em silêncio.

Acaricio o pelo dourado do labrador, observando no horizonte o pôr do sol em Nova Jerusalém. Há, hoje, algo de melancólico nesse verdadeiro oásis da modernidade, repleto de lagoas artificiais e sem o sufocamento das montanhas que circundam a "velha" e distante Jerusalém.

— É, meu amigo, perdi tudo o que tenho. Se pudesse, lhe ofereceria uma boa dose desse uísque. — O labrador não ri, com a língua para fora, como de costume. Sei que sente meu coração se despedaçar. — Ao contrário das pessoas, as bebidas ficam melhores quando envelhecem...

Gargalhadas vindas do pátio da escola ao lado entrecortam meus pensamentos. Crianças, palestinas e israelenses, ensaiam alguma apresentação para o Dia do Reconhecimento, que acontecerá dentro de alguns dias. O Ano-Novo adquiriu um significado muito maior por aqui. Para aquelas crianças, é a lembrança permanente de que a paz é frágil e que deve ser zelada. Da mesma forma que elas, juntas, provam para os mais velhos que a paz é tangível.

É impossível ouvir aquelas risadas infantis e não lembrar de Naomy. Sua ausência, depois de tanto tempo, voltou a me perseguir...

Notar o lugar do jardim preparado com tanto carinho para receber o presente do aniversário de casamento me faz buscar mais uma vez o gargalo do cantil. O pé de laranjeira que ali plantaria com Iara permanece dentro de um vaso sobre o balcão da cozinha. Já faz dois dias que ela desapareceu. A polícia me mantém informado sobre as buscas, mas não dão nenhuma pista. Seria de propósito? Dizem que, desde o desaparecimento, Iara não utilizou seu telefone, não fez nenhuma compra com seu sensor 2030... Alguns velhos colegas me repassam algumas informações também, mas eles não conseguem fazer muita coisa sem deixar de seguir estritamente a batuta do 2030.

E aquele carro autônomo que levou minha esposa, onde está? Foi *hackeado* por alguém? Ou o próprio sistema deu um jeito em Iara? Tentei de todas as formas localizá-la, falei das câmeras pela cidade, dos sensores, usei todos os meus contatos. Tudo em vão. "Ela evaporou", dizem, e eu nunca me senti tão impotente.

Volto meus olhos ao smartphone. Emmet já havia mandado umas quatro ou cinco mensagens antes desta, mas ignorei-as. Conhecia Emmet, a enfermeira de confiança de Aleph, de família judaico-polonesa. Solteira, aparentemente sem ninguém. Ninguém nunca me falou muita coisa sobre seu passado, nem mesmo Aleph. Eu nem mesmo sabia o sobrenome da senhora de uns sessenta anos.

A escola ao lado se esvazia à medida que o céu assume tons cada vez mais roxos. Uma lágrima rola, furtiva, do olho direito. Seco-a de imediato com o antebraço. *Homens não choram, homens não choram.* E aquele velho não é digno de nem uma lágrima.

Não, não vou ver o Dr. Aleph Abram no leito de morte.

Mas talvez, só talvez, o velho possa ter um lampejo de humanidade, de paternidade, e falar o que esconde. Emmet disse que ele tem um problema cardíaco há certo tempo. Ela falou disso com toda a naturalidade, como se eu soubesse. Na verdade, não nos falávamos, Aleph e eu, desde dias após o parto de Naomy. O que mais ele me escondeu?

Enquanto lamento o último gole do cantil, alguém buzina, de frente à casa. É um possante carro branco, tão branco que brilha diante da paisagem cada vez mais obscurecida. Emmet desce do veículo, também toda de branco, como quase sempre se veste — apenas de vez em quando usa preto ou marrom. Nunca deixa de usar o lenço atado à nuca, com nenhum decote, e saias apenas abaixo dos joelhos.

— Bruce! Bruce, meu querido. — Emmet chega próximo, sem precisar subir as escadas da varanda. Ela ergue o meu rosto, mirando séria o fundo dos meus olhos ainda marejados. — Vamos! Não temos muito tempo.

De pronto, agradeço o esforço em me convencer e digo que não irei. Aleph nunca teve coração. Do lado esquerdo do peito, bate um fórceps enferrujado.

— Acho que seu pai deseja falar sobre o que aconteceu em Hamfield. — A mera menção daquele nome faz meu estômago embrulhar. — E eu acho que você deve ouvi-lo. Ninguém merece morrer sozinho, Bruce. Vamos, Tel Aviv não é longe. E não devia beber tanto!

— O Dr. Abram sempre bebeu — respondo, fracassando na tentativa de colocar as palavras sem soarem infantis ou birrentas. — Acho que tive um bom exemplo…

— Ele sempre foi um homem muito sério. Só fazia isso nos dias de folga. Bem, Bruce — Emmet começa a mexer no conteúdo de sua bolsa —, quer uma pílula amarela contra ressaca? Imaginei que você poderia precisar…

— Ah, imaginou…

— Conheço você desde que era um garoto — a enfermeira diz, com alguma ternura no olhar — e ficava assistindo a seriados do FBI. Seu pai me contava como sempre foi fascinado pelo tema. Você lia Conan Doyle, mas preferia Sir Poirot. Ah, seu pai me contava tantas coisas sobre você, Bruce... Ah! E que você sempre foi um verdadeiro *hacker*. — Emmet pisca para mim, da forma desajeitada com que os mais velhos tendem a fazer quando tentam ser modernos.

Emmet seguia falando sobre o passado da minha família, ela falava muito sempre. Sempre tive essa lembrança. Mas eu relembrava outras coisas. Minhas conversas com Caolho — eu não tinha notícias dele desde a "queda brusca" do carro, duas noites atrás —, na época do nascimento de Naomy, principalmente sobre Vergara.

Naqueles tempos, Vergara era um entusiasta convicto do 2030, jamais lhe passaria pela cabeça expor o que contou ontem à noite no restaurante. *"Posso dizer que houve sim uma premeditação, Bowditch."* Aquele coração de motor de carro esportivo não se compadeceria assim por mim. Agora, noto que ele possui alguma crítica velada ao 2030, embora pense mais na sua Lamborghini e em como chegar a um posto mais alto na T&K. Os lábios de Vergara jamais pronunciariam isso, mas penso que ele não confia no Praga como antes.

"Pergunte ao seu pai, ele sabe de tudo!"

Bom, talvez tenha mesmo chegado a hora de ouvir o que Aleph tem a dizer. Talvez seja o tal lampejo de paternidade, nas horas finais da vida. Ou de remorso, ao menos. E não há muita utilidade em ficar aqui parado, bebendo. Que a verdade apareça, afinal.

Volto rapidamente com Aquiles para dentro de casa. Com um comando de voz, indico que ficarei um tempo fora. O sistema confirma a ordem com uma voz genérica — não a voz de Iara a que estou acostumado, uma vez que já não possuo o sensor que personaliza o sistema —, pois sabe o que isso significa.

— Fica tranquilo, garoto, vou atrás da mamãe, ok? — Aquiles abana o rabo, enquanto o afago para sair. Sei que ele ficará bem cuidado. Através do sensor 2030 sob sua pele, suas necessidades serão monitoradas e saciadas pelo sistema em minha ausência.

A voz mecanizada no comando de voz se despede. Olho para a laranjeira de Jafa sobre o balcão, ainda saudável, embora pálida, enquanto a porta se fecha atrás de mim.

Ainda a plantarei, com Iara, antes do fim. Tenho certeza.

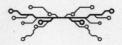

Por alguns instantes, me perco na dança perfeitamente ritmada das centenas de *drones* que parecem realizar algum mapeamento de cardumes acima do mar. A viagem prossegue em silêncio, que é interrompido somente pelo som intermitente das ondas à nossa esquerda. Vez ou outra Emmet ameaça abrir a boca, mas consegue se segurar. A velha enfermeira entende a batalha que travo por dentro, talvez ela também tenha a sua própria. Não sei exatamente que relação, além da estritamente profissional, ela tinha ou tem com o Dr. Aleph. Não sei de mais nada da vida pessoal dele. Nem pretendo saber.

Emmet demora com o carro, anda devagar demais para quem diz ter uma urgência tão grande. Passamos pela frente da sua casa, a qual ela aponta com o indicador. Ela se refugiou lá desde que, bem, nem tudo se deu como ela gostaria, acredito. Por que Dr. Aleph não interveio em favor da amiga tão chegada, quando foi demitida da T&K? Ele sempre teve Khnurn ao seu lado. Tudo isso é muito estranho para mim.

Emmet, então, não resiste e finalmente quebra o silêncio que tanto deve ter lhe custado manter. Comenta sobre o fato de certa praga estar consumindo as amadas flores coloridas de seu jardim. Com a cabeça descansando na palma da mão, escuto o que ela diz, sem muito interesse. Desvendar a *causa mortis* de plantas não me importa tanto quanto a de pessoas mortas.

— Se quiser, tenho café árabe na cafeteira. Muito melhor que o israelense! — A enfermeira parece confundir meu desinteresse com sonolência e aponta um aparelho ao centro do painel de controle do veículo.

Respondo que não é preciso, embora esteja definitivamente de ressaca. Nem a pílula amarela eu quis. Ela me dá muito sono, e preciso colocar meus pensamentos em ordem. Algo me diz que Caolho está certo, e o desaparecimento de Iara está conectado aos outros desaparecimentos da cidade. E, quem sabe, com o *blackout* de Hamfield.

"Certa praga."

— Sabe, Bruce, grande parte das doenças vegetais são causadas por vírus, como nos seres humanos, além disso... — Emmet fala sem parar, mas eu não consigo prestar muita atenção. Ela está dirigindo na função semiautônoma. Não confio na versão autônoma dos veículos. Não mais, pelo menos, depois do que aconteceu com Iara. E também com Caolho, muito antes disso. Foi numa viagem em um deles que perdeu o olho. Um acidente estranho. Ou talvez apenas atípico? — ... gostava dele, trabalhou muito tempo comigo na pesquisa do vírus, fazia um bolo de chocolate com morangos divino!

A velocidade com que Emmet troca de assunto é a mesma com que meus pensamentos voam. Ah, agora lembro que a pesquisa final de Emmet na T&K antes de ser afastada era sobre um determinado vírus. Deve ser sobre isso que ela fala sem parar.

— Dirigir sempre me cansou muito — Emmet comenta, atenta aos meus olhos vidrados no painel do carro indicando a função semiautônoma, nível 8 de 10. — Por isso, essa automatização me facilita muito a vida. Não só nos automóveis, você sabe, querido Bruce, mas no controle do trânsito, da segurança, da cidade toda basicamente...

— Graças ao 2030... — Bocejo, com uma boa dose de ironia, sem olhá-la. Sinto seus olhos azuis fitando os meus. Ela continua com o cheiro de baunilha que sempre teve.

— A direção não está sozinha — Emmet desconversa, vagamente. — Sempre são as pessoas, digam o que disserem. Criador jamais se desconecta da criatura, e vice-versa.

Não digo nada. No momento, não tenho voz, apenas o tremor da antiga abstinência do álcool que voltou abruptamente. Ou talvez o que me causa calafrios é, na verdade, pensar que estou a caminho de confrontar o homem que me deu a vida.

Afinal, não sou um robô.

— Como neste carro, que prevê o que um ser humano faria, ou deveria fazer, na verdade. Ele aprende com os humanos. Sensores identificam o ambiente, mesmo antes de estarmos ali, e transmitem instruções de como lidar com ele. Essas máquinas são preditivas, querido Bruce. Máquinas-videntes... — Emmet ri consigo mesma.

Por que Emmet anda tão devagar? Os velhos semáforos e placas de trânsito já não são mais necessários. E todos os veículos, mesmo os manuais, são conectados uns aos outros, não há riscos de acidentes. De fato, uma rede interminável de máquinas. Aprender com o ser humano talvez não seja assim mais tão necessário... Pisa no acelerador, Emmet!

— Talvez eu prefira dirigir por conta própria, ou corro o risco de não conseguir fugir da polícia quando precisar — digo, com ironia indisfarçável. Emmet tenta sorrir, mas é claro que até o céu coberto de nuvens cinzentas sabe que não há qualquer motivo para um mínimo esboço de leveza e contentamento. Talvez nem mesmo falso.

Aquilo me faz lembrar do avião do famoso voo 447 da Air France, que caiu quando o piloto automático desligou, muitos anos atrás. O piloto humano, acostumado a deixar a máquina no controle, falhou no momento decisivo em que precisava retomar a ação. O que faremos então em situações assim extremas, se estivermos totalmente dependentes da automatização? E se ela nos abandonar, como as pessoas fazem umas com as outras?

Pare com isso, Bruce, ou vai enlouquecer ainda mais. Já basta o passado, e o aqui e agora, para me encher a cabeça. Olho para os lados e para trás, impaciente com o ritmo da viagem. Emmet, muito atenta como uma boa enfermeira tem de ser, volta a acelerar.

Já consigo ver a lua cheia, é noite sem estrelas. Apesar de não ter visto mais o Toyota preto, sinto que ainda estou sendo seguido. Ou será que virei um paranoico, como chamam as pessoas como Caolho? Mas e se os loucos tiverem razão, e o seu estado de loucura foi imposto como a melhor coerção do sistema?

— Você parece cansado e nervoso, querido. Conte-me o que sente.

Na verdade, analisando bem, Emmet chegou a ser presente por bastante tempo lá em casa. Lembro do seu rosto redondo e bochechas vistosas, em meio a *flashes* da minha infância distante, quando ainda havia teclas para controlar as coisas, e não apenas a voz ou o toque. Um sentimento esquisito aflora efêmero.

Troveja. Vai começar a chover.

— Entendo toda a situação com seu... — ela pigarreia — com o Dr. Aleph. Um dos homens mais exemplares e talentosos que já conheci. Poderia operar sem qualquer instrumento ou monitoramento eletrônico. Aliás, ele mesmo ajudou a criar algumas dessas máquinas hospitalares, sabia? Em especial para a ginecologia e obstetrícia.

Uma luz piscante no painel interrompe a enfermeira, indicando que a energia do veículo está baixa e que trafegará pela faixa à direita, com pontos de recarga sob o asfalto. Um caminhão sem condutor, um verdadeiro container sobre rodas, instantaneamente diminui a velocidade, permitindo a troca de faixas.

Caminhões, carros, fábricas inteligentes, *drones* e aviões autônomos, a "rede interminável de máquinas" do 2030 opera 24 horas por dia, sob quaisquer condições climáticas, sem descanso ou direitos trabalhistas. Mas, e se tudo falhar, desligar-se, como no voo 447? Ou se tudo isso se voltar contra nós?

— Graças a D'us, seu pai, que o Misericordioso Senhor esteja com ele, mesmo sem ser o maior entusiasta do programa, auxiliou a consolidar um mundo novo na saúde com o 2030. Prevenção de epidemias, algo muito importante! — Emmet segue falando sobre o que aparentemente é seu assunto preferido, pragas e vírus. — Quais epidemias matam, hoje? Ainda mais aos milhares. Elas nascem já mapeadas e rastreadas. Seu pai foi um grande homem por trás de toda essa nova era na parte da medicina, apesar de meio desconfiado do uso do 2030 para todo o resto... Sabe que trabalhei um tempo na T&K, não é, querido Bruce? Seu pai deve ter lhe contado.

"Seu pai. Seu pai." Não, ele não me contou, Emmet. Eu e Caolho descobrimos isso com Vergara, na época do episódio de Hamfield.

— Vou lhe contar uma coisa, Bruce: não gosto nada da tal Dra. Tagnamise. Eu a admiro, sim, assim como a Khnurn, mas não gosto dela. E quanto ao Mortimer, creio que haja algo errado com ele, você sabe bem os boatos. Sabe que nem sempre as habilidades são determinantes, outros *atributos* se fazem necessários para galgar posições. Não somos robôs seletivos...

É claro. Aliás, será que Neil Mortimer e a Dra. Tagnamise têm alguma coisa a ver com a aposentadoria precoce de Emmet? Bem, vou fingir que não sei de nada, esse é um atributo bem humano: dissimular.

— E de Khnurn, você gosta? — desafio-a, sabendo que convivia com ele desde sua juventude. Emmet suspira.

— A sua família acolheu o pai de Khnurn na guerra do Yom Kippur como se fosse um amigo de infância. Salvou o soldado egípcio de amputar uma perna. Então, nasceu Khnurn, dois anos depois. Ele é uma grande pessoa, como seu pai. Com certeza eu confio nele, e você também deve confiar. Embora algumas atitudes suas...

Como sua demissão, você quer dizer, srta. Emmet? E por que eu devia confiar no Khnurn, hoje em dia? Nem o conheço mais, acho.

Esfrego os olhos vermelhos, exaustos na noite que cai rápido. Pego o tal café árabe "melhor que o israelense" da máquina, em um copo reciclável, olhando o monitor da janela: treze minutos até Tel Aviv, na direção norte, no ritmo atual em um terreno plano e com estradas desafogadas.

— É, sei que minha família acolheu Khnurn e o pai, ele viu meu nascimento. Lá em 1993. Convivemos uns bons anos. O interesse pela informática nos aproximava. Acho que éramos como a dupla Bill Gates e Steve Jobs, mesmo com a diferença de idades... eh? — Bocejo, deixando as memórias do passado tomarem vida como os pingos da chuva que começa a cair.

Naqueles tempos, minha mãe ainda estava viva. A recorrente lembrança dela se embalando lentamente na cadeira de balanço em frente à nossa casa em Tel Aviv rapidamente muda para outra muito mais dolorosa, apesar de igualmente bela: o olhar maternal de Iara admirando o rosto que sempre desenhei para Naomy, de cachos amarelos e olhos da cor do mar Mediterrâneo.

— Anos depois, minha filha Naomy nascia. Eu estava de plantão naquela noite, o parto foi antecipado, às pressas, não me avisaram a tempo. Eu só queria ver aquele rostinho... — Meus olhos então fuzilam os de Emmet. — Você estava trabalhando com o Dr. Aleph na noite do parto de Naomy, não estava, Emmet?

Emmet é muito contida, mas percebo que se sente desconfortável com a pergunta que eu sei muito bem a resposta. Ela retira alguns pequenos salgados tocando uma tela no painel do carro. Oferece-os a mim, recuso, e ela come uns cinco de uma vez.

— Bem, é verdade — diz Emmet, inclinando a cabeça para trás. — Uma fatídica noite de julho. Eu trabalhava no hospital em Tel Aviv, mas fui para Nova Jerusalém com seu pai, especialmente para o parto de Naomy.

— Eu deveria ter estado presente, ter feito algo... Naomy já estaria com seis anos e meio.

— Sei como deve ser doloroso, meu querido. Perder sua Naomy. E agora, bem, sua esposa Iara… Mas ela está bem, tenho certeza. E não julgo o seu sentimento. Mas, por favor, pense que seu pai não foi nenhum monstro. Fez questão de que eu participasse do nascimento de Naomy. Tudo teria de transcorrer perfeitamente, mesmo às pressas. Tudo o que fez foi querer o melhor, e sempre pensando num propósito maior.

Assim como o 2030?

— Então — aponto o céu, onde surgiu uma estrela entre as densas nuvens escuras de chuva —, será que minha Naomy virou estrelinha? Ou ainda está viva? O que acha, Emmet?

Meus olhos de predador caçam os de Emmet, sem hesitar.

— A senhora *viu* minha filha morta, com seus próprios olhos, Emmet?

Silêncio.

O *blackout* havia sido premeditado, Vergara me garantiu. Vi verdade em seus olhos, ainda que brilhando por todos os aditivos que tomou. Senti a raiva impregnada naquelas palavras, talvez algum remorso. Mas qual o motivo dessa premeditação, do *blackout*? E quem foi o responsável por ele? O sistema age, não sente. Por que justo na noite da chegada da minha Naomy? Natimorta! O índice de bebês que padecem no parto é cada vez mais ínfimo…

A chuva cai cada vez mais forte, martelando a carcaça do veículo, os vidros, a minha cabeça — sinto que explodirá a qualquer momento. Nela, Iara segura Naomy em seus braços, *viva*.

Emmet coloca sua mão, suada, quente e só um pouco envelhecida — ela se cuida muito bem com os produtos da nossa era, e a genética ajuda para que não se veja o que se possa chamar de rugas nela — sobre a minha. Seus olhos procuram os meus, e o azul deles parece agora tão escurecido quanto o céu cinzento.

— Eu jamais mentiria para você, querido Bruce — diz ela apertando meus dedos entrelaçados com os seus. — Peguei você no colo quando ainda era uma coisinha.

Sigo com o olhar fixo sobre Emmet, a testa franzida, aguardando-a continuar. Ela estremece e se engasga um pouco por causa dos salgadinhos.

— Desculpe… — ela toma fôlego — desculpe, querido Bruce. Mas, infelizmente, é verdade. Foi um parto de-sas-tro-so.

Minha mão treme segurando o café, que esfriou muito rápido. Não consigo tomá-lo, apesar de querer. Se ainda estivesse com o sensor na mão, ele certamente indicaria que estou tendo alguma crise de ansiedade.

— Sim, a pequena Naomy nasceu morta. É preciso aceitar. Embora... — Emmet suspira demoradamente — talvez eu nunca vá me perdoar por não ter...

Lutando para não revirar os olhos, obrigo-me a beber o resto do café árabe frio, pior que o dos israelenses, a meu ver. Não confio em Emmet, embora tente disfarçar.

— Fatalidades, srta. Emmet. Fatalidades acontecem — digo, enquanto observo o clarão de um raio lá fora, ponderando se ele não seria capaz de contrariar o ditado popular e cair duas vezes no mesmo lugar. — O difícil de acreditar é quando elas acontecem mais de uma vez...

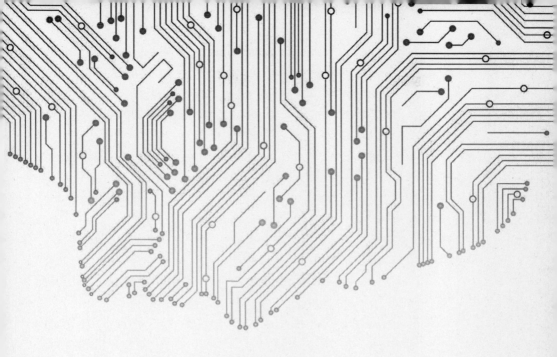

CAPÍTULO 7

Emmet dirige em silêncio, ouvindo música clássica em volume baixo. Os *boulevards* de prédios espelhados cobertos com jardins verticais em Nova Jerusalém dão lugar a vielas estreitas e construções antigas nessa porção de Jafa, em Tel Aviv.

O bairro de Ajami, onde nasci e me criei em Jafa, é quase desconhecido para mim agora. Aqui o 2030 ainda não atua como em Nova Jerusalém, mas, mesmo assim, está tudo tão diferente.

Ajami, ﻋﺠﻤﻲ, "estranho". Tudo desigual, distante e, ao mesmo tempo, parece que foi ontem que minha mãe me chamava para jantar. Eu ia dormir cedo, nunca após as 21 horas. Mas, no quarto, ficava mexendo escondido no computador até mais tarde. Lembro-me de Khnurn, nas suas férias da faculdade nos Estados Unidos, ensinando-me sobre Python, Java e outras linguagens. K falava que eu era "precoce" em saber dessas coisas.

Em cada cerca, cada muro, cada construção, uma lembrança, um rosto, uma palavra ecoada por um vento que vai urrando através da janela do carro. Sinto uma saudade que dói, deixada pelo que de melhor havia em mim, como um passado que insiste em não permanecer, em contraste com o presente, que se experiencia eterno — e doloroso.

Sempre se referiam ao velho Ajami como "a parte feia" e negligenciada de Jafa, contrastando com a porção europeia de Tel Aviv, que se desenvolveu rapidamente após a II Guerra. Aqui, os árabes sempre dominaram a cena, e o conflito com o restante da população israelense era constante. Mas não há lugar como o lar. Vivíamos em uma casa simples no começo da minha vida, quando Dr. Aleph dava seus primeiros passos como médico. Depois, após o falecimento do meu avô, nos mudamos para o velho casarão da família.

Toda a porção hebraica de Jafa tinha o Dr. Aleph em alta conta quando se tornou diretor do hospital em que entrara como mero residente na Seção de Obstetrícia. Aqui nasci e daqui não saio, dizia ele — apesar de suas constantes rusgas com os árabes da região —, e de fato isso viria a se cumprir. Agora, está morrendo no hospital em que trabalhou a vida toda — exceto por um plantão específico no Hamfield, em Nova Jerusalém: o do parto da minha filha Naomy.

Vejo agora passarem por mim alguns pomares de laranja de Jafa, que meu avô Josiah sempre cultivou. Dizia ele que a laranja daqui tem pele grossa, boa, que não amassa. Primeiro, ela era cultivada pelos palestinos, depois os judeus passaram a semeá-la também. Ele contava que seu pai veio da Rússia morar junto com "os seus", os outros judeus que vieram para esta região quase cinquenta anos antes do estabelecimento do Estado de Israel. Naquela época, havia alguma paz entre judeus e palestinos. Porém, na Rússia, *pogroms* exterminavam nosso povo.

Zeide Josiah dizia que depois nossa comunidade recebeu muitos judeus fugitivos da II Guerra, dispersos pelo Velho Continente. A partir dali, então, palestinos e judeus já não tinham mais o bom convívio, e a guerra eclodiu entre eles. Para nós, os vencedores, ela foi a Guerra da Independência. Para os palestinos, entretanto, foi a *Nakba*, a catástrofe. A família de Iara, forte como a casca da fruta que sua família e a minha cultivavam, então teve de fugir. A partir de então, o resto do conflito virou história.

E aqui estamos nós, em Ajami, Jafa, em pleno Israel, com palestinos vindos da Cisjordânia, de Gaza e de outros cantos do mundo. Milhares deles tinham a certeza de que jamais poderiam "retornar" para a terra dos seus e dos meus antepassados. Mas o acordo de paz de 2030, arquitetado pelo 2030 de Tagnamise, Khnurn e Mortimer, com toques de Vergara, permitiu seu retorno em massa.

Agora, vejo árabes e israelenses juntos pelas ruas de Ajami, como se pertencessem naturalmente a esse lugar. Enfim, colhemos laranjas novamente juntos e plantamos uma semente um no coração do outro.

Entretanto, essa semente hoje é um espinho dentro de mim. O "direito ao retorno" de Iara para a sua Palestina também tinha de valer para ela retornar à nossa casa, ao nosso lar... e finalmente plantarmos, juntos, nossa própria laranjeira de Jafa.

Certas coisas nunca mudam, certas faltas nunca passam. Há um vazio dentro do meu peito, desde a juventude, que permanece o mesmo: minha mãe. Na saída de Ajami, peço que Emmet passe em frente ao arco de entrada do cemitério em que Louise está enterrada. Sei que não há tempo de visitá-la, mas quero sentir sua presença. Sempre tão leve, sempre tão contagiante.

Uma pena minha mãe não ter podido conhecer Iara. A tecnologia não mudou tanto assim o fato de que todos vamos morrer um dia — pelo menos por enquanto. Mas não precisava ser de forma tão prematura como foi com minha mãe. Louise, assim como seu marido Aleph, nunca saiu de Ajami. E aqui permanece.

Em breve, sei que terei também o túmulo do Dr. Aleph Abram para visitar.

Ele sim conheceu Iara, mas nunca a aceitou, uma "gentia", árabe, palestina na família. Por que escolhera justamente a noite do nascimento da minha filha para conhecer, finalmente, minha esposa? Por que na noite de Hamfield, Dr. Aleph, você tinha de estar lá?

Ecos.

Ecos.

Vejo rostos em tudo. São fantasmas. E eu sou um fantasma igualmente, com outro nome, em outro lugar, com outra vida. Ou melhor, sem nenhuma vida agora.

Chegando à velha e bela orla de Jafa, consigo avistar o hospital onde meu pai está morrendo. Essa porção de Tel Aviv é cheia de cafés e clubes noturnos, com a brisa do mar suspirando junto aos vinhos israelenses e narguilés árabes.

Iara e eu gostávamos do antigo restaurante *The Old Man and the Sea*, logo em frente ao píer por onde meus antepassados desembarcaram em Israel, ao sul do bairro. Lá, entre salmonetes e camarões, Iara anunciou a gravidez, a vinda de Naomy. Sempre pedíamos um café bem forte. Era nossa briguinha: o café israelense é melhor, eu dizia, e ela dizia que era o café árabe.

Até Emmet estragar nossa piada interna. Como se a conhecesse...

Finalmente chegamos. O sistema de voz do carro indica que, após desembarcarmos, estacionará numa rua lateral. Emmet apressa o passo para me acompanhar hospital adentro, enquanto vê por sobre o ombro seu carro partir sozinho.

A caminho do quarto do Dr. Aleph, Emmet chama minha atenção para uma reprodução de um quadro de Napoleão Bonaparte visitando as vítimas da peste de Jafa. É uma bela e sombria obra, onde um homem nu padece de joelhos e Bonaparte, com toda a sua pompa, toca em um dos doentes. Não é o original de Antoine-Jean Gros, de 1804, Emmet me explica, mas ela considera a réplica perfeita.

Mas, agora, só consigo pensar não na peste, mas na doença que está levando a vida do Dr. Aleph Abram. Aproximamo-nos do quarto, e meu coração bate mais forte, não posso fingir. Minhas mãos estão suadas. Um *Jack Daniels* com muito gelo ia bem.

Fecho a porta devagar, sem ruído, atrás de Emmet. Aleph dorme no leito de hospital. Está ligado a aparelhos que monitoram todo o seu corpo, com barulhos irritantes para mim.

Emmet se senta na cama. Eu permaneço em pé, sem reação, observando meu pai, com seus cabelos brancos sob o *kipá*, morrendo em sua terra, onde nasceu, cresceu e de onde prometeu nunca sair. Sempre cumpriu suas promessas. Mas isso lhe dá aval para acharem que é sempre sincero? Ele sabe algo sobre Iara, assim como sei que sabe sobre Naomy?

— Por que não quis ir para Nova Jerusalém, Dr. Aleph? Com o sensor, provavelmente não estaria à beira da morte — Emmet se lamenta, com as duas mãos cruzadas sobre o peito. — Estar na nova capital tem suas vantagens. O sensor possui benefícios diagnósticos, mas também terapêuticos, o senhor sabe. Por quê? Por que esse sofrimento? Só para dizer que cumpriu suas promessas até o fim? Ah, Dr. Aleph, o senhor sempre foi um cabeça dura, não é?

Um silêncio glacial invade o quarto privativo. Mas, de repente, mesmo com a dificuldade da traqueostomia, Dr. Aleph responde, de olhos ainda fechados:

— Boa sorte com seus senso... — a voz grossa lhe falha — sensores e biotecnologia.

Emmet sorri e toma a mão enrugada do velho, que ainda usa a fina aliança dourada de seu casamento com minha mãe. Então, Dr. Aleph abre os olhos azuis, abatidos e um tanto cinzentos.

— Me deixe morrer, Emmet. Em breve, vamos todos...

Dr. Aleph, que a princípio não me via, agora me encontra. Seu rosto se ilumina por um momento, e seus olhos se arregalam da forma que eu sempre tive na memória.

— Tinha certeza de que viria, Bruce. *Shalom*. Aproxime-se.

Emmet ajeita com cuidado os aparelhos e os travesseiros nas costas do Dr. Aleph.

— Aproxime-se... — ele diz com sofrimento, observando meu passo tímido em direção a ele. — Sei que tenho apenas mais algumas horas de vida...

— Sinto muito — digo, de forma seca, com um nó na garganta.

— Perdoe-me, Yigal — ele diz, capturando meus olhos assustados.

Fazia tempo que não me chamavam assim. Desde antes de partir para Nova Jerusalém, quando eu ainda atendia por Yigal Abram.

— Iara está desaparecida. Sabe algo sobre isso? E o que me escondeu sobre Naomy? — Despejo as palavras de forma abrupta, como se elas retirassem toneladas dos meus ombros.

O rosto do Dr. Aleph se contrai com o meu tom de completa hostilidade. O monitor cardíaco indica que suas batidas estão fracas e desritmadas.

— Sinto muito. Você não merecia passar por isso, Yigal.

E qual a *sua* culpa nisso tudo? No fato de eu não ter mais ninguém na minha vida? Eu me contenho para não dizer essas palavras rudes e não transparecer ainda mais minha raiva e meu incômodo com o momento.

— Yigal — Dr. Aleph recomeça, com muita dificuldade para falar. — Yigal, me perdoe... Alguns erros que cometemos em vida só são apagados com a morte.

Então, ele não consegue segurar a lágrima que escorrega rápida pela face. Apenas uma. É a primeira vez que vejo o frio Dr. Aleph derramar uma lágrima que fosse em sua vida. Ele busca a minha mão, apertando-a com toda a força que pode. Emmet se retira para a janela para chorar.

— Emmet, deixe-me ter alguns momentos a sós com meu filho. Por favor...

Aquele pedido parece ferir a alma da enfermeira, que reluta alguns instantes, mas sai do quarto sem dizer uma única palavra.

— Yigal, meu filho, me perdoe — Dr. Aleph suplica, para depois suspirar profundamente. — Naomy está viva.

— O quê?!

— Naomy nasceu com vida. Segurei-a em meus próprios braços. Se você tivesse vindo antes... Deixei a carta para você, não poderia partir sem que você soubesse. Naomy é linda, Yigal. Me desculpe, me perdoe...

Faço menção de responder algo, elaborar perguntas que há anos não sossegam minha alma. Mas não consigo. Meus lábios não se movem, o gosto de bile invade a boca, meu tronco enverga com a tontura. E o silêncio que segue parece eterno.

As pupilas de Dr. Aleph palpitam um pouco antes de se fecharem, pesadas. Nesse instante, o monitor cardíaco vira uma linha reta e apita.

Meu pai está morto. Meu pai morreu segurando a minha mão.

— Onde ela está?! Por que fez isso, *pai*? Por que não me contou? — grito, chacoalhando o corpo sem vida do Dr. Aleph com a outra mão.

Saio correndo, desnorteado. Entro no banheiro mais próximo, me sento no reservado e choro. Choro, com os dedos entre os cabelos alvoroçados, do jeito que nenhum homem poderia chorar.

Mas eu ainda sou o menino de Ajami, o menino que chorava escondido pela falta da mãe e fingia ser forte.

Forte, como o pai daquele garoto sempre foi.

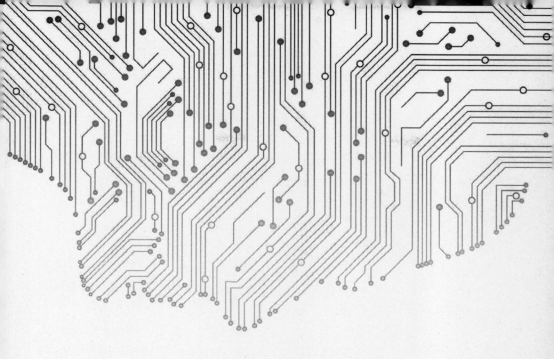

CAPÍTULO 8

KHNURN

Por volta da meia-noite, recebi uma mensagem de Aleph Abram:

"Khnurn, aqui é Aleph de novo. Estou perdendo as forças. Receio não conseguir ver meu filho Yigal com vida. Ele não atende minhas chamadas. Também tentei falar com Iara, mas foi em vão. Não há mais a quem possa recorrer. Preciso lhe entregar uma carta. Eu lhe suplico, venha."

Sabia que ele se encontrava nas últimas, no hospital em Jafa. Aleph me enviou várias mensagens, desde então, naquela madrugada. Pensei em não ir visitá-lo. Minha dívida com ele e com a família Abram já estava paga. Os pecados de meu pai foram expiados, e minha perna doía mais que de costume. Apesar disso, decidi, por impulso, ou talvez intuição, pegar o carro e rumar para Tel Aviv.

Aleph foi, por muito tempo, muito próximo a mim. Seu pai, Josiah Abram, foi grande amigo do meu pai. Eu sou e serei eternamente grato a eles. Mas, infelizmente, as coisas mudam.

Sei, em meu coração, do que se trata esta carta.

Allah, o misericordiosíssimo e clementíssimo, me proteja.

Cheguei ao hospital em Tel Aviv por volta das três e meia da madrugada. Aleph dormia, mas acordou quando entrei no quarto.

— Que bom que veio, velho amigo — ele disse, ainda sonolento.

— Não poderia ser diferente. Vim o mais rápido que pude — menti, por educação.

Aleph me pediu com dificuldade para que eu me aproximasse. Vi um envelope branco lacrado sobre o criado-mudo, para o qual ele apontou. Tomei-o, pois sabia que esse era o motivo para eu estar ali.

— Guarde-a com a sua vida, e a entregue de imediato a Bruce — disse Aleph Abram, com certa dificuldade. — Não sou digno ou forte o suficiente para falar toda a verdade olhando nos olhos do meu filho.

Toda a verdade, eu sei qual é, está na carta que escondi no bolso do casaco.

— Que o seu deus lhe receba em seus braços — dizia eu apertando de leve sua mão. Aleph Abram assentiu. Olhamo-nos por algum tempo. Memórias se passaram como *flashes*, mas não falamos mais nada um ao outro. Um dia, Aleph e eu de fato fomos melhores amigos.

Foi uma despedida fria entre nós. Fiquei um tempo ali, olhando a janela. Ventava muito em Tel Aviv, como se milhares de espíritos urrassem, os espíritos da morte, *djinns* aterrorizantes.

A noite ainda era bem escura, como logo antes do amanhecer. Então, fechando a porta do quarto, ainda consegui escutar Aleph Abram ligando para Emmet. Disse que gostaria muito de ver seu único filho e pediu, como um último desejo, que ela o ajudasse nisso.

Senti-me inquieto, apreensivo. Aquela ligação não era boa. Definitivamente, Bruce não podia saber certas coisas. Se eu pudesse impedir Emmet... Não a via desde que saíra da T&K. Desde que eu a contratei, e Tagnamise a demitiu. Seria muito arriscado interferir em algo com ela.

Quanto a Bruce, sei que ninguém pode pará-lo, quando está decidido. Espero que decida não ver o pai, do mesmo modo que o tempo em Jafa se pôs para a chuva, mas de fato não choveu.

Na madrugada seguinte, Bruce Bowditch me ligou para avisar que Aleph havia falecido. Ele logo me perguntou se eu havia visto seu pai antes de falecer. Poderia ser um teste, mas Bruce reiterou que gostaria muito de que seu pai pudesse ter se despedido de seu grande amigo. Menti que não o vira.

Não mencionei a carta de Aleph Abram a seu filho. Vi aquele garoto crescer. Mas as coisas mudam.

— Vovô, perdi minha *Kiki Doll*. Você pode encontrar ela pra mim, vovô? — veio me dizer, esbaforida, a menina de pijamas. Levei um susto.

A boneca da moda estava no meu escritório sobre a mesa. Lana adorava brincar lá. Muitas vezes deixava seus brinquedos ali, como que para chamar minha atenção. Abracei-a, entregando-lhe a boneca eletrônica, enquanto a levava de volta ao seu quarto. Ela me contou que descobrira um novo tipo de flor no quintal, e lhe chamara *Kiki*. Lana é muito curiosa e vivaz, como seu pai. Beijei-a e a pus para dormir.

Estava tarde, mas eu não conseguia dormir. Acendi um narguilé amargo e fiquei observando o Prêmio Turing enquadrado na parede do escritório. A seu lado, um artefato de origem indígena, pelo qual paguei um grande valor, quando em visita ao Peru. Sou um vencedor, uma mente privilegiada, pensei comigo mesmo com um esboço de sorriso.

Logo escutei os pezinhos de Lana descendo novamente as escadas, e não gosto que ela se exponha à fumaça do narguilé. Disse que estava sem sono e perguntou se poderia brincar com sua amiguinha, nossa vizinha de quem esqueci o nome. Eu sorri com tal pergunta, àquela hora. Lana estava contando sobre a flor *Kiki* a ela, e como há um animalzinho que mora na planta. Sempre previ que Lana pudesse ser uma ótima médica um dia.

— Ora, minha querida — ajoelhei-me diante da garotinha de quase seis anos de idade —, você sabe que é perigoso para você, não pode ficar saindo de casa. Você sabe do seu probleminha, não sabe? Por isso temos o Dr. Fadji, que cuida muito bem de você. E vamos dormir, querida? Está muito tarde, até mesmo para os adultos. Amanhã, sua professora chega cedo. Conte-me, está gostando dela?

— Sim, vovô, ela é mais divertida que a outra.

O 2030 ainda mantinha grande parte da educação em modo presencial. Claro, de forma aprimorada e personalizada. Mas me preocupava com Lana trancada em casa, então contratava professores particulares de elite — e pagava caro por isso —, permitindo de vez em quando alguma interação com outras crianças. Totalmente supervisionada e apenas aqui no interior da mansão, obviamente.

Depois que Lana voltou ao seu quarto, fiquei novamente perdido em meus pensamentos, acompanhado apenas da fumaça do narguilé. Bruce bem que poderia ter levado um Prêmio Alan Turing, o Nobel da Computação. Porém, Bruce Bowditch escolheu outro caminho e nunca levará o Prêmio.

Assoprei vagarosamente a fumaça, acompanhando seu caminho até o teto. Levantei-me com algum esforço e, mancando um pouco, coloquei a carta lacrada de Aleph no cofre atrás do artefato peruano, onde ela descansará por um longo tempo.

Talvez para sempre.

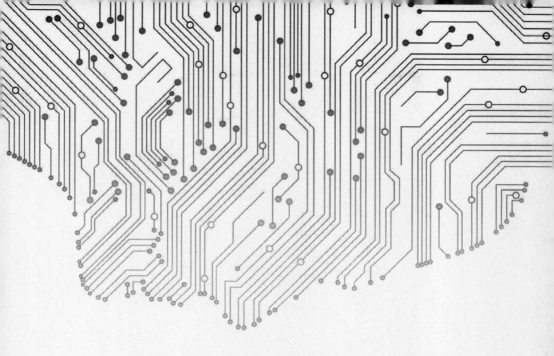

CAPÍTULO 9

SERYA

Chove quando gente importante morre, dizem.

Por isso tantos guarda-chuvas pretos se amontoam no *Beit Haolam* — o cemitério judaico — de Jafa. No funeral do Dr. Aleph Abram, um estandarte entre os judeus, acolho-me solitária em um sobretudo negro como uma armadura contra o frio.

Bruce se mantém um pouco afastado de tudo, nunca quis se mostrar como realmente é. E eu sou como ele. Talvez por isso fomos acabar na polícia, cada um a seu modo. Ele realmente se parece com o pai, muito mais que fisicamente. Resiste, não desiste, é bom no que faz e, acho que, infelizmente, esconde aquilo que sente.

Penso em abordá-lo, mas o que nos aproximaria outra vez, Bruce Bowditch?

Bruce Bowditch, ou Yigal Abram. Tantas pessoas mudaram de nome quando vieram para Nova Jerusalém, de certa forma um tanto coagidas a fazê-lo. A troca de nomes era um dos estandartes do 2030: novos nomes, afastados de velhos dogmas e velhas cicatrizes, uma nova era para a região. Até que fazia sentido.

Bruce então recebe um estilete das mãos do rabino para fazer o tradicional corte vertical na camisa. Seus olhos traduzem exatamente o significado daquele gesto de luto que remonta aos tempos bíblicos: um coração retalhado pela perda.

Sei que é uma situação que dificilmente alguém é capaz de imaginar, a não ser que já tenha passado por isso: despedir-se de seu pai. Cada um reage a seu próprio modo. E eu havia reagido da pior forma possível ao suicídio do meu. Com quinze anos, fugi de casa para o mundo, não soube lidar com aquilo tudo.

Talvez tomada por essa lembrança, vendo a cena de sofrimento, não consigo me conter. Quando o rabino pronuncia as palavras derradeiras, porém ainda longas, me aproximo de Bruce. Sem pensar muito no pecado — e na transgressão profissional — que posso estar cometendo, seguro sua mão. Está fria, como morta. A minha queima. Mas ele não se afasta de mim.

Perdoe-me, Bruce, foi necessário. Você talvez nunca saiba o quanto...
Sempre o protegi, e o conheço melhor do que você pensa.

Queria lhe falar algumas palavras, mas sei que você está inacessível. Sei que se deparou com um sentimento ignorado por muito tempo: você, Bruce, ama seu pai, no fundo sempre amou.

Seguro sua mão grande e gelada com mais força. Talvez ele não se lembre, mas esta mão já me tocou de formas que jamais esquecerei...

Por alguns instantes, sinto-me observada. Certifico-me de que o contato entre nossas mãos esteja encoberto pela multidão e varro os presentes com os olhos. Vejo o velho Khnurn espreitando sob um guarda-chuva. Não gosto de Khnurn, não sei bem o motivo. Não gosto de muita gente. Talvez nem de mim. Você é tão bonita, eles me dizem, de maneiras tão vazias quanto meu próprio vazio. Eles não entendem.

A vida toda fui rejeitada, exceto por minha aparência. Estou acostumada. Sempre tive quem eu quisesse, porém as pessoas parecem não saber que não é de muita valia ser desejada apenas pela beleza. E Bruce me disse coisas que ninguém jamais disse ou vai dizer. Falou que posso ser quem eu quiser, e que tenho um cérebro privilegiado. E mesmo eu sendo "a outra", senti verdade naquelas palavras. Ou eu mentia para mim mesma sobre isso tudo? Não sei, mas a essa altura acredito que não faça mais muita diferença.

Droga, não gostaria de reviver esses sentimentos novamente. Certas coisas parecem ter desaparecido para sempre, mas basta uma fagulha para acenderem uma fogueira.

— Fique bem, seu pai está orgulhoso de você — finalmente sussurro no pescoço de Bruce, que finge não ouvir. Ele não chora, ao menos não agora.

Adeus, Dr. Aleph Abram. Sinta-se orgulhoso por seu filho. E Bruce, me perdoe, sinceramente, por...

Buscando me proteger sob o guarda-chuva, corro em direção à viatura, estacionada mais longe do que eu gostaria. Prefiro ela ao Toyota preto que tive que dirigir para não ser notada. Mas agora não preciso mais me esconder.

Tenho ordens do 2030 para vigiar Bruce. Sigo-o novamente desde a noite em que empurrou seu amigo Isaac Atar do carro. Por que fez aquilo, Bruce?

Olhando a chuva bater mais forte no para-brisa, penso no que me comprometi a fazer, e em Dr. Aleph, Khnurn, Neil Mortimer, meu pai, meu irmão... Meu passado tão intrincado quanto os algoritmos do 2030, sem lar por vários anos. Hoje, tenho um lar, mas talvez não um lar dentro de mim mesma.

Arranco com o carro e imediatamente a chuva se transforma no temporal esperado.

Após o funeral do Dr. Aleph Abram, era como se eu buscasse algo. Ando pra lá e pra cá no quarto de hotel em Jafa, com uma taça tulipa de conhaque na mão, monitorando Bruce e ameaçando assistir a um besteirol de comédia na televisão antiga.

"Sra. Dornan, não é aconselhável ingerir álcool em serviço. Primeiro aviso." — ouço o conselho, que mais parece ultimato, do relógio multifuncional da polícia de Nova Jerusalém, uma voz masculina potente que diz como devo me portar. Eu sei, eu sei. Mas tenho o direito de viver um pouco. Anos se passaram desde que... O que aconteceu, afinal?

O hotel fica em frente à mansão do Dr. Aleph. Posso ver Bruce da janela através de apetrechos de *zoom* e infravermelho. Estranho como o 2030 ainda me envia a campo, fazendo-me monitorar aquele velho conhecido, de um modo um tanto analógico. Mas não ouso questionar. "Tudo para o bem de todos", como costuma dizer Tagnamise sobre a máquina que otimiza e maximiza o mundo.

De repente o smartphone toca, fazendo o copo quase cair da minha mão. Vejo o nome do meu irmão na tela. Há dias que ele me liga toda noite para falar dos problemas que está tendo com o marido:

— Olá, irmãzinha, como está?

— Oi, Gael. Não sei se é um bom momento, estou trabalhando... — respondo com uma firmeza decrescente na voz, olhando para a taça na mão, sentindo-me mal pela resistência ao telefonema.

— Sei, "trabalho". Imagine-me fazendo aspas com os dedos — brinca Gael, com a voz potente que lhe é marcante. — Você nunca o esqueceu, não é?

Gael sabia que eu perseguia novamente Bruce. E meu irmão lembrava do quanto eu havia ficado destruída por ter sido rejeitada, após alguns meses de encontros às escondidas.

— Estou apenas fazendo meu trabalho, Gael. Não tenho culpa se esse trabalho tem o rótulo de "ex-amante" colado na testa...

— Serya, Serya. Ele é casado! Você sempre foi tão independente e racional...

— Ser independente não significa ser incapaz de se apaixonar — me esquivo. — E ser racional não protege ninguém de que seja pelo cara errado.

Sinto que estou sendo injustamente brusca com Gael. Em parte, por esse ser um assunto muito caro para mim, mas também por saber que meu irmão tem uma boa dose de razão no que diz.

— Não estou aqui para te dar sermão, irmãzinha. Apenas me preocupo com você. Além disso, você sabe muito bem o quão piegas é hoje em dia uma mulher não ser correspondida e continuar procurando o cafajeste. Falando em cafajeste, você não vai acreditar no que Ed aprontou dessa vez!

Gael ocupou o restante da ligação contando como Eddie Vergara havia esquecido da data do aniversário de casamento dos dois. Ouvi tudo sem prestar muita atenção, focada em meus próprios dilemas.

Levo o copo com conhaque à boca ao desligar. Leio novamente o cartão colado na garrafa, escrito à mão, com a letra de Bruce:

"Pelos velhos tempos, Serya. Obrigado pelo apoio no funeral."

A bebida havia esquentado um pouco durante o tempo da ligação, o que fez seu gosto se tornar um pouco mais complexo e seu aroma mais intenso. Em uma das nossas primeiras noites juntos, num pequeno bar perto das docas de Nova Jerusalém, Bruce me ensinou que a "maneira correta" de apreciar o conhaque era antes esquentá-lo com a mão.

Movendo os olhos da taça para o hotel em que Bruce está há horas procurando por algo, consigo vê-lo revirando gavetas e armários. Estaria um pouco abalado por ter me visto, assim como eu? Talvez não, Bruce é de gelo. Mas eu também sou. A não ser quando o assunto é ele…

Todos nós pecamos e amamos do nosso próprio jeito.

Sem querer e sem saber o motivo, me lembro da caixinha de metal escondida dentro do cofre do quarto. Desde que cheguei, guardo dentro dele a minha arma, munições e o distintivo com o brasão de Nova Jerusalém.

Por um instante, fixo naquele emblema. Eu sou a Chefe de Polícia da cidade modelo do mundo. *Parabéns*, Serya. Debocho de mim mesma, olhando os móveis velhos do quarto do hotel. Finalmente fui reconhecida pelo que sou, pelas qualidades no que faço com tanto esmero, e não pelos meus dotes físicos. Mas do que adianta o cargo? Para ficar correndo atrás do cara que um dia acho que amei?

Estranhamente sonolenta, largo o distintivo e, em um impulso, abro a tampa da caixinha ao lado dele. Dentro dela, uma antiga joia. O pingente com uma pomba de asas abertas, faltando uma de suas pedrinhas de brilhante.

O pingente do bracelete de Iara, esposa de Bruce.

Minha vida sempre foi cheia de mentiras…

Jogo-me no sofá velho do quarto. Logo adormeço, embalada por um sono irresistivelmente estranho.

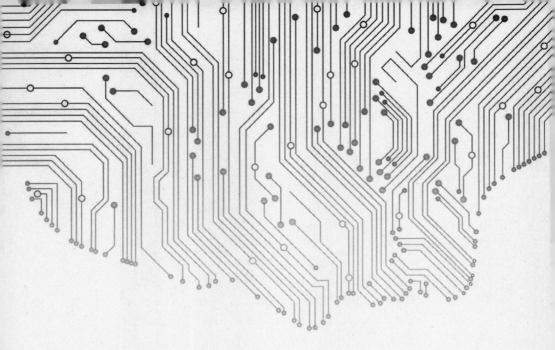

CAPÍTULO 10

Em meio ao caos, encontro o antigo revólver do Dr. Aleph.

Continua no lugar de sempre, escondido sobre o grande relógio que já não badala mais na parede. Desde que fui afastado da polícia não tinha a sensação de ter uma arma nas mãos. Antes de colocá-la na cintura, abro o tambor para confirmar que está totalmente carregada. Alguma proteção pode ser útil. O Praga controla muito bem a posse de armas através de seus infindáveis bancos de dados, mas sinceramente duvido que este *Colt* esteja sob seu controle.

"Deixei a carta para você, não poderia partir sem que você soubesse."

Reviro por horas os três andares da casa do meu pai, a casa da minha infância. Abro todas as gavetas e armários, jogo tudo no chão. Antes, já havia virado do avesso o quarto do hospital. Onde está essa carta, Aleph Abram? Sei que ela é a chave para eu entender o que houve com Naomy.

Exausto após arrancar o forro do teto do último cômodo, sento-me desesperançado no chão da varanda. Abro uma garrafa de *Black Label* e revejo toda a cena do funeral. Eu sou o oposto ao Praga: sou péssimo em prever. Nunca imaginei que a despedida do meu pai mexeria tanto comigo.

Aquelas tantas pessoas lá, pareciam centenas, sob a chuva fina, respeitosa, que esperou o término da cerimônia para só então se tornar temporal. Emmet estava inconsolável, não conseguia olhar para mim. Vi tia Rute e tio Manassés. Seu filho Abel já está bem crescido, mais alto que o pai. Vi primos, primas, gente que me pareceu desconhecida — e na verdade era. Nem eu mesmo me reconheço, agora.

Não tive coragem de entrar no lavatório no qual preparavam o corpo para o sepultamento. Lembro de espiar de longe quando ele foi lavado com álcool para cumprir a *tahará*. Vi quando cobriram sua carne com uma mortalha de morim branco e o *talit*, um capuz cobrindo cabeça e pescoço e um saco aberto em cada mão. Aquelas mãos que fizeram tantas cirurgias... e o parto de Naomy.

Por que mentiu sobre sua neta ter vindo ao mundo morta? Onde ela está?

Depois, uma pedra foi colocada sobre cada olho e na boca do meu pai. Assim, sua alma não questionaria a própria morte e tampouco se depararia com seu deus antes do dia do juízo final.

Percebi os burburinhos durante o sepultamento sobre eu não estar de *kipá*. Eu o abandonei em um banco de Hamfield quando recebi a notícia de que minha Naomy nascera morta, e desde então nunca mais o usei. Minha relação com D'us não é mais a mesma, não consigo ver tão claramente a "misericórdia de Yahweh" manifestada ao meu redor.

Mas as últimas palavras do meu pai mudaram tudo. Elas ecoam permanentes e ensurdecedoras em minha mente desde então:

Naomy está viva.

Da varanda do velho casarão dos Abram, vejo carcaças de laranjeiras, hoje corcundas, distorcidas, cinzentas. Desde meus oito anos, quando meu avô morreu, nenhuma árvore jamais fora plantada aqui. Hoje, o local está cheio de fantasmas. Josiah, minha mãe, agora meu pai. E a criança medrosa que ainda habita os porta-retratos da casa chamada Yigal Abram.

A morte parece ser o único jeito de reaproximar algumas pessoas. Sei que me espiona do hotel em frente, Serya Dornan. Vejo que não se importa mais em esconder que me segue de perto. A viatura estacionada ao lado da velha hospedaria explicita o que o Toyota preto tentava esconder.

Termino a garrafa de *Black Label* que trouxe comigo. O uísque desce leve na garganta, mas entope minha consciência de vergonha por ter voltado a beber. Minha primeira recaída foi quando te conheci, Serya. Iara estava distante, desde a morte — morte não, *sumiço* — de Naomy. Disse distante, por vezes retraída, mas não exatamente triste. Por que não sofria como eu? E por que insistia em ficar se encontrando com meu pai, com quem eu havia cortado todos os laços? Sentia-me traído.

Ou, penso agora, o sofrimento de Iara não era como o meu pois sabia que Naomy nascera viva? Teria mentido para mim esse tempo todo?

Claro que não, Bruce, como pode pensar isso de Iara?

Minha primeira recaída... Naquela noite, pensei em me matar. Você me impediu de fazer uma loucura, Serya, e em vez de ter o corpo devorado por harpias no Vale da Floresta dos Suicidas, acabei entrando no último círculo do inferno, onde padecem eternamente os que cometem o pior dos pecados: a traição.

Você é um fraco, Bruce Bowditch.

Meu semblante era o de um touro enraivecido, mas seu olhar me acalmou, Serya. Você perguntou o porquê de eu beber tanto, desolado. Falei que havia perdido um familiar, apenas isso, e não queria falar mais. Seu sorriso, seu perfume, suas mãos seguraram as minhas. Fomos para um quarto de hotel com teto de vidro, traí minha esposa com o céu estrelado como testemunha.

O que eu tinha na cabeça? Como fui covarde.

Logo fui afastado da polícia. A perda de Naomy, as bebedeiras, os encontros com Serya, aquilo tudo começou a afetar meu trabalho. Serya me seguia, como agora, apesar de eu acreditar que fosse por nossos beijos, e não por mera imposição da sua profissão. A polícia de Nova Jerusalém, o 2030, quem mais estava — e novamente está — preocupado com minhas investigações pessoais? Era por que eu me aproximava da descoberta da premeditação do *blackout*, de encontrar a verdade sobre Naomy?

Levou-me para a cama para descobrir meus segredos, Serya?

Quem é você, Serya Dornan? E por que sempre escondeu que é irmã de Gael? Ele era, e ainda é, casado com Eddie Vergara. Gael Dornan é o chefe de segurança da T&K, e Serya, a nova Chefe de Polícia de Nova Jerusalém. *São os "Irmãos Metralha"*, brinco comigo mesmo. Os três guardam segredos, eu sei disso. Todos ao meu redor parecem ter prazer em me esconder as coisas...

Ponho-me de pé ao focar a garrafa vazia ao meu lado. Vacilo por alguns instantes, mas decido ir à cozinha em busca de mais bebida. O remorso pelas traições do passado é mais forte que o vexame de ter voltado a beber do presente.

O cheiro de leite azedo que infesta a geladeira não deixa esconder o tempo que meu pai ficou longe, no hospital. Quanto tempo faz que não como algo? Na verdade, não importa, não é comida que procuro. Lembro-me de ter visto uma garrafa de *arak* dentro da cristaleira. Jogo duas pedras de gelo em um copo, e a bebida incolor logo adquire seu típico aspecto leitoso *on the rocks*.

Em meio ao rebuliço generalizado, resultado da busca frustrada pela carta do Dr. Aleph, prendo-me em frente aos retratos da minha mãe. São vários sobre a velha cômoda no corredor ao lado da cozinha: Louise jovem, em uma viagem à Jordânia, outro junto ao meu pai, ela grávida, com a barriga bem redonda, como que moldada à mão. No seu pulso, cintilam os brilhantes do bracelete com a pomba que dei de presente a Iara.

As fotos de alguma forma me acalentam mais que os raios de sol que entram pela janela acima da cômoda. Sei que Serya está lá fora, mesmo sem conseguir vê-la. Espero que esteja bebendo o conhaque que lhe enviei... Ergo o copo de *arak*, como em um brinde. *Shalom*! Apesar de ser uma mulher amável e de inteligência rara, não confio em você. Não acontecerá mais nada entre a gente, nunca mais. Amo minha esposa e minha filha. Errei algumas vezes, sou humano. Por anos coloquei a culpa desse meu gigantesco erro no afastamento de Iara. Mas hoje tenho a consciência de que ele é meu, só meu.

Você a traiu, Bruce Bowditch. Confessou a ela, e ela te perdoou, mas isso não diminui o pecado cometido.

Iara, onde você está?

Sinto sua falta. E isso não é uma história de *araque*.

Com um dos retratos de Louise em mãos, escorrego as costas na lateral da cômoda. Minhas pálpebras pesam, acusando o cansaço. Meus pensamentos se embaralham e adormeço, com um arrepio onírico, no meio do dia.

Eu matei pessoas, muitas pessoas, eu sou um assassino.
Eu matei pessoas que não mereciam morrer.
Os corredores, me tirem dos corredores! Quebrem as algemas. As algemas!
Cadáveres e mais cadáveres jazem em sacos pretos, arremessados para dentro dos portões do inferno.

Ao ver o rosto do último dos cadáveres — sempre o mesmo rosto —, acordo aos gritos, sozinho na casa vazia, escura, oca como as laranjeiras mortas lá fora. O corpo coberto de suor, trêmulo, ofegante. Já havia anoitecido.

Eu vou para a eterna escuridão.

New blood joins this earth
And quickly he's subdued
Through constant pained disgrace
The young boy learns their rules

De repente, meu smartphone urra, Metallica soa ensurdecedor. É Caolho. Não, não vou atendê-lo, não quero afundá-lo nisso tudo. Todos à minha volta ou morrem ou desaparecem.

Entretanto, após três chamadas ignoradas, a tela do smartphone é preenchida com letras garrafais, no modo Mensagem Urgente:

"EU ESTAVA CERTO O TEMPO TODO, BOWDITCH. NAOMY É A CAUSA DISSO TUDO!"

Eu sabia! O blackout foi provocado por causa da minha filha!

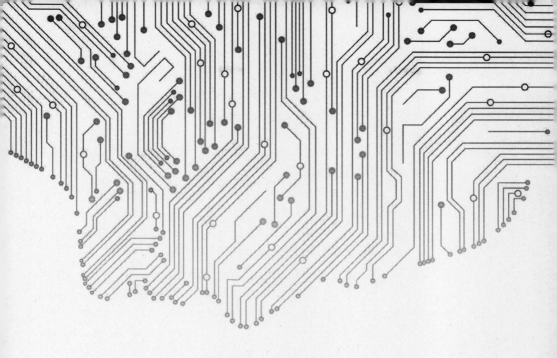

CAPÍTULO 11

VERGARA

Porra. Porra. Porra. Quase machuco o punho batendo no teclado do computador da minha sala na T&K. Que metido do caralho esse Bowditch, judeuzinho beberrão. Mas eu errei, eu sei que errei. Deixei pistas. E, de qualquer forma, não sei até que ponto Dra. Tagnamise e Neil Mortimer sabem o que eu e Khnurn fizemos.

A Dra. Tagnamise ordenou que eu me encontre com Mortimer no final do dia. Na tela, a requisitada *Big Brain*, o cérebro por trás de tudo, estava sentada no que parecia uma confortável poltrona de avião. Sei que está em viagem, sempre está. Parecia um tanto pálida, apesar do batom lilás e dos olhos bem maquiados, com cílios alongados a laser.

Mesmo eu sendo o chefe de segurança de dados de toda a T&K, Tagnamise quase não me procura. E sempre que o faz, trata de assuntos diretos, nunca pede para eu falar com Mortimer, sobretudo de forma presencial. Isso está relacionado aos encontros que tive com Bruce Bowditch, só pode ser isso.

O pior é que tudo parece gravitar ao redor de Bowditch. Tenho certeza de que ele esconde alguma coisa. Ele sabe, talvez, algo sobre o vírus erradicado em Hamfield? Ou... sei lá. Tive que dar algo a ele, falar do envolvimento do seu pai, o Dr. Aleph. O que mais eu poderia fazer? Não posso me expor tanto...

Amasso o cigarro no cinzeiro com força, como se esmagasse a mim mesmo. A Dra. Tagnamise sempre soube o que fazer. É um gênio, e ninguém pode enganá-la por muito tempo. Mas eu também não sou alvo fácil. Ninguém vai me pegar na ratoeira...

Esfrego as palmas das mãos nas coxas. Minhas pernas doem, cansadas. Perdi a noção do tempo perambulando pelos corredores da empresa antes de voltar à minha sala. Precisava respirar, pensar em uma saída. Aqui tem ar, é espaçoso, plano. Ao menos até onde as pessoas conseguem ver... Dezenas de níveis se ocultam no subterrâneo com computadores quânticos, um sistema de regulação de temperatura perfeito e um controle de acesso surreal. Sem dúvidas, o melhor *hardware* que a humanidade — e a máquina — já produziu.

O próprio 2030 se mudou do *Silicon Wadi* — o Vale do Silício hebreu dos arredores de Tel Aviv — para Nova Jerusalém, com a nova sede da T&K. Níveis e mais níveis abaixo do solo são constantemente escavados para que o sistema de Inteligência Artificial cresça organicamente, bem como suas infindáveis capacidades de memória, velocidade e inteligência. O sistema se molda da maneira mais otimizada e maximizada possível, aperfeiçoando-se a cada instante — assim como faz com Nova Jerusalém, em favor de seus seletos habitantes.

E, aqui, o 2030 cresce vertiginosamente rumo ao infinito.

Assopro a fumaça do cigarro em direção à ampla janela que dá para o bosque que circunda a empresa, seguido de um breve suspiro, ansioso.

Esse cigarro tá com gosto de merda ou é a minha boca?

Procuro na última gaveta da mesa um par de lentes de contato. Uma pena eu não poder usar minhas pílulas aqui. Preciso relaxar um pouco antes de me encontrar com Mortimer. Fosse Gael, meu marido, mandaria eu repetir algumas palavras de calma da cabala judaica. Mas eu não acredito muito em nada, e ele já cansou de tentar mudar isso. Prefiro essas lentes de meditação conectadas ao meu sensor 2030, que sabe exatamente os estímulos de que preciso para relaxar. É muito mais eficaz.

"Conhece-te a ti mesmo", o mais antigo dos ensinamentos basta. Ou, ao menos, ser compreendido pelo 2030 já é suficiente...

E sou muito grato pelos momentos prazerosos que suas tecnologias proporcionam, penso, antes de entrar em um revigorante transe.

A porta de madeira nobre da entrada da sala, ao redor da qual se dispõem quadros da "trindade" da T&K — Dra. Tagnamise, Khnurn e Neil Mortimer —, está entreaberta. Ao lado dela, uma placa de metal indica "CEO", antigo cargo de Khnurn, com o logotipo da T&K em ouro.

"*CEO*"... Só porque come a Tagnamise há uns bons anos. Mortimer não tem cacife para estar aqui, a não ser o tamanho do pau. É, eu sei. E o marido dela, aquele velhaco, acho que nem se importa. Tem os divertimentos dele, só precisa de uma pessoa oficial, um troféu para exibir. É um magnata do petróleo e do metal, tipo Rockefeller dos anos 2030, que financiou os primórdios da T&K, como um benévolo anjo do mundo dos negócios.

— Senhor Vergara, por favor, o senhor Mortimer o espera. — A secretária, loira, alta e daquele padrão que nunca muda com o passar das décadas, faz um gesto para eu entrar. Dou um suspiro fundo e caminho em direção à porta, ereto, alto, a camisa de linho impecavelmente branca. Algo como "venho em paz", muito subliminarmente.

Paro por alguns instantes, longe do olhar da secretária, para beijar a corrente de 24 quilates que levo no pescoço — eu nunca a tiro, é uma coleira. Mesmo inquieto, não deixo de me divertir ao lembrar que o alvo do ato de superstição ensinado na infância pela minha mãe, católica fervorosa, era pra ser uma medalhinha da Virgem Maria, e não ouro puro.

Então, de forma audível somente a mim, o sistema de voz conectado ao meu sensor 2030 indica: "*Pressão sanguínea alta. Dopamina baixa. Adrenalina alta*". Porra, sei que estou nervoso, não preciso de sensor pra me avisar do óbvio.

Vamos lá, Eddie, você não vai baixar a cabeça pra esse cara. Mas tem de ter cuidado, controlar cada palavra, cada movimento. Captar cada sinal dele, seus olhos, suas mãos. Sua cara de empáfia, como CEO dessa coisa gigantesca em que trabalhamos. Era pra *eu* estar no seu lugar, Neil Mortimer. Mas, em breve, isso vai acontecer, eu garanto.

Ao entrar no amplo recinto, o sistema de voz anuncia para todos a minha presença. A conexão de dados dos sensores da sala com o incrustado nas costas da minha mão é uma das únicas funcionalidades operantes aqui dentro. Chamo este lugar de "zona Praga *Free*", onde a cúpula da T&K — na qual em geral não estou incluído — faz reuniões, e talvez outras coisas. Não sei do que Mortimer é capaz, e não sei de nada que alguém aqui dentro não seja capaz de fazer para subir algumas posições...

Uma voz imponente logo manda eu me sentar. Encontro, então, Neil Mortimer com o olhar fixo em uma das telas da sala. É um coroa de uns 45 anos, bem atraente, totalmente hétero, de barba bem aparada, sobrancelhas sempre erguidas, olhos verdes desafiantes, e um ar sardônico. Cobrindo-lhe a cabeça, preso por uma espécie de elástico grosso de pano preto, logo se nota seu tradicional *keffiyeh*, o lenço quadriculado preto e branco que ele diz representar a paz. Volta e meia conta essa ladainha.

De repente, percebo uma outra presença na sala. Estava tão absorto na figura de Mortimer que não reparei em Gael, do outro lado do aposento. Isso me enraivece por dentro a ponto de corar o rosto. O que meu marido faz aqui? Por que não está viajando com a Dra. Tagnamise, como é sua obrigação?

Gael permanece sério, com os ombros largos bem postados, na habitual posição de segurança pessoal da Dra. Tagnamise. Sempre de terno com camisa branca e gravata encobrindo parte da grande cicatriz no pescoço, ele não aparenta, nem de longe, os 53 anos que fez em outubro. Se aparentasse, admito que talvez eu pensasse em trocar de marido. Entretanto, é sempre tão útil... Foi por anos agente da reconhecida *Sayeret Matkal*, a Unidade de Forças Especiais de Israel. É impossível enganá-lo, mas consigo saber tudo o que quero através dele. Afinal de contas, ele me ama.

— Bom trabalho, Senhor Mortimer. — A voz de Tagnamise ecoa de repente no recinto.

Mortimer então fecha o computador através do qual conversava com a acionista majoritária da T&K, e Gael se retira da sala com certa pressa, sem falar uma única palavra ou sequer olhar para mim. A porta se fecha, sem nenhum ruído, de forma magnética atrás de mim.

— *Senhor* Mortimer... — Mortimer repete a despedida da Dra. Tagnamise em tom jocoso. O que ele queria, ser chamado de "meu bem" aqui? Você é um mero amante, Neil, e espero que saiba disso.

Mortimer e eu nos entreolhamos, seu rosto árabe coberto parcialmente pela fumaça do narguilé que acendera. Ele tem uma cara debochada, irônica, forçada. Entretanto, nas entrevistas e pronunciamentos, parece assumir uma personalidade diferente, como se realmente tivesse material humano para ser o CEO da T&K — não o assistente executivo da cama da Dra. Tagnamise, apenas.

Na *videowall* que cobre toda a parede atrás da mesa de Mortimer, tenho a oportunidade de vislumbrar uma amostra da abrangência dos dados propulsores do 2030. Eles são recebidos e avaliados ininterruptamente, a partir de telefones, carros, conversas, movimentações financeiras, encontros, hospitais, produtos, bancos e tudo mais que nos cerca. Quem mora em Nova Jerusalém ou nos locais em que o sistema já foi implantado sabe disso. Não é segredo, é *desenvolvimento* em nome do progresso e da paz. Parece ameaçador? Sim, admito que por vezes temo os planos de Tagnamise e do 2030. Pergunto-me se não chegará o dia em que tomarão de vez o restante do mundo, impondo que toda a realidade passe por suas conexões altamente complexas e automatizadas. Algo orgânico e ao mesmo tempo... messiânico.

Na verdade, Mortimer já não tem mais muita utilidade prática aqui dentro, além da politicagem externa. Quero dizer uma coisa: predição é a especialidade do 2030. O sistema maneja zilhões de dados e aprende por si mesmo ininterruptamente. E, à medida que a máquina foi se tornando capaz de tomar decisões melhores e mais efetivas, o ser humano pôde ser paulatinamente removido da estrutura de comando. Assim, tudo que Mortimer faz hoje pelo sistema de IA é observar, e só atua diretamente em situações anômalas, na improvável hipótese de o 2030 não possuir parâmetros de comparação para saber como agir. Ou seja, o *grande* Mortimer agora é necessário apenas para o caso de ocorrer uma inédita nevasca em pleno deserto do Neguev... Para todo o resto, o sistema é responsável por absorver, avaliar e determinar direcionamentos a partir de dados de complexidades sobre-humanas. O Praga é *capaz de julgar*. O Praga é *capaz de prever*...

— Fiquei sabendo de alguns comportamentos *indisciplinados* da sua parte, amigo… — Mortimer quebra o silêncio, mas mantém certo suspense por alguns instantes. — Sabe das nossas regras aqui. As regras do 2030. Eu soube que você se encontrou com o Bowditch. Parece que existem coisas mal resolvidas entre vocês…

Bruce Bowditch. Desde o início tive certeza de que era esse o motivo do encontro, mas não esperava que ele fosse trazido assim tão diretamente. Não começamos bem, não como havia planejado. Preciso de alguma conversa fiada, para ganhar algum tempo, antes de avançarmos no assunto.

— Então, bem, já que falamos em coisas suspeitas… — digo, com a voz notavelmente nervosa, embargada, quase gaguejando — gostaria de saber o que o senhor…

— Tenha a liberdade de me chamar de Neil, por favor. — A fumaça do narguilé dança em um movimento árabe diante dos meus olhos, que estão fixos nos de Mortimer. — Somos velhos amigos, não somos?

Esboço um sorriso. É claro que somos amigos.

— Como dizia, Neil — continuo, improvisando o primeiro assunto que me vem à mente —, gostaria de saber se você sabe de algo a mais, além do que foi exposto pela mídia, sobre a prevenção do ataque dos terroristas luditas a Estocolmo. Estava pensando, sabe, em relação à segurança de dados…

— Ora, meu amigo, parece desconfiar de quem sempre foi um estandarte da paz! — Com um gesto, Mortimer ignora minha tentativa de interrupção e prossegue com seu discurso. — Os terroristas foram abatidos por *drones* enviados automaticamente, após um período de negociação guiada pelo próprio 2030. Você sabe, Vergara — Mortimer assopra a fumaça e se ajeita na cadeira, fingindo despretensão —, o 2030 utilizou todo o histórico dos terroristas, seus perfis, expressões faciais, tons de voz, sutilezas imperceptíveis ao ser humano, tudo para prever suas ações e dissuadi-los do ataque. Inclusive um deles veio a ser identificado por sua voz, veja que incrível…

Mortimer, para o mundo, é um herói palestino, símbolo da queda do muro da Cisjordânia, território que volta e meia fora um campo de sangue antes do Tratado de Paz que deu o Nobel à Dra. Tagnamise em 2030. Nascido em Jericó, virou órfão muito cedo, vítima do conflito. Dizem que sempre teve de se virar praticamente sozinho. Estudou

Ciência da Computação na Universidade de Birzeit e logo foi trabalhar na área, nos primórdios da T&K em Tel Aviv, onde a *linda* história de amor extraconjugal com a Dra. Tagnamise teve início. Dizem ter sido o braço direito de Khnurn no aperfeiçoamento técnico do 2030. Com a "deserção" do egípcio em 2030, foi questão de tempo para Mortimer, sob a tutela da doutora, ser promovido a CEO. Teve tempo para aprender algo sobre computação, Neil, não sei como não conseguira...

Neil Mortimer — nome adquirido após a mudança para Nova Jerusalém —, o lutador pacifista, ícone dos palestinos e portador das mãos de sangue que derrubam muros e guerras. A T&K usou essa reputação, é claro, à exaustão. Rodaram o mundo as imagens do futuro-CEO da empresa iniciando com as próprias unhas a queda do muro que separava Israel e Cisjordânia, cujos resquícios dos tempos de conflito — ou podemos dizer, lacunas da paz hoje alcançada — continuam de pé apenas na porção oriental da velha Jerusalém.

— Sei, bateram a voz do terrorista com padrões de voz interceptados de chamadas pela internet — digo, procurando amenizar os ânimos da conversa. — Brilhante, claro...

"Terrorista". Isso mais parece resistência. Lá, em Estocolmo, o sistema foi *imposto* para os habitantes da cidade, diferentemente do que ocorreu aqui, onde cada cabeça foi *selecionada* pelo sistema para recomeçar seu próprio Jardim do Éden. É óbvio que haveria resistência.

O silêncio se mantém por algum tempo. Aí vem bomba, posso sentir no ar o cheiro da pólvora. Mortimer parece estar muito desconfiado. Um sabotador, é isso que está pensando sobre mim?

Bem, foi o próprio 2030, o Praga, que arquitetou o *blackout* no hospital Hamfield em 2030. O sistema age por fins que justificam os meios, pelo princípio do maior ganho, pela lógica do "dilema do trem": foi obrigado a matar alguns para livrar a humanidade daquele vírus mortal, muito pior que o Covid na década passada ou a peste negra na Idade Média.

Para nos salvar do vírus que surgia naquele hospital, o Praga desenhou a falha, e a própria trindade da empresa — Mortimer, Dra. Tagnamise e Khnurn — soube disso com antecedência de apenas algumas horas. Eu fiquei sabendo depois, por outras vias... e apenas cumpri ordens! Lembro-me de quando Khnurn requisitou meus serviços, em julho de 2030. Mesmo após fecharem o 2030 para qualquer intervenção humana direta, papéis ainda eram utilizados e possíveis de serem alterados ao bel prazer de quem assim conseguisse.

Em Hamfield, alterei pessoalmente prontuários e formulários sobre Naomy Marie Bowditch. Lembro até hoje o seu nome... Eu a registrei como natimorta, a pedido de Khnurn. Inseri um documento com a necropsia falsa e a entrada de seu nome no sistema de cremação.

Será que você tem ideia disso tudo, Neil? E a Dra. Tagnamise? Ou apenas sabem sobre a eliminação do vírus, com o desligamento das máquinas do hospital, ligadas a pessoas contaminadas... e não contaminadas, também? "Casualidades necessárias." Cinquenta. Não foram poucas. Mas Naomy não nasceu com o vírus, disso tenho certeza. Por tudo isso, desde o episódio de Hamfield, muitos aqui na T&K chamam o 2030 de *O Praga*...

— Pois bem, Eddie Vergara — Mortimer me desperta dos meus pensamentos —, quer dizer que o policial Bowditch está atrás de você...

Claro que você sabe, Neil. A Dra. Tagnamise mandou você ficar de olho em mim, tenho certeza. Ela está te pressionando e você precisa fazer o mesmo comigo, é assim que as coisas funcionam e sempre funcionaram.

— *Ex*-policial... Sim, verdade.

Noto que estou ofegante. Neil está monitorando minhas emoções através do sistema? Padrões de temperatura, batimentos cardíacos, suor, está tudo no chip da minha mão. Pergunto-me se Mortimer sabe tudo o que sei sobre a pane programada no hospital.

— Agora me ocorre que, logo após você entrar na T&K, tivemos o episódio do *blackout* no hospital Hamfield. Sei que você sabe o que aconteceu, e o quanto aquilo foi necessário. — Seu rosto estuda o meu, com certo desdém. — Eu me pergunto, o que você poderia saber que perturba tanto Bruce Bowditch? Ele procura alguma coisa desde Hamfield, não é mesmo? Sua cunhada Serya esteve de olho nele por anos. E não me parece mera coincidência que ela tenha voltado à ativa justamente agora...

— Ao que sei, Bowditch perdeu a filha naquela noite. E não sei nada sobre o trabalho de Serya, ela o mantém em sigilo. Meu trabalho nada tem a ver com o dela, apenas com dados e programação. Cuido da segurança do 2030, não a das ruas.

Mortimer se levanta, anda de um lado para o outro, lentamente, com os braços para trás. Ele segue me olhando, como um gato perspicaz que quer ser visto por sua presa, sabe a hora de dar o bote, mas não quer mostrar quando vai fazê-lo.

— Sabe, sinto falta de Khnurn. Meu parceiro. O melhor programador que conheci. Melhor que eu, não conte isso à Dra. Tagnamise. — Ele vira o rosto e pisca, fingindo intimidade. — Por isso, sempre me questionei sobre o motivo de sua saída repentina, logo após Hamfield. Uma despedida rápida, fria, eu diria até perturbada, alegando "problemas pessoais". Ele só me disse que precisaria ficar com a neta, que possui um sério problema de saúde. E eu, como você sabe, não gosto de invadir a vida das pessoas.

Mortimer fixa, sério, seus olhos verdes nos meus.

— Eddie, é a sua chance de continuar nos ajudando na T&K. Precisamos de você, mas também precisamos *confiar* em você. Você pode falar, sabe que essa é a única sala onde o 2030 não consegue ver ou ouvir. Queremos que você continue conosco, mas que não tenha problemas com a Lei. O 2030 é muito diligente em aplicá-la, você sabe. Preto no branco. Afinal, ele mesmo a criou. E eu sou seu chefe, responsável direto por suas ações, Ed. Estou sendo muito franco, mas quero que você — ele aponta o indicador para mim — seja também franco comigo.

Eu tô ferrado. Acho que ele sabe mais do que imagino. Bom, não fiz nada para prejudicá-lo. Eu acho...

— Ok, senhor Mortimer. — Inquieto-me na cadeira, intimidado com a postura acusativa do CEO. — Quer saber? Realmente, Khnurn mandou que eu fizesse um trabalho no *blackout*, tive de mexer nos dados sobre aquela noite.

Droga, falei demais. Tudo que treinou, Eddie, não lhe valeu de nada? A tortura nem começou e você já entrega o ouro!

— Mas foram meras questões operacionais — minto, tentando contornar, minimizar o dano. — Você mesmo disse que Khnurn era o melhor programador, ele apenas queria ter toda a segurança possível. E eu somente cumpri as ordens do chefe. O intuito era manter as aparências de que algo aleatório, não programado, tinha provocado o *blackout*.

— Bem, Khnurn nunca comentou nada sobre qualquer trabalho delegado a você em Hamfield...

— Só sei o que ele me pediu — tento me defender. — Procedimentos para garantir o não envolvimento da T&K naquilo, só isso!

— Você não está me dizendo tudo o que sabe, Vergara.

Será que Mortimer está monitorando minhas reações? Questiono-me se ele sabe que estou mentindo, mesmo dentro da única sala em Nova Jerusalém em que acredito que o Praga não consiga atuar. Privacidade é só para quem pode mesmo...

— É tudo o que eu sei, Neil.

— Talvez Khnurn seja mais misterioso do que pensei, então. Não por sua timidez, seu recato, apenas. Mas, de qualquer forma, tenho certeza de que *você* tem seus mistérios também. — Mortimer apoia as mãos sobre o tampo de mármore negro da sua mesa, envergando o corpo em direção a mim. — Vamos, Ed, diga-me o que você e meu querido amigo Khnurn tanto queriam encobrir? O próprio sistema arquitetou o *blackout* e todos os procedimentos necessários para isso. Se houvesse desconfiança, não haveria provas. O 2030 não deixaria rastros de sua atuação, e caso os deixasse, automaticamente os apagaria. Por que tanta necessidade de esconder o fato? Para que mexer em papéis, pôr a mão na massa?

Sabe-se lá o que Khnurn queria com tudo aquilo, com toda a mentira sobre a morte da menina. Mortimer acha que eu sei mais do que realmente tenho conhecimento. E como diabos se prova que não se sabe de algo?

— Vamos lá, Vergara, venha aqui.

Ando até sua mesa, ele aponta para que eu sente em sua cadeira.

— Coloque sua senha pessoal e abra o sistema. Vamos checar os dados daquela noite já quase esquecida. Sei que o sistema é impenetrável a alterações dos programadores e você sabe muito bem disso, mas podemos tentar descobrir algo. Ou você pode me mostrar, se assim sua consciência mandar...

Sim, eu sei. A impenetrabilidade do Praga foi completada em abril de 2030, a partir da inauguração de Nova Jerusalém. Tenho certeza de que Khnurn e a Dra. Tagnamise fizeram isso, eu mesmo vi a cerimônia de fechamento do programa. O Praga agora é um cofre inteligente e completamente autônomo que se aperfeiçoa a partir da coleta de dados da população, sem mais nenhuma intervenção diretamente em suas linhas de programação.

Hesito, respirando fundo. Não tenho escolha. Digito a senha e consigo logar no sistema. Tenho amplo acesso a ele, como chefe de segurança de dados da empresa que criou o 2030.

— Isso, procure a fundo os relatórios do Praga. Não é assim que vocês chamam o 2030, desde a época de Hamfield? Nosso sistema praticamente salvou e continua salvando o mundo de tantas formas, e vocês o blasfemando dessa maneira...

Tudo bem, vamos lá, não há nada a temer. Se alguém tem que levar a culpa aqui, é Khnurn. Foi ele que mandou eu fazer aquelas alterações todas.

— Olha. Vejo uma atuação estranha do 2030 inserida manualmente pouco antes da impenetrabilidade do sistema e do episódio em Hamfield. E não tem a ver com o *blackout*. — Mortimer aponta a entrada indicada na tela. — Abra essa.

— Humm, é uma ação direcionada à polícia. Uma diretiva para que Bowditch seja constantemente vigiado. Realmente, ela não vem do programa, foi artificialmente implantada. Mas garanto que não fui eu quem a inseriu! — Defendo-me já antes da acusação. — De repente Tagnamise? Khnurn? — Olho com curiosidade para Mortimer, cuja mão cobre meu ombro direito. Entretanto, ele ignora meu questionamento.

Bom, isso explica a atuação de Serya no encalço de Bowditch, desde aquela época. Alguém quer que ele seja acompanhado de perto.

— Humm... veja, garoto. Aqui. — Mortimer aponta novamente a tela.

Torço o pescoço, não conseguindo acreditar no que li.

— Caralho! — Não consigo me conter. — Parece-me que, em pouco menos de 36 horas, o Praga... digo, o 2030, terá uma parada programada. Não pode ser. É isso mesmo? — Olho para Mortimer, que parece se manter impassível. — O sistema simplesmente irá parar de adquirir dados e efetivar ações... É algo que nunca aconteceu. Uma... *pane*?!

— Você realmente não sabia disso, sabia, Eddie?

— Não, juro que não sabia, Neil! Por tudo o que queira. Deve haver algum motivo. Acho provável que seja alguma revisão, uma correção de algum erro... Mesmo que a parada provoque algum caos na cidade, os fins justificam os meios, não é? —Disfarço tentando sorrir, brincando com o termo usado por Mortimer. Começo a suar, com receio de que tudo recaia injustamente sobre mim.

— Humm... Vivemos com um cordão umbilical conectado diretamente ao 2030. Como seria se esse cordão fosse abruptamente cortado, mesmo que por apenas alguns momentos? É algo grave, Ed — registra Mortimer, com uma aparente calma que me dá nos nervos.

— Acho que pode ser um dos gatilhos da T&K para parar automaticamente o sistema em casos extremos, relacionados à segurança... Não, parece-me que o próprio programa tomou essa decisão, veja.

É verdade, a parada parece ser uma decisão do sistema, não programada de forma manual por alguém, como foi inserida a perseguição a Bruce. O 2030 parando a si próprio? Uma... *eutanásia*? Divirto-me com a ironia do termo aplicado a um sistema artificial, apesar do momento de tensão. E por quanto tempo o programa ficará parado? Não há indicação do momento de volta à atividade. Tem que haver algo escondido, isso não deve ter ocorrido como está aqui.

— Realmente é algo automático, não podemos excluir ou alterar, senhor Mortimer, por causa da impenetrabilidade...

— Não entendo a forma com que o sistema está atuando — exclama Mortimer, com sua irritante calma desaparecendo. — O 2030 está louco!

Será? É óbvio que um sistema tão superior como esse pode compreender, concluir, planejar coisas que não são claras para nós. São possíveis planos que não pareçam naturais ou intuitivos para um ser humano, feitos para atingir objetivos de modos extremamente complexos, mas incompreensíveis para nós, simples mortais. Afinal, não foi para isso que criamos o 2030? Para alcançar feitos muito além do que nossas capacidades meramente humanas poderiam conquistar?

Khnurn, Dra. Tagnamise, Mortimer. Eles se gabam de ter criado o Praga, que se alimenta e cresce sozinho, quase como um organismo vivo. E agora, que ele parece ter decidido descansar, deixando-nos novamente à mercê do nosso próprio destino, quem reivindicará a responsabilidade por sua morte?

Mortimer quer me testar. E sinto que também me culpar por muito mais do que realmente eu fiz.

— A *Lista*... — Mortimer sussurra, enigmático. — Você sabe da existência de uma lista de nomes, não sabe?

— Não, senhor Mortimer. Eu realmente nunca havia penetrado nessa parte do sistema. Não criei nem vi nenhuma lista aqui — digo a verdade.

— Não? Há 29 códigos nessa lista, e um espaço em branco no trigésimo.

Bato rapidamente nas teclas, procurando entender sobre o que Mortimer falava.

— Os códigos são os nomes de algumas pessoas. Consigo ver alguns deles, mas estão bem encriptados — digo, voltando para Mortimer o rosto lívido de receio com os rumos da conversa. — Você sabe alguma coisa sobre essas pessoas?

As sobrancelhas de Mortimer se erguem, descrevendo um arco de clara desconfiança. Entretanto, ele se mantém calado.

— Gine de Vilna, Arthur Hanin… todos estão desaparecidos, já há alguns anos — continuo. — Só pode ser uma espécie de… lista negra, não acha?

Em meio àquelas descobertas, noto algo que me inquieta muito. Mas é claro que não revelarei a Mortimer. E espero que ele não tenha percebido aquilo também.

— Sim, realmente, algumas pessoas desapareceram na cidade nos últimos anos, você sabe. Aqueles casos não solucionados geraram algumas teorias. Vou checar mais tarde… — Mortimer então muda completamente de tom. — Você encontrou a Lista com certa facilidade, Eddie. Fico imaginando quem a criou. Seria mesmo o próprio 2030? Você…?

— Eu? Claro que não. Você que me falou dela! Além disso, o algoritmo gerador da lista é o mais difícil, menos intuitivo que me lembro de ter encontrado. Imagino que só possa ter sido criado pelo próprio programa. Não vejo como uma mente humana seria capaz de criar algoritmo tão complexo. É uma caixa-preta, um modelo de *deep learning* com zilhões de parâmetros.

Continuo o fluxo de pensamento, falando sem parar, como faço quando fico muito nervoso.

— Acho que construímos uma máquina que há muito tempo deixamos de entender completamente…

— Sim. Mas destrinchando mais a fundo, poderíamos encontrar algo…

— Listas são geradas no 2030 todo dia, senhor Mortimer. Aos milhões. Listas relativas a acompanhamentos de possíveis ameaçadores da ordem, previsões de crimes, necessidades de leitos em hospitais conforme a proliferação de doenças... Com tantas listas, essa dificilmente seria notada. É basicamente apenas um amontoado de códigos. Não tem nenhuma etiqueta vermelha nela dizendo "Importante".

— Bem, somente alguém que tivesse alguma ideia do que procurar, e como procurar, conseguiria encontrar a Lista e ver algum sentido nela — Mortimer fala, de maneira que me parece hostil.

— Exato.

— Sente-se na sua cadeira, dê minha poltrona de volta — manda Mortimer.

Recupero o fôlego e me sento à frente da mesa, como antes. A única coisa que quero no momento é sair dessa seção de tortura.

— Ok, vamos falar de homem para homem, Vergara. — Mortimer cruza os dedos das mãos. Ele gira a cadeira devagar, agora com notória apreensão. — Essa "pane programada" não pode vir a público. Ninguém pode saber, entendeu? Nem Gael, nem Dra. Tagnamise, muito menos o Bowditch. *Entendeu*?

Mortimer pensa que eu tenho culpa no cartório, como diziam. Que não sou confiável, e que posso ser um obstáculo vivo. Tenho certeza de que ele pensa assim.

— Sei. As repercussões seriam catastróficas para a cidade, o mundo, o 2030, a T&K... e para você. Para *nós*.

De repente, o complexo tecnológico comandado pelo meu sensor 2030 informa, através de uma voz em minha mente: "*Neil Mortimer prestes a perder o controle. Ataque físico iminente*". Que porra é essa? O sistema está me informando sobre o Mortimer? O 2030 só presta informações relacionadas a mim, não acerca de outras pessoas. Ele está me ajudando? Além disso, acreditava que aqui fosse uma área "Praga *Free*". Seja como for, preparo-me para me defender. E para contra-atacar, caso necessário.

— Por alguns instantes — recomeça Mortimer, afagando a barba levemente grisalha —, eu acreditei em você, acreditei que o sistema estivesse mesmo se finalizando sozinho. Mas não acho mais. Acredito, Ed Vergara, que a intromissão de um *certo programador* na noite do *blackout* tem ligação com esse desligamento do 2030. Acho que tal programador poderia ter aproveitado que todos os olhos da T&K estavam naquele evento para sabotar o programa. Por que outro motivo *você* teria interferido?

Mortimer se põe em pé, projetando-se sobre mim. Seus olhos fervem e cintilam de furor.

— Não tenho nada a ver com a programação desse desligamento, juro! Jamais faria algo assim, ainda que me mandassem.

— Nem Khnurn...?

— Nem Khnurn. Eu o respeito muito, mas tenho minhas próprias responsabilidades, a segurança dos dados é min...

Em um movimento brusco, Mortimer puxa o *keffiyeh* quadriculado da cabeça. Avança sobre mim, segurando-me pelo colarinho.

— Ah, seu ludita sabotador. Mentiroso!

De súbito, Mortimer gira o corpo e tenta me sufocar com o *keffiyeh*, atacando-me com seu próprio artigo da paz. Mas eu já sabia o que estava por vir, fui avisado de antemão pelo sistema, levanto-me da cadeira e logo consigo me desvencilhar. Nesse movimento, desequilibro-me, tropeço e caio no chão. Mortimer parte para cima, xingando:

— Traidor! Você é um ponto nulo a ser eliminado do sistema, Vergara!

Ele me acerta um soco no rosto, faz meu nariz sangrar. É um homem forte e de físico avantajado, embora eu seja mais ágil e mais novo. Sou alto e forte, e sei algumas técnicas de defesa *krav maga* desde que cheguei a Israel. Chuto a barriga de Mortimer e rolo para o lado. Busco logo me erguer, apoiado na parede da sala.

Corro até Mortimer, e lhe dou um pontapé nas costas que o faz cair. No solo, ele responde com uma rasteira, e tombo outra vez ao chão. Meu oponente, com uma mão na barriga e expressão de dor na face, se aproxima ensandecido. Tenta me socar, mas seguro sua mão. Estamos engalfinhados, mas é só até eu achar o momento de afastá-lo e dar o golpe final: um chute na virilha, com toda a força e velocidade, como ensinam os mestres das artes da defesa pessoal israelense.

Mortimer fica como que decepado pelo golpe nas partes íntimas. Tomado de ódio provocativo, rasgo seu *keffiyeh* com os dentes. Ele enlouquece, incapacitado, gemendo de dor e me amaldiçoando.

Tenho de sumir logo daqui.

Saio a passos largos, ignorando as indagações da secretária espantada ao me ver tentando estancar o sangramento no nariz.

Merda, paguei uma fortuna nessa camisa Calvin Klein...

Pego meu carro e saio pela estrada afora, sem rumo. Meus pensamentos se embolam. Só me lembro de que procurei na Lista o sobrenome Bowditch, tudo parecia girar ao seu redor... e o encontrei.

Não o nome de Bruce, mas o de Naomy Bowditch.

O Praga deu um jeito na filha de Bruce...

Mas e a tal Iara Bowditch? Não vi nada sobre ela no sistema. Por que teria desaparecido?

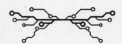

Meu objetivo agora é a sobrevivência. Por segurança, passo a noite em um hotel fora da cidade. Preciso ficar longe de Nova Jerusalém. Entretanto, sei que ninguém se esconde do Praga, assim como ninguém pode se esconder de um deus. Criamos uma deidade e, para mim, os deuses sempre foram maus.

Porém, o sistema me ajudou. Nunca havia recebido informações sobre outra pessoa, nem sabia que isso era possível. Ele queria que eu me defendesse. O 2030 queria que eu sobrevivesse a esta noite?

Já é madrugada de céu estrelado. Ligo para Isaac Atar, aquele repórter caolho maluco amigo de Bowditch. Bem, não tão maluco, afinal de contas ele tinha razão: há sim uma ligação entre o Praga e Naomy. Explico a Atar que Naomy está em uma lista, gerada pelo 2030, na qual todos os nomes estão desaparecidos.

"*Eu sabia que o* blackout *havia sido provocado por causa de Naomy*", Isaac Atar me interrompe, arfando do outro lado da linha, dizendo que "*sempre soube disso*". Não conto nada sobre o fato de o *blackout* ter sido na verdade ocasionado para conter o vírus, nem minha atuação naquela fatídica noite, alterando documentos sobre a morte falsa da filha de Bowditch. Disso Atar não precisa saber, não quero que saiba do meu envolvimento no caso. Mas, sim, de uma forma ou de outra, ajudei a dar cabo de uma recém-nascida. Não faço ideia de onde ela está, se é que não a mataram naquele mesmo dia, sabe-se lá o motivo.

Desligo, meio fora de órbita.

Expus a Isaac também sobre a eutanásia do sistema. Não me resta muita coisa, talvez nem muito tempo de vida. Deixa o caolho vazar na mídia. Quem sabe, se a coisa for rápida e barulhenta, eu deixe de ser o alvo principal. Não sei até que ponto o Praga poderia...

"Quem sabe eu deixe de ser o principal alvo." O que foi que eu fiz? E se Isaac morrer, por minha causa? Ah, Eddie, não é hora de bancar o bonzinho, cada um por si.

Mortimer está atrás de mim, quer meu pescoço, literalmente.

Meto dois comprimidos para dor na boca, mais algumas boletas para viajar um pouco e me desconectar da realidade.

A lista de desaparecidos me intriga, mas o que mais me intriga é a pane programada. Seria possível um *malware*, um vírus de computador infectar o Praga, ou ele ser *hackeado*?

O vírus biológico de Hamfield, por sua vez, está morto, disso eu sei. Ao menos, é o que o sistema informava: o vírus fora coletado e destruído. Eu mesmo vi: "amostra coletada para estudo e imunização". Ao detectar alguma ameaça desse tipo, o 2030 prontamente agia, em nossa proteção.

"Vivemos com um cordão umbilical conectado ao 2030. Como seria se esse cordão fosse abruptamente cortado?"

Essa parada do sistema foi de fato planejada por ele próprio, ou seria obra de alguém? Por qual motivo o 2030, perfeitamente arquitetado para proteger e levar a humanidade ao ápice de sua existência, iria se desligar? Se alguém programou isso tudo, o sistema não é mais tão impenetrável como imaginava. Khnurn, Mortimer, Dra. Tagnamise, Bruce Bowditch, não confio em mais ninguém. Nem mesmo no Gael, meu marido, se é que um dia confiei nele.

Se a pane realmente ocorrer, como ficará Nova Jerusalém, sem sua pedra fundamental?
Ninguém pode entender ao certo as ações do Praga.
Como minha mãe me dizia, você cria um filho para o mundo e não para você mesmo.
Nós criamos o deus Praga para o mundo...
E os deuses sempre foram maus.

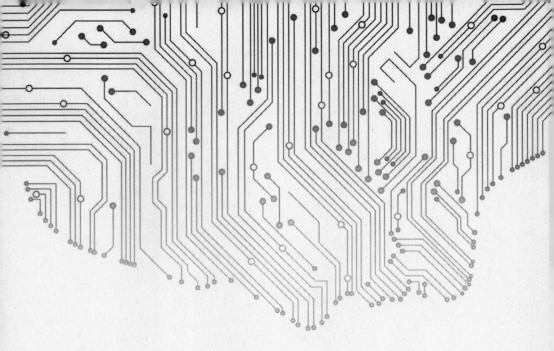

CAPÍTULO 12

"Pisa, Bruce, pisa! Roda, motor!" Bem que eu gostaria de dar essa ordem ao meu Audi. Mas seria arriscado. Ao invés disso, pegarei o último trem da estação para tentar encontrar Caolho em Nova Jerusalém.

O bom é que Tel Aviv ainda não está totalmente "engolida" pelo Praga. Posso fazer manobras, é mais fácil ser mais um na multidão aqui. Nunca pensei em usar disfarces, essa bobagem do século passado, mas aqui estou eu de óculos — não escuros, o Praga e todos ficam atentos a eles, ainda mais à noite —, uma peruca negra, barba comprida e um *kipá* na cabeça. É a primeira vez, desde que abdiquei de seu uso em Hamfield, que levo esta indumentária tão característica da minha origem. E não esperava que voltasse a usá-la sob circunstâncias tão pitorescas.

O Praga construiu linhas de trem entre Nova Jerusalém e Tel Aviv, Hebrom, Jerusalém e Jericó, a cidade mais antiga do mundo. Lá está em fase de construção mais um complexo urbano planejado para ser totalmente controlado pelo Praga, tal como Nova Jerusalém. Uma Nova Jericó?

Vamos, trem maldito, chega logo. Quanto tempo mais tenho que esperar? Sinto que alguém continua a me seguir, apesar de não ver ninguém. Seria possível Serya já ter percebido a minha fuga da casa de Aleph? Certifiquei-me de que o conhaque enviado a ela contivesse uma dose cavalar do sedativo que consegui na época da polícia, e que guardava para emergências — como essa, certamente.

Noto um homem alto e esguio que parece me observar. Ele não me é estranho, acho que o conheço de algum lugar. Escorado na parede, ele olha em minha direção, e depois acende um cigarro. Suas roupas são as de funcionário das estações de trem de Nova Jerusalém. O que ele faz aqui em Tel Aviv?

De repente, uma sirene grita estridente. A adrenalina sobe e a minha primeira reação é fugir correndo. Então, encontro os olhos assustados de uma garotinha de vestido rosa e sapatos pretos parada rente aos trilhos. Os letreiros luminosos da estação cintilam em resposta à detecção da criança como potencial vítima de queda ou suicídio, enquanto as luzes do trem finalmente aparecem no fim do túnel. O veículo para automaticamente, de forma quase instantânea, em resposta àquela situação de perigo.

Observo, distante, aquele homem misterioso a amparar a atordoada menina. O novíssimo trem logo se põe novamente em movimento e se arrasta rápido, levando-me como passageiro, pelo caminho úmido da madrugada. 3h50, em poucos minutos estarei próximo à casa de Caolho.

Apesar de todas aquelas vestes, sinto-me nu sem meu smartphone e meu smartwatch. Para dificultar meio rastreamento, eles descansam sobre minha antiga cama, na casa do Dr. Aleph. Na estação, paguei a passagem em dinheiro, com bons e velhos *shekels* — havia tanto tempo que não usava notas. O mundo ao menos ainda não é totalmente digital, utópico ou distópico, mas por quanto tempo?

Entretanto, sei que já fui reconhecido pelos sensores biométricos e escâneres corporais do 2030 assim que pus os pés no trem que ruma a Nova Jerusalém. Sinto que Serya pode aparecer a qualquer instante, mas torço para que eu consiga alguns minutos a sós com Caolho. É tudo que preciso, descobrir exatamente o que ele sabe e o que significa aquela mensagem enviada por ele. Preferi não ligar ou mandar mensagem, não é seguro. Não mais.

Arrependo-me de ter envolvido Caolho nisso tudo. Estará ele bem? Temo por sua segurança. As pessoas podem até não imaginar, mas o principal mantra do Praga bem que poderia ser *"os fins justificam os meios".*

Jafa vai ficando mais distante. E meus pensamentos, um pouco mais claros, como que refletidos na janela do trem. Uma das coisas que a adrenalina extrema faz é deixar você sóbrio. Eu tenho que parar de beber. Naomy está viva, eu sinto, e ela não pode ter um pai irresponsável.

Você sempre soube que nossa Naomy nascera com vida, Iara?

Agora vejo que sua tranquilidade poderia não ser somente fruto dos remédios ou da personalidade amena, mas da ciência de que nossa filha estava viva. Seu próprio desaparecimento está ligado a isso? Temos tanto a conversar, minha Iara…

Vou conseguir parar de beber, eu já consegui antes. Mas, agora, um gole de uísque ainda é necessário. Não há sentimento pior que a desconfiança. Em especial, quando se suspeita da pessoa com quem se decidiu passar toda a eternidade…

Retiro a garrafinha de metal de dentro da jaqueta, e a fúria me invade da mesma forma que o líquido ardente inunda minha garganta.

É o último, Bruce, é o último.

A alta madrugada preenche o céu de trevas de mau agouro. Sentado em um dos últimos bancos do trem vazio, estou indo fundo, rumo a Nova Jerusalém, o novo centro do mundo. A viagem demora apenas alguns minutos, é verdade, mas parece que incontáveis horas se passaram.

Constantemente preocupado em ser perseguido, percebo que me tornei um verdadeiro alvo, tal como a menina de vestido rosa na estação. Somos duas falhas, dois erros, detectados justamente por sermos pontos fora das perfeitas curvas dos gráficos do 2030.

Eu, não confiando no sistema, agindo por contra própria, contra a manada. Ela, transgredindo limites, as normas sociais que o sistema impõe. Somos duas anomalias nessa racionalização toda, nessa *mera domesticação de seres humanos* [4].

O Praga me vê mecanicamente, como um dado qualquer, não como um pai e marido desesperado em busca da verdade. É por isso

---

4. Em referência à citação de Yuk Hui.

que Serya, um instrumento cego do 2030, está atrás de mim. E também é por isso que o sistema sonoro da estação indicou para a menina se afastar dos trilhos.

Se o Praga decidisse "deletar" esse ponto fora da curva nomeado de "Bruce Bowditch", Serya o deletaria? Se o Praga está por trás do *blackout* de Hamfield, por que Serya não estaria? É Chefe de Polícia da cidade símbolo do sistema, cunhada de Vergara e irmã do guarda-costas turrão da Tagnamise, uma das criadoras do 2030.

Sei que não conseguirei fugir e me manter invisível para sempre. Trago o revólver do meu pai escondido. É questão de tempo para os sensores da cidade que tudo vê detectarem essa coisa gigante de metal na cintura, e não sei ao certo que peças do tabuleiro o Praga pode mexer para me pegar.

Quem transgride as leis da máquina ou não se adapta a elas é perseguido ou eliminado. Estaríamos vivendo em um grande campo de concentração digital, confundido com um parque de diversões?

Ainda antes do amanhecer, desembarco em uma região nos limites do perímetro de Nova Jerusalém. A essa altura, o 2030 já sabe muito bem quem sou e onde estou. Serya já pode estar por aqui.

O tempo corre.

Eu, o ex-*hacker* e policial, o ponto fora da curva, a anomalia, paro em frente à casa cinzenta de Caolho. Toco a campainha, grito e bato na porta, sem qualquer tipo de resposta. Então, lembro-me da chave que ele sempre deixa escondida atrás do vaso do coqueiro. Sem fazer barulho, vasculho tudo em busca de Isaac.

Nada.

Caolho não está. Ele nunca me ignoraria, dorme com seu olho biônico eternamente aberto.

Por um momento, temo que o pior possa ter acontecido com ele...

Mas acho que sei onde Caolho pode estar.

Sei do seu "refúgio secreto".

Se *ainda* estiver vivo.

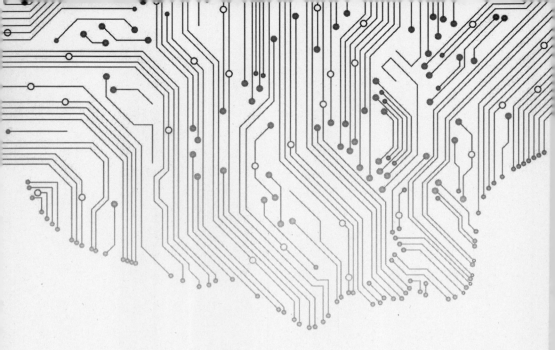

CAPÍTULO 13

CAOLHO

A pilha de cigarros já transborda o cinzeiro ao lado da garrafa pela metade sobre a mesa de metal um tanto antiga. Por incrível que pareça, o Bowditch tinha razão: um bom uísque faz você raciocinar mais rápido. E este jornalista desacreditado precisa pensar no que Vergara disse sobre Hamfield, a tal Lista e a pane no Praga.

Tamborilo os dedos sobre o teclado do computador. Estou fazendo "A" matéria, para jogá-la direto no jornal. Vou ganhar muitos leitores, muita plateia, acesso fácil nas buscas da internet, que é com o que todos se preocupam há muito tempo. Métricas, dados. O algoritmo das decisões editoriais não se importa com a veracidade das reportagens, desde que milhares as leiam. A mídia dá de ombros a matérias impopulares sobre o Praga. Aliás, onde elas estão? Acredito que seja assim que o Praga se defenda, de forma bastante sutil. Ele não impede opiniões antagônicas ou o acesso jornalístico a fontes de notícias contrárias, mas as torna impopulares e, por isso mesmo, as mata antes de serem ouvidas ou lidas.

Tenho a ligação de Vergara gravada. Ah, meu chapa, eu sempre me previno. Com meu olho robótico, gravei a conversa toda. Já está bem guardada em um SSD, além da memória interna do próprio olho. Na nuvem, mesmo na *deep web* mais profunda, poderia ser perigoso.

O Praga é todo *deep*, profundo. Seus tentáculos de titânio vão até o centro da terra, e espero que eles não cheguem aqui. Não é a primeira vez que uso o antigo *bunker* antibombas para trabalhar e pensar. Há vários outros similares a esse por toda a região, por todo o país, de diversas formas. Os *miklat tziburi* — os *bunkers* públicos —, os *mamad* — os quartos de segurança nos edifícios —, e os particulares, como esse, são resquícios do conflito que aparentemente terminou.

Olho a chuva caindo, uma chuva mansa que acalma, através da única janela do lugar. Ele fica fora dos limites de NJ, a nordeste, saindo da estrada que leva para as ruínas da antiga cidade de Laquis. *"O exército do rei da Babilônia pelejava contra Jerusalém e contra outra cidade de Judá que ainda resistia, Laquis* [5].*"* Resistência. Aqui é o lugar perfeito para isso.

E Bowditch? O que deve estar fazendo? Ele não acredita mais em mim ou tudo não passou de um teatro? Tenho quase certeza de que Bruce teve de me jogar do carro. No fundo, Bruce é mais esperto do que todos pensam. Por isso, ele já foi meu único confidente. Queria que continuasse assim, mas está sozinho na rota de fuga e, ao mesmo tempo, na de caça.

Bruce não sabe tudo o que sei dele, e também não pensa que entendo seu comportamento, muito mais do que ele um dia imaginaria. Sei ler os olhos das pessoas, sou um bom entrevistador. Podem me chamar de maluco, lunático, conspiracionista, eu aceito, pois a razão corre cada vez mais veloz em minha direção.

"Deus escolheu as coisas loucas deste mundo para confundir os sábios." Até mesmo Bruce muitas vezes me chamava de louco, ainda que apenas pelo olhar. Eu sou um Giordano Bruno que querem enforcar por saber que a Terra gira ao redor do Sol, um bruxo na Inquisição, um Edward Snowden, uma ameaça ao Praga. Mas, ao mesmo tempo, o sistema talvez ainda precise de mim, ou já teria me liquidado.

---

5. Em referência a Jeremias 34:7, Bíblia Sagrada, Antigo Testamento.

"*Os fins justificam os meios*", Maquiavel sempre foi atual. O Praga é *maquiavélico*, não tem sentimentos, e quem sabe de que maneira seus algoritmos foram realmente programados?

E aquela Lista... Vergara diz ser o mecanismo do Praga mais hermético e complexo que ele já viu. Ele está fazendo jogo, ou são suas últimas fichas antes de entregar os pontos? Talvez você esteja sendo estúpido pra caramba, Isaac, e essa matéria só vá piorar as coisas. Vergara tem costas largas, e eu sou o lado mais fraco. Porém, Vergara estava muito nervoso, e ele é calmo, exceto quando pisam em seus calos ou está viajando nas suas drogas.

Quando percebo o olho artificial piscando sem parar, nervoso, bebo direto da garrafa um pouco do uísque para me acalmar. De vez em quando, sinto falta do meu olho real, apesar de o postiço ser muito útil. Foi logo após minha mudança para Nova Jerusalém que aquela fatalidade aconteceu. Um acidente, é o que todos dizem. *Aviso*, é o que eu digo.

Eu explicava a Bruce, antes de ir à cidade de Ramla, minha teoria sobre o experimento inicial do 2030. Eu seguia os indícios de um pequeno rumor sobre o programa ter sido testado no presídio daquela cidade, a prisão de Ayalon, lá por 2016 ou 2017: "*Cara, tenho uma fonte segura de que quase todos os apenados morreram no teste. Vou ver qual é, vou pra lá amanhã*".

Bruce riu de mim, me chamou de conspiracionista. Eu não podia provar que o episódio da prisão tivesse realmente acontecido. Não havia nenhum vestígio da atuação do Praga ou do envolvimento de alguém da T&K. Mas eu sempre tive certeza do que aconteceu em Ayalon.

Então, na viagem de volta de Ramla, sofri um acidente de carro. Lembro-me com exatidão: o veículo, autônomo, não freou. Tentei acionar os freios manuais, mas eles também não funcionaram. Quando dei por mim, já estava no hospital com algumas costelas trincadas e a notícia de que ficaria cego de um dos olhos.

E assim foi, até eu conseguir esse olho artificial no exterior, longe do Praga. Ofereceram-me uma cirurgia automatizada de reparação em Nova Jerusalém, mas obviamente rejeitei. Eu seria um rato de laboratório, poderiam colocar chips ou coisa parecida em mim. Falam por aí que o meu cérebro se foi junto com o olho e enlouqueci. Chamam-me de louco por esses pensamentos, essas teorias, mas eu me resguardo, e não me importo. É, gastei muita grana do meu falecido pai no olho, mas valeu a pena, preferi isso a ser lobotomizado em NJ.

Muito se evoluiu desde aqueles primeiros olhos biônicos, que nada mais eram que chips implantados na retina para recuperar a visão de pessoas com retinose pigmentar. Começaram a ser implantados por volta de 2010, pelo que sei. Ciborgues? Por que seriam considerados assim? Marca-passos, implantes cocleares, chips na retina... Em que ponto delinear o limite? Geralmente as evoluções tecnológicas se desenvolvem pouco a pouco, quase nem as notamos. E, quando percebemos, parece que estamos circundados por apetrechos saídos de um filme de ficção científica. Sem falar na dificuldade de se perceber a tênue linha que divide os avanços terapêuticos dos de melhoria da nossa espécie. Hoje, eu bem que poderia preferir um olho "natural" criado através das técnicas de clonagem terapêutica, mas por quê? Não, não sou um ciborgue. Mas tampouco me importo com o apelido que Bruce me deu, "Caolho".

O fato de terem me tirado um olho, sempre disse a Bruce, foi um aviso. *Estou pendendo entre acusar uma intromissão de Tagnamise ou Khnurn no programa, também como vingança pelo projeto do livro malsucedido, e o Praga diretamente, como uma maneira de estancar seus algoritmos pragmáticos e perversos.*

"O livro malsucedido", ainda devo ter o manuscrito original em algum lugar. Recém-formado, em 2023 a T&K me contratou para escrever sobre o sistema que prometia trazer prosperidade para a região. Queriam deixar registrados os primeiros passos para a paz. Naquela época, eu não ligava muito para isso, mas via esse chamado como a oportunidade de ouro da minha vida. Por vários anos, ainda vendo o mundo através de dois olhos naturais, segui de perto a Dra. Tagnamise e Khnurn.

Todos me conheciam por "Atar", meu sobrenome, que valia muito nesse meio. Tornei-me jornalista por causa do meu pai, renomado setorista do tradicional *Haaretz*, o jornal mais antigo em circulação em Israel. Ele sempre foi distante, a não ser quando corria atrás de uma notícia bombástica. Então, sempre me virei sozinho. Foi dessa forma que eu descobria mais e mais sobre a Dra. Tagnamise, Khnurn, Mortimer e a T&K, investigando o funcionamento do 2030, o Praga.

Percebi, com o passar do tempo, que o projeto era mais um compêndio da vida messiânica da Dra. Tagnamise que um registro do processo de paz. E, embora provavelmente a ambiciosa doutora de fato almejasse a paz, Khnurn sempre me pareceu uma cobra sagaz. Ao menos, Tagnamise sempre teve tato, empatia e o sorriso certo — ou dissimulado, pouco importa agora.

O resultado do livro que escrevi não agradou ninguém na T&K. Expus tudo o que havia descoberto sobre o Praga, o experimento da prisão de Ayalon e seus mortos. E, como recompensa, além de o livro não ter sido publicado, eu tive o olho extirpado.

No fim, o êxito foi deles, quem quer que sejam — a Dra. Tagnamise, Khnurn, o próprio 2030. Perdi um olho e eles mantiveram seus segredos. A prática de ferir ou cegar os olhos é antiga, em especial no Oriente Médio. *"Olho por olho, dente por dente."* E assim o Praga havia feito comigo.

Minha redenção — e vingança — finalmente está por vir, através da matéria em que exponho a sabotagem permitida, não, *arquitetada* pelo Praga da T&K no hospital Hamfield, que matou cinquenta pessoas e raptou uma recém-nascida *viva*. Naomy Marie Bowditch, filha de Iara e Bruce. Ela só pode estar viva. O parto fora realizado por um médico alocado de última hora de um hospital de Tel Aviv: Dr. Aleph Abram, o próprio avô da menina, e sua assistente Emmet. Esse é o ponto de início da história.

Estiro-me na cadeira, revendo algumas passagens da ligação telefônica de Vergara. "Essa linha da T&K é uma das únicas não abarcadas pelo 2030, Atar." Vergara desconfia de Khnurn, que se retirou da empresa logo após o episódio de Hamfield. O egípcio está efetivamente fora da T&K? E Mortimer, que assumiu o posto de CEO, qual sua participação nisso tudo? Será que, acima de tudo, seriam meros fantoches da Dra. Tagnamise? Vergara disse que Mortimer parecia de fato surpreso com a pane, e que por isso tentou lhe matar. Talvez o palestino realmente não soubesse de nada. Mas Khnurn...

Filho de um veterano da Guerra do Yom Kippur, Khnurn pode ter herdado os dotes estratégicos do pai. Órfão ainda bem jovem, foi criado, abraçado, suponho que amado pelos Abram. Ou seria tudo fachada? Do lado de Khnurn, dos Abram ou dos dois lados?

Pedi a Vergara evidências concretas disso tudo. Um jornalista em descrédito precisa mais do que nunca de provas, principalmente quando o assunto é o Praga. Eddie Vergara me prometeu que as conseguiria em breve. Enquanto isso, preparo a chamada da matéria, em letras garrafais:

"A verdadeira face do 2030: O Praga, um sistema que escraviza a humanidade."

Não.

"O Praga: 2030, o inescrupuloso sistema que escraviza a humanidade."

Inescrupuloso é uma palavra muito grande... *Isso!* Assim vai ficar bom.

As ideias borbulham em um turbilhão, mas me detenho logo após o título, solitário na página ainda em branco. Ando de um lado ao outro do pequeno cômodo, com um cigarro e um uísque que me fazem queimar por dentro. As máquinas são o contrário de algumas bebidas, quanto mais velhas, piores ficam, enferrujam, ficam obsoletas ou... *enlouquecem*. Como nós, seres humanos, talvez?

Na crença quase religiosa do dataísmo, as sagradas escrituras do Praga são redigidas a partir de dados. E eles são obtidos de todo lugar, inclusive de dentro de nós. O Praga não tem rosto, apenas braços, infinitos. Seus sensores vão, progressivamente, se tornando deuses onipresentes. Absolutamente tudo, até a arte e a imaginação, pode ser expresso em informação digital. A vida está nos dados, o próprio ser humano é *Big Data*, que o Praga transmuta em conhecimento e domínio irrefreável. A serviço de quem?

Do próprio Praga, que se alimenta da condição humana? O maquinal não pode então aprender a maldade? *"Morder a maçã, fruto do conhecimento?"* Ele concebe alternativas inteligentes para nos fazer abdicar dos nossos dados, ou compartilhá-los de maneira voluntária. Desde o ocaso do século XX é assim, nas primícias do mundo digital. Extrativismo de dados, uma troca ingênua. O Praga não rouba, ele coleta o que lhe é voluntariamente cedido. Valiosos dados barganhados por ordinários espelhos portugueses...

O Universo inteiro é um fluxo de dados interminável, basta computá-los. Eu sou um mero elo dessa correnteza, ou uma faísca, um intruso no seu curso. Meus dados se conectam com outros, de bilhões de outros seres humanos e máquinas. E não sei o que farão com os dados recolhidos, hoje ou um dia. Mas o Praga sabe.

Para muitos, o 2030 representa a bela vitória da sociedade civil sobre a vil classe política, inexistente em NJ. Políticos, parlamentos e partidos — para quê? Os algoritmos tomam as decisões. Presenciamos de camarote o fim dos debates e das ideologias políticas: se queremos escolas construídas, o lixo retirado de nossas portas e saúde para nossos filhos, do que importa a melhor política a ser implementada ter o carimbo dessa ou daquela vertente? Eleições são obsoletas, e o líder carismático que movia e mobilizava multidões foi sentenciado à morte. Tudo e todos absorvidos pela "democracia em seu estado máximo", em que todos são fundamentalmente iguais e todos têm voz. O cidadão é o guia do seu próprio destino, sem intermediários políticos ou burocráticos, nem mesmo sagrados, como a religião. Máquinas não têm espírito. Não. Não poderiam ter. Somos o sopro de Deus.

E o Praga é o sopro do homem.

As leis promulgadas pela máquina substituíram a máxima de que *"a longo prazo, estaremos todos mortos"*. A submissão voluntária e total a uma tecnocracia, utilizando Inteligência Artificial, é mais certa que a própria morte.

Os dados que fornecemos permitiram ao Praga compreender o retrato exato da mente humana. Agora, somos passíveis de ter nossos comportamentos individual e massivo guiados de maneira invisível. Nossas vidas estão submissas, completamente submissas. Nossos destinos, enclausurados dentro de cabos de fibra óptica, de *bytes* de memórias, de aplicativos e programas digitais.

O Praga afeta o mundo, que se afeta com ele. O que faremos amanhã, quando o sistema se desligar e acordarmos sem o cálice sagrado da tecnologia que guia nossas vidas?

Atiro parte do conteúdo da garrafa de uísque no chão.

Uma oferenda ao "deus Praga", um deboche.

Ainda teclo as últimas linhas da primeira versão da matéria quando um alarme dispara. Olho as imagens nas câmeras de segurança do *bunker*, alguém se aproxima.

Pego a primeira coisa pesada que encontro, uma pá velha, e saio pela pequena porta na parede oposta àquela que o homem todo de preto se aproxima. Pé por pé, em meio ao som estridente do alarme, cuidando do barulho de cada passo, dou a volta ao redor do *bunker*.

Vejo o homem de costas, mais ou menos da minha altura, o que me enche de confiança. Ninguém sabe que estou aqui, quem é esse cara? Seguro com mais força a pá, uma arma em minhas mãos, enquanto o intruso se esgueira para olhar através da única janela do meu esconderijo. Eu havia deixado a janela de ferro externa ao vidro aberta. Porra.

Chego mais perto e ergo a ferramenta, mais pesada que eu havia presumido. Faço um movimento no ar, direcionado à traseira da cabeça do sujeito.

De repente, meu alvo se vira e apara com a mão direita o cabo de madeira, antecipando o golpe. Merda!

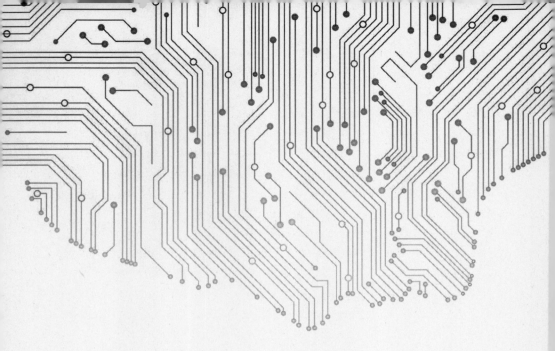

CAPÍTULO 14

— Bowditch? Você quase me mata de susto!

— E você quase me matou! Maluco... — digo, arfando. — Você sabe por que eu vim, Caolho. Recebi sua mensagem. Temos de ser rápidos. Certamente estou sendo seguido.

O suor corre pelo meu rosto. O sol do dia 23 do último mês do ano já se ergue na janela. A primeira claridade está especialmente bela, tingindo as nuvens ainda parcialmente escuras como um mosaico de cores quentes.

— Ah, sei, sei que recebeu. Um cigarro? — Caolho enfia um deles na boca enquanto apoia na parede a pá com a qual quase me acertou. — E que roupas são essas, agora? Barba postiça... Faz anos que não o via com um *kipá*.

— Não, não quero fumar. E nenhum uísque — recuso, sentindo o cheiro forte de álcool no *bunker* —, somente café.

— Bowditch *regenerado*, é isso? — Caolho dá uma risadinha, enquanto separa algumas roupas e aponta uma garrafa térmica ao lado do computador. — Você está muito, muito estranho. Não vai me contar por que me jogou do carro?

— Esquece aquilo, Caolho. — Eu me esquivo, ao mesmo tempo que visto as roupas que Caolho jogou em minha direção. — Estou fazendo tudo que posso pensando em encontrar minha família, você sabe disso.

Pego café suficiente para me tornar humano novamente e me jogo na poltrona daquele lugar estranho com paredes de metal e câmeras com detectores de movimento que vigiam o exterior. O presente contrasta com os anacrônicos chuveiros no meio do ambiente, instalados pelo temor das armas químicas de outrora.

Olho os trajes ortodoxos que retirei, jogados no chão. Minha fé quer perder o fôlego, o pouco que dela ainda resta. Para muitos, é obsoleta em um mundo digital dirigido por uma superinteligência, nada divina, mas completamente artificial. Entretanto, a *mezuzá* judaica ainda está afixada no umbral da porta de ferro, seja para proteção, seja por mera tradição.

Caolho olha o café em minha mão e aponta com o nariz para uma cesta contendo alguns bagels, mas logo desiste de ofertá-los.

— Nunca entendi como você não come nada pela manhã... — ele diz.

— É simplesmente muito cedo para se ter fome — digo, de forma seca.

Caolho, então, percebendo que não estou para conversa fiada, começa a relatar tudo o que descobriu sobre a Lista, sobre as pessoas que vêm desaparecendo, e sobre a pane programada do Praga.

— Olha só, Bowditch, Naomy é a única de Hamfield que estava na Lista. É só ligar os pontos. O *blackout* aconteceu para que ela fosse sequestrada. Ou morta, talvez. — O olhar de Caolho desvia do meu. — Ah, o Praga é o culpado disso tudo, de uma forma ou de outra. Esse monstro de milhões de tentáculos! Vergara me confessou tudo, tudo o que eu já suspeitava.

— Caolho, Naomy está viva. Meu pai finalmente admitiu isso.

Conto o que aconteceu no hospital, no leito de morte de Aleph, e o que ele me contou sobre Naomy e a carta que não consigo encontrar.

Caolho fica ainda mais agitado, piscando o olho e falando sem parar sobre o *blackout*, o Praga e Naomy.

Retiro do bolso um pingente com a cruz cristã, preso a uma delicada corrente dourada. Sou judeu, não reverencio esta cruz vazia, o Cristo ressurreto. Mas ela é uma relíquia, dada por uma pessoa especial. *Flashes* do pesadelo de sempre logo passam pela minha cabeça: gritos, calor, corpos sem vida dentro de sacos pretos. Afago a cruz envolta pela mão, que no sonho jaz no pescoço do cadáver cujo saco mortuário toda noite eu teimo em abrir.

— Notei uma cicatriz mal curada nas costas da sua mão, Bowditch. — Caolho me desperta dos meus pensamentos, sem tirar os olhos da tela nem os dedos do teclado do computador.

— Me cortei com uma garrafa de bebida. — Caolho revira os olhos, demonstrando incredulidade. — Já tá imaginando uma teoria da conspiração, é?

Caolho, então me responde algo em ídiche, dialeto historicamente falado pelos judeus de origem europeia que há muito tempo eu não escutava. Como que por reflexo, peço para ele repetir, mas logo percebo que caí em sua pequena armadilha:

— Aha! Te peguei, Bowditch. Você está sem o sensor. Diga-me o motivo de tê-lo tirado, vamos. Finalmente você está caindo de volta a si!

A ausência do sensor 2030, que traduziria instantaneamente a frase para mim, havia me denunciado. Mas Caolho logo percebe que eu não responderia àquela indagação e continua:

— Tudo bem, deixa pra lá. Olha, eu tô escrevendo há horas. Vai ser a matéria da minha vida, Bowditch. — Caolho gira a cadeira, com o cigarro pendurado na boca. — Vergara acha que Khnurn tá por trás de tudo isso; afinal, mexeu nas coisas em Hamfield por ordem do egípcio. Olha, pra falar a verdade, não me importo se foi o Khnurn, a pavoa da Tagnamise, ou o próprio Praga. O que importa é que eu estive sempre certo. E você precisa admitir isso, Bowditch!

— Humm... — Afago minha barba ruiva, fingindo não estar apreensivo.

— Eu consegui imagens que provam a presença de Khnurn no hospital em Jafa, nas horas derradeiras do seu pai. O velho parou em frente ao mesmo quadro que você e Emmet ficaram olhando por alguns instantes, horas mais tarde. Ou seja, Khnurn mentiu.

— Khnurn foi ver meu pai? Como assim? — Cerro os punhos, amassando o pingente de cruz, suas pontas machucando minha pele. — E como você sabe que paramos em frente ao quadro?

— Eu tenho contatos, consegui algumas gravações... Pense o que quiser, Bowditch — diz Caolho, enquanto se vira ao computador e recomeça a escrever freneticamente —, eu vou publicar essa matéria, e hoje mesmo todo mundo vai saber de toda a verdade. Sobre o que é o Praga e o que ele pretende fazer com Nova Jerusalém. Vou expor tudo que tá acontecendo.

— Não publique essa matéria, Caolho...

— Ah, não? É para isso que servem os jornalistas, e essa é a chance da minha vida. Nada disso é brincadeira, a população precisa saber. O *mundo* precisa saber.

— Caolho, não faça isso — eu suplico —, você vai se ferrar e me ferrar junto! Expor tudo só criará uma multidão de zumbis desesperados. Vai ser o fim da minha família, logo agora que eu, você, parecemos estar tão perto da verdade. Elas estão vivas, cara, e eu preciso encontrá-las!

— Bowditch — ele se vira para mim, sério, com o olho natural vermelho de entorpecimento e cansaço —, está decidido, ok?

Desesperado com a irredutibilidade de Caolho, agarro o seu colarinho, levantando-o da cadeira.

— Está acabando com sua própria vida, Isaac. O Praga vai encontrar você! Não quero te perder, Caolho... — Largo o meu amigo, envergonhado com o surto. — Ao menos espere mais algumas horas. Khnurn é a chave. Ele viu meu pai e mentiu sobre isso, deve estar com a tal carta de Aleph. Você não tem ideia, não tem ideia do *caos* que vai se tornar a cidade. Vai ser impossível fazer qualquer movimento para encontrá-las, Caolho...

Discutimos quase ao ponto de chegar às vias de fato durante um tempo, mas ninguém foi dissuadido. Somos dois cabeças-duras, e sabemos muito bem disso.

— Aaah, Caolho, seu imbecil. Faz o que tiver que fazer aí, que eu vou atrás do Khnurn — digo, enquanto levanto a camisa, mostrando na cintura o antigo revólver calibre .38 do meu pai.

— Porra! Você não poderia... Como é que o Praga não percebeu que você está armado, Bruce?

Não respondo. Não lhe devo satisfações. Até porque não tenho a resposta...

Restam cerca de 24 horas.

Eu não consigo imaginar o que restará da cidade — e da minha família — após a pane.

Vamos, Bruce, você está correndo contra o tempo. E seu velho amigo Khnurn tem muito a responder.

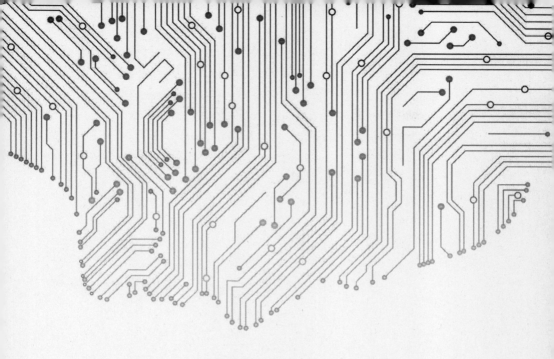

CAPÍTULO 15

SERYA

Dirijo rápido, cortando caminho por estradas secundárias ao sul de Tel Aviv. A paisagem é basicamente uma sucessão de plantas de dessalinização, instaladas pelo 2030 para obter água potável para os habitantes de Nova Jerusalém.

Um tanto atabalhoada, ligo o rádio da viatura blindada, mas cuja maior proteção é ser 24 horas por dia acompanhada pelo sistema de segurança de Nova Jerusalém. Com um comando de voz, ativo a personalização de conteúdo musical com base em minhas próprias emoções. A conexão direta do rádio com o meu sensor 2030 é bem certeira, e escuto alguns dramas.

O 2030 finalmente voltou a indicar a movimentação de Bruce, que escapara do meu olhar em Jafa. Fiquei sem receber sua localização por horas. Voltei a ter informações somente no momento em que ele saiu do *bunker* de Caolho. O sistema não quer mais que eu encontre Bruce, está acobertando-o? Ou quer um atraso meu? E mais, por que me indicou uma rota errada, após um congestionamento monstruoso?

Cometi algum erro fatal, ou é Bruce que está acertando? Continuo a persegui-lo, sem nem ao menos saber o porquê. Eu sempre agi assim, sem contestar, sem pestanejar, apenas confiando no 2030. Mas agora não consigo evitar de me perguntar: por que Bruce Bowditch é tão perseguido pelo 2030?

Sei que Bruce está frágil e destruído por perdas irreparáveis. Ele sempre perseguiu o fantasma da filha, sem ter ideia de para onde correr. E eu o perseguia de volta, destruindo-me aos poucos, apaixonada pela imagem daquele homem tão desesperado.

Ou, talvez, destruindo-me pelo erro de ter colocado o coração onde devia haver somente neurônios.

De qualquer forma, estou novamente correndo atrás de Bruce, é minha função, e sei que ele está indo ao encontro de Khnurn.

A música do rádio de repente é entrecortada por um bipe. Não sei por que, ao receber aquela mensagem criptografada no smartwatch pessoal, eu já sabia quem era —intuição feminina? Só não imaginava o que viria.

Descriptografo o código, conforme instruções que foram enviadas junto à mensagem. Eu e meu cunhado desenvolvemos há anos, de maneira preventiva, um código de criptografia *offline* — fora do 2030, ao menos supostamente — para a segurança de Nova Jerusalém. Eu "metia a mão na massa" na força policial, e Vergara monitorava o *Big Data* como chefe de segurança de dados da T&K.

> *"Serya! Aqui é o Eddie. Não tenho muito tempo.*
> *Se eu estiver correto, temos menos de 24 horas até o caos completo.*
> *Escute: você está agindo por influência direta e planejada de alguém, inserida antes do fechamento do 2030. Foi logo antes da inauguração de NJ. Entende? Sua atuação, a perseguição de Bruce Bowditch, foi inserida manualmente.*
> *E agora, o mais grave: Neil Mortimer, o brinquedinho da Tagnamise, tentou me matar. Que merda, Serya, minha vida está por um triz!"*

Há uma breve interferência na mensagem, que segue, com o áudio muito ruim:

"Estou arrasado, Serya.

Não confio mais em ninguém, nem mesmo em Gael. Finjo que não existe nada, é claro, mas há dias durmo com um olho aberto. Ontem o vi saindo da sala de Mortimer, quando eu entrava para a reunião em que ele tentou me sufocar. Mortimer quer a minha cabeça, talvez a sua também. Acho que Tagnamise e todos eles querem. Eles, o Praga, nem sei quem é o verdadeiro inimigo...

O Praga parece ter enlouquecido, ou o enlouqueceram!

Serya, não tenho muito tempo. Repito, sua perseguição a Bruce Bowditch não provém diretamente do 2030, mas de quem? Não sei, desconfio de Mortimer. Khnurn. Tagnamise. Gael! Todos eles. Cuidado! Procure ficar segura e irrastRRRRRRRRRRRRRRRRRRRRR."

O sinal é interrompido até parar, como uma máquina de batimentos cardíacos zerada. Fomos interceptados? Ed foi apanhado? Eu não tenho como saber.

Então, por todos esses anos, eu estava servindo de marionete a alguém? Minhas ações, que julgava serem completamente racionais, indicadas diretamente pelo 2030, pelo bem de todos, estavam sendo desde sempre manipuladas?

Desde o início da caça de Bruce à Naomy, no dia seguinte ao *blackout* em Hamfield, comecei a segui-lo. É, no início imaginava que Bruce Bowditch fosse apenas um arquivo perigoso, inflamável e tóxico para o 2030, algum tipo de lunático perseguindo o próprio sistema. Na verdade, nem pensava muito sobre os motivos da minha caça pessoal, a incessante perseguição a Bruce. Apenas fazia meu trabalho.

Eu mesma fui a responsável pela prisão em flagrante de Bruce, anos atrás. Seu sensor 2030 indicava a iminente agressão a Vergara, e então fui acionada. Não tinha o posto que tenho hoje na polícia, mas eu estava lá, quando o 2030 o liberou em questão de minutos. O sistema de IA analisou em instantes todas as provas, todo o histórico de Bruce, dados obtidos desde sua infância, documentos médicos, até alguma longínqua briga de bar. Sua propensão à reincidência e sua periculosidade foram analisadas de forma pragmática e instantânea. Para mim, o 2030 era um deus, justo e onisciente, que agia baseado em fatos e estritamente sob a égide da lei. A justiça era feita sem humanos envolvidos, que julgam baseados em crenças e preconceitos pessoais. Como resultado, uma medida restritiva que saiu em instantes, e Bruce saiu andando da delegacia.

"Tudo pelo bem de todos", diz o slogan da T&K. Tudo? Todos?

Pensando bem, agora tudo faz sentido. Eu não queria ver o que estava bem na minha frente. Estava cega. Sempre foi estranha a forma que fui levada, com extrema insistência do 2030, a perseguir Bruce. A medida restritiva em relação a Vergara fez efeito, Bruce não o importunou mais. Então, por qual motivo eu continuava a vigiá-lo? Bruce era apenas um pai desesperado, e agora um marido sofrendo sua possível viuvez.

Mas eu sei que Iara está viva.

Aprendi cedo, junto a Gael, órfãos num Oriente Médio cravejado de mísseis no céu, a encarar esse mundo gelado, de pessoas tão maquinais quanto as próprias máquinas que as criavam.

Sempre apenas cumpri ordens.

Bruce, e se soubesse que me levanto e durmo todos os dias presa ao meu próprio dilema do trem? Os sentimentos de um lado da ferrovia, a razão e o dever do outro.

É tão difícil vê-lo amarrado nos trilhos do sistema...

Se Ed descobriu tudo isso, meu irmão não sabia de nada? Ou Gael não quer me contar o que esconde? Não fizemos um pacto de união eterna? De Ed, nem falo, nunca confiei completamente em um homem tão narcisista. E também tão esperto.

Lembro-me do anúncio público da segurança inviolável do sistema, a "impenetrabilidade do 2030". Ele estaria protegido contra qualquer ataque de *hackers*, de invasões no próprio 2030 ou diretamente no seu infindável *Big Data*. Mas o principal objetivo sempre foi o de proteger o sistema de seus próprios criadores, dos próprios técnicos da T&K. Foram a Dra. Tagnamise e Khnurn que anunciaram, orgulhosamente: "*não criamos algo tão belo e poderoso para estar a serviço de alguém, seja de seus criadores, seja de um empreendimento privado. O 2030 nasceu para todos*". E assim fecharam o sistema contra interferências externas, deixando-o livre para aprender e atuar sozinho.

Mas, pelo que conta Vergara, minha eterna perseguição a Bruce fora inserida no sistema antes disso. Por quê, céus? E por quem? Um pensamento incômodo então passa pela minha mente: teria sido minha nomeação para o cargo de Chefe de Polícia também parte de alguma artimanha? Estaria eu aqui, com esse reluzente distintivo no peito, devido a algum obscuro propósito, e não por meus próprios méritos?

Não posso perder meu tempo pensando nisso agora. Tenho de falar com Bruce, ele pode estar em perigo. Ligo para ele, mas não consigo contato. Não consigo nem mesmo receber os dados vitais do seu sensor 2030, há dias não consigo — mas suspeito que Bruce tenha se livrado dele.

Agora as músicas mudam de estilo, do drama ao *hardcore*. Gostava disso na adolescência, e ainda hoje me pegam de alguma forma. Dirijo trêmula, sob o sol da manhã no horizonte, indo ao encontro de Bruce.

Então, sem tirar a mão esquerda do volante, abro o porta-luvas. Retiro dele o pingente de pomba da paz, decorado com pedrinhas de brilhantes — falta-lhe uma delas —, que Bruce — um dia, meu *BB* — deu à sua Iara.

O rádio continua a tocar, captando meu estado de espírito. Agora é algo mais rápido e pesado, Megadeth.

Peace sells... but who's buying?

Bruce gosta deles. E de Metallica, assim como eu. Combinamos em tanta coisa... *Old soul*, ele diz.

Can you put a price on peace? Peace sells, but who's buying?

Minha vida sempre foi rodeada de mentiras...

E se o 2030 nunca tiver vendido a paz de verdade, apenas o caos da humanidade?

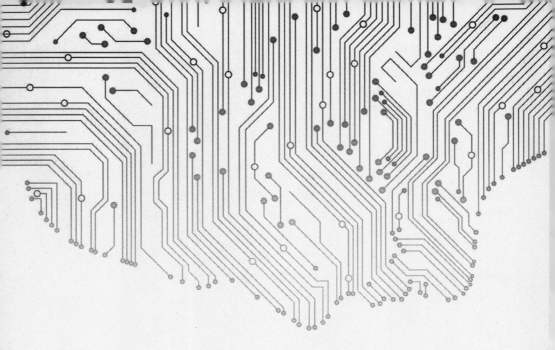

CAPÍTULO 16

TAGNAMISE

Os primeiros raios de sol da manhã brilham sobre as nuvens. Muitas pessoas ainda temem andar de avião. Eu não, sempre gostei, vejo nessa máquina-pássaro um ícone do progresso. Foram talvez as primeiras máquinas a operar autonomamente, desde muito tempo. Antes, pelo piloto automático supervisionado por um piloto humano — e seu copiloto —, mas hoje nenhum dos dois humanos é necessário.

Voamos para Nova Jerusalém, eu e meu marido Ariel Stern, direto de Nova Iorque, onde discursei na sede da ONU no dia anterior. Acompanho atentamente as repercussões do discurso — ele tinha de ser único e inesquecível, impactar o mundo. Nada menos que isso. Como de fato foi.

Stern está ao meu lado, dormindo. Ele sempre dorme, enquanto os outros trabalham por seu dinheiro. O problema é esse ronco que nenhum tratamento ou remédio conseguiu resolver. Um tanto incomodada pelo barulho, levanto-me e vou até outra parte do avião para fazer uma ligação de vídeo para Serya Dornan. Quero parabenizá-la por ter sido escolhida pelos irrepreensíveis algoritmos do 2030 como a nova Chefe de Polícia de NJ.

Eu tenho em mãos o relatório completo de Serya, irmã de Gael, meu guarda-costas. Ele me contou com orgulho sobre a história de peregrinações dela, iniciada após o suicídio do pai e terminada com o reencontro dos dois irmãos em Israel. Ela é muito mais inteligente e sagaz que o irmão, mas também mais passional e, ao que vejo através dos dados, menos manipulável que ele.

Apresentamo-nos formalmente. Serya está dirigindo, mas coloca o carro no autônomo para conversarmos. O fato de uma mulher ocupar um cargo tão elevado, sempre dominado por homens, é apenas mais um indicativo do sucesso do *meu* sistema. Meu filho, gerado por mim. Serya está ali por méritos, não por ter nascido com colhões. Pragmaticamente, ela é a melhor pessoa para ocupar o cargo.

Serya Dornan é muito simpática e bonita, com olhos azuis de lince. Parece-se com uma norueguesa ou algo assim, mas é israelense. Elogio-a algumas vezes, dou um e outro conselho, e ela retribui da mesma forma. Serya parece ser um amor de pessoa. Sei que vive só, e vejo obscuridades em seu passado, mas que podem apenas ter contribuído para que se tornasse mais resiliente e esperta.

Não sei exatamente o porquê, mas começo a falar sobre meu pai. Ele, como homem extremamente ortodoxo, primava pelas tradições, e não queria que delas eu fugisse. Depois de eu dizer que sairia de casa para estudar, ele respondeu que não tinha mais uma filha. E desde então nunca mais o vi.

— Meu pai — digo — não aceitou quando rejeitei o destino traçado para mim, segundo ele por um mandamento de D'us. Ter uma família, exaltar e servir a um marido que, assim como meu pai, me prenderia. Não, não, Serya, desde criança rejeitei esse destino, meu mundo sempre foi muito maior, como o seu. Nós duas estamos mudando o mundo, para melhor.

Eu fugi de casa. E acredito que por esse motivo eu nunca quis ser mãe. Não de um bebê, pelo menos, "apenas" de toda a humanidade.

Serya, já mais à vontade — conheço bem a reação das pessoas — me pergunta se sei por que ela, de forma um tanto analógica, está encarregada de seguir Bruce Bowditch. É claro que me lembro dele, desde quando ainda era chamado Yigal Abram.

— Dra. Tagnamise, faz anos que não trabalho dessa forma. Ir a campo, ficar de tocaia, perseguir. Veja bem, longe disso ser uma reclamação, apenas imaginei se não haveria alguma explicação. E, por algum motivo, parece que hoje fui propositalmente despistada pelo próprio sistema...

Percebo certa malícia, talvez até perigosa, nas palavras de Serya. Deixo-a prosseguir com suas observações, e a minha pausa sem respostas certamente a fez pensar com mais cautela no que queria dizer.

— Eu sei, não faz muito sentido, posso estar imaginando coisas — Serya continua, com mais prudência. — A senhora sabe de algo?

Eu não digo muita coisa, a não ser que o sistema sabe o que está fazendo. Antes de desligar, reitero que confie no 2030, que nos trouxe com toda segurança até aqui, e nos despedimos.

Retorno ao meu assento, enfiando os protetores de ruído nos ouvidos. Busco continuar a acompanhar a cobertura do discurso. É um novo avanço em minha escalada, talvez o degrau mais importante até aqui. Mas, de repente, sinto Stern me cutucar, forçando-me tirar os protetores auriculares.

— Era Mortimer na ligação?

— Não, e se fosse, qual seria o problema? Você — aponto o dedo para seu nariz — sabe muito bem da minha relação com ele, sempre conversamos sobre isso.

Ele se desculpa, segurando meu braço, me dando razão. Respondo que "sempre tenho razão, meu amor", com o sorriso postiço que ele adora. Digo que o amo e, na verdade, de fato aprendi a amá-lo com o passar do tempo. Estivemos juntos desde o início deste projeto, e estamos juntos ainda agora.

Mortimer me dá o prazer, o êxtase, a liberdade, o amor pela vida e pelas pequenas coisas. Já Stern me completa, por sua vez, com o acolhimento, a idealização, a segurança, a rocha.

— Você acha que me importo com o que pensam? — continuo. — Dizem que escolhi Mortimer para o cargo em que está por causa do que supostamente sinto por ele. Ou pior, pelo que teria com ele na cama. Não fui nem eu que o escolhi para estar lá, foi Khnurn. Meu amor, Mortimer é o melhor no que faz, Vergara apenas se acha melhor... Nem sonhando!

Continuo, em hebraico, falando ainda mais baixinho:

— Aliás, querido, se eu me importasse com o que pensam, falaria para todos que quem tem o dinheiro aqui sou eu, não? Ninguém sabe o quão endividado você estava quando nos conhecemos, quando eu fundei a T&K, já uma neurocientista renomada. Acham que você é um mero mecenas, que me tem dentro do bolso, e que eu uso você por dinheiro. E eu não me importo com isso, porque simplesmente não é verdade.

Stern não gosta do que ouve, mas não retruca. Apenas fecha a cara, encarando as nuvens pela janela da aeronave. Aquilo tudo era verdade, mas não nego que seu sobrenome abriu, além do meu coração, muitas outras portas para mim. Apenas otimizamos o relacionamento dessa maneira...

— E pare de ciúmes, Stern — sussurro novamente em seu ouvido. — Não gosto de melodramas. Ainda mais vindos de homens. Vamos descansar um pouco.

O avião sem piloto logo aterrissa no aeroporto de NJ, imponente com os milhares de painéis solares que compõem sua bela carcaça. Em Nova Iorque, tive a certeza de que solidificara meu futuro cargo de diretora-geral da ONU. É claro que eu e Stern já havíamos feito contato com boa parte dos membros da organização por antecipação, mas a virtude pública ainda é essencial aos olhos.

Não dou ponto sem nó.

Dou um longo suspiro.

Ponto sem nó...
Serya, você me parece tão boa.
O que pensaria se soubesse que persegue Bruce Bowditch porque assim
Khnurn inseriu no sistema?

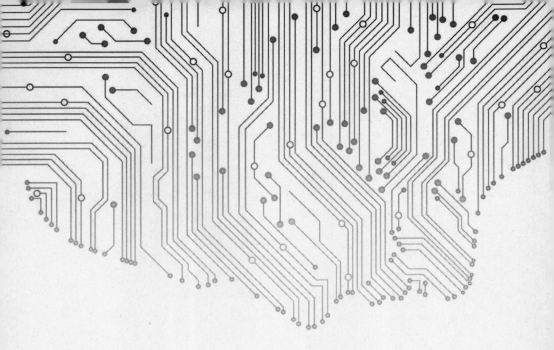

CAPÍTULO 17

VERGARA

— Porra, esse velho conseguiu me deixar com uma lesão nas costas. Nem os remédios estão adiantando — penso em voz alta, lembrando-me da luta com Neil Mortimer. Enfio mais um cigarro na boca, deixando se acumularem no cinzeiro de ouro do carro que voa solitário na estrada, serpenteando as colinas erodidas do deserto.

Gostaria de ter provas daquela conversa que logo se transformou em uma tentativa de assassinato, mas a sala da diretoria da T&K é teoricamente uma zona neutra, impenetrável a qualquer aparato eletrônico. Entretanto, recebi informações do próprio sistema de que Mortimer iria me atacar. Fui avisado pelo 2030. Não entendo mais nada.

O barulho baixo do smartwatch é o suficiente para me dar um susto. *"Encontro com Flavius em uma hora."* Flavius? Quem é... Porra, é aquele libanês do teatro, marquei um encontro com ele à meia-noite. Pretendia escapar e me divertir com o ator que interpreta Mortimer em uma peça. Sim, Neil Mortimer é interpretado no teatro, assim como Tagnamise e Khnurn. Eu, não. Não sou lembrado nessa *historinha* que mostra Mortimer sangrando as mãos ao derrubar o muro da Cisjordânia, e termina com Tagnamise e Khnurn fundando Nova Jerusalém. Um épico triunfalista, digno de qualquer ópera de Pequim.

Em uma realidade inundada de vídeos e *streamings*, onde ninguém mais precisa assinar a *Netflix* — tudo é livre nos *apps* do 2030, que disponibiliza o que o cidadão quer ver conforme suas preferências, humor e emoções —, o "real" é moda, tem certo ar *vintage*. Por isso, as peças de teatro estão em alta na cidade que já há alguns anos está na vanguarda cultural da região.

Jogo o smartwatch pela janela do veículo em movimento. Já devia ter feito isso antes. Não, Flavius, hoje não é seu dia de sorte, tenho coisas mais importantes para fazer. Não é hoje que "Mortimer" tirará a sorte grande de se divertir comigo. Aliás, Flavius, que droga de nome é esse? Acha que está em Roma, no século VII? As pessoas mudam de nome em NJ, mas o Praga devia impor limites para aberrações. Que coisa brega!

Estaciono na beira da estrada, em meio ao deserto do Neguev, a algumas horas de Nova Jerusalém. Nada aqui se move, tudo parece ermo, ausente ou morto.

Pretendo utilizar a senha do Gael no computador de bordo do carro, sei que meu marido tem acesso remoto à geolocalização das pessoas por meio dos sensores do Praga espalhados por aí — smartphones, smartwatches, dispositivos eletrônicos pessoais, câmeras. Gael nem sabe que tenho sua senha, nunca ligou muito para o sistema do Praga. Ele gosta de armas e do poder que o posto de segurança pessoal da chefona lhe garante.

O Praga, o mesmo que pareceu me ajudar na T&K, saberá que sou eu utilizando a senha do Gael. O sistema combina dados, e sabe que meu marido não está aqui. Porém, é minha única alternativa. Já sou um homem morto se não fizer. Agora é tudo ou nada, Eddie Vergara, o Olho de Sauron vai se abrir totalmente.

Enquanto abro o sistema, olho o corte nas costas da minha mão. Retirei o sensor 2030 há algumas horas, mas o Praga é capaz de me monitorar de outras formas. Ninguém sabe do que o Praga é capaz desde que ficou impenetrável.

Ninguém mesmo? Ele ficou mesmo intocável, um ser autônomo aprendendo com dados humanos? Eu não consigo alterar seus algoritmos, disso tenho certeza. Mas será que Tagnamise não pode? Mortimer? Khnurn?

Gael, Gael... São oito anos juntos. Eu era um moleque de vinte anos. Você me acolheu, me ajudou a chegar ao topo, ajudamos um ao outro. Mas, não sei se consigo confiar em você agora. Descobriu alguma traição, é vingança? Você também trai, sou capaz de apostar. Lembro-me bem daquele sargento de NJ, com quem você foi numa missão conjunta, tão conjunta, secreta, ordenada pela Tagnamise...

O que você, Gael, afinal sabe sobre tudo isso? O que fazia na sala impenetrável logo antes de Mortimer me chamar para tentar me matar? Sei que você já fez coisas horríveis pela Dra. Tagnamise, pelo país, por lealdade. Lealdade a quem agora? Ao Praga, à Tagnamise, a quem mais? A mim, sei que não...

Dou um soco no volante do carro. Ah, finalmente te achei, filho da puta! Na mansão de sua bonequinha benfeitora, Neil? Sabia que buscaria refúgio sob o *tailleur* da Tagnamise.

Bem, a barra está limpa para entrar na T&K. Ao menos, Mortimer não está lá, embora possa ter deixado encarregados. Mas o que tenho a perder? Se o Praga quisesse, eu certamente já estaria morto. E é questão de tempo para o Mortimer me encontrar.

Pego o carro e rumo a Nova Jerusalém, à T&K. São quase 2h da manhã do dia 23. Chegando próximo à cidade, a paisagem muda sob o luar, não mais desértica, mas verdejante e altamente produtiva: o Praga fez "o deserto florescer", como almejava Ben-Gurion, o "pai" de Israel. A máquina global, fixada em NJ, age de forma ampla. Nos dois lados da estrada, estufas de tomates até onde o olhar alcança.

Nas notícias do rádio, após especulações de que a Dra. Tagnamise seria indicada para o cargo de Secretária-Geral da ONU, ouço que debates começam a tomar forma por integrantes do Conselho de Segurança — ela é estadunidense, e ter nacionalidade de um membro permanente do Conselho não é tradicionalmente admitido. Rumores de que ela seria convidada para implantar o 2030 permanentemente em toda a União Europeia também se espalham. Outros ainda ventilam a possibilidade de o sistema ser empregado como meio definitivo de monitoramento dos acordos internacionais sobre o clima. O verdadeiro culto à personalidade de Tagnamise e ao seu Praga, como se fossem resolver todos os problemas de forma mágica, parece cravar suas garras ainda mais fundo ao redor de todo o mundo.

O Praga é quem determina até os frutos que brotam da terra — divago sozinho, observando as infinitas estufas, enquanto fumo mais um cigarro. Ele analisa cada pedaço de solo, suas características, cada variável que possa afetar a produção agrícola. O 2030 escolhe, melhora e guarda muito bem as características genéticas das suas sementes.

Toda comida hoje é feita em laboratório, de uma maneira ou de outra, e não sabemos exatamente o que comemos ou bebemos. E, sei bem, não é apenas sobre isso que não sabemos tudo que seria necessário, apesar de todo o excesso de informação e de meios disponíveis para ter acesso a ela.

Claro, divago, fumando e ouvindo a bajulação à Dra. Tagnamise e ao CEO Neil Mortimer, que esses agricultores podiam decidir plantar outra cultura, morangos, sei lá, e dizer não aos tomates. Ou ali criar ovelhas, se assim quisessem. São *livres* para essa escolha, não serão multados ou forçados a nada. Porém, quem em sã consciência, vai dar as costas às sementes subsidiadas, ao incentivo ao uso de máquinas agrícolas autônomas, às isenções fiscais e à certeza de que plantar tomates é a escolha mais produtiva e lucrativa?

Quem, em nome apenas de sua liberdade de escolha, renegará todas as ferramentas da agricultura de precisão personalizada que o sistema disponibiliza? Podem até escolher plantar morangos, mas como competiriam com os plantadores de morango do outro lado da cidade, que recebem os subsídios, as isenções e a competitividade que aqui são destinados aos plantadores de tomates?

Olho novamente o corte na minha mão, de onde arranquei o sensor 2030. Todos são livres para não o usar, mas quem faria isso, perante todos os benefícios e facilidades que ele traz?

Caralho, tô até parecendo o Isaac Atar. Percebo que ele tem alguma razão sobre essas coisas. Somos levados a tomar decisões que pensamos serem independentes, mas talvez sejam direcionadas a um objetivo que não é nosso.

Livres. Escolhas.

Escolhemos nosso próprio fim sem saber? Como a sociedade vai sobreviver à pane do sistema que controla o que comemos, bebemos e respiramos?

Afinal, somos todos livres. Desde que escolhamos plantar tomates.

Passo pelos seguranças, acenando com a cabeça. Eles me reconhecem, não é estranho eu aparecer de madrugada na T&K. Tenho um chip reserva, com a identidade de Gael. Ser marido de um ex-agente da *Sayeret Matkal* tem lá suas vantagens. Tecnicamente, não sou eu quem está aqui. Se Mortimer colocou algum sistema para detectar minha presença baseado na biometria da entrada da companhia, espero que tenha falhado.

Mas, ainda assim, o Praga, não Mortimer, está me vigiando. Ele está em todo lugar. Sabe quem eu sou, não há como enganá-lo. E por que o Praga não me para? Quer que eu consiga achar o que procuro?

Ao passar nas catracas, um dos seguranças logo me chama pelo nome. O coração salta do peito, gritando diante de um penhasco. Devagar, giro a cabeça na direção do homem que traz uma garrafa térmica na mão. Reconheço o funcionário do qual não lembro o nome, que me entrega a garrafa cheia de café, como gentileza. Eu agradeço com um sorriso, aliviado, tentando não transparecer nervosismo.

Mais alguns passos edifício adentro e já me sinto em casa, ironicamente. No coração do Praga, na sala vital do sistema, digito a senha do Gael para entrar no 2030. Se a reportagem de Atar cair na mídia, Nova Jerusalém aqui será o pandemônio, mas é a única forma de eu sair vivo disso tudo. E para isso preciso de provas.

Achei! Salvo os dados que havia encontrado com Mortimer em uma pequena cápsula de memória, enquanto procuro algo mais sobre a pane programada. São duas e quarenta da madrugada. As linhas de programação parecem infinitas. Opa! Há uma sequência de comandos elaborada há apenas alguns minutos pelo programa.

Começo a suar frio, tremer com o que vejo. Engulo algumas pílulas que trago comigo, não querendo acreditar. Não sou nenhum virologista ou coisa que o valha, mas sei o que estou vendo: *o Praga comandou a disseminação generalizada de um vírus biológico*.

Será? Mas por quê? Não faz sentido… O sistema tem como único objetivo a maximização da prosperidade humana. Há um protocolo inviolável de parada em caso de o sistema agir de forma contrária à sua finalidade máxima. E esse objetivo não pode ser burlado, não há como!

Não vejo a liberação do vírus como resultado de uma inserção manual, como na atuação de perseguição de Serya a Bowditch. De fato, foi o Praga que fez isso, de maneira própria. Por quê? Eu conheço esse sistema. Posso discordar de seus métodos, mas seu objetivo sempre visou nosso benefício, dos moradores de Nova Jerusalém, da humanidade. E não há benefício algum na liberação de um vírus!

Pensa, Eddie Vergara, *hacker* dos *hackers*, pensa!

Bem, talvez isso prove que a pane programada seja de fato um atestado de morte. Não apenas do próprio sistema, mas de tantas pessoas quanto ele puder levar consigo. Caralho! De qualquer forma, se um vírus mortal for liberado, eu tenho mais é que sumir. Pro Neguev! Pra Sibéria!

Seria o vírus de Hamfield novamente? Uma amostra dele foi coletada na noite do *blackout*… Não, não faz sentido. Por qual motivo o 2030 impediria a sua proliferação, ao custo de tantas vidas no hospital, para agora simplesmente disseminá-lo, seis anos depois? Mas que isso é um vírus, é. Então, certamente deve haver um antídoto para isso, uma vacina, sei lá, caralho! Não entendo essas coisas.

Pego um café para pensar em algo para destravar o acesso ao comando de liberação do vírus, da mesma forma que tento destravar as costas na cadeira — presente especial de Neil Mortimer. No entanto, mexer dessa forma no programa é no fundo impossível, eu sei muito bem disso.

Droga. Não encontro no sistema nenhum tipo de explicação sobre o motivo disso tudo. O relógio corre como se cada hora fosse um minuto. Sem mais saber o que fazer, tomo uma decisão desesperada. Só me resta acessar o subsistema reservado à polícia de NJ, o que é proibido para quem não faz parte do corpo policial, e qualquer tentativa de acesso a ele é passível de prisão em flagrante. Apesar disso, não tenho mais nada a perder. Consegui uma senha extraoficial para ingressar no sistema, não nego que com uma ajudinha da minha cunhada Chefe de Polícia. Prometi a Serya que só a usaria em casos de vida ou morte. E este é definitivamente um caso de vida ou morte.

Levo a garrafa de café direto à boca, com os olhos fixos na tela. Meu acesso ao subsistema é liberado e vou direto ao que interessa. Cacete! Os integrantes da Lista foram raptados pela *própria* polícia, seguindo ordens diretas do 2030.

Os desaparecidos de Nova Jerusalém realmente foram raptados pelo Praga.

Vejo que essas pessoas estão em um lugar em comum, específico, mas não consigo achá-lo. Sua localização foi exposta somente aos policiais responsáveis pelos sequestros — não há outra palavra para isso.

Quem sabe dessa Lista? A Dra. Tagnamise? Talvez até Gael saiba. E Khnurn. Ele é a única pessoa que seria capaz de ir além de mim dentro do sistema. Na verdade, ele deve ser o cérebro disso tudo, do incidente em Hamfield, e é capaz de qualquer coisa para manter o sistema sob sua vigilância. Fez-me quase morrer, aquele egípcio desgraçado!

Gravo tudo na memória externa, quase do tamanho de um grão de arroz — esses dispositivos estão cada dia menores. Vou entregar todas estas provas, a Lista, a eutanásia do sistema, a liberação do vírus, tudo o que obtive do *Big Data*, a Isaac Atar, só ele aceitaria mesmo. Ele pode ser considerado o louco da aldeia, mas com essas provas, todos terão de ouvi-lo.

A manhã se descortina lá fora, incólume ao que ocorre dentro de mim. Sinto-me como em uma prisão, na qual entrei por vontade própria, em busca de alguma verdade. Continuo suando frio, movido a café e pílulas. Vou o mais fundo que posso nas linhas de programação, minha vida depende disso.

Aquela Lista possui alguma relação com o vírus? Volto-me novamente a ela, com as pálpebras molhadas de suor frio. Ela contém vinte e nove nomes. Naomy, filha de Bruce, incluída. Iara Bowditch, sua esposa, não. Gine de Vilna, Arthur Hanin, Camille Armand... E esse estranho trigésimo espaço aparentemente em branco na última linha. Não consigo decodificá-lo... Há algo escrito ali? Um outro nome?

Vinte e nove desaparecimentos ocorreram nos últimos seis anos, o mais recente sendo há quatro noites. Uma tal de Yasmin Abdallah, a última da Lista.

A data de compilação dos nomes da Lista é 30 de junho de 2030, um mês antes de Hamfield e do nascimento da filha de Bowditch. Entretanto, noto que os gatilhos geradores da Lista estavam presentes no programa desde muito antes disso. Eles especificam os eventos que deveriam ocorrer para que a Lista fosse de fato gerada. Tais requisitos formam um complexo gigantesco e impossível de se entender. Quem poderia criar isso? Nem Stephen Hawking ou Albert Einstein, com a tecnologia de 2036!

Não sei onde estão os desaparecidos, raptados pela própria polícia de NJ, pelo próprio Praga. Não entendo o objetivo ou a lógica dessa lista negra ter sido criada, muito menos os parâmetros de seleção dos nomes. Desgraça! A mais pura lógica tem uma racionalidade tão superior — e ao mesmo tempo tão óbvia — que não pode ser decifrada por uma mente humana.

Esses desaparecimentos nunca foram realmente investigados — agora entendo o motivo: foram *planejados*. Além disso, ninguém sabe por quanto tempo durará a pane do sistema, nem suas talvez previsíveis consequências. Previsíveis para o Praga, obviamente.

Não para nós, seus joguetes humanos.

Estou há tempo demais aqui, tenho que sair. Com o corpo ainda eletrizado por litros de cafeína, começo a limpar os traços das minhas buscas. Não consegui, como temia, interromper a pane do sistema ou a liberação do vírus biológico, mas ao menos consegui descobrir muito mais do que esperava.

Já me dava por satisfeito quando algo me chamou a atenção: de todos os nomes da Lista, vinte e sete lugares foram gerados pelos parâmetros inexplicáveis do Praga, mas outros três foram adicionados manualmente, antes da inauguração de Nova Jerusalém e da impenetrabilidade incrustada no Praga, em 2030.

Um dos nomes é o de Naomy Marie Bowditch. Também aquele outro, que não me é estranho: Yasmin Abdallah. E por último, o espaço em branco, também inserido no sistema. Três nomes gerados não pelo Praga, mas por alguém. Por quem?

Será que esse espaço em branco na Lista não é para mim, e por isso o sistema tentou me matar, através do Mortimer? Então por que o 2030 me avisou do ataque? E por que não me mata agora?

Parece-me que Naomy é a chave de tudo isso.

— Mas por quê?

A única reação às palavras de indignação que escapam da minha boca é o resto de café se esparramando já frio pela mesa, enquanto me levanto para ir embora da T&K.

Vou ao encontro de Isaac Atar, o jornalista caolho. O ar inerte mantém a vegetação seca e amarelada de Laquis estática como uma pintura melancólica. Nem a aproximação do meu carro parece interferir na desolação da paisagem.

A porta do *bunker* indicado por Atar está fechada, mas não trancada. Ao entrar, minhas pernas não completam um passo e meu nariz já indica que algo está errado. Sinto um cheiro meio doce, ao mesmo tempo metálico, impregnando minha boca: o odor de sangue denuncia o corpo esparramado no chão.

Não ouso tocar no cadáver que repousa de barriga para cima diante dos meus pés. O cinza claro da sua camisa é gradualmente transformado em cinza chumbo, indicando a localização da fonte de todo o sangue ao redor do corpo de Atar. Sua própria vida parece ter sido sugada pela imensa poça vermelha escura formada a partir do que acredito ser um tiro no peito.

Quem matou Isaac Atar?

A cena escurece não somente as roupas empapadas de Atar, mas também a minha visão, desorientando meus sentidos. Fico alguns instantes paralisado, nunca havia visto uma pessoa morta. Não assim, sem estar bem segura dentro de um caixão. A morte, vista de perto, torna tudo mais real. E brutal.

Cheguei tarde, Atar não terá acesso às provas que prometi que conseguiria. O local parece intocado, a mobília organizada. Acredito que Isaac não tenha conseguido nem ao menos se defender.

Há alguma coisa na tela do computador. Reconheço o teor: é a matéria sobre o Praga, a pane e a Lista. Será que me arrisco a coletá-la? Atar deve ter morrido por causa dela. Droga, será que devo isso a ele?

Sem pensar muito nas consequências, gravo rapidamente a matéria no mesmo compartimento de memória, o do tamanho de um grão de arroz.

Caralho, que adrenalina. Tenho que sair daqui.

Agora eu tenho certeza de que minha vida está por um fio.

Entro no carro, trêmulo. Enfio quatro cápsulas na boca para não surtar. Sei que algumas a mais podem me matar, mas já me encontro quase morto. E surtando. Com as duas mãos estáticas no volante, paro por um instante. O mundo inteiro para. Não escuto nada além do meu coração batendo no peito, oco como uma bomba prestes a explodir.

Pelo retrovisor, percebo os paramédicos chegando no *bunker* de Atar. O 2030 deveria mandar peritos criminais, como Bowditch, não paramédicos! Isaac Atar não confiava no 2030, e por isso nunca teve o sensor na mão, eu sabia disso. Se o tivesse, seus sinais vitais seriam constantemente monitorados e o socorro teria chegado há muito tempo.

O Praga não demora tanto para encontrar o corpo de um dos habitantes de Nova Jerusalém, mesmo aqui fora da cidade. Ainda mais de alguém como Atar. Ele parecia bem rígido, morrera bem antes de eu chegar. A menos que... o próprio Praga o tenha eliminado, justamente por ser Isaac Atar.

Atar era uma potencial fonte de interrupção dos objetivos do 2030. Agora me parece óbvio que ele está morto por causa disso. O motivo de sua morte estava bem explícito na tela do seu computador: a reportagem que colocava a existência de todo o 2030 em xeque. A mesma reportagem que agora tenho em mãos.

O 2030 queria Isaac Atar morto. O Praga é tão real quanto o sangue que circundava o corpo do caolho. A barreira entre *online* e *offline* há muito tempo não existe mais. Mesmo em toda a sua complexidade, o Praga trabalha a partir de um sistema binário. Preto ou branco. Vivo ou morto. Isaac era uma ameaça ao sistema, e por isso fora eliminado.

Entretanto, exterminar ameaças à sua sobrevivência não seria um verdadeiro instinto de autopreservação do sistema? E não foi o próprio 2030 que iniciou seu "suicídio", que ocorrerá em poucas horas?

Ao contrário do 2030, as coisas nunca são tão preto no branco para mim.

De uma forma ou de outra, por minha culpa, pelas provas que agora possuo, Isaac Atar está morto.

Dirijo e fumo sem parar. Não posso ir para casa, não confio mais em Gael. Não sei o que ele sabe, do que seria capaz para provar sua lealdade à Dra. Tagnamise e ao Praga.

Estive no local da morte de Atar. Ele era um crítico ferrenho da T&K, do Praga. Já eu, sempre fui um de seus maiores estandartes e desenvolvedores. A polícia pode pensar que tive algo a ver com aquilo? Apenas vi um corpo sem vida e... merda! O olho biônico de Atar. Aquele olho filma. Não tive tempo de checá-lo. Na verdade, nem me lembrei dele. Ed, seu burro! Eu devia ter esse olho nas minhas mãos agora, saberia exatamente o que aconteceu.

Estou na estrada há duas horas. O relógio corre, já não sei o que fazer. Fugir, ganhar tempo? Para onde ir? Onde os desaparecidos estão, lá é seguro ou é o próprio inferno? Sei que pelo menos estão vivos, os sinais dos seus sensores 2030 indicam isso. Com exceção de Naomy Bowditch... essa eu não consegui ver os sinais vitais através do chip. Estará viva?

Os chips implantados nas costas das mãos dos cidadãos não indicam suas geolocalizações — se indicassem, eu poderia localizar os desaparecidos. Essa garantia que a T&K dava aos seus usuários era real. Agora, infelizmente, era real...

Digito aquele nome, Yasmin Abdallah, no navegador da *web*, aquela maneira arcaica, como o resto do mundo exterior ao 2030 tem que fazer. Com o chip, seria tão mais fácil, tudo e todos estão disponíveis ao alcance dos cidadãos de Nova Jerusalém na mais abrangente plataforma já criada pelo homem. Rostos, ideias e históricos de vida, filmes, músicas e livros. Por meio dela, muito li de Nick Bostrom, Ray Kurzweil, Max Tegmark, sobre superinteligências artificiais. Mas as conclusões desses gurus das máquinas nunca foram tão amedrontadoras quanto a realidade que agora se descortina...

Caralho! Quase bato o carro em uma árvore ao lado da estrada ao ver o resultado da pesquisa no dispositivo eletrônico no meu colo, o antigo *tablet* dos meus pais:

Yasmin Abdallah, desaparecida há alguns dias, é o antigo nome de Iara Bowditch. Ela foi a última da Lista.

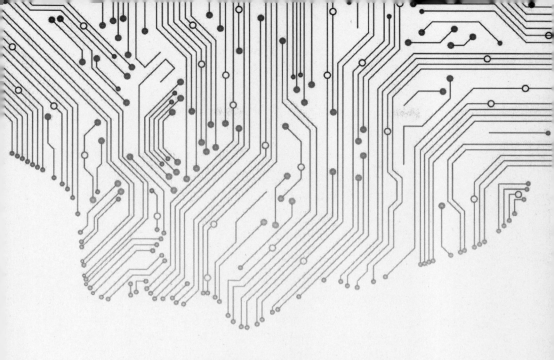

CAPÍTULO 18

— Porra! Queria o *meu* carro. Não sei por quanto tempo ainda vão me deixar andar por aí com este. Esse maldito monitoramento de fadiga...

O cinto de segurança vibrou o trajeto inteiro, em sinal de alerta. Estou exausto, com raiva e extremamente preocupado. Já não me escondo do Praga, tive o tempo necessário com Caolho. Aluguei esse outro carro, não tão bom quanto o meu, que deixei na casa do meu pai em Tel Aviv, mas acho que vai servir.

A vista dessa área um pouco mais alta de Nova Jerusalém é linda. Pequenos jardins e hortas nos telhados dão cor aos edifícios. Em frente à imponente mansão de Khnurn, algumas crianças brincam perto de caiaques atracados a um pequeno píer que adentra um dos maiores lagos artificiais da cidade.

Estamos mais distantes do que nunca, Khnurn e eu, não sei nem se vou reconhecê-lo. Ele se recolheu desde que se demitira da empresa, poucos dias após o incidente em Hamfield. Posso dizer que não confio mais em Khnurn. Na verdade, acho que nunca confiei completamente em ninguém, exceto em Iara, e sei o quanto isso é triste. Mas ainda confio nela agora, plenamente? Naomy nascera viva, Iara teria mentido esse tempo todo para mim?

Não, pare com isso, Bruce. Ela foi enganada, ludibriada. Pobre Iara, minha Yasmin. Lembro-me como se fosse hoje do dia em que trocamos de nome, como parte do processo de moradia em Nova Jerusalém. Eu, Yigal Abram, ela Yasmin Abdallah, tornamo-nos Bruce e Iara Bowditch. Ela segurava minha mão como se estivesse realizando um sonho. Com novos nomes, livres de qualquer passado ou estigma doloroso, uma vida nova nos aguardava.

Ainda perdido em meio às minhas memórias, uma moça de uns trinta e tantos anos, mas a quem poderia dar dez a menos, alta, esguia, de cabelos loiro-escuros compridos amarrados e olhos azul-cinzentos se aproxima de mim.

— Parabéns por ter conseguido fugir de mim em Tel Aviv, BB — diz Serya Dornan, a chefe da polícia de Nova Jerusalém, em seu uniforme cinza-escuro. Chamava-me de "BB" por causa do meu nome, mas também como um trocadilho para *baby*, desde a época em que tudo desandou, com o sumiço da minha Naomy e o silêncio enlouquecedor de Iara.

Ergo os olhos para Serya, um tanto sério.

— Oh, era você? Não a reconheci sem seu Toyota preto... — Esquivo-me com ironia.

— Conseguiu me despistar. — Ela ignora minha graça, com um sorriso ilegível nos lábios.

— Eu sou um policial. Sei algo sobre perseguição e fuga.

— Você *foi* um policial, Bruce. Agora é um funcionário afastado. E me dopar não foi nada digno de um homem da lei.

Desvencilho-me, subindo os primeiros degraus da escadaria de entrada da moderna mansão de dois andares.

— Preciso ir, Serya.

— Falar com Khnurn.

— Acho que estou em frente à casa dele, não estou?

— Hum. Verdade.

— Vai me esperar? — questiono de forma irônica.

— Claro que não, BB. Vou *com você*.

— Óbvio que não vai! Não tem nada melhor pra fazer? Na minha época, a polícia fazia algo de útil, como procurar *pessoas desaparecidas*. Você não pode, além disso...

— Além disso, o quê? Bruce, sei que está armado. — Serya baixa os olhos para a altura da minha cintura, onde está escondido o revólver que peguei na casa de Aleph. — Seria uma pena ter de prender você, justamente agora.

Não tenho outra resposta para a ameaça, senão aceitar a companhia de Serya. Subimos, lado a lado, eu e minha ex-amante, até a porta de Khnurn.

Khnurn me recebe normalmente, com um sorriso no rosto. Ao seu comando, a porta de vidro se abre, e entramos. Não parece surpreendido ao me ver. Na verdade, tenho dúvidas se já não me esperava. A barba e os cabelos bem aparados, apesar de brancos com alguns resquícios de fios pretos, dão a impressão de o egípcio ser mais jovem do que realmente é. Usa vestes pretas simples e, nas mãos, apenas um anel de prata — a *sunna* não aprova o uso de ouro por homens. Lembro-me desses dedos, notavelmente compridos e finos, digitando incessantemente no teclado do computador lá de casa. Minha mãe dizia que Khnurn podia ter sido um bom pianista, não apenas pelo formato dos dedos, mas pela agilidade e leveza deles.

A espaçosa sala de estar é decorada com móveis de aspecto oriental, tapeçarias, vasos, e o inseparável narguilé sobre a mesinha redonda. O lugar tem aroma de chá com *maramia*. Khnurn, além de ter convivido com minha família por muito tempo, trata muito bem suas visitas, como é comum entre os muçulmanos. Pergunta se quero chá e de qual sabor, alguma especiaria para comer, mas recuso tudo que me oferece.

Com sua maneira peculiar de andar, Khnurn segue em direção à poltrona ao lado da lareira apagada. Nunca usou bengala, não sei se por vergonha ou por realmente não se importar com a visível dificuldade em uma das pernas.

Serya fica em pé, ao lado do pomposo sofá de couro marrom-escuro que escolho para me sentar. Não tenho mais tempo para formalidades ou enrolações, o relógio está correndo. Quero ficar olho no olho com Khnurn, seus olhos escuros e densos não me assustam.

— Khnurn, sabe por que estou aqui. Ao menos imagina. Então vou ser direto: o que você sabe sobre o desaparecimento da minha filha e a noite do *blackout* em Hamfield? Sei que ela está viva e sei que você estava lá, não negue. E a carta, você tem a carta que meu pai deixou para mim, não tem? Vamos, não negue.

Khnurn leva um susto, se agita na poltrona, acho que não imaginava a conversa de forma tão direta. O egípcio hesita por alguns instantes, vejo que acertei o ponto.

— É verdade. O *blackout* foi proposital. — Khnurn brinca com o anel no dedo, irrequieto, apesar do tom de voz calmo. — Acho que merece saber, a essa altura. Mas foi o 2030 o responsável por aquilo. Não tenho nada a ver com a morte de Naomy, muito menos com o desaparecimento de sua esposa. E não sei de carta alguma.

— O *blackout* aconteceu para raptarem minha filha, não é?

— Não sei do que está falando, Bruce. Não me envolva nisso. — Esquiva-se o egípcio, fazendo um sinal com as palmas das mãos, como se quisesse me afastar. — Naquela época eu já estava me desligando da T&K, por questões pessoais, Bow.

Meus olhos seguem pregados aos dele, como os de uma ave de rapina em sua presa. O leve sentimento de embriaguez me encoraja, mas me deixa ainda mais impaciente.

— Você estava lá, eu sei, Khnurn — prossigo o interrogatório. — O que fazia no hospital?

Silêncio. Khnurn sempre pensou bastante antes de falar qualquer coisa, quem dirá as mais importantes.

— Hã? O que tem pra me dizer, Khnurn? — insisto, cravejando de fúria seus olhos.

— Não, eu *não* estava lá, Bruce, pare com delírios.

Estou jogando verde, nunca soube ao certo se Khnurn esteve ou não em Hamfield. Àquela época, ainda confiava nele, e ele negava sua presença veementemente. Mas, no gigantesco palco do teatro do 2030, Khnurn, o guru do Praga, bem poderia ser o melhor ator do elenco.

— Eu não estava em Hamfield naquela noite, você viu apenas vultos, ouviu vozes. Aliás, acho que devia procurar um psiquiatra, e uma clínica para tratar seu alcoolismo. Ou uma daquelas pílulas milagrosas contra o álcool, se tiver disciplina para tomá-las, como vocês acham que nós, muçulmanos, temos que ter para meditar e buscar a Allah nos horários prescritos. Como se a fé fosse um fardo e uma obrigação...

Khnurn está acuado, contra-atacando. Melhor mudar a abordagem. Aproximo-me dele, inclinado, procurando intimidade e credibilidade. Já fomos grandes amigos. Hoje, ele é só mais um estranho para mim. O Praga mudou muita coisa, e eu mudei completamente após perder tudo.

— Você esteve no meu casamento com Iara, K, sempre foi muito ligado à nossa família. Vamos ser sinceros um com o outro. O que o Dr. Aleph sabia sobre o que aconteceu em Hamfield? Por que veio de Tel Aviv para fazer o parto?

— Porque talvez quisesse ver a neta nascer, garantir que tivesse um bom parto. Ora, vamos, Bowditch! — Khnurn se mostra irritado, coisa difícil de acontecer.

— Chega de joguinhos, Khnurn. Meu pai admitiu no leito de morte que Naomy nascera viva. E ele deixou uma carta para mim, explicando os motivos de ter me escondido isso por todo esse tempo. Sei que você a tem. Sei que você esteve no hospital na noite anterior à morte de Aleph, não negue.

— Não sei do que está falando, Bruce.

Dou um longo suspiro. Khnurn, quando guarda segredos, é um verdadeiro túmulo. Estatelo-me no sofá, sob o olhar atento de Serya, que se mantém o tempo todo calada. Tenho que manter a calma, por mais que o desejo seja acertar um tiro de .38 no meio da testa desse egípcio mentiroso.

— Eu mesmo o convidei para o casamento, lembra? Entreguei pessoalmente o convite... — digo, procurando sensibilizá-lo.

Khnurn se mantém mudo e imóvel. Sua empáfia já me tira do sério.

— *Maktub* — o egípcio finalmente responde após uma longa pausa, insolente. "Está escrito", em árabe. "É o destino." A lembrança da última vez em que ele me disse aquilo me acerta como um soco no estômago, e ele sabe disso. Meu sangue ferve instantaneamente, penso em fazer uma besteira.

— Agora é sua vez de provar o veneno de Ayalon, seu verme! — grito, levantando-me do sofá. Assustado, Khnurn arregala os olhos, que ficam maiores do que já são. Seu semblante muda da água para o vinho. Como resposta à minha exaltação, Serya me pega de forma brusca pelo braço.

A policial vai me arrastando para fora da mansão, tentando me acalmar. Mas, perto da porta, percebo uma menina parada nas escadas, um pouco assustada, de pés descalços e segurando uma boneca, uma *Kiki Doll*, acredito. Seus olhos azuis estão fixos nos meus. Aqueles olhos, por alguns instantes, me trazem paz em meio ao caos.

— Uma policial, nunca tinha visto uma! — ela se surpreende, com o rosto fixo em Serya. Seus olhos então baixam, atenta à mão da policial segurando o meu antebraço. Quase que instantaneamente, Serya me solta.

— Lana, minha neta! O que faz aqui? — Khnurn indaga, assustado. — Onde está sua professora? Era para você estar em aula, suba agora!

Khnurn olha para mim, quase suplicando em silêncio para irmos embora.

— Você sabe que é perigoso para sua saúde, não pode estar em meio a tantas pessoas. Vamos, querida, volte para o quarto — o egípcio completa, apertando os dedos de uma mão nos da outra.

— Vamos, Bruce. Estou pedindo — Serya manda, em tom pausado e sério. Não havia nada de *pedido* em suas palavras.

Damos as costas a Khnurn, ainda escutando os passos leves da menina subindo as escadas, voltando para o segundo andar da mansão. Serya me leva para dentro do carro, praticamente me joga no carona da viatura. Seus olhos fortes procuram os meus.

— Você não sabe por que eu estou perseguindo você, sabe, Bruce?

Faço um ruído qualquer, primeiro achando que vai jogar comigo, mas depois enfrento seus olhos. Em silêncio, aguardo a resposta da própria pergunta.

— *Eu sei onde sua esposa está.*

— O quê?! — brado, sentindo os olhos quase saltarem das órbitas.

— É, eu sei. Ela e os demais estão em um local subterrâneo, no que se parecem catacumbas, ao norte.

— Como assim? Iara?! O que você tem a ver com isso, Serya? — pergunto inquisitorialmente, enquanto seguro com força seu braço. — Naomy está lá? O que você fez? Fala!

— Só cumpro ordens, Bruce. Descobri para onde os desaparecidos foram levados. Faz parte do meu trabalho descobrir coisas, não faz? — Serya diz. — Não sei como foram para lá, aliás, tenho uma vaga ideia, mas não pense que sabia de algo, eu...

— Como assim, vaga ideia? Serya... Khnurn! Foi ele, não? Por isso se retirou da T&K, age na surdina, remotamente. Aquele egípcio de merda!

Antes de prosseguir meu raciocínio embaralhado, tento sair do carro, em vão. Serya me mantém preso dentro da viatura, com as portas trancadas. Ela arranca e sai dirigindo, ofegante, como eu.

— O que você quis dizer com aquilo de "provar o veneno de Ayalon", Bruce? — Serya pergunta, olhando-me com firmeza.

— Primeiro me prometa contar tudo que sabe!

Meto os cabelos entre os dedos. Serya assente, repousando a mão em minha perna, enquanto começo a falar:

— Está bem. — Eu me resigno, sem muita escolha. — Caolho diz que foi um teste do 2030 com prisioneiros, no presídio de Ayalon, perto de Tel Aviv. Disse que não deu muito certo, que quase todos os detentos morreram. Caolho passou anos buscando testemunhas do ocorrido, mas, ao que sei, até hoje foi em vão. Se o teste foi de fato executado, certamente Khnurn era um dos cabeças da situação.

Serya olha para a frente, com a boca entreaberta. Ela dirige devagar sabe-se lá para onde, esperando que eu conte mais.

— Sempre achei que fosse mais uma das teorias sem pé nem cabeça do Caolho, ele vivia delas, escrevia sobre elas. Livros ridicularizados, artigos alvos de zombaria. Mas — caço os belos olhos de Serya — você viu a reação de Khnurn quando falei de Ayalon? Maldito! Ele estava lá, eu vi em seus olhos. Ayalon foi real!

Serya continua a dirigir vagarosamente, sem esboçar qualquer reação com o que digo.

— Aonde está me levando, Serya? — pergunto inquieto, com indignação. — Às tais catacumbas, certo? O que diabos isso significa?

— Não, Bruce.

— Só quero saber para onde estão sendo levados os desaparecidos, porra! Não me interessa quem mexeu ou mexe no programa, seus motivos, eu só quero ver minha esposa e minha filha! Ou estou preso, por acaso, senhora *Chefe de Polícia*?

O silêncio de Serya me dá nos nervos, e a mera lembrança do aroma de chá com *maramia* que exalava na mansão de Khnurn embrulha meu estômago.

— Fala, Serya, por que Khnurn nega ter visto meu pai em seu leito de morte? Aleph deu a tal carta ao velho amigo da família, tenho certeza. O que você sabe sobre isso tudo?

— Não sei nada sobre essas coisas, Bruce. Mas sei que está armado, e eu não podia deixá-lo fazer uma besteira com Khnurn. Percebi também que está sem seu sensor — observa Serya, inatingível, com uma olhadela na cicatriz da minha mão. — Por que você o retirou, Bruce? Para fugir de mim? Do que está com medo?

Da mesma forma que Serya ignorou minhas perguntas, não respondi nada. Estou desesperado e ao mesmo tempo desconfiado, muito desconfiado de Serya. Mas não posso perder a paciência com ela. Ser preso não ajudaria em nada. Além disso, e se o que ela me fala — que, de alguma forma, sabe onde Iara está — for real?

Entretanto, já não sei se consigo discernir o que é real e o que não é. Devo ter imaginado, meus pensamentos estão confusos, ter visto Naomy numa das janelas do segundo andar da mansão de Khnurn, antes de entrar na viatura com Serya. Não vi Lana, aquela menina que nos olhava do sopé da escada, com tanta curiosidade, mas vi Naomy... Minha Naomy. Eu olhei aqueles olhos azuis, e ela me olhou de volta. Por que vi algo de mim naquela garotinha?

Lana era o seu nome. Disse que nunca vira uma policial antes. Deve ser por causa da tal condição de saúde dela, trancada dentro de casa. Nem sabia que Khnurn já tinha netos, e que era tão duro com eles.

— Pronto, *BB*, aqui estará seguro... — "BB", Serya insiste, mas agora em tom de completo sarcasmo. — Vá. Entre no carro.

Vejo o automóvel que havia alugado, não mais no lugar onde havia estacionado, mas em frente a um ponto de recarga de baterias.

— Aqui está a localização de Iara. — Serya nem me olha enquanto fala. Pego da sua mão o papel com coordenadas de GPS e saio pela porta aberta da viatura.

Como ela tem essa informação? Não sei se quero saber, desejo apenas encontrar Iara.

Ao chegar perto da porta do carro alugado, seu sistema de voz avisa:

"Senhor Bowditch, a cidade de Nova Jerusalém se resguarda no direito de apreender e não liberar o veículo para uso. Seu grau de alcoolemia,

exaustão e aversão ao modo autônomo do veículo não são compatíveis com uma direção segura."

Até que estava demorando para que isso acontecesse. Reluto, mas acabo voltando ao carro de Serya, que continua estacionado ali.

— Eu dirijo, Bruce — Serya sorri.

Busco o papel com a localização das tais catacumbas.

— Não precisa, eu decorei a localização — avisa Serya, logo arrancando a viatura —, vamos em direção à antiga Jericó.

Serya então recebe um chamado. É Khnurn.

"Minha Lana desapareceu, Srta. Dornan. Por favor, me permita falar com Bruce, ele está desconectado de tudo."

Serya, de pronto, coloca o smartphone em viva-voz. A voz de Khnurn está quase irreconhecível, parece ter um nó na garganta:

— Bruce, escute, Yigal, meu irmão... me perdoe. Não sei como dizer isso, mas me perdoe! Anos escondendo o que fiz. Fui eu... *fui o responsável pelo desaparecimento de sua filha.* Me perdoe, Bruce! Ela estava aqui, sumiu de repente há poucos minutos. Eu não sei... Foi preciso!

Segue um longo suspiro na linha. Não tenho condições de digerir o que Khnurn diz, muito menos de esboçar qualquer palavra.

— Bruce, minha neta Lana é, na verdade, sua filha Naomy. Mas agora ela sumiu! Foi o 2030, só pode ser... — Khnurn parece desesperado. — Você tem o direito de saber. O 2030 descobriu tudo, descobriu sobre Hamfield... Mudar dados do hospital não impediu... não impediu o sistema de agora perceber a realidade. Nem eu nem ninguém sabemos a real magnitude do 2030. O 2030 levou Lana, levou Naomy, assim que percebeu sua presença na minha casa. Você, com Serya, uma agente do 2030, aqui, abriram os olhos do Praga! Ele descobriu... finalmente, como sempre temi... percebeu que Lana sempre foi Naomy.

Minha Naomy!

— Serya, volte à casa de Khnurn. Você ouviu! Jericó pode esperar alguns minutos. É Naomy! E realmente está viva!

Serya já girava o volante para dar meia volta antes de eu terminar, pisando fundo no acelerador.

Não sei o que sentir. Um misto de raiva e alegria rompe o meu peito. Procuro, de forma mecânica, a garrafinha de *Black Label* no bolso. Olho para seu interior, através do gargalo. Ela ainda está pela metade, mas eu já estive em seu fundo por muitas vezes.

Minha filha está viva. E Serya diz saber onde Iara está. Meu coração, tão fragilizado e ermo, enfim bate um pouco mais forte. Seguro a garrafa de álcool por alguns instantes que parecem horas. Estive no fundo do poço por tanto tempo... *Mas não mais.*

Despejo o conteúdo da garrafa todo pela janela. O álcool lambuza o vidro traseiro, enquanto o sistema de voz da viatura reprova minha ação.

Serya e eu rimos.

Então, por um instante, minha raiva se transforma, pela primeira vez desde o início desse pesadelo todo, em verdadeira esperança.

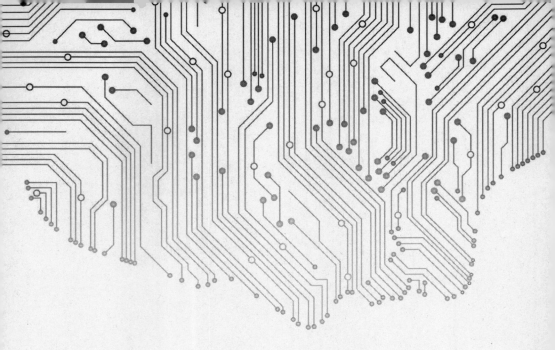

CAPÍTULO 19

YIGAL

Cairo, Egito, 2023

Era uma tarde nublada, mas que de repente viu o sol sorrir por entre as nuvens. Foi quando eu a vi, com seus cadernos nas mãos, a bolsa com o emblema da universidade, o *hijab* verde-oliva ao redor de seu delicado rosto levemente moreno e de traços suaves, de onde brotavam inteligentes e vivos olhos verdes. Mas foi o sorriso que, à primeira vista, eu amei.

Ela estudava lá, naquela importante e romântica cidade, cheia de histórias. A princípio ela não me notou. Andava rápido, as coisas estavam tensas, o ar pesava, o mundo tremia.

Ela, que viria a ser minha Iara, o amor da minha vida.

Ocorriam à época as negociações da Rodada do Cairo, o importante evento que definiria os rumos da tão sonhada por muitos — ainda que não por outros — solução para o conflito entre israelenses e palestinos. Tratava-se do ponto de afirmação da T&K como agente de intermediação para a paz. Era motivo de orgulho que esse acordo partisse do Vale do Silício israelense, que florescia de maneira pródiga no setor de tecnologia há décadas ao redor de Tel Aviv. Por que não sairia de lá uma promessa de paz mundial?

Tagnamise e Khnurn já previam desde o início tudo o que aconteceu depois?

O Egito sempre desempenhou um papel diplomático importante na região. Foi o primeiro país árabe de relevância a reconhecer o Estado de Israel, e o acordo de Camp David entre os presidentes Sadat e Begin, há décadas, deu início às relações entre os dois países. E Tagnamise sempre soube se aproveitar da nacionalidade de Khnurn.

Ainda permaneciam vivas e sangrentas as memórias dos ataques mútuos entre Israel e o palestino Hamas na Faixa de Gaza, em 2021. O cessar-fogo, mediado pelo Egito, foi conseguido através do envio de duas delegações, uma para o território israelense, outra para o palestino. O que se soube tempos depois é que um disruptivo sistema de Inteligência Artificial foi utilizado para suporte dessas negociações. E que este sistema era provido justamente pela T&K.

Então, a Rodada de Negociações do Cairo foi o ousado passo seguinte de Tagnamise. Ela tinha seus próprios meios para chegar aonde queria. O acordo em Camp David teve o presidente norte-americano Jimmy Carter como mediador. Em 2023, o *Noodle* da T&K prometia ter o mesmo papel, mas de modo muito melhorado. As negociações não eram abertas ao público, mas Caolho, que à época tinha dois olhos naturais atrás de espessas lentes de óculos redondos, acompanhava as negociações, tomava nota e me mantinha informado.

Depois de muito resistir ao convite, acabei aceitando acompanhar meu amigo até a capital egípcia. Ele insistia com bons argumentos, dizendo que "*você só trabalha, cara. Vamos, uma viagem vai te fazer bem, não nos divertimos juntos há anos*". Estava de férias, e visitar as pirâmides realmente estava na minha lista.

Ao mesmo tempo, lá estavam meus amigos, talvez agora apenas conhecidos, Dra. Tagnamise e Khnurn. Eles não relatavam nada para mim, embora a meu ver eu tivesse o direito de saber a respeito das negociações. Afinal, eu saíra da T&K fazia alguns anos, por motivos que poderiam expor suas reputações e me transformar num alvo, isso caso eu já não estivesse na mira deles. Poucos tinham conhecimento do meu passado na empresa, nem mesmo Iara ou Caolho sabiam. Nunca souberam, eu acho. E eu queria manter as coisas assim.

Seja como for, agora a dupla Tagnamise e Khnurn conduzia tudo naquela sequência de reuniões, junto aos líderes israelenses e palestinos. O povo sabia somente o que era cuidadosamente liberado pelo *Noodle* — e por Tagnamise: entrevistas, reportagens, raras imagens sem mostrar o local exato das negociatas. Tudo foi meticulosamente arquitetado. A bem da verdade, não era de muito interesse que o mundo se aprofundasse no evento, pelo menos nesse primeiro momento, até para evitar interferências ou resistências.

Pois bem, nem todo mundo quer soluções. Às vezes, conflitos trazem benefícios a algumas pessoas. E, como se sabe, há coisas das quais o público geral jamais terá conhecimento — apenas uma cúpula.

No Cairo, a T&K se tornava parte dessa cúpula e dava as caras com um ambicioso projeto para o mundo.

"Tudo para o bem de todos."

Encontrei a ainda não tão conhecida Dra. Rachel Tagnamise — ou Tamara Stern, seu nome à época — em um dos dias da Rodada. Ela, para dar o exemplo, posteriormente trocou de nome ao residir em Nova Jerusalém. Tagnamise sempre foi uma mulher bonita, de cabelos negros até pouco abaixo dos ombros, pele impecável, bem maquiada e vestida em um vestido vermelho naquela noite. Espertíssima, como denunciavam seus olhos escuros como o lodo.

Foi Caolho — ou Isaac Atar, visto que ainda não era caolho, nem tinha fama de lunático — que insistiu para que eu a "conhecesse". Tratava-se de um promissor jornalista, a serviço da T&K para documentar o que se iniciava no Cairo e que, esperançosamente, mudaria o mundo. Mas, mal sabia ele que ali também nasceria a maior parte de suas teorias de conspiração. Para ele, o que resultou disso tudo foi uma publicação que não agradou em nada seus contratantes da T&K.

Confesso que eu estava avesso ao sistema inovador da T&K, tinha meus motivos. Mas, Caolho dizia sentir que aquela que seria Tagnamise seria alguém muito importante. Ele achava que eu tinha um potencial enorme para trabalhar na T&K, e que havia comentado sobre mim com ela. Então, por insistência do jornalista, fui ao encontro da mulher que parecia caminhar para se tornar uma das mais poderosas do mundo. Perguntava-me se Khnurn, a outra voz da T&K e antigo amigo da família Abram, iria também. Será que Tagnamise fingiria não me conhecer? Eu faria exatamente isso, na posição dela.

O encontro foi em um restaurante de luxo, num terraço no alto de um edifício de frente ao Nilo. Tagnamise foi logo brincando sobre o fato de ali ser um dos raros locais em que se podia conseguir um vinho na cidade. Foi perfeita em fingir não me conhecer.

Tagnamise marcou a reunião para checar meu comportamento, pensei eu. Caolho comentou alguma coisa sobre eu parecer nervoso, agitado, perguntando se eu tinha algo contra a T&K. Eu neguei, dizendo que apenas não estava acostumado a jantares com pessoas importantes assim.

Em outra mesa, à espreita, notei um homem de boa aparência, mais velho que eu, alto, branco de cabelos negros, com uma grande cicatriz no pescoço, olhando-me com desdém. Tagnamise me explicou, sem eu ter perguntado, mas apenas seguindo meu olhar, que se tratava de Gael Dornan, aposentado da *Sayeret Matkal*. Uma "proteção necessária", como disse Rachel Tagnamise, devido ao alto risco de atentados e retaliações previsto pelo sistema da T&K. Na verdade, eu já o conhecia, e ela sabia disso.

O sistema da T&K já era internacionalmente conhecido como *Noodle*, que iniciara como um mero facilitador entre empresas e empresários, buscando a resolução mais eficaz e justa possível para conflitos no mundo dos negócios. Mas as pessoas não faziam ideia de que forma ele atuava, e qual o seu poder potencial. Era apenas uma simpática ferramenta que entregava funcionalidades práticas em troca de dados de milhões de pessoas ao redor do mundo. A melhor resposta para qualquer pergunta é sempre mais fácil com uma quantidade grande o suficiente de dados em mãos.

O jantar transcorreu bem. No entanto, após pedir o cardápio, Tagnamise fez várias perguntas um tanto capciosas, das quais eu soube me proteger, sem revelar muitos detalhes. Ela sentiu minha temperatura, e eu a sua, claro que um pouco quente, mas nem perto do inferno.

Eu já não confiava muito nas pessoas naquela época.

Naquela noite, voltava ao hotel acompanhado do ainda otimista Isaac, conhecendo sem pressa as ruas do nobre distrito de Zamalek. Ao contrário do meu amigo, eu estava ressabiado. Lembrava-me da fase embrionária do *Noodle*, nome de batismo do sistema cujos tentáculos ainda eram bebês, uma semente do 2030 sendo regada com extremo cuidado. Tagnamise — ou Tamara — e Khnurn idealizaram o projeto da T&K — que não por acaso leva as iniciais de seus nomes — numa universidade dos Estados Unidos. Achava-se que seria no Vale do Silício de lá, e não no israelense, que o futuro dos homens seria traçado. Uma judia descendente de sobreviventes do Holocausto e um árabe muçulmano acolhido por israelenses após a guerra: eles já percebiam o peso de suas origens para a perfeita publicidade do promissor projeto de paz?

Foi no momento em que Rachel Tagnamise foi para Israel, a convite do ex-colega egípcio, que a empresa de fato nasceu e cresceu, atingindo seus objetivos um a um, de maneira aparentemente orgânica e natural — ao que sei, com uma "pequena" ajuda financeira, é verdade, do seu marido Sr. Stern. Khnurn e Tagnamise então construíram seu império tecnológico em Israel. O mago da Inteligência Artificial e a já renomada neurocientista e diplomata por natureza criaram um verdadeiro cérebro digital, à imagem e semelhança de seus criadores.

A premissa do inovador *Noodle* do *Silicon Wadi* era desenvolver pacotes e ferramentas de IA através de um sistema de autoaprendizado por *deep learning* revolucionário. Seus idealizadores acreditavam na premissa da racionalização máxima, com intuito de atingir as metas de seus clientes, a partir do maior número de dados coletados possível. Eles prometiam minimizar riscos e erros, maximizando os resultados, as empresas, as pessoas e, quem sabe, o mundo.

Naquele tempo eu ainda não bebia, apenas socialmente ou nas celebrações judaicas. Olhava pela janela do hotel as luzes da cidade acesas, a Torre do Cairo, imponente, me observando de volta. Sentindo o ar exótico que parecia prestes a trazer a chuva, eu lembrava de como o *Noodle* se tornava cada vez mais importante, a partir de seus algoritmos e infindáveis bancos de dados, o *Big Data*, também na resolução alegadamente justa e prática de disputas jurídicas. Dos órgãos judiciais de Tel Aviv, na primeira metade dos anos 2010, o sistema já se espalhava por quase todos os tribunais do país, inicialmente como medida de auxílio às funções mais burocráticas, e aos poucos invadindo as atividades dos magistrados.

E, lembro que pensava, por que não?

Era o próximo e natural passo da nossa eterna procura por justiça terrena. Antes, em um sistema baseado meramente na honra do acusado, a palavra jurada era tida como prova cabal do estabelecimento da verdade; outras vezes, o Divino intercedia diretamente no julgamento, mostrando que o vitorioso de um duelo era quem tinha a razão no conflito; depois, homens togados decidiam o futuro dos réus, batendo martelos com base em discricionariedades e seletividades, naturalmente humanas. Por que um procedimento através de Inteligência Artificial como forma de se buscar a verdade da forma mais assertiva e justa possível não poderia ser o próximo passo desse longo trajeto? Pelo menos era assim que eu pensava.

Racionalização absoluta.

O *Noodle* abocanhava mais e mais funções e possibilidades. O *Big Data* se consolidava como o Santo Graal da atualidade e servia de alicerce para uma gama cada vez mais abrangente de ferramentas pessoais, empresariais, jurídicas, diplomáticas e governamentais.

Quando, exatamente, o *Noodle* havia tomado objetivos de gerenciamento coletivo para si? Desde sempre, desde sua criação? Ou à medida que as visões dos jovens Tagnamise e Khnurn de racionalizar um mundo irracional se tornavam sonhos de megalomania, finalmente embalados e coroados pela noite do Cairo? O *Noodle* se tornava mais social e invasivo. Pessoas, empresas, órgãos públicos e governos adquiriam os pacotes, e em troca cediam suas informações. Não era caro. Ao menos não parecia.

Ainda admirava a noite, com os pés escorados na borda da janela do hotel, lembrando-me daquela jovem que achava que nunca mais encontraria, pois apesar de ser um voraz e sedento profissional no início da carreira policial, eu era um tímido amante. Mesmo ávido por resultados, eu ainda era um iniciante na vida, tal como meu amigo Isaac Atar, jornalista que no futuro acreditaria ter perdido um olho como recompensa por simplesmente ter aceitado documentar o processo de negociações da paz iniciado no Cairo.

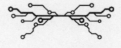

Já se havia tentado colocar israelenses e palestinos frente a frente por muitas vezes. Em algumas delas, até com certa esperança — como no ano em que nasci, 1993, quando Yitzhak Rabin e Yasser Arafat apertaram as mãos em frente a um sorridente Bill Clinton —, mas nunca com sucesso permanente. As divergências são sempre mais flagrantes que as similaridades.

— *"Falta-nos resistência ao presente. A criação de conceitos faz apelo por si mesma a uma forma futura, invoca uma nova terra e um novo povo que não existe ainda."* — Lembro-me de ouvir pela primeira vez um discurso de Tagnamise, que recitava o filósofo Gilles Deleuze pela TV. — Essas são negociações diferentes das de Oslo e tantas outras que falharam. O programa utiliza Inteligência Artificial neutra como suporte seguro e plenamente racional para as conversações.

Em rede mundial, Tagnamise explicava a evolução do *Noodle*, desde seu início como ferramenta de suporte empresarial, até as atuais negociações diplomáticas.

— Inicialmente, os pacotes foram pensados para eliminar dificuldades de negociação entre empresas estadunidenses e chinesas, russas e sauditas, e assim por diante. Depois, ela rapidamente evoluiu para as mesas de consulados e embaixadas. A partir daí, o crescimento foi natural. Além disso, o mundo está diferente. Veja, o Irã... — continuava Tagnamise, altiva, discursando sobre o momento geopolítico da região, que a seu ver era propício para o alcance da paz.

Khnurn, ao contrário da sua parceira de negócios, sempre transpareceu desgostar das câmeras e microfones, mas era obrigado a explicar *"a parte técnica chata no lugar da pavoa Tagnamise"*, como Caolho, ou melhor, Isaac dizia.

Eu acompanhava o discurso do egípcio sobre os avanços que o sistema da T&K trazia à mesa de negociações, minimizando dificuldades de comunicação entre as partes envolvidas. A linguagem humana pode ser ambígua, e cada palavra pode conter um significado diferente de acordo com quem a profere. Erros gramaticais, sotaques, dialetos, gírias e sarcasmo podem emperrar os progressos de um diálogo. Mas, acima de tudo, no caso de palestinos e israelenses, a adversidade estava mais além, na própria essência das palavras. Não havia termos neutros, eles sempre representavam posicionamentos. O que significava uma bandeira para um, podia resultar no término da conversa antes mesmo dela se iniciar para outro.

A guerra de 1948 representava visões bem distintas do mesmo evento. A "Guerra da Independência" para os israelenses não era a mesma "*Nakba*" dos palestinos. Para eles, ela foi a "catástrofe", opondo-se à triunfante nomenclatura da independência israelense. Para os palestinos, a guerra significou a expulsão de quase 750.000 dos seus, que passaram, com seus descendentes, à condição automática de refugiados. A guerra de 48 invocava o sofrimento do despejo das casas, a expulsão do território, o retorno impossível, diziam uns; a guerra de 48 invocava a tão sonhada liberdade, a autonomia, um lar, um retorno, diziam outros.

Isso também se dava com os nomes dos lugares, que eram evocados para fazer prevalecer a lembrança e o significado que tal nomenclatura impunha. Yafo ou Jafa. Hebrom ou al-Khalil. Judeia e Samaria ou Cisjordânia ocupada. Jerusalém ou al-Quds.

Alguns palestinos se recusavam a articular a palavra "Israel", pelo simples fato de que assim reconheceriam os "usurpadores" israelenses — chamavam-no de "*al-Dawla al-Mas'oum*", o "Estado artificial" ou "Ser Artificial". Em contrapartida, alguns israelenses sequer aceitavam o termo "povo palestino", o que daria um reconhecimento implícito da existência de uma coletividade árabe anterior de posse daquelas terras. Usando termos como "os locais", "os autóctones" ou "os habitantes árabes", mostravam-se mais seguros em sua narrativa histórica e cultural de que eles eram o "povo escolhido" para ocupar aquele lugar.

O sistema do *Noodle* articulava uma linguagem própria, neutra, pragmática e sem geração de atritos. A partir dela, nas mesas de negociações do Cairo, ambicionava-se construir uma nova forma de entendimento entre israelenses e palestinos.

Teria sido novamente por acaso que a encontrei, se eu acreditasse que D'us joga dados conosco. Na verdade, ele não joga, nós é que os jogamos e às vezes temos a sorte de tirar Seus números.

Como de costume, após acompanhar a distância mais um dia de negociações no Cairo, eu retornava com Isaac ao hotel. Foi quando a vi, sentada desenhando em frente à centenária e frondosa figueira originária da Índia, cujas raízes aéreas recontam a história recente da cidade. Despedi-me de Isaac e fui ao seu encontro.

Sem saber de onde havia surgido tanta coragem, sentei-me ao lado dela. Ela tentava reproduzir, sem tanto sucesso, a árvore símbolo de Zamalek na contracapa de uma apostila da faculdade. Eu também carregava livros, pois aproveitava o tempo livre naquela cidade para estudar — no trabalho, aplicava meus conhecimentos da área digital no âmbito forense.

Conversamos, simplesmente, e rimos da sua falta de talento com a arte. Ela disse se dar muito melhor com as ciências, fazia Mestrado em biotecnologia na Universidade do Cairo. Éramos pessoas racionais, nunca havíamos sonhado com os olhos abertos, nunca tínhamos sentido o coração clamar, amar. Foi quando ela me disse seu nome. *Yasmin*. Eu sorri. E senti, finalmente, meu coração se abrir para o intangível da alma.

Ficamos um longo tempo em silêncio. Por vezes, eu a olhava de soslaio, com a cabeça envolta no lenço muçulmano, agora rosa-claro. Ela sempre ficou linda de rosa!

Meu pai há muito me cobrava o casamento, não parava de me arranjar encontros com judias ortodoxas. Mas nenhuma havia me tocado de verdade, não como Yasmin. Eu sabia que o Dr. Aleph não a aceitaria como nora. Mas ali, olhando nos olhos dela, já não me importava com isso.

Peguei sua mão, e Yasmin não se desvencilhou de mim por um bom tempo. Ela nunca se importara com o *kipá* que eu usava como lembrete constante do temor ao meu deus, diferente do seu. Ao contrário, nossos olhos se cruzaram e selaram nossas almas.

Era o meu último dia no Cairo. Apesar de termos passado a semana toda juntos, queria ver Yasmin mais uma vez. No início da noite, retornaria com Caolho a Tel Aviv. Por isso, bem cedo liguei convidando-a para um café. Apesar de odiar ter que comer tão cedo, achei que ela valia o esforço.

— Estranhei o convite. Ontem você mencionou que não toma café pela manhã... — Yasmin comentou, graciosamente, sentada na minha frente na cafeteria cosmopolita em que combinamos nos encontrar.

— Não é isso. Eu não *como* no café da manhã. Café, eu *tomo* — brinquei, engolindo um pedaço de pão árabe e ovos cozidos, roubando um sorriso de Yasmin. Então, segurando a xícara com café israelense que eu entreguei para ela experimentar, ela inaugurou nossa eterna brincadeira, dizendo aos risos que "o café árabe é bem melhor".

"Aceita ser minha parceira eterna?"

Ao fim do encontro, eu disse que deveríamos nos casar. É, foi assim mesmo, bem direto, as coisas são rápidas nesse âmbito por aqui. Não havia planejado com antecedência, mas me pareceu simplesmente certo. Propus-lhe o casamento com uma singela flor amarela, cuja espécie eu desconhecia, que havia encontrado ao acaso, no caminho da cafeteria. *"Os pequenos detalhes são sempre os mais importantes"*, ouvi Yasmin recitar sua frase favorita pela primeira vez, ao explicar que a dália amarela era sua flor favorita.

Iara, *Yasmin Abdallah*, como verdadeira palestina, sempre quis retornar a Israel. Dizia ser seu "direito ao retorno" particular. Brincando com as pétalas amarelas do símbolo do nosso futuro matrimônio, contou-me os detalhes da dura história de sua família, expurgada da cidade de Ramla para a Faixa de Gaza. Para eles, aquele "território ocupado" era um "cercadinho" controlado por Israel. Depois, mudaram-se para o Kuwait, onde ficaram até a Guerra do Golfo, quando foram expulsos novamente. Por fim, rumaram para a então cidade do futuro, Dubai, onde finalmente os Abdallah conseguiram prosperar.

Foi lá que nasceu uma bela moça de pele cor de tâmara, boca macia, lábios bonitos, e com sangue palestino correndo nas veias. Uma refugiada, como sempre Yasmin Abdallah se considerou — palestinos se consideram palestinos mesmo tendo nascido em outro lugar e sem terem nunca tido formalmente um Estado. Algo semelhante ao que sentíamos nós judeus, por muito tempo, desde os tempos bíblicos.

Então, depois de toda aquela explicação, Yasmin finalmente respondeu ao pedido de casamento: ela aceitava se casar, mas somente quando pudesse olhar em meus olhos e ver a paz entre nossos povos. Só selaríamos nosso amor quando, ao me ver com o *kipá* na cabeça, ela não revivesse toda a dor da sua família. *"Quando nos falta um lar, falta-nos tudo"*, por fim ela me disse.

Para provar a certeza da nossa união, de frente ao Nilo entreguei a ela o bracelete que pertencia à minha mãe, com o pingente da pomba da paz. Seus olhos se encheram de lágrimas, e Yasmin disse que o usaria com extrema felicidade no dia do nosso casamento. A partir daquele momento, passei a acreditar no 2030, a ter fé, com toda minha alma, na paz de Tagnamise. Eu *precisava* dela, pelo amor de Yasmin. Por esse motivo, naqueles tempos da Rodada do Cairo, a esperança acendeu no meu coração.

Ficamos horas conversando, passeando pela cidade, sem noção da contagem do tempo, até tarde da noite. Dizem que, quando estamos apaixonados, o tempo voa. No entanto, sinto que quando o amor vem de outras vidas, o tempo simplesmente para.

Perdi o avião com Caolho, mas ganhei o maior presente da minha vida.

Da Rodada, originou-se o "Plano da Paz", elaborado pelo próprio sistema da T&K. Lembro-me de Tagnamise anunciar os objetivos e motivações do plano, rodeada por microfones cosmopolitas.

— Dizem que a guerra é o estado da arte em termos de disrupção, que os maiores avanços e saltos da humanidade ocorrem graças a ela. Nós vamos provar o contrário: até a data limite do ano de 2030, a paz reinará. Convoco todos os países e blocos a se coadunarem ao projeto de paz, viável e redentor, proposto pelo nosso *2030*!

E, assim, aquele passou a ser seu nome. O *Noodle*, mero negociador de empresas e gestor de negócios, havia ficado no passado. A sacada genial de Tagnamise foi rapidamente incrustada pela mídia na mente das pessoas. O 2030 vinha estampado com o selo do Plano da Paz. Inigualável, inatingível, intocável.

A Dra. Tagnamise, cuja desenvoltura diplomática inata descartava qualquer necessidade de possuir assessores, visitava diversos veículos da mídia, em uma romaria incessante. Ela explicitava que a IA que sua empresa havia criado — e que constantemente se autoaperfeiçoava — era voltada para o bem das pessoas, e que jamais seria utilizada para enriquecer ou empoderar seus criadores, ou mesmo um país ou facção específicos. Seria, segundo ela, uma *"IA de uso consciente, a maior ferramenta já criada pela humanidade. Não lhe caberia se moldar à mesquinhez de uma alma, mesmo que de seu criador, ou se tornaria uma criação desprezível e desperdiçada."*

— As formas de IA até hoje, como quase qualquer ferramenta humana, foram usadas estritamente para servir à inteligência governamental, para a área militar ou para expandir os lucros e o consumismo. Mas nosso objetivo é muito mais sublime: a paz. Esse é o diferencial do 2030, e esse é o compromisso público da T&K. E, depois, quem sabe, o aperfeiçoamento da humanidade como um todo, uma *humanidade mais humana* — disse Tagnamise, em uma entrevista para a revista *Time* dos Estados Unidos, vestida de branco com sua rosa branca na capa.

Tagnamise adorava citar figuras célebres do passado, e, no desfecho da matéria que transformou a doutora em figura *pop* mundial, ela evocava Albert Einstein:

> *"Estamos no alvorecer de um novo mundo. Os cientistas têm dado aos homens poderes consideráveis. Os políticos se aproveitaram deles. O mundo deve escolher entre a desolação indizível de mecanização para o lucro ou conquista, ou a juventude vigorosa da ciência e da técnica para atender às necessidades sociais de uma nova civilização."*

"Nova civilização" era uma das expressões preferidas e mais frequentes de Tagnamise. Uma sociedade baseada no cidadão não como consumidor, mas um ser livre e com direito intrínseco à paz e à prosperidade. Os recursos da ciência de dados alimentariam, até o ano de 2030, um processo indispensável não apenas para israelenses e palestinos, mas para a humanidade como um todo.

Isso era o 2030. Uma revolução. Evolução.

Por algum tempo, Yasmin e eu não conseguíamos nos encontrar com tanta frequência. Falávamos por meio digital, através de um dos pacotes do 2030. Fazíamos planos, mas conversávamos trivialidades, como qualquer casal apaixonado. Entretanto, a cada vez que nos despedíamos, eu entendia um pouco mais da sedenta gana de Yasmin por sua Palestina. As escadas rolantes e paredes envidraçadas do aeroporto do Cairo eram as recorrentes testemunhas da vontade de ficarmos juntos, mas Yasmin não podia retornar comigo... ao menos por enquanto.

Mas estávamos verdadeiramente esperançosos. O prazo final: o ano de 2030.

Em Israel, em Gaza e na Cisjordânia, com grande capacidade de vigilância e decisão, o programa atuava ativamente na detecção de violações do Plano da Paz traçado no Cairo. O objetivo era também gerar confiança mútua entre os envolvidos: a ciência de que "o outro lado" está sendo imparcialmente observado e cumprindo sua parte no acordo era uma conquista inestimável para o entendimento entre povos que há muito não confiavam um no outro.

Vigiar. Acumular dados, dados e mais dados. *O 2030 nunca dorme.* Foi aí que as teorias começaram a brotar dos lábios de Isaac, que ainda não era Caolho. Ele iniciava sua jornada só de ida às entranhas do funcionamento do 2030. *"Privacidade renunciada em pacotes?"*, ele dizia. *"Primeiro, abdicada em nome da segurança: "11 de setembro nunca mais". Depois, em nome da saúde, como efeito do controle da pandemia da década passada. Agora, vigilância em nome da paz... Onde vamos parar?"*

A Dama da Paz — como Tagnamise ficou conhecida nos seus melhores dias — dizia, por outro lado, que os métodos empregados pelo 2030 para se atingir as metas estipuladas pelo Plano, alicerçados nas tecnologias da T&K, já estavam normalmente disseminados há décadas: reconhecimento biométrico, análise de dados móveis, computação de dados pessoais. Não haveria nada de novo, de mais invasivo, no seu funcionamento. Mas não podia ser somente isso, dizia Isaac, sobre essa "digitalização total da população", e ele pretendia descobrir o que era.

A fé do mundo nas negociações de paz e no progresso da humanidade através da máquina maximizava-se a cada dia, a partir do sucesso obtido na Rodada do Cairo em 2023. O sistema mostrava respostas factíveis para problemas reais. Jerusalém, ponto chave para o conflito — e para o processo de paz —, passou a ser mapeada e monitorada, sob os olhares atentos de israelenses e palestinos, pelo absolutamente neutro 2030. Enquanto isso, o programa de IA trabalhava em planos de repartições territoriais, no controle de fronteiras, nas negociações com os países árabes vizinhos e na problemática dos assentamentos israelenses na Cisjordânia. Na Faixa de Gaza, arquitetava-se a construção de sistemas de irrigação, transporte e melhoria das condições sanitárias. Era estudada, também, a questão dos refugiados palestinos dispersos pelo mundo — como a família da Iara, à época Yasmin.

Em 2025, lembro que a T&K se orgulhava de ter antecipado um massivo ataque terrorista em Jerusalém. Localizou todos os envolvidos resistentes à solução pacífica do conflito, com incrível repercussão internacional. O 2030 havia realizado o trabalho que os serviços secretos e as polícias locais não haviam conseguido.

O Plano da Paz, comandado pelo 2030, andava a passos largos.

Os avanços diminuíam animosidades e calavam as minorias radicais que antes sequestravam politicamente as maiorias moderadas. Partidos israelenses extremistas perdiam cada vez mais espaço; a radical facção palestina *Hamas* — movimento responsável pela conexão da Palestina com atentados com bombas —, esvaziada de apoio popular, viu-se sem forças para sustentar o antissionismo. Ao mesmo tempo, o mundo se mobilizava com notícias das faces do conflito. Imagens da violência, imagens da paz. Todos pareciam — e deveriam — estar engajados para que tudo desse certo desta vez.

Uma das histórias memoráveis, à época, foi a do garoto israelense Isaiah, que deu a vida para salvar de um atentado um ônibus escolar palestino que rumava para uma visita a Jerusalém. Ao invés do veículo, o corpo do menino foi atingido pela bomba. O vídeo e a vida de Isaiah foram usados à exaustão, sensibilizando ainda mais israelenses e palestinos.

Os apelos de Tagnamise por cooperação internacional faziam efeito. A opinião pública ao redor do mundo cobrava seus representantes a apoiarem o projeto de paz. A União Europeia começou a contribuir financeiramente com o 2030. Em troca, recebeu o direito de utilizá-lo de maneira pontual, como subsídio a decisões importantes em suas cortes e cúpulas.

Na França, a famosa revista *Charlie Hebdo*, que fora atacada anos antes por islâmicos indignados com um deboche a Allah, não se absteve, publicando um de seus polêmicos *cartoons*. A charge exibia um *golem*, a criatura mística da cultura judaica que protegia guetos europeus contra ataques antijudaicos, com o rosto de Tagnamise caricaturizado de forma um tanto grotesca. Seu corpo estava repleto de itens do judaísmo, do Islã e dos EUA, avançando ameaçador sobre o Mediterrâneo rumo à Europa.

Tagnamise respondia às críticas e receios de maneira bem-humorada, sempre tendo suas ações sob controle — era a personificação da esperança e de uma civilização mais humana. Recordo-me de uma de suas mais lembradas entrevistas:

— Dra. Tagnamise, você por diversas vezes é comparada com Golda Meier, uma das fundadoras de Israel, por sua notável firmeza e liderança. Certa feita, Ben-Gurion, o primeiro primeiro-ministro de Israel, brincou: *"Golda Meier é o único homem do meu gabinete"*. Você concorda com a comparação?

— Bom, quanto à firmeza e à liderança, tendo a concordar. Entretanto, eu diria a Ben-Gurion que eu sou a única *mulher* no gabinete. — Ela sorriu, um tanto desafiadora.

A exigência de Yasmin quanto à paz se mantinha firme, e cada avanço rumo a ela representava um passo em direção ao nosso casamento. Assim como todas as viradas de ano, havíamos passado o Ano-Novo de 2029 juntos no Egito. À beira do Nilo, assobiei pela primeira vez aquela que viria a ser "a nossa música", a música que dançamos no nosso casamento, *Wonderful Tonight*. Ela realmente fazia jus à Yasmin, e não somente naquela noite.

De volta a Tel Aviv, naquele que foi meu primeiro plantão do ano, eu periciava pilhas e mais pilhas de aparelhos eletrônicos, em busca de vestígios de crimes digitais. Meus colegas e eu não prestávamos atenção à TV muda, quando recebi uma mensagem de Yasmin pedindo para sintonizar em certo canal. Não foi necessário mudar de canal, somente aumentar o volume, pois o conteúdo de todos eles era o mesmo.

Tagnamise, legendada em tempo real nas mais diversas línguas ao redor do mundo, anunciava a revolucionária construção de Nova Jerusalém, que redefiniria o que sempre se entendeu por *tecnocracia*: a população que ocupasse a cidade se submeteria, voluntariamente, a um sistema de supervisão e gerenciamento através de Inteligência Artificial, o próprio 2030. Tagnamise justificava seu uso com palavras incisivas sobre o destino glorioso trazido pelo sistema à humanidade:

"O homem, pela primeira vez na história, guiará a si próprio sem os grilhões imateriais que sempre o infligiram, sem códigos subjetivos de moral e conduta induzidos por crenças, deuses e tradições, tampouco burocracias inúteis ditadas pela máquina enferrujada do Estado ou políticas e políticos que veem a si próprios como único fim para suas atuações. O sistema receberá como entrada somente o que a população realmente necessita e deseja. E, como saída dele, esta população receberá soluções pragmáticas e racionais para seus anseios."

— Inauguraremos, finalmente, a Era da Liberdade. O homem se acostumará com sua nova realidade e da verdadeira liberdade finalmente se deleitará — continuava Tagnamise, imponente e com sua oratória perfeita.

— Você fala em se libertar de religiões, Dra. Tagnamise. Isso significa que rejeitou sua fé? — um dos muitos repórteres presentes a instigava.

— De forma alguma. Isso significa apenas que cada um poderá fazer realmente o que quiser. Será definitivamente livre, inclusive para ter sua fé.

Nova Jerusalém tinha inauguração prevista para o ano seguinte, 2030, sendo construída "a jato" a partir das mais avançadas tecnologias do próprio sistema da T&K. Projeto, compra de insumos, cronogramas, operação das máquinas, tudo seria comandado automaticamente pelo programa, sob os olhares maravilhados do mundo, de palestinos e de israelenses. Inicialmente com 500 mil habitantes, a previsão era chegar em pouco tempo a 10 milhões na cidade. Pelas proporções do plano, logo se ouviam comparações a grandes obras históricas em Israel, como a drenagem dos pântanos de Hula, a construção da linha Bar Lev ao longo do canal de Suez e o polêmico muro da Cisjordânia.

A utopia tecnocrática estaria tanto no território de Israel quanto na Faixa de Gaza — região que simbolizava o auge da segregação e da divisão entre os povos —, com as margens do Mediterrâneo de um lado, adentrando o deserto do Neguev do outro.

As sempre polêmicas questões envolvendo a milenar Jerusalém eram, ainda, impasses no Plano de Paz que nem o 2030 havia sido capaz de resolver. E NJ, um resultado inesperado para todos, era a proposta do sistema para paz a longo prazo, uma espécie de campo de testes para israelenses e palestinos, de forma conjunta, provarem a si mesmos e ao mundo que a paz poderia ser duradoura e real.

— Em alguns anos, pouco a pouco, o modelo bem-sucedido de Nova Jerusalém mudará as mentes das populações envolvidas, e Jerusalém será, finalmente, símbolo definitivo da paz entre os povos — Tagnamise discursava.

As promessas de Tagnamise fisgaram Yasmin. Ela imaginava NJ, desde esse primeiro instante, como um futuro lar para nós. A ideia em si não me atraía, mas a esperança de Yasmin no sucesso do plano de paz do 2030 e na concretização do seu "direito ao retorno" me sensibilizou. Já tinham se passado seis anos de ansiosa espera, já havia tentado convencê-la de nos casarmos em outro país, fazê-la esquecer a terra de seus pais, mas sempre em vão. E, no fundo, a compreendia, pois "quando nos falta um lar, falta-nos tudo".

Por isso, acabei aceitando participar com Yasmin da tão disputada seleção dos habitantes da nova cidade: "2030 — Nova Jerusalém: uma

Nova Civilização". Cidadãos oriundos de todo lugar do planeta seriam selecionados por requisitos elaborados pelo próprio sistema — seja lá quais eles fossem. Com esse intuito, nossos dados biométricos foram coletados, material genético foi doado para extração de DNA, e até nossos cérebros foram escaneados.

Até que o Plano da Paz chegou, enfim, ao seu objetivo derradeiro. Yasmin e eu, Yigal, fomos então selecionados pelo 2030 para morarmos naquela cidade do progresso e da prosperidade. A mudança de nomes fazia parte do processo de integração dos povos que o programa buscava. E assim eu me tornei Bruce Bowditch, e Yasmin Abdallah, Iara Bowditch.

Por amor a ela e a D'us, aguardei pacientemente até a cerimônia que selou nossa união, em Tel Aviv, pouco antes da inauguração de Nova Jerusalém. E finalmente Iara pôde usar o bracelete com o pingente da pomba da paz da minha mãe.

Quando chegamos na nova cidade, Naomy chutava na barriga de Iara, querendo desbravar o mundo com seus pais. Não era agressão ou guerra, senão alegria. Com a criação de Nova Jerusalém, Iara concretizou seu sonho de retorno àquelas terras. E, assim como ocorreu com o povo israelense em 1948, quando o planeta aceitou a independência do nosso país, o sonho de reconhecimento formal do povo palestino também se realizou: *Palestine, le pays à venir.*[6]

Para os palestinos, *1948* significava expulsão, enquanto para os israelenses, redenção. Entretanto, para todos, *2030* representou união.

Disputas por nomenclatura, disputas pela linguagem, disputas pelas narrativas. Disputas resolvidas pelo 2030.

Foi amor à primeira vista — meu e de Iara. Eu sei, apenas sei. Nossas almas se entrelaçaram, mesmo distantes, até que se conectaram, como um dos cabos do 2030, impenetrável e maximizado.

---

6. (Palestina, o país que virá) Em referência ao livro de Elias Sanbar — tradução livre.

CAPÍTULO 20

Querido e amado filho.

Preciso que leia esta carta até o fim.

Lamento muito toda a dor que causei a você. Foi muito duro perder Louise, e muitas coisas aconteceram depois. Sei que estou morrendo enquanto escrevo esta carta. Meu espírito pede para se unir a D'us, com o perdão dos meus pecados.

Antes, quero que se lembre sempre do significado do seu nome: "Redenção". Nunca esqueça disso. Sua mãe era muito otimista em relação à paz entre palestinos e israelenses. Tinha uma esperança até ingênua, que ela demonstrava de forma verdadeira e tocante. Havia em seu coração muita esperança nos Acordos de Oslo de 1993, ano em que você nasceu. Por isso, queria que seu nome fosse Yigal, "Redenção" em hebraico.

Às vezes, meu filho, é difícil saber se algo é um pecado ou uma redenção necessária. Se é Bem ou Mal. Por isso, quero que saiba que nada do que fiz foi por perversidade.

Khnurn avisou a mim e a Iara que sua filhinha, minha única neta, Naomy, estava em uma lista de nomes criada pelo 2030. Todas as pessoas citadas desapareciam, uma a uma. Então, eu e Khnurn articulamos um plano para salvá-la.

Consegui de última hora me tornar o responsável pelo parto, e o plano foi fingir que Naomy nascera morta. Porém, ela está viva. Foi criada como neta de Khnurn, nosso velho amigo. Naomy estaria mais segura assim, escondida do 2030.

O que você provavelmente não sabe, mas talvez desconfie, meu filho, é que Iara sempre soube que Naomy estava viva. Você nunca suspeitou? Iara escrevia cartas para Naomy, mesmo sem enviá-las. Você nunca percebeu que sua esposa falava da filha, por *vezes no tempo presente, como se estivesse viva? Ela também não o deixou esquecer Naomy, porque não podia e não devia considerá-la perdida. Peço que a perdoe, pois sua única preocupação foi sempre preservar a filha. Para o plano dar certo, ninguém mais poderia saber da verdade — nem você, inclusive. Não podíamos contar a você, meu filho, pois sabíamos que não concordaria.*

Eu sempre soube que você, da mesma forma que seu pai, muitas vezes não consegue discernir o que é um pecado ou uma redenção necessária.

O que é Bem e o que é Mal.

Incrédulo e trêmulo, luto para chegar ao final das palavras de despedida do meu pai, escritas na carta entregue por Khnurn. O cheiro de *maramia* me faz enjoar novamente. Revoltado, esmurro a mesa de centro da mansão do egípcio.

O ódio toma conta de cada pedaço do meu corpo. Minha vontade é acertar um soco nesse velho manco. Ou um tiro. Sinto os olhos de Serya vigiarem cada movimento meu. Ela sabe que estou armado, e teme que eu perca a cabeça. Por alguns instantes, eu também temo.

Naomy e Iara estão desaparecidas, e estavam na tal lista. Serya indica que Vergara já havia mencionado esse verdadeiro rol de desaparecidos. A Lista do Praga.

Amasso a carta, jogo-a contra a parede. "Iara, você me traiu", foi minha primeira reação. Por que fizeram tudo escondido de mim? Iara aceitou o rapto da própria filha e me omitiu tudo.

Eu também me pergunto por qual motivo Aleph não entregou a carta à Emmet, sua fiel escudeira. Ela poderia ter me entregue quando fomos para Jafa, no leito de morte de Aleph. Não faz sentido. A não ser que meu pai não confiasse nela tanto quanto parecia. Ou que esta carta não seja realmente verdadeira...

Khnurn disse que os sinais vitais de Iara indicam que ela está viva. Já os sinais de Naomy, que se tornou Lana, sua neta falsa, não eram possíveis de detectar, uma vez que o sensor 2030 nunca fora colocado em sua mãozinha. Mas ela está viva, como todos os outros desaparecidos, eu sei, eu sinto.

E eu preciso encontrá-las.

— Você me odeia, filho da puta, acha que não sou capaz de criar uma criança, Khnurn? Você a roubou de mim e de Iara! — Eu choro e me debato enquanto Serya me segura.

Não estou mais bêbado, só consigo pensar em Iara e Naomy. Aleph contou toda a verdade? Lana era mesmo Naomy? Acredito que sim, eu já sentia que fosse. Ela tem olhos exatamente no mesmo tom de azul que os meus, as mesmas sobrancelhas, a mesma ousadia.

— Khnurn, você roubou a minha filha, tirou ela dos meus braços — eu digo, enquanto tento me acalmar. — Por que você fez isso, fala, porra, por quê?

Segue-se ao meu momento de desespero um longo silêncio, quase eterno, ouvindo-se apenas o vento bravio que sacode os vidros das imensas janelas da residência. Até eu me recompor e voltar à urgente realidade.

Khnurn me conta com tristeza, olhando em meus olhos, que todos sabiam que eu não compactuaria com o plano, e concordaram em mantê-lo em segredo — eu realmente não desistiria assim tão fácil de Naomy. O egípcio recolhe do chão a carta amassada que havia apanhado de dentro de seu cofre. Caolho tinha razão, como de praxe: Khnurn esteve com meu pai em seus momentos finais.

— Para mim — com as pernas entrelaçadas numa almofada no chão, Khnurn continua —, o 2030, o Praga, não havia percebido que Lana era Naomy, o plano estava dando certo. Até o momento em que você, Bruce, esteve aqui em minha casa, ainda por cima com uma policial, a Chefe de Polícia de Nova Jerusalém em pessoa. Então os olhos do Praga se abriram e seus neurônios algorítmicos conectaram os pontos: o sistema a raptou, como teria feito em Hamfield se não tivéssemos agido. Você entende? O Praga a julgava de fato morta. Havíamos conseguido enganá-lo, por todo esse tempo… em vão. Até uma doença inventei para protegê-la, mantê-la aqui dentro, nessa casa cuidadosamente impenetrável, longe de tudo. O que foi que eu fiz?

De fato, me enganaram também, Khnurn.

Não pergunto onde Naomy está, ele não sabe, pois, se soubesse, iria buscá-la. Apesar de tudo, ele a ama, consigo ver em seus olhos. De qualquer maneira, a única coisa que importa agora é que minha filha foi roubada de mim por aquele que foi por muitos anos um grande amigo, meu pai e minha esposa. E isso é o que mais dói.

Pergunto-me como a chamarei no momento em que a encontrar. Naomy? Lana? Será que me chamará de "papai"?

Pai...

Li e reli a carta amassada várias vezes.

> *"Às vezes é difícil saber se algo é um pecado ou uma redenção necessária."*

— Vamos, Serya, vamos embora para Jericó — digo, finalmente quebrando o silêncio, indo em direção à porta da mansão. — Mas, antes, temos que buscar *alguém*.

Meu coração se revolve num misto confuso de sentimentos. Sinto-me enganado por Khnurn, meu pai e Iara, mas, por outro lado, eles podem realmente ter mantido Naomy a salvo por todo esse tempo.

De qualquer forma, agora Naomy está desaparecida, como os outros da Lista.

Por minha causa?

A certeza de que Naomy está viva muda tudo, muda quem eu sou. Sinto novamente o que senti apenas uma vez na vida, seis anos atrás, o coração batendo como um sino de ferro ao descobrir que ela estava "morta". Natimorta. Nada pode ser pior para um pai.

Em 2030, ano do nascimento da minha Naomy — e de tantos outros fatos fundamentais para mim e para o mundo —, houve dois Ramadãs. Algo raro, apesar de periódico. Por seguir o calendário lunar, esse que é o período sagrado dos muçulmanos, da revelação do Corão a Maomé pelo arcanjo Gabriel, acontece em diferentes datas a cada ano. E, justamente naquele ano, houve dois.

O primeiro aconteceu logo após o tratado de paz do Ano-Novo de 2030, o Dia do Reconhecimento. Iara e eu estávamos aprovados como cidadãos de NJ, tendo mudado nossos nomes, nossa família e nossas novas vidas. Lembro-me de contemplarmos o alvorecer do novo ano, eu tocando a barriga onde Naomy morava com segurança, afagando-a, beijando-a, acalmando-a. Naomy, filha conjunta de Israel e da Palestina, o prelúdio de uma era de paz e esperança.

Mas, no segundo Ramadã, ao final do ano, perdíamos Naomy, e minha família era destruída no Hamfield.

Dois Ramadãs no mesmo ano de 2030. Sentia-me completo em um, destroçado no outro. No fim do mundo... É como na lenda grega do navio de Teseu, o navio que levava atenienses a serem sacrificados para o Minotauro. A embarcação virou um monumento atracado no porto, um objeto de veneração, sempre mantido em bom estado, com as madeiras substituídas conforme apodreciam.

Então, um dilema sobre qual seria o navio autêntico foi levantado: o do porto ou um que fosse construído dos pedaços substituídos, guardados no armazém? Trocando os pedaços velhos e os substituindo por novos, em que momento se poderia estabelecer que o navio de Teseu, a sua essência, não mais existia? Ao mudar suas partes, ele ainda poderia ser considerado o mesmo como um todo? Até que ponto?

Yigal Abram, eu, antes e depois de ouvir que minha filha havia nascido sem vida, poderia ainda ser considerado o mesmo homem? O homem do primeiro Ramadã de 2030 era o mesmo do segundo?

Bruce Bowditch, eu, antes e depois de descobrir a verdade sobre minha filha, minha esposa, meu pai e meu velho amigo, poderia ainda ser considerado o mesmo homem? O homem antes de ler a carta era o mesmo depois de lê-la?

Sou um navio de Teseu, apodrecendo em realidades ditadas por algoritmos humanamente incompreensíveis, criados pelos próprios humanos.

Levando todos para o sacrifício.

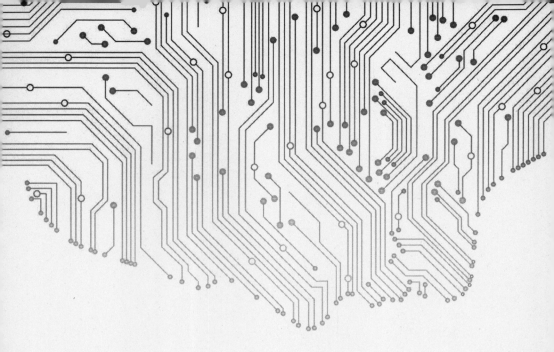

CAPÍTULO 21

KHNURN

O sol desce ainda fervendo em Nova Jerusalém. O 2030 já mudou muito o microclima da região, mas ainda é muito quente por aqui. "*Maghrib!*", o *muezim* chama para a reza do alto do minarete. Ajoelho-me no solitário jardim de casa, tão vazio sem minha Lana... sem Naomy.

Sinto o que se passa, minha carne se mortifica, meus olhos espirituais se abrem. Faço a primeira oração do dia, ao pôr do sol — para nós muçulmanos, o dia se inicia com o crepúsculo —, prostrado em direção a Meca. Entretanto, Allah nunca me pareceu tão distante.

O vácuo deixado por Lana é insuportável a um velho abastado e abandonado — é o castigo para muitos de nós que, jovens, almejamos demais alguma coisa: o dinheiro, nós mesmos ou, como no meu caso, um legado. Porém, não chorarei. A pior tristeza, a mais profunda, é aquela que seca mesmo as lágrimas. As veias. O sangue.

Eu errei com Naomy. Eu errei com o 2030. Errei em Hamfield, e também em Ayalon. Mas sempre tentei o melhor. Não para mim, mas para a humanidade. Haverá perdão para vosso servo que erra tentando acertar, Clementíssimo?

Ainda ajoelhado no jardim, observo fixamente o nada. Sem saber o que fazer sem minha neta, relembro aqueles fatídicos incidentes no hospital de Hamfield. Aqueles decisivos momentos em que Naomy se tornou Lana e o 2030 se tornou *O Praga*.

Nova Jerusalém, julho de 2030

Rachel Tagnamise e Neil Mortimer jogam xadrez em uma das salas envidraçadas, em frente à cachoeira privativa da empresa. Sempre houve na T&K salas de recreação para descansar e ao mesmo tempo estimular a criatividade dos funcionários. A iluminação baixa e as paredes escuras reservam um clima sóbrio ao ambiente.

Eddie Vergara, em seu primeiro dia de trabalho no setor de segurança de dados, observa os dois, até ser convidado por Mortimer a disputar uma partida. Vergara aceita o desafio, a despeito da confiança do palestino, demonstrada através da sobrancelha erguida e o sorriso pedante nos lábios. Tagnamise e eu observamos. Vergara comenta, com alguma empolgação, olhando a *videowall* gigantesca na parede oposta:

— Estou feliz em poder estar aqui, nesse lugar fantástico. Realmente a T&K veio para mudar o mundo, e me sinto muito honrado em fazer parte disso tudo.

— Vai com calma, garoto. A responsabilidade aqui é muito maior que o tamanho dessa tela aí — Mortimer provoca. Segundos se passaram desde que se conheceram, e já é possível sentir a tensão no ar entre os dois. — E presta atenção no jogo!

Vejo, de relance, pela tela na parede, que três pessoas desapareceram nas últimas horas na cidade. Poderia ser algo natural, crimes, mortes naturais ainda não confirmadas. Todos esses acontecimentos seriam investigados de forma imediata e automática pelo 2030. Mas, desta vez, sinto que há algo de errado.

Os presentes não prestam atenção naquilo. Mortimer consegue o xeque-mate em Vergara após deliberadamente sacrificar sua dama, sua rainha.

— Você caiu na minha armadilha. — Mortimer olha com ar de superioridade o oponente. — Um dia você me bate, garoto...

O palestino se volta em direção à Tagnamise, como que em busca da sua aprovação. Porém, ela mira fixamente seu smartphone, em frente à imensa janela. Seu rosto, trêmulo pelo reflexo das águas da cachoeira atrás do vidro, está notavelmente pálido.

Tagnamise pede ao novato Vergara que, gentilmente, vá verificar uma questão de proteção nos *endpoints* do 2030 em Estocolmo. Ele precisa se retirar, parece entender isso, e não se incomoda. Está aí um garoto que conseguiu entrar na poderosa T&K, a disruptiva empresa que construiu Nova Jerusalém, a cidade modelo com 500 mil escolhidos pelo sistema, dentre eles o próprio Vergara. Ser namorado de Gael Dornan não influenciou em nada disso, não é assim que funcionam as coisas por aqui. As contratações da empresa também são guiadas pelo próprio 2030. O jovem é bom, muito bom, ou não estaria aqui.

Tagnamise, em tom sério, requisita uma conversa urgente a três, já batendo os saltos em direção à sala de reuniões. Ela logo se senta em uma poltrona, eu e Mortimer em um sofá. As paredes são à prova de ruídos, e nada está sendo filmado ou registrado, sabemos disso. Essa é a única sala que pode ser "blindada" quando necessário, invisível aos olhos do 2030. Talvez a única em toda a cidade.

A maior acionista da T&K começa, falando baixo e pausadamente, com a rosa branca da paz na lapela do *tailleur* vermelho:

— Escutem. Agora tenho a confirmação definitiva. É muito sério. — Tagnamise amarra os cabelos, como que se preparando para algo. — Verificou-se que o programa encontrou uma maneira um tanto quanto *eficiente* de lidar com um problema de saúde diagnosticado. Acompanhar de perto a saúde da população, também em larga escala, é uma das prioridades do 2030, como vocês bem sabem. Definição de políticas públicas, aprimoramento dos serviços, mapeamento e controle de doenças...

Conhecíamos o programa melhor que nós mesmos, meu braço direito Mortimer e eu. Não era comum Tagnamise devanear assim, ela ia sempre direto ao assunto. Percebemos a delicadeza do momento.

— Senhores, este é um segredo de alto escalão. Sempre falamos que o 2030 faria tudo para preservar a paz e o bem da população — ela hesita, pigarreia. Era a primeira vez em muitos anos que a via nervosa, titubeando no que diz. — E, como sabem, muitas vezes os fins justificam os meios. Sabemos disso, presenciamos isso... O sistema pensa no bem de todos de forma perfeitamente pragmática. Assim, decidiu aniquilar o mal pela raiz.

— O que quer dizer com isso, Rachel? — Mortimer, impaciente, novamente levanta a sobrancelha, desta vez demonstrando certo receio, não empáfia.

— Bem, sabem que não sou de meias palavras. A questão é que foi identificado um vírus biológico. Não me debrucei nos detalhes por enquanto, mas parece que sua letalidade e transmissibilidade são altíssimas. O fato é que temos pouco tempo, já foram confirmados alguns casos, rapidamente hermetizados no hospital Hamfield. O 2030 deliberadamente ordenou, para daqui menos de um dia, um *blackout* por algumas horas no local para conter o avanço do vírus. Um *blackout* de todos os tipos de sinais. Tudo parará, e toda e qualquer tentativa de reação será primorosamente contida. É o que chamamos de medida de emergência.

— Um vírus... É possível que seja um último suspiro do Hamas ou de outra facção? — Mortimer indaga. — Alguma tentativa de sabotagem ao projeto, como sempre temíamos?

— Tudo sempre é possível, Neil. Ainda não sabemos a origem da ameaça.

Tagnamise dá um sorriso por demais forçado para seu amante e colega de trabalho. Mortimer responde diretamente a mim, e eu sabia que ela estava nervosa.

— O vírus foi detectado através do sensor 2030 do primeiro infectado, e toda a cadeia de infecção foi automaticamente delineada. Os sensores da população, assim como tudo o que a circunda, *são* o sistema — completa a doutora, voltando aos poucos ao seu tom normal, quase midiático.

O clima é pesado no recinto. Todos ali sabem que um *blackout* num hospital levaria junto muitas vidas. E não apenas as dos infectados.

Dirijo-me ao meu escritório nos fundos da sede da T&K. A imensa janela tem a vista para um dos diversos jardins dentro da empresa. Preciso pensar alguns minutos no que acabei de ouvir.

Olhando o Prêmio Turing que recém conquistei pendurado na parede, reitero a mim mesmo o dever profissional e moral que tenho de monitorar cada movimento da minha grandiosa criação. Mesmo após a impenetrabilidade do 2030, ele ainda é acompanhado de perto pelo corpo técnico da estrutura que criei com Tagnamise. É claro, os louros foram muito mais para ela, como seguem sendo, mas não me importo. Eu fiz o 2030 possível, sou o CEO da empresa. O sistema já é maduro para aprender e agir por conta própria. Mas ainda fico à espreita, observando seus primeiros passos de responsabilidade a guiar toda Nova Jerusalém.

Entro no sistema, e, brigando com os códigos massivos, procuro alguma coisa que minha mente ainda não entende, mas meu espírito procura. Algo escondido dentro do sistema, algo iminente.

Iminente.

Lembro-me então daquelas três pessoas que sumiram na cidade. Inspeciono, um a um, os intermináveis relatórios gerados pelo sistema a partir do *Big Data*. Minha perna dói, mas tenho de descobrir o que informam sobre cada uma delas. Teriam os desaparecimentos algo a ver com o misterioso vírus? Desaparecimentos incomuns, na cidade mais segura do mundo, no mesmo dia em que essa ameaça aparece? Não pode ser mera coincidência... Alguém mais sabe desse ente patológico? Ou, pior, alguém seria *responsável* por ele?

Então, algo me chama a atenção: um nome conhecido, o de Naomy Bowditch, filha de Bruce Bowditch, que sua esposa carrega no ventre, salta-me aos olhos. Estive no casamento dos dois há alguns meses. Após muito tempo e suor me aprofundando no sistema, encontro junto ao nome da menina os dados de outras 28 pessoas e um espaço em branco.

Os desaparecidos de hoje estão nessa lista de nomes: Gine de Vilna, Arthur Hanin e Camille Armand. Consulto no sistema os sinais vitais dos desaparecidos, pelos sensores 2030 de cada um, e percebo que os três continuam vivos, ao menos até este momento. Mais alguns comandos digitados e noto que alguns dos nomes foram inseridos por alguém — não pelo 2030 — na suspeita lista. Meu Deus, será que... Vejo a data da inserção. Se me lembro bem... Sim, tenho certeza de quem inseriu esses nomes.

Parece-me que, por algum motivo, o 2030 está se *livrando* das pessoas dessa lista. A *Lista*, criada há pouco tempo, já levou três cidadãos sem haver qualquer resquício nos sistemas de vigilância de como isso aconteceu. É como se o Praga estivesse acobertando os desaparecimentos...

E esse espaço em branco? Será para uma outra pessoa?

Fico perplexo quando me lembro do sobrenome "Bowditch" do meu amigo-irmão Bruce, meu antigo colega na T&K e filho de Aleph Abram. Tenho uma dívida eterna com os Abram, e sei que devo avisá-los. Entretanto, prefiro não procurar por Bruce, definitivamente não confio nele após sua saída da empresa. Mas posso me encontrar com Aleph, provavelmente ele fará o parto de sua neta. É e sempre foi o melhor cirurgião obstetra de Tel Aviv, e por que não, do país.

Mesmo com tanto em mente, traço rapidamente meu plano de ações. Encontro Tagnamise e Mortimer na sala de xadrez discutindo sobre o *blackout*. Digo que estou com minhas velhas dores na perna piores do que nunca e que preciso me recolher.

Nunca fiz fisioterapia. A dor que sinto na perna não acredito ser de origem física. A causa é muito mais profunda que essa, está enraizada na alma. E ela cessará somente no momento certo...

Entretanto, não tenho tempo para pensar nos meus problemas agora. O destino de Naomy Bowditch, que está prestes a vir ao mundo, será definido nas próximas horas.

Dirijo a caminhonete rumo a Tel Aviv, correndo contra o tempo até o *blackout*. As nuvens no céu acobertam o sol da tarde da mesma forma com que eu escondo as longínquas lembranças com meu velho amigo. Faz tanto tempo que não vejo Aleph...

"Os fins justificam os meios", realmente? Com o passar das horas desse infindável dia, a resposta ao antigo dilema do trem, que todos nós da T&K conhecemos, fica cada vez mais explícita. Para o 2030, se desfazer de poucos para salvar muitos não é nada além de racional — e muitas vezes necessário.

Coçando a barba e encarando meus próprios olhos no espelho retrovisor da caminhonete, não consigo deixar de me questionar: você, Khnurn, salvaria mil pessoas sacrificando uma? É difícil pensar em uma resposta, pois aprendemos que qualquer vida humana tem valor intrínseco, absoluto, não? A vida é um imperativo moral, pessoas não podem servir como meio para outros fins, são fins em si mesmas. Mas então matar é sempre errado? E quando Maomé ordenou a morte dos descrentes? E Yahweh, a dos inimigos de Israel em Jericó nos tempos bíblicos — mesmo mulheres e crianças? A racionalidade é lógica quando aplicada ao intangível do divino e da espiritualidade? Indago-me se tentar compreender o sobrenatural é de fato racional.

O 2030 assassinará inocentes no hospital em Hamfield, são baixas casuais e indispensáveis para um bem maior. Bem, isso é o que digo a mim mesmo desde muito tempo, quando aceitei a forma como o programa atua. Eu mesmo o criei, e ele *aprendeu* a ser assim. Não posso simplesmente abandoná-lo, como um pai que gera e não cria.

Lembro-me de Mortimer, que após deliberadamente entregar sua rainha, conseguiu o xeque-mate em Vergara. Chega a ser irônico. Sacrifícios em troca de benefícios maiores... Os fins justificando seus meios. Ele estava preocupado com as repercussões da atuação do sistema. Indagou como a população reagiria se soubesse como o 2030 foi pragmático a ponto de simplesmente exterminar vidas inocentes para salvar uma maioria. A questão é assim, meramente quantitativa e de opinião? Depende de quantos morreriam? Dez? Vinte? Cinquenta? Cem? Quantas vidas o 2030 poderia tirar, como se fossem meras variáveis em suas equações algorítmicas, para que os demais fossem salvos e não se sentissem culpados com isso? Vidas como simples variáveis que assumem, de repente, zero como valor, para que outras se maximizem. Mas se qualquer vida humana tem valor absoluto, não teriam todas elas um valor igual?

Voltando-me novamente ao retrovisor, percebo meus olhos rindo ironicamente daqueles pensamentos — o olhar geralmente traduz o que a voz não tem coragem de admitir. A quem quer dar lições de moral, Khnurn, quando neste caso está preocupado com apenas uma das vidas envolvidas — a de Naomy Bowditch, da família Abram?

— Mas ao menos percebo minhas incoerências... — respondo em voz alta, como em um diálogo esquizofrênico, à minha própria imagem refletida no espelho.

Sim, na verdade acredito que as pessoas no fundo nem se importariam em manter sua tranquilidade às custas de sabe-se lá quantos inocentes, Mortimer. Contanto que estejam distantes dessas pessoas atingidas. E da difícil tomada de decisão de ceifar ou não suas vidas.

Piso no acelerador com a cabeça explodindo de dor e pensamentos. Antes de sair da T&K, mandei Vergara providenciar alguns papéis em Hamfield, hospital que é gerido pelo 2030, como tudo em Nova Jerusalém. Ele está sedento por mostrar serviço e quer crescer rapidamente na empresa, é a pessoa perfeita para esse trabalho, eu sei disso.

Os médicos de Hamfield utilizam nossos instrumentos e tecnologias, o trânsito da cidade é orientado para deixar o caminho livre para suas ambulâncias, e seus socorristas são avisados instantaneamente quando um habitante da cidade está prestes a ter um ataque cardíaco. Em troca disso tudo, coletamos os dados de todos os envolvidos — do hospital, dos funcionários e dos pacientes — para armazená-los eternamente. E eles sabem disso. É uma troca justa.

Já em Tel Aviv — a viagem passou rápido, eu corri mais que meus pensamentos irrequietos —, rumo a Jafa. Combinei de encontrar o Dr. Aleph em um antigo restaurante de ladrilhos claros próximo da residência dos Abram. Costumávamos frequentá-lo quando ainda éramos próximos. O 2030 ainda não atua aqui, mas não quero correr riscos.

Preciso ser incisivo e prático, como o Dr. Aleph é em suas cirurgias — e como ele é em exterminar os bagels que rapidamente desaparecem da nossa frente. Explico que, há poucas horas, descobri uma lista criada pelo 2030, em que consta o nome de três pessoas desaparecidas, e na qual está o nome de Naomy Bowditch. Digo que precisamos salvar sua futura neta, e para isso deveríamos aproveitar o *blackout* programado para o hospital Hamfield — o mesmo em que Naomy virá ao mundo. Ele desconfia, a princípio, limpando da barba os farelos remanescentes dos bagels, mas quando o enganei desde que me acolheu?

Mostro a lista impressa e alguns detalhes técnicos, juro a ele por Allah. Aleph precisa entender a gravidade da situação *agora*, não há tempo para muita coisa. Por isso, além das provas do 2030, conto sobre o episódio da prisão de Ayalon. Ao fim e ao cabo, o teste de gerenciamento total dos prisioneiros acabou quando o embrião do 2030 decidiu ser mais eficiente *exterminar* a maior parte deles...

Os fins justificaram os meios.

Portanto, faço com que ele entenda o quanto o programa é pragmático, como sempre foi e será dali a pouco tempo em Hamfield. Aleph fica abismado a cada detalhe que adiciono, rebatendo com críticas ao 2030. Apesar de compreendê-las, não pretendo ter que defender minha criação nesse momento.

Exponho ao velho Abram que o nascimento de Naomy seria o momento ideal para desafiar isso tudo, a única janela de tempo possível para salvá-la. Logo após a criança vir ao mundo, ela terá o sensor 2030 implantado nas costas de sua mão, seus materiais genéticos serão coletados, e seus dados biométricos, compilados. Se isso ocorrer, o sistema não poderá mais ser enganado.

Aleph vê o desespero em meus olhos e acaba concordando em se deslocar de Tel Aviv com Emmet, sua fiel e inseparável enfermeira há muitos anos. No entanto, ainda precisamos falar com Iara. Bruce não pode nem sonhar que tudo isso está por acontecer. Aleph acredita, e eu concordo, ser mais seguro ele ir sozinho à casa de sua nora, onde ela descansa em seus últimos dias antes do tão aguardado parto.

Aleph terá de convencer Iara a ter o parto adiantado em alguns dias e ser realizado por um novo obstetra: o próprio sogro. Sei que o velho Abram nunca aprovou o casamento entre os dois, fora das tradições ortodoxas judaicas. E justamente por isso, Aleph me conta, ele não foi escolhido como o médico responsável pelo acompanhamento da gravidez. Será uma difícil tarefa de persuasão convencer a nora, e eu não sei se em algum momento os dois já se viram ou conversaram.

— Aleph, é o momento perfeito e único. A vida de sua neta está em jogo — eu digo, olhando seus olhos azuis, com a mão em seu ombro. Meu "irmão", cuja família acolheu a minha depois de Yom Kippur, estava agora em uma missão de vida ou morte em que eu o coloquei.

Temos pouco tempo, e Aleph marca de encontrar Iara em NJ. Mesmo sendo extremamente controlada e racional, sei que ela ficará assustada com a visita do sogro. Peço a Aleph que conte tudo o que eu expus a ele, inclusive sobre o episódio de Ayalon, em Ramla, cidade de onde a família de Iara fora expulsa em 1948. Torço que isso a sensibilize.

Bruce, por sorte — ou destino —, não está em casa no momento em que Aleph vai ao encontro de Iara. Permaneço afastado, para que o 2030 não ligue os pontos. Além disso, Iara e eu nunca fomos muito chegados. Na verdade, mal nos conhecemos, embora ela sempre tenha sido educada e até cordial comigo.

Aguardo com certa ansiedade o "ok" de Aleph, de uma forma que o sistema não perceba. Ele passa em frente à minha casa com uma gravata azul, sinal de que o plano deu certo. Se fosse vermelha, teria dado errado. Foram mais de três horas de conversa entre sogro e nora.

Iara aceitou participar do plano.

Chego a pé ao hospital, pouco tempo antes do horário marcado para o *blackout*. Vergara já alterou furtivamente no sistema do Hamfield o nome do obstetra responsável pelo parto, marcado para meia-noite e meia.

O relógio parece acelerar quanto mais o tempo passa, como o coelho de Alice, pulando e repetindo "é tarde, é tarde, é muito tarde". A vida de Naomy está em jogo. Não só a dela, mas a de todos no hospital Hamfield.

O *blackout* se aproxima, e durará apenas determinado pelo 2030. É a janela de tempo na qual poderemos agir sem o olhar onipresente do sistema sobre nós — olhos que o próprio 2030 deliberadamente decidiu fechar. Luzes, câmeras, sensores, tudo estará desligado.

Aproximando-me das salas pré-parto, vejo uma mulher carregando uma caixa, parece não muito pesada, indo ao encontro de um doutor. Reconheço as duas figuras que desaparecem distantes no final do corredor iluminado, até não deixarem visíveis mais que os contornos de suas silhuetas na parede. As sombras de Aleph Abram e Emmet então se beijam, o vulto da enfermeira atravessa o corredor perpendicular, e a caixa fechada nas suas mãos desaparece junto com ela.

Então, de repente tudo escurece. O *blackout* em Hamfield acontece.

Sozinho na escuridão da sala de espera, abençoo mentalmente Naomy e Iara com uma oração. Por um instante, penso sobre qual religião a menina escolherá, ou se não terá um deus. Bem, o combinado é ela ficar comigo enquanto o caso da Lista não for completamente esclarecido.

De repente, sou chamado à sala de parto pela enfermeira Emmet.

O parto ocorreu de forma perfeita, as mãos de Aleph fazem jus à fama que têm. Iara entrega sua filha em meus braços, com olhos lacrimejantes, e me faz um pedido:

"Senhor Khnurn, cuide bem de minha Naomy, minha e de Bruce, crie-a com cuidado, discrição, mas liberdade. Não queremos mais uma pessoa "sem direito de retorno", em guerra, sem esperança. Eu te amo, minha filha. Eu te amo."

"Em guerra, sem esperança." O 2030 caminha a passos largos para a paz permanente, tudo vai ficar bem, não vai?

Encontro no quintal a flor que Lana havia batizado de *Kiki*, tal como sua boneca favorita. Seguro com carinho suas pétalas amarelas, observando as manchas branco-acinzentadas nas faces das folhas.

Percebendo o fungo que ataca a dália amarela, dou por conta que, desde Hamfield, os técnicos mais próximos à cúpula chamam o 2030 de "O Praga", nos bastidores da T&K. Um melancólico sorriso me foge aos lábios ao lembrar que Tagnamise sempre odiou o apelido, resumindo-se a conceituá-lo como "deselegante".

O Praga que matou a praga.

Naquela agora longínqua madrugada, morreram cinquenta pessoas internadas. Mas eu saí pela escuridão com um bebê recém-nascido enrolado nos braços.

Morte e vida se entrelaçam em Hamfield.

O vírus foi eliminado diretamente dos catéteres contaminados, assim como seus pacientes. Aqueles seis infectados, dados como vítimas do *blackout*, assim como os outros quarenta e quatro, foram tratados como coisas, elementos indesejáveis, transportados por funcionários em roupas de astronauta.

"Eles morreriam igual, morreriam de qualquer forma", eu repetia como um mantra na madrugada, ao abrir o portão de casa com o bebê a tiracolo.

O sistema registrava, além de todas aquelas mortes, o parto de uma natimorta. A necropsia falsa havia sido inserida no sistema interno do hospital e uma suposta cremação havia ocorrido, com a autorização do avô, o próprio Dr. Aleph Abram.

Allah pune os mentirosos, e tenho pagado a penitência desde então.

Lembro que, ao colocar a criança no berço que eu mesmo havia construído, uma tontura tomou conta do meu corpo. Então percebi que não havia comido nada naquele dia todo. Um jejum. Um verdadeiro jejum de penitência. Para os muçulmanos, é conhecido como *siyam*, prescrito pela lei islâmica; para os judeus, ocorria no Yom Kippur, o dia da expiação dos pecados, em que se purifica as almas de toda mancha espiritual acumulada — e também o nome da guerra que trouxe meu pai a Israel.

Mais que pagar a dívida de honra pelo acolhimento da família Abram, ao salvar Naomy, eu buscava redimir os pecados cometidos por meu pai, soldado na guerra. O sangue por ele derramado no Yom Kippur, eu havia poupado em Hamfield. Da mesma forma que os "astronautas" limparam o sangue virulento das vítimas para salvar o restante da população de Nova Jerusalém.

Morte e vida se entrelaçando...

Criei um programa que deliberadamente exterminou a vida de cinquenta inocentes. Tenho pagado a penitência desde então, numa eterna expiação pelos meus pecados.

Meu próprio Yom Kippur particular.

"O 2030 não evitou a falha que matara cinquenta pessoas. Como um sistema perfeito não consegue impedir um mero blackout?"

A população nunca soube da existência do vírus. As pessoas não souberam das reais intenções do Praga, não souberam que o próprio sistema havia sido o responsável pela pane.

Busco na garagem uma pequena pá de jardinagem, disposto a sacrificar a solitária dália amarela para que o oídio que a lesiona não se espalhe por todo o jardim. *"Eles morreriam de qualquer forma"...*

Deixar o programa agir daquela forma me pareceu uma questão fácil, à época. Hoje, não sei mais. Até quando a racionalidade pode ser isenta de culpa? E o "bem de todos" dá aval para qualquer ato? Quem decide o que é o *bem*? E quem possui a procuração para falar em nome de *todos*? *Quem diz humanidade, pretende enganar* [7].

Hamfield traz más lembranças. Mas, ao menos para mim, há uma reminiscência boa, essencial, desse dia tão trágico.

Uma reminiscência viva... Naomy.

Lana.

Decido guardar a pá de jardinagem, sem usá-la. Manterei *Kiki* viva, apesar da possibilidade de ela espalhar o fungo que lhe acomete. Sim, algumas vidas valem mais que outras. Ao menos para nós, humanos. Afinal, humanos somos.

---

7. Em referência à citação de Carl Schmitt.

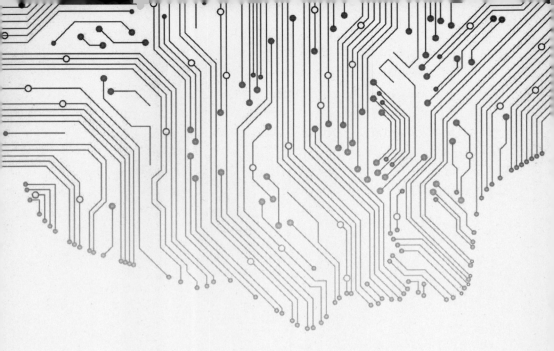

CAPÍTULO 22

VERGARA

Estou suando frio. Enfio cinco comprimidos na boca. Já estou bem resistente a eles, mas vão me ajudar. Desço no estacionamento subterrâneo do imponente prédio do maior conglomerado de mídia de Nova Jerusalém, que cresce como uma grande lança cor de prata rumo aos céus.

Estão querendo ferrar com o Bruce, só pode ser. Não encontrei seu nome naquela Lista Negra do Praga, nem Yigal Abram, nem Bruce Bowditch, mas inseriram sua esposa e filha nela. O que ele fez para ser perseguido assim?

A menos que... e se a Lista for Branca, não Negra? Feita para *salvar* seus integrantes do pernicioso agente fatal, o vírus que o 2030 pretende liberar?

A Lista é Branca? Pode ser, faz sentido. Muito sentido, agora... As peças estão aí, e se encaixam! Um vírus sendo liberado, pessoas cuidadosamente escolhidas e separadas do resto...

De qualquer forma, preciso agir. Não me resta muita coisa a fazer, posso ser morto a qualquer momento. Vou para a imprensa, com essas provas que tenho, mostrar a verdade e quem sabe conseguir me salvar. Eu ajudei a aprimorar o Praga, a torná-lo o que é hoje. E ele me traiu. Traiu a todos nós.

Levanto os olhos para a estrutura vazada do prédio, adornada com extravagantes jardins suspensos a cada par de andares. A imponência do edifício de alguma forma evoca a minha pequenez diante do que estou prestes a relatar ao mundo. Minhas pernas vacilam por alguns instantes, mas tomo coragem e sigo firme em direção ao que parece ser uma espécie de recepção. O crachá da T&K, por si só, abre portas. E aqui espero não ser diferente.

Vejo jornalistas pra lá e pra cá, conversando e checando seus smartphones a toda hora no saguão. Isaac Atar, um deles, foi-se para sempre. Mas tenho suas informações, seu artigo. Urge que de alguma forma eu me redima da participação nisso tudo, do Praga que ajudei a consolidar e do que fiz em Hamfield.

Merda, Ed, redimir-se para quem? Sou um cético do que é sacro. Acho que estou fazendo tudo apenas por mim mesmo. E não é isso que importa, afinal? Por mim, e talvez também por Atar...

"Deixa o caolho vazar na mídia. Quem sabe, se a coisa for rápida, eu deixe de ser o principal alvo."

O que você fez, Eddie Vergara? No fim, Isaac Atar, acho que somos muito parecidos em nossas diferenças tão evidentes.

A Lista é branca, só pode ser. Branca para um pequeno número de pessoas, 29 e mais uma talvez, com aquele espaço em branco... trinta. Negra para todas as outras, como eu. O que ocorrerá conosco? É possível se salvar fora dela? Se for mesmo uma lista da salvação, quem encontrar o paradeiro dos desaparecidos pode se juntar a eles e se salvar...

Em cerca de quinze horas, a pane do 2030 terá início. E ninguém conseguirá pará-la.

O mundo precisa saber disso tudo antes que o fim chegue. E, quem sabe, talvez haja possibilidade de salvação. Ou o Praga é como os malignos deuses, nunca erra nem pode ser contrariado?

A Lista é branca, e seus integrantes serão salvos.
Os Escolhidos. Os Eleitos.
O que essas pessoas têm de tão especial para serem salvas?

O fim do mundo está próximo e o deus Praga já escolheu os Seus.

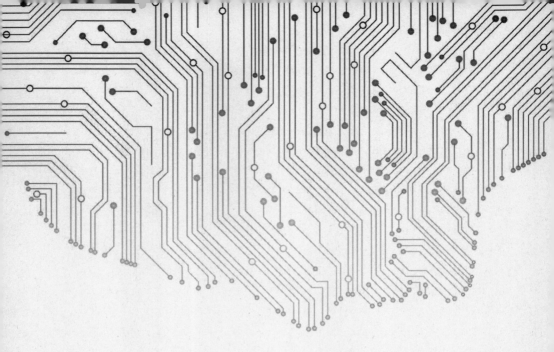

CAPÍTULO 23

SERYA

    Bruce segue calado, mais que o habitual, olhando para o nada nos limites de Nova Jerusalém. Nem a impactante visão do quilométrico cinturão de milhares e gigantescos painéis solares que envolve a cidade, nem o ruidoso ronco de Aquiles no banco traseiro da viatura, parecem tirá-lo dos seus pensamentos. Havíamos cruzado toda a cidade para buscar o labrador. Bruce tem o coração bom, vai atrás dos que ama, seja onde for. O relógio corria rápido, sua esposa e filha estavam em perigo, mas ele batia o pé para não abandonarmos o cachorro.

    Entramos na moderna via que sai da cidade e vai ao norte, até Jericó. Coloco o carro no piloto automático e me acomodo no banco para assistir à reexibição do vídeo de mais um pronunciamento da Dra. Tagnamise, dessa vez em Nova Iorque, em frente ao prédio da ONU. Ao que dizem, ela logo receberá um convite para ocupar o cargo de Secretária-Geral da organização. Ela explica ao mundo como sua máquina genial — sua e de Khnurn, "sem quem não teria sido capaz de nada", como diz sempre — opera em NJ. Repórteres lhe enchem de perguntas, como de fato funciona o inovador 2030, expressando que ele parecia, às vezes, um tanto ameaçador para quem o observava de longe.

Dra. Tagnamise tenta explicar o *modus operandi* do 2030: a maneira clássica de se escrever um *software* para solucionar determinado problema requer que o programador entenda detalhadamente cada tarefa que será executada para que o programa possa formular um processo de solução, uma sequência matemática em linguagem de programação. E quando não se sabe exatamente quais tarefas devem ser executadas, ou como elas devem ser feitas para se atingir o objetivo proposto?

Programadores são humanos. Pelo menos, eram. Há muito tempo que, através de técnicas de *deep learning*, o próprio programa "aprende" por si mesmo, aperfeiçoa-se e busca soluções para o problema que lhe é proposto. Não busca simplesmente *qualquer* solução, mas sempre a *melhor* solução possível. Assim, o programador humano pode apenas especificar um critério formal a ser alcançado, propor um objetivo máximo ao programa, e deixar nos ombros da IA a busca pela melhor solução que se encaixe perfeitamente nesse critério de sucesso.

Continuo atenta a todas aquelas palavras, não apenas porque isso me afeta como cidadã de Nova Jerusalém, mas também porque sou parte da garantia de manutenção dessa gigantesca engrenagem algorítmica.

Continua Tagnamise, "*Isso é um tanto complexo para leigos, imagino, mas o que quero dizer é que o 2030 possui apenas um objetivo em NJ e em todos os lugares até onde vai seu alcance: a maximização do desenvolvimento humano em todas as áreas, ou simplesmente a* prosperidade humana. *Para isso, o 2030 está livre para atuar da forma mais adequada possível, criando subobjetivos que lhe auxiliem a chegar no seu propósito único e final. Um desses objetivos intermediários criados pelo próprio 2030 foi o projeto de NJ, que se concretizou com sucesso. Para alcançar a prosperidade humana na região, a cidade foi criada.*"

Eu sempre vi as coisas de uma forma bem mais simples: o 2030 guiava Nova Jerusalém como um jogador de damas que pode antever as jogadas e posições das peças do adversário. Talvez *todas* as jogadas possíveis. Isso é fácil em um jogo de damas digital, mas, e aplicado à sociedade, à vida humana, ao futuro da humanidade? O 2030 jogava em um tabuleiro quase infinito, com um número quase infinito de jogadores, e cada um deles possuía virtualmente uma infinitude de possíveis "jogadas".

Todas as 39 trilhões de posições finais possíveis do jogo de damas já foram há muito tempo compiladas no *Big Data*. Imagine isso em termos de "posições" para cada habitante de NJ, cada lugar e circunstância. Entretanto, isso acontece, e o 2030 delineia o resultado de todas as suas ações sociais, leis e sistemas urbanos, escolhendo as melhores jogadas simultaneamente, entre milhares, milhões, bilhões, incontáveis variáveis. Seria *sempre* escolher o melhor movimento ou ação possível, pois ao contrário de um jogo de damas, onde há sempre um vencedor — e um perdedor —, o 2030 quer que *todos os jogadores* vençam.

E é aqui que me insiro. O 2030 cria e regulamenta seu próprio sistema de leis e gerencia o processo judiciário em NJ, no caso de sua violação. Sem falar no sistema de execução de sentenças e de manutenção penitenciária, posteriormente. Os policiais ainda são necessários, pelo menos por enquanto. Mas até quando? Não há em NJ políticos, juízes ou carcereiros. É benéfico criar tal lei? E sentenciar à prisão determinado sujeito? O sistema escolhe, sempre, matematicamente, *a melhor jogada possível* nesse eterno jogo de damas.

Sou policial, mais uma das peças no infinito tabuleiro de Nova Jerusalém. Ajo de acordo com o que o programa indica. Os procedimentos de investigação, assim como todas as áreas da cidade, são completamente gerenciados pelo sistema. São automatizados, conectando pistas, materiais e suspeitos, e interligando faces, materiais genéticos e rastros digitais. As nossas atuações são racionalizadas, seguras e inerentemente respeitam os limites da lei. Afinal, as regras e o próprio tabuleiro foram criados pelo sistema. Mas, até que ponto o 2030 interfere em nossas jogadas individuais, em nossas escolhas e livre-arbítrio? Bom, Bruce adorava falar sobre isso.

Eu não temia tais restrições, sentia-me livre. O sistema me observava, observava a todos, mas parecia ter coisas mais importantes para se preocupar do que escolher meus namorados ou meu gosto musical. Afinal, como influenciar minha preferência entre Bob Dylan ou Taylor Swift ajudaria o 2030 a atingir seu objetivo de "prosperidade humana"? Sentia-me livre até demais, às vezes...

Bem, pelo menos era assim que eu pensava. Vergara descobriu que a origem da minha perseguição constante a Bruce fora propositalmente inserida por alguém no sistema. As "jogadas" que faço há anos foram, portanto, arquitetadas, e não pelo 2030. Por quem? E por quê?

Minha impressão da Dra. Tagnamise mudou bastante a partir da conversa que tive com ela, por vídeo, há algumas horas. Para melhor: pareceu-me acessível e verdadeiramente preocupada com um melhor futuro para todos. Claro, sua preocupação com o 2030, o tabuleiro do jogo, me pareceu maior do que a com os próprios jogadores... Talvez Tagnamise seja de fato tão narcisista quanto as pessoas comentam, mas, ainda assim, identifiquei-me com ela.

Aquiles se mexe no banco traseiro, balança o rabo e se levanta, olhando alegre para Bruce, que finalmente sorri. Desligo o vídeo do discurso, procurando alguns clipes de música. Coloco Bob Dylan, não Taylor Swift, acredito que tenho livre-arbítrio para isso...

O coração prega peças perigosas, esfacela a racionalidade e a moral. É tanto sentimento misturado... Há tempos tento ensaiar as palavras certas, mas nunca as encontro — ao contrário do Bob Dylan, que sempre as descobre de forma irrepreensível.

How many roads must a man walk down
Before you can call him a man?

Bruce se contorce para afagar o velho companheiro. A cena é bonita, afinal. E ela me pega, mexe comigo de alguma forma. Infelizmente. Como explicarei a Bruce a razão do pingente do bracelete de Iara estar guardado no porta-luvas em frente às suas pernas? Encontrarei as palavras certas?

Yes, and how many seas must a white dove sail
Before she sleeps in the sand?

Como direi a Bruce, meu BB... que *eu* que raptei sua esposa?

The answer, my friend, is blowin' in the wind

Não se pode escapar dos piores pecados. Mesmo que paremos de cometê-los, eles ainda nos perseguem implacavelmente. Afinal, nem todas as nossas jogadas no incessante jogo de damas do 2030 são definidas pelo sistema.

Nós, seres humanos, ainda temos liberdade para algumas jogadas.

Mas ser humano é tão difícil...

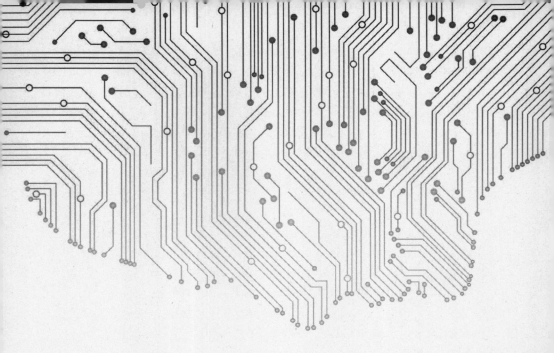

CAPÍTULO 24

VERGARA

São 15h em ponto, dia nublado, lúgubre, agourento. Em aproximadamente 15h, a eutanásia do 2030 terá início, e depois... depois, o que restará?

Menahem Levy, um repórter narigudo mais ou menos da minha idade, de mente aberta e, imagino, sedento por um "furo" para estourar sua carreira, foi o único que me deu ouvidos. De qualquer maneira, ele conseguiu: de repente, estou nesse salão com paredes tão altas quanto as de uma catedral, cercado de jornalistas. Menahem não me disse, mas acredito que tenha conseguido essa entrevista coletiva em função do que se lê no crachá pendurado na minha jaqueta de couro preta: Chefe de Segurança de Dados — T&K.

Tenho que tentar impedir a pane, o extermínio geral, e o que mais o Praga estiver armando. É meu dever e minha provável missão final expor ao mundo o que está acontecendo, o que vai acontecer e, principalmente, o que é a T&K.

— O Praga... — corrijo-me, nervoso — quer dizer, o 2030 vai liberar um vírus mortal. E, também, uma pane geral está programada, um verdadeiro suicídio do sistema. Vocês precisam saber de toda a verdade, resta pouco tempo!

16h33 e o céu lá fora já vai ficando tão escuro quanto a noite. Os jornalistas, dispersos entre as cadeiras do salão, mal prestam atenção. E os que me escutam, olham-me com desdém. Apresento a única cópia do artigo pelo qual Atar foi silenciado para sempre, os relatórios do Praga e a explicação dos pragmáticos algoritmos que tornam o 2030 tão desumano em sua previsibilidade cruel.

Em vão.

Muitos editores zombam, projetando em mim um daqueles profetas que gritavam pelas ruas nos tempos medievais, falando em um vírus e uma catástrofe apocalíptica. Sinto-me como Isaac Atar, com suas matérias de teorias da conspiração... Sim, agora eu o compreendo, estou em sua pele.

— O 2030 vai entrar em pane em poucas horas, vai liberar um vírus, a Praga Final! — Minhas frases de efeito ensaiadas não surtem qualquer impacto além da indiferença e do deboche.

Ouço algumas risadinhas enquanto suo frio mostrando as provas. Perdido e precisando de algum golpe de sorte, tenho o impulso de beijar a corrente de ouro que levo no pescoço, como sempre faço em situações de nervosismo. Então, de uma hora para outra, a audiência se torna crescente, interessada, e me dá mais espaço. Teria sido por algo que eu disse — ou o ato de superstição desesperada?

Percebo a correria no lugar, a ansiedade tomando conta dos rostos dos jornalistas que agora se levantam das cadeiras. Alguém, então, fala alto, quase gritando:

"Um vírus está matando todo mundo!"

Puta merda. A presença do vírus parece já ter sido detectada. Não em Nova Jerusalém, como esperado, mas do outro lado do mundo. Em Estocolmo, a primeira cidade depois de NJ a aderir por completo ao 2030. Então o vírus foi liberado antes da pane, da eutanásia do

Praga. Não esperava por isso. Eu estar aqui, revelando a verdade, pondo o 2030 em risco, pode ter antecipado a liberação do vírus? Devo continuar? Atar foi silenciado justamente por tentar fazer o que estou fazendo agora...

Aproveito o burburinho e corro até o banheiro. Preciso de mais DFMA. Olho-me no espelho, ajeito os cabelos, desgrenhados, com um pente e uma pomada, penteio-os para trás. Afago o cavanhaque que não aparo há dias, ajeito a gravata torta, afinal, estou na TV, e estou um caco. Não durmo há séculos. Devo colocar óculos escuros? Não adianta, agora já viram meus olhos esbugalhados de cansaço.

Menahem Levy me chama pelos corredores, logo puxando meu braço para fora do banheiro. Os jornalistas querem falar comigo, desta vez não com desdém, agora não como um louco. No caminho de volta, acompanho as notícias em várias telas: o vírus está se alastra rapidamente, na Noruega e Finlândia já confirmaram os primeiros casos. Com essa velocidade, é questão de tempo para se disseminar pela Europa toda, e talvez chegar a outros continentes. Ao Oriente Médio, a NJ?

Como o vírus foi disparado? E por quem? Em Estocolmo, cidade totalmente controlada pelo sistema, quem teria feito isso se não o Praga? Olho no relógio. Droga, esses jornalistas me fizeram perder muito tempo tentando convencê-los. Em pouco mais de 12h, a pane será instituída. Isso se não foi também adiantada...

— E a imunização, sr. Vergara? — Agora que o vírus é como um enxame de gafanhotos varrendo uma plantação de homens, todos querem me ouvir. — Tem de haver um imunizante! Era assim que Tagnamise explicava a ação do 2030 em relação a esse tipo de ameaça. Não apenas a exterminava, mas automaticamente a estudava e tratava de imunizar a população.

Aliás, onde está Tagnamise numa hora dessas?

— O senhor teve algum tipo de participação nesse *ato terrorista*? O 2030 falhou completamente? É o fim do mundo programado pelo sistema?

Essas e outras questões, em diferentes lados, idiomas e tons, fervem em meus ouvidos. Falo chapado, como se estivesse em um mundo paralelo, mas ainda bem consciente do que digo — pelo menos por enquanto:

— Aquele jornalista — pigarreio —, Isaac Atar, é quem diria tudo isso a vocês, ao mundo. Mas está morto. Morto! Queima de arquivo. Quem o matou? O 2030, mais conhecido como *O Praga*! — Dou um pequeno sorriso irônico. — Pelo jeito tive um pouco mais de sorte, ou piedade. Ou fui o escolhido, o profeta do caos!

No fundo, gosto dos holofotes, e sei que palavras escandalosas são o que eles querem para suas manchetes instantâneas a serem replicadas em rede mundial. De soslaio, olho as telas das emissoras, procurando meu melhor ângulo para ser filmado.

— E tem mais. O Praga está atuando, ou melhor, já atuou para escolher seus sobreviventes, os seus Escolhidos. — Mostro uma lista impressa com 29 nomes e, no número 30, um espaço em branco que preenchi com um ponto de interrogação à caneta vermelha. — É, podem ficar alarmados. Esses são os destinados a sobreviver, os *Eleitos do deus Praga*! Ou do próprio homem, que se fez seu deus e criou um deus à Sua imagem e semelhança.

Por alguns instantes, com todas aquelas câmeras voltadas para mim, sinto-me como se estivesse dentro do *tailleur* da Dra. Tagnamise. É gostoso ser o centro das atenções, pelo menos uma vez.

— Mas onde estão esses Escolhidos? — pergunta uma repórter.

— Eu não sei, juro que não sei. Perguntem à Dra. Tagnamise, a Neil Mortimer, a Khnurn. Eles idealizaram esse sistema. Esse Praga veio para destruir tudo, não percebem?

E eu, que sempre me gabei de ajudar a aperfeiçoar o Praga, agora já não sinto tanto orgulho disso. E não tenho um deus para expiar meus pecados.

Um *drone* enorme então surge numa das janelas. Voa, parece que me observa. Puta merda. Ele me aponta, de forma ameaçadora.

Sinto que vou morrer.

"Tagnamise está morta, Tagnamise está morta!"

De repente, uma notícia estremecedora: uma jornalista, ao tentar fazer contato com Tagnamise, recebe a informação de que ela está morta. A gritaria, que já era alta, fica insuportável.

Dra. Tagnamise está morta!

Eu não estava prevendo isso, mas faz todo o sentido. Ela era a única, que eu saiba, que tinha o poder — e a coragem — de parar o programa. E o 2030 sabia disso. Seria Tagnamise mais uma vítima por ser uma ameaça ao sistema, assim como Atar?

Os sinais vitais do sensor 2030 indicam a sua morte, mas a polícia ainda está procurando o corpo de Tagnamise. Um despiste? Ela poderia ter simplesmente retirado o seu sensor, como eu fiz, para não ser encontrada. Talvez não tenha aguentado a pressão dos últimos eventos e decidiu evaporar. Não sei mais o que pensar...

— Mas por que é que o 2030 faria isso, ele não está programado e designado a proteger a humanidade? — Menahem me traz de volta de minhas especulações, assustado. — Como a regra dos filmes de ficção científica que não permite que a máquina venha a nos machucar, a agir insanamente.

Apesar da imensidão do salão, é como se o ar faltasse a todos. Se Tagnamise está morta, ninguém mais está seguro. Muito menos eu, com esses microfones todos voltados como fuzis para mim. Aliás, não sei como ainda estou vivo...

— Olha, Menahem, vou contar uma coisa que poucos sabem: em Hamfield, no hospital, o 2030 liquidou cinquenta pessoas para impedir a propagação de um vírus, que havia contaminado apenas seis delas. Para o Praga, os fins justificam os meios, entende? Aquele *blackout* de 2030 não teve nada de acidental, foi programado pelo próprio sistema para desligar aparelhos e matar pacien...

— Esse vírus de Hamfield então seria o mesmo de Estocolmo? — interrompe-me Menahem, com os olhos arregalados, suando frio. Ele agora parece arrependido da busca pelo furo de reportagem.

Dou de ombros.

— Talvez. Não sei. Só Deus, ou melhor, só o Praga sabe. E o que isso importa agora, hein? O programa vai nos matar de qualquer forma, e já escolheu seus preferidos para salvar. Como ele escolheu? Com que parâmetros definiu quem morrerá e quem viverá? Não sei. Mas sei que Atar pagou com a vida para que soubéssemos disso.

Muito falatório. E o vírus continua provocando pânico, conforme as notícias se alastram. Por que ele não começou em NJ? Onde estão os tais Escolhidos, todos provenientes da Babel dos tempos modernos? Estão sendo preservados, preparados, programados? Meu Deus, pareço mesmo o Caolho.

— Não podemos parar o programa? Talvez em definitivo? — uma repórter de traços indianos pergunta, em inglês.

Mais três ou quatro *drones* aparecem do lado de fora da sala infestada de repórteres, câmeras e apetrechos jornalísticos. De qualquer forma, procuro me acalmar. Talvez seja aquela paz que se sente pouco tempo antes de morrer. Tomei várias pílulas e usei pó suficiente para balancear e falar com uma lucidez totalmente falsa, mas necessária no meio desse caos.

— Em primeiro lugar, não adiantaria, o vírus já foi liberado, não foi? Segundo, o 2030 fora fechado há um bom tempo, ele é completamente autônomo. Talvez Tagnamise fosse a única a ter a chave de parada do programa, mas está morta, *exatamente* por isso, acredito eu. Quer dizer, o sistema sabe que ela seria uma ameaça a ele, não sabe?

Esfrego o nariz irritado de DFMA e continuo, tentando achar as palavras.

— Terceiro, o programa possui gatilhos de paradas automáticas. Caso o sistema, por algum motivo, se afastasse dos objetivos para os quais fora criado e começasse a agir para "eliminar completamente a humanidade" ou coisa parecida, ele pararia imediatamente. Sempre existiram protocolos rígidos quanto a isso. Sou o chefe de segurança de dados, caramba, eu *sei* disso.

A menos que... porra, agora parece óbvio. O Praga não se desvirtuou de seus objetivos. Pelo contrário, ele de fato vive exclusivamente em função deles. E faz tudo para concretizá-los, mesmo que de alguma maneira pragmática e retorcida aos nossos olhos humanos. Da mesma forma que agiu em busca da paz ao criar Nova Jerusalém, o 2030 parece perceber a sua eutanásia e a liberação desse vírus como meios para alcançar seu derradeiro propósito de maximização da humanidade.

Busco explicar esse meu raciocínio da forma mais palatável possível. Vejo que estou em redes de televisão e canais da *web* de todo o mundo, enquanto o pessoal corre apavorado no grande salão do prédio, cobrindo o alastramento da *Praga*, o vírus do Praga. Vírus e máquina acabaram com o mesmo nome, e a máquina praticamente se resumiu ao vírus, como o derradeiro caos antes da pane final.

De súbito, Menahem me tira dos microfones, como que me colocando em fuga ou me silenciando. Não sei aonde ele está me levando, mas me deixo carregar. Estou em outra dimensão, a que criei para resistir à pressão e ao caos que engole tudo à minha volta. Tudo ondula, e percebo que estou totalmente chapado. Mas, incrivelmente, ainda lúcido, racional.

O propósito final do Praga. Maximizar tudo... matando? Exterminando? Escolhendo uns, deixando outros... Apenas vinte e nove? Ou trinta? Somos tão ruins assim, como no dilúvio em que sobraram só Noé e sua família em um barco com os inocentes animais? O vírus está matando os animais? Há algum tipo de Arca de Noé?

Meu Deus, estou chapado mesmo. Arca de Noé!

Ao mesmo tempo, dizem que, pela primeira vez em 45 milhões de anos, uma única espécie pode determinar o destino de todas as outras, de toda a biosfera. A aldeia global destruindo todas as outras aldeias. O 2030 é a arma definitiva da humanidade? Então, se tudo acabar assim, qual o sentido da vida, o verdadeiro deus?

Não, Ed, não vá por esse caminho. Sentido da vida, agora?!

Pensamos como seres individuais, mas é tudo muito maior, somos peças de um gigantesco encaixe universal. A religião tenta oferecer respostas, cada uma tem a sua... Basicamente, pecado e salvação, humildade, perdão e amor. Só isso? Somos tão diferentes... Todos temos de ser como os deuses determinaram? E por que devemos servidão a eles? Pelo simples fato de nos ter criado? Criação gera necessariamente submissão? O Praga não teria que ser submisso a nós, então? Eu fui criado por meu pai, parido por minha mãe, e não devo servidão a eles. Eu que não tenho fé... nem mais em mim mesmo.

Segura essa onda, Vergara! Se sobreviver, vou largar dessas drogas, eu juro! Onde estou, porra? Tudo ondula... Vejo meus pés descerem escadas, acho que ainda dentro do prédio, mas não tenho controle sobre eles.

"O corpo de Mortimer foi encontrado sem vida!"

A voz rouca de Menahem me tira por alguns instantes do meu frenesi mental. As informações não param de chegar. Mortimer está morto! Foi encontrado sem vida em algum lugar do imenso terreno da mansão de Tagnamise. O jornalista me mostra, no seu smartphone, os boatos de que Tagnamise o assassinara e depois se suicidou.

A amante matando o amante, nada mal. Mas, não poderia ser o contrário? Mortimer era muito mais passional que ela. Será que conferiram os horários que os sinais vitais dos dois cessaram, para saber quem matou quem? O 2030 faria isso automaticamente, mas agora… Merda, eu não podia estar mais chapado.

Qual meu objetivo aqui? Minha vida inteira teve como propósito dar essa entrevista? Recolher as provas de Atar? E, antes disso, entrar na T&K, fazer o que fiz em Hamfield, fazer o que fiz com Naomy? As pessoas parecem querer extrair de suas experiências interiores não apenas o sentido da própria existência, mas também criar significados para toda uma realidade intrinsecamente desprovida deles. Vemos tudo girando ao nosso redor, até a posição dos astros no céu no momento em que nascemos precisa ter um reflexo em nossas vidas. Elevamo-nos ao patamar de semideuses. E as máquinas se tornaram nossas extensões divinas, como se nos transcendessem…

Pronto, agora vai começar a dar uma de pastor aqui, no meio do caos, Ed!

Hoje, o Universo gira ao redor de cada um de nós, o Sol voltou a girar ao redor da Terra, massivamente populada por “cada um de nós”, bilhões de “nós”. Inadmissível a servidão individual. As religiões não morreram, seus santuários foram apenas realocados para melhor venerarmos a nós mesmos.

Acho que me chapei demais… Não, tenho certeza. Começo a rir sozinho. Tudo gira, em um gigantesco caleidoscópio de cores.

O 2030 faz tudo pelo progresso. Mas o progresso é sempre necessariamente um avanço, um passo à frente? Uma sociedade com inteligência máxima representa necessariamente uma sociedade mais sábia, ou apenas potencializada em todos os seus descalabros?
Morremos antes de nos tornarmos exatamente sábios, e a sabedoria plena pertence somente aos deuses. O Praga se tornou um deles? Apesar de reverenciado, ele pretende nos exterminar. Por quê? Não percebe o que acontece com um deus sem crentes?
Ou seria o contrário, uma vez que é o Praga que aprende conosco? Ele quer se libertar de seus perversos deuses humanos? Quem faz a reverência e quem é reverenciado? O Praga onipotente e onipresente, nossa espécie sintetizada como um… um onipotente e onipresente deus?

Menahem Levy me dá um tapa no rosto. Acordo de solavanco do delírio com uma multidão gritando meu nome lá fora.

Estão com tochas na mão ou são as drogas ainda? Querem que eu os lidere.

Até a T&K, até o Praga.

O bruxo se tornou o inquisidor?

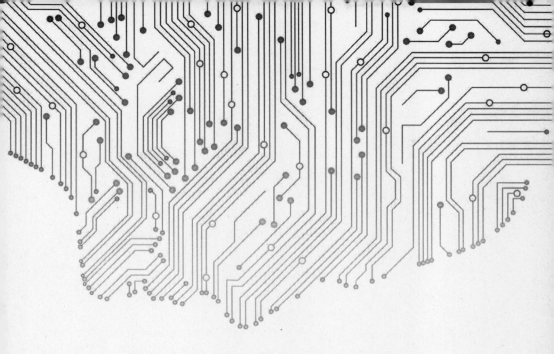

CAPÍTULO 25

— Papai, acorda, papai!
A menina estende o braço, com uma laranja na mão.
— Naomy! É você?
Iara nos observa, com um sorriso calmo nos lábios, ao lado da árvore cuja sombra nos protege do sol.
— Acorda, papai. Vem me buscar.

Desperto do sonho de supetão, a cabeça apoiada no vidro. Há quantos dias não durmo de fato? Bom, certamente não há tempo para isso. Não agora, no fim do mundo. As notícias passam na tela de vídeo do automóvel, incessantes, alarmantes, apocalípticas.

— Vamos, anda, Serya, parece que o carro tá travado! — reclamo por Serya ter colocado a viatura no modo autônomo. A policial, em resposta, apenas ri da marca avermelhada que o vidro da janela deixou em minha testa enquanto dormia.

Olho para trás, o velho Aquiles com a língua para fora e a cabeça ao vento aproveitando o ar que vem da janela. Parece sorrir, com os olhos cor de avelã um pouco fechados.

"Papai, acorda, papai."

Seguro a corrente com o pingente de cruz que significa tanto para mim. Carrego minha própria cruz, como Jesus Cristo no Calvário carregou a sua. Não é o que dizem, carregar a própria cruz, para que o peso dela nos faça lembrar dos pecados do passado? Preciso pagá-los, de uma forma ou de outra. Essa cruz em forma de pingente pertenceu à pessoa para quem prometi batizar de Naomy a primeira filha que eu gerasse. Essa pessoa agora está morta. E por minha culpa...

Nova Jerusalém vai ficando cada vez mais para trás, caótica. Vergara delatou o Praga e sua pane, publicando a matéria de Caolho. Pessoas morrem rapidamente na Europa, vítimas de um vírus desconhecido e mortal. Era a última coisa que eu precisava nesse momento... Imagens de corpos sendo recolhidos nas ruas são mostradas como pano de fundo em cada reportagem.

Um tal Menahem Levy cobre as informações que não param de chegar. Nunca havia ouvido falar dele, mas instantaneamente se tornou mundialmente conhecido. Tagnamise oficialmente está morta, seu sensor 2030 não mostra sinais vitais. Mas não sei se acredito nisso. Mortimer é o principal suspeito, seu corpo foi encontrado na mansão da doutora.

O marido de Tagnamise, o Sr. Stern, dá entrevistas alegando que já organizou uma força-tarefa para descobrir onde está sua esposa. Ele diz acreditar que "Tamara" está viva. É a primeira vez que vejo Stern demonstrar sentimentos. Ele parece estar realmente comovido, seus olhos não param de marejar. Havia amor naquele casamento, ao contrário do que todos pensavam e julgavam?

O Sr. Stern designou uma equipe privada para resolver o caso, mas a Chefe de Polícia de NJ está ao meu lado, aparentando uma calma estranha, como se estivesse em outra dimensão.

Apesar de tudo, acredito que Iara e Naomy estejam seguras. Elas estão na Lista Branca, como Vergara chamou a lista de desaparecidos do Praga. Sendo assim, o plano de Khnurn foi em vão, e o rapto de Naomy, desnecessário. Ela seria tomada pelo 2030 em Hamfield para ser salva...

— A Europa fecha barreiras internas — Menahem Levy fala, quase aos berros —, mas é tarde, não há mais tempo. A Turquia já apresenta os primeiros casos. Questão de horas para o vírus chegar a Israel e Palestina? Não há mais voos chegando ao aeroporto de NJ e todas as vias de acesso à cidade foram bloqueadas.

Por sorte, conseguimos sair da cidade alguns minutos antes de isso acontecer.

— Virologistas indicam que o vírus já havia sido liberado em Estocolmo há alguns dias — continua Menahem. — NJ está fazendo todos os esforços para se isolar e se proteger. Não há casos aqui ainda. Pedimos que as pessoas não saiam de casa, sob hipótese alguma, a não ser urgências médicas.

Há pouco, ainda nos limites de NJ, antes de as estradas serem fechadas pela polícia, passamos em frente ao hospital Hamfield, onde vi o monumento com os nomes das vítimas daquela noite de julho de 2030. Naomy Bowditch está com seu nome entre elas, mas não está morta. Tudo que houve naquela noite se confunde em minha mente, como uma desordenada corrente de memórias mal encaixadas.

Eu chegando aos gritos no hospital, por que não me avisaram antes, calma Sr. Bowditch, foi tudo muito rápido; meu pai com uma calma irritante tenta me abraçar, eu o empurro, por que não me chamaram antes? Por que você está aqui? Cadê o obstetra de Iara, o verdadeiro obstetra? Você fez o parto dela, como assim, por quê? Quero ver minha esposa agora! Ela está viva? Quero ver minha filha!

Foi a última vez que vi meu pai, até seu leito de morte em Tel Aviv. Sinto-me completamente perdido, e quem está ao meu lado? Serya, que preferiu ignorar os chamados da polícia de NJ, em meio à pane iminente e ao perigo do vírus, para estar comigo. Olho para ela pelo canto dos olhos, muitas vezes não tenho coragem de mirá-la diretamente.

Iara sabia sobre Serya. Agora, minha antiga amante está sentada ao alcance do toque. *Amante.* Nunca pronunciei essa palavra antes, era só fraqueza, a ausência de Iara, suspeitas sobre ela e o sumiço de Naomy. No fundo, eu estava certo, Iara me escondia muita coisa. No entanto, ela queria apenas preservar a vida de nossa filha.

Um tanto cansado, olho para o céu. As estrelas aparecem uma a uma, iluminando a noite agitada. Às 6h da manhã, logo que amanhecer, o Praga irá se desligar e provocar uma verdadeira hecatombe em Nova Jerusalém. De alguma forma, ela já iniciou e está se espalhando, por todos os cantos do planeta.

Tenho que encontrar minha família antes que as raízes do tempo definhem e apodreçam para sempre.

O 2030 extinguirá a humanidade e depois se suicidará? Assim como Mortimer fez com Tagnamise? Ou como Tagnamise fez com Mortimer?

— Não acredito que Tagnamise se suicidaria — comento com Serya. — Não faz sentido essa balela da imprensa. Por que ela iria a outro lugar se matar, em vez de ali mesmo, ao lado do seu *amado*? Seria muito mais teatral, muito mais *Tagnamise*.

— Saber que o 2030, a fixação da sua vida, está se apagando e sendo responsável por uma verdadeira pandemia não seria o suficiente para ela se matar? Eu conversei com Tagnamise, e era nítido que ela convergia toda sua vida para o programa — Serya conspira. — Ou ainda, não faria sentido ela ter sido assassinada por ser a própria chave para o desligamento do sistema, como Vergara supôs?

Os belos, porém, tristes olhos da policial encontram os meus. Por um instante, eu me compadeço de Serya, mas sei que ela sabe muito mais do que mostra. Questiono-me se contará o que sabe antes que eu e todo mundo morra.

— Não sei, para mim ela não se matou — digo, sem mudar de opinião. — Tagnamise é narcisista demais para fazer qualquer mal a si mesma.

De acordo com Menahem, cada vez mais *drones* aparecem no céu. Posso ver o enxame de máquinas sobrevoando toda NJ pelo retrovisor da viatura. O céu estrelado os ilumina; tal como um céu de despedida?

— Qual a diferença entre um *drone* entregando uma torta de pistache ou de um entregando uma bomba? — pergunto, pensativo, lembrando-me do doce entregue para o jantar de aniversário do nosso casamento. — Ou de uma arma completamente autônoma? Afinal, é muito mais fácil ter coragem de matar quando não é necessário puxar o gatilho...

Serya volta os olhos novamente para mim:

— Bruce… — Seus olhos azuis umedecem. — Tenho que te contar algo muito importante…

Sabia que havia algo!

Mas, nesse exato momento, um repórter brada na tela. Ele narra o encontro do corpo sem vida de Isaac Atar, através de Vergara, horas antes da entrevista coletiva. Do banco do carona, giro bruscamente o volante em frente a Serya, jogando a viatura sobre o acostamento da estrada. Ela dá um grito de surpresa.

— Caolho! Não pode ser — eu berro.

Aquiles salta destrambelhado por entre os bancos dianteiros e pula comigo da viatura. Ando alguns metros, antes de fazer uma ligação sob o olhar atento de Serya pelo retrovisor. Aquiles percebe minha apreensão e tenta me animar, fazendo círculos ao meu redor. Alguns minutos depois, retorno à viatura com os olhos cheios d'água.

— É verdade, meu amigo Caolho morreu. — Fico alguns segundos com a mão esquerda no painel acima do porta-luvas, a direita coçando sem parar a barba ruiva já bem desaparada.

Caolho, você morreu e nunca soube o motivo de eu ter te jogado do carro naquela noite… Que merda!

Serya observa tudo aquilo sem abrir a boca. Ela parece meio estranha. Pergunto o que há, o que ela queria me contar, mas ela se esquiva.

— Sinto muito… — diz Serya, de forma quase hostil, arrancando a viatura.

As jogadas com Serya têm de ser muito bem pensadas. Não posso forçar, para que ela não minta para mim e para que também não me pergunte nada. Um eterno jogo de xadrez com a Chefe de Polícia da cidade, que também já foi minha amante.

O silêncio perdura por um tempo, até uma chuva intensa começar. Raios cintilam no horizonte, iluminando intensamente a via por alguns segundos. Quando tudo é escuridão, qualquer feixe de luz é esperança. Definitivamente, não há tempo para o luto.

— Serya — busco seus olhos —, como você sabe onde estão essas catacumbas? E que Iara está lá, como me disse? E Naomy, ela está lá também?

— Bowditch — Serya dá uma risada irônica —, meu cargo permite que eu descubra coisas de formas que é melhor você não saber.

— Se não me falar exatamente aonde estamos indo, dá meia volta — esbravejo, em um momento de revolta ao "jogo de xadrez".

— Você sabe que não tem alternativa a não ser acreditar em mim. — Seus olhos fulminam os meus, mas com afeto. — Vai, confia em mim dessa vez, BB…

Ergo a sobrancelha esquerda, desconfiado, mas sei que realmente não tenho escolha.

— De qualquer maneira, agora todo mundo sabe do que o 2030 é capaz — diz Serya. — É mera questão de tempo para descobrirem onde estão essas catacumbas. Precisamos ser mais rápidos, Bruce. Sua família corre perigo.

Serya tem razão. Agora são 22 horas e 7 minutos. Tenho que encontrar Naomy e Iara antes do amanhecer, antes do fim do mundo.

Estamos pelos arredores de Jerusalém, indo a Jericó. De longe, vejo os únicos trechos do muro que aqui ainda separa israelenses e palestinos. É o único intento que o 2030 não obteve êxito: a velha Jerusalém permanece dividida.

Aquilo me atinge, de alguma forma. Antes de entrar na faculdade, servi às Forças de Defesa de Israel, a *Tsahal*, como todos os homens e mulheres devem fazê-lo. Ali aprofundei meus conhecimentos em ferramentas digitais aplicadas à segurança, e tive certeza do que queria estudar e no que trabalhar. Ajudei a aprimorar o sistema destinado a impedir invasões subterrâneas na barreira na Cisjordânia, cujos únicos resquícios vejo agora pela janela da viatura de Serya. Ao contrário da maior parte dos soldados, a tecnologia era minha M-16 e monitorar a fronteira e os *checkpoints* era meu campo de batalha.

Enquanto isso, entre raios e trovões, as notícias terríveis não param. Pessoas começam a morrer por ação do vírus misterioso em Tel Aviv, Haifa e ali, na velha Jerusalém. A Nova, ao que parece, ainda não tem casos.

A nova Jerusalém não salvou a velha, como planejado. Pelo contrário, estava matando-a.

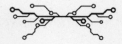

Chegamos próximo à última estação do metrô que liga NJ a Jericó, nos limites da cidade mais antiga do planeta. A "Cidade das Tâmaras". No caminho, pomares e mais pomares da fruta do creme que preparei para Iara. Nosso aniversário de casamento foi há quatro noites, mas cada uma delas parece o transcorrer de um século todo.

— É por aqui — explica Serya, indicando uma entrada com a ponta do nariz. Aquiles, um pouco inquieto com a luz de um relâmpago próximo, gira várias vezes no banco traseiro antes de se sentar novamente.

Adentramos a estação do trem-bala, totalmente deserta, com os visores do local indicando "CONTAMINAÇÃO BIOLÓGICA – ENTRADA NEGADA". O sistema de áudio repete incessantemente as instruções, impedindo nossa entrada à plataforma: *"Dirija-se imediatamente ao Centro de Controle e Prevenção de Doenças de Nova Jerusalém."* Será que um de nós já está contaminado com o vírus? É isso? Se for, é Serya. Ou... Aquiles?

Os sensores da estação provavelmente se conectam com os sensores 2030. Eu já não tenho mais o meu, arranquei-o quando todo esse pesadelo começou. De qualquer maneira, se estamos contaminados, acredito que em pouco tempo saberemos. De que forma ocorre a transmissão, pelo ar, contato? Ninguém sabe direito. Parece que provoca diferentes reações em cada pessoa, levando à morte em poucas horas. Bem, que importância há em desvendar o vírus nesse momento? Não vamos todos morrer em pouco tempo, de qualquer forma?

— Vou procurar outra entrada, fique aqui — Serya diz, abrindo a porta do carro. Antes de sair, seu rosto é iluminado pelo *flash* de um relâmpago lá fora, expondo seus olhos direcionados aos meus. Com um rápido movimento, Serya pega algo no porta-luvas da viatura e sai em meio à chuva.

Avisto então aquele sujeito alto, esguio, de rosto magro e olhos vivos que havia visto na estação de trem de Tel Aviv, em dúvida se realmente o conhecia de algum lugar. As mãos que na madrugada anterior amparavam a garotinha em perigo de queda nos trilhos, hoje carregam uma espécie de maleta branca. Agora lembro quem ele é. Chama-se Terry.

— Fique aqui um instante, garoto. — Deixo Aquiles na viatura, ele está agitado de um modo que não é normal. Meu amigo pula ao banco onde eu estava, observando-me através do vidro da janela fechada com a língua pendurada para fora.

Terry é a única alma viva por aqui. Para minha surpresa, o aparentemente arredio ou no mínimo tímido funcionário dos trens é simpático quando o abordo. Ele pergunta como está seu amigo Isaac Atar, o Caolho. Eu já havia conversado com Terry, à época da minha incessante procura por Naomy, por indicação de Caolho.

Naqueles tempos, Terry alegou ter visto movimentações estranhas. Segundo ele, policiais recorrentemente escoltavam pessoas da última estação em NJ para fora da cidade, mas nunca retornavam acompanhados. Eu já estava extenuado de buscar o paradeiro de Naomy, e deixei aqueles rumores para lá. Um pequeno detalhe que poderia ter mudado tudo?

Policiais... Serya diz saber onde está Iara. Será mesmo? Se sim, como obteve essa informação? Pergunto-me se ainda está cumprindo ordens do 2030, ou de si mesma. De Gael, de Tagnamise? O que Serya pegou sorrateiramente no porta-luvas da viatura antes de sair? E o que queria me contar, que havia desistido? Minha cabeça ferve com tantas dúvidas.

Os sistemas de emergência da estação gritam, e a chuva impera absoluta. Terry tem uma caixa em mãos, não tenho a iniciativa de ver do que se trata — é um mero funcionário do trem, que está parado há muitas horas. Além disso, tenho de dar a notícia:

— Isaac morreu... foi encontrado morto.

— Oh, sério? Puxa! Como não soube? Quando não há nada para consertar por aqui, perco a noção do tempo lendo meus livros — Terry coloca a caixa debaixo do braço e dá um tapinha no bolso do casaco — e não fico sabendo de nada. Inclusive, soube há poucos minutos da loucura que está acontecendo. O sistema de gerenciamento da estação está em emergência, por qual motivo continuo trabalhando? Todos já foram liberados, menos eu. Sou extremamente leal ao meu emprego, mas tudo tem limite!

Pergunto se ele recorda a história que havia me contado anos antes, de policiais escoltando pessoas para fora de Jerusalém. Serya chega na hora em que ele responderia. Terry então desconversa, provavelmente se protegendo, alegando não se lembrar de muita coisa. O funcionário dos trens então retira um pequeno livro de bolso de dentro do casaco e rabisca alguma coisa em duas de suas páginas. Ele arranca as folhas, enquanto seus olhos se enchem de lágrimas:

— Desculpem-me, senhores — Terry embarga a voz, colocando uma das páginas rasgadas na mão de Serya e a outra dentro do bolso da minha camisa molhada —, são mensagens para a minha esposa. Ela mora em Nova Jerusalém, se chama Martha... Martha Duña. Caso as coisas retornem ao normal, e vocês consigam sobreviver... Eu sei que não vou.

Apesar de me compadecer de Terry e sua família, Serya não parece sentir o mesmo. Ela se despede rispidamente do homem e me puxa pelo braço, precisávamos partir.

De canto de olho, ainda vejo Terry descendo até uma porta. De costas, agora percebo com mais detalhes a grande maleta que ele carrega escada abaixo, transparente na parte traseira. No seu interior, parecem pequenos frascos. Não é algo que um trabalhador qualquer de metrô teria de manejar, um equipamento médico, conheço vários deles. Seriam frascos... com o vírus?

O relógio corre rápido. Não consigo raciocinar direito e já estamos de volta ao carro.

Serya nos leva a um lugar próximo na estação. Ela diz que o início das catacumbas está debaixo da plataforma do trem. A policial desce da viatura, quebra uma janela de vidro, e logo entra no local. Eu a sigo, embora ainda consiga ouvir o painel bipar em advertência à nossa possível contaminação. Aquiles, ágil, salta atrás de mim, aterrissando no que parece um vestiário para funcionários da estação.

— Você é judia, não é, Serya? — pergunto, arfante, na quase completa escuridão do local com a energia cortada.

— Sabe que sim.

— Então, você está vendo aquele arco-íris lá no céu? — Aponto o indicador para o horizonte enquadrado na janela pela qual viemos. — Não faz sentido, é noite, e a chuva não parou... Um arco-íris sem sol. Isso me faz lembrar... Sabe que não sou mais muito apegado, Serya... — eu gaguejo, um pouco emocionado. — Bem, ele é o símbolo criado por D'us para lembrar Sua promessa de nunca mais enviar um dilúvio para acabar com a vida na terra. Um dilúvio, um vírus... Estamos tão próximos do extermínio da humanidade...

Serya procura, com os cabelos desgrenhados e as roupas encharcadas de chuva, mas não encontra o que aponto no céu.

— Seria a Lista como uma Arca, tripulada com os Escolhidos do Praga, o próprio deus que criamos? — pergunto, não esperando alguma resposta.

Serya me olha dentro dos olhos, sem entender.

— Pare de besteiras, Bruce. — Ela me puxa pelo braço, impaciente. — Parece o Caolho!

TERRY, APÓS SE DESPEDIR DE BRUCE E SERYA, CONTINUA COM SUA ÚLTIMA TAREFA ANTES DE IR PARA CASA: DESCE A PLATAFORMA DA ESTAÇÃO, PASSA POR ALGUNS NÍVEIS DO SUBSOLO E INSERE TRINTA FRASCOS, GUARDADOS NA CAIXA, EM UM RECEPTÁCULO ELETRÔNICO — ELE NÃO FAZIA IDEIA DO QUE CONTINHAM.

SERIA SEU ÚLTIMO TRABALHO.

A ÚNICA ESPERANÇA DOS TRINTA ESCOLHIDOS DO PRAGA.

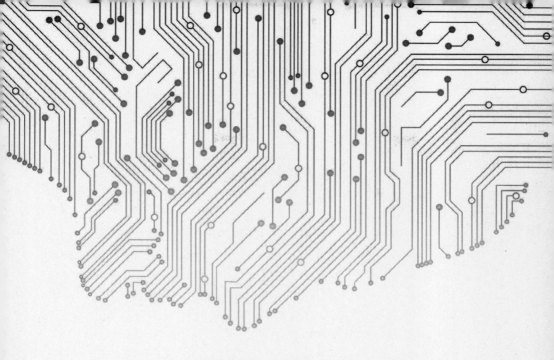

CAPÍTULO 26

VERGARA

Corro desesperado pelos corredores, procurando uma saída desse labirinto de metal e vidro. Menahem me pega pelo braço e me leva, dois lances de escadas abaixo, a um andar integralmente composto por um jardim suspenso. O vômito que logo verte da minha boca libera um pouco da tensão originada por aquela sessão de tortura em forma de entrevista coletiva.

Fecho os olhos por alguns momentos, buscando me recompor. A sensação do vento que se infiltra por todos os lados do reduto verde e entra em contato com o meu rosto faz eu desejar ficar preso nesse instante. Entretanto, Menahem logo quebra minha redoma de placidez em meio ao caos ao chamar pelo meu nome. O jornalista aponta para baixo. Aproximo-me, a passos curtos, do parapeito da fachada curva do edifício. Atônito, vejo a massa que se formou na sua entrada.

Parte da multidão, mergulhada em insatisfação e medo, quer invadir o prédio do conglomerado de mídia, enquanto outros pretendem ir à T&K. A horda exige explicações dos executivos da corporação criadora do Praga e a revelação do local onde estão os Escolhidos. *"Se quebrarmos os servidores do 2030, ele para!"*, gritam, "é só um amontoado de computadores!"

Como uma legião de zumbis, a multidão clama por salvação e quer ao mesmo tempo escapar. Muitos dizem que vão sair da cidade, e já consigo perceber o trânsito se tornando caótico com a aglomeração de veículos. Mas para que fugir, se não há onde se esconder?

Pessoas desconhecidas umas das outras, judeus e palestinos, coadunam lado a lado em um exército cada vez maior. Um leve sorriso me vem aos lábios, vejo ironia naquela união por sobrevivência. O ódio a um inimigo em comum é de fato mais eficiente e rápido para unir as pessoas que a promessa de paz.

Desço pelas escadas, seguido por Menahem e um segurança, decidido a me juntar à multidão e ir à T&K. Fervilho de ódio por essa instituição maldita, por Tagnamise, Khnurn, e principalmente Mortimer. O Praga é o retrato de Neil Mortimer, um lobo sob pele de cordeiro e *keffiyeh*.

E um lobo nunca deixa de ser um lobo, mesmo depois de morto.

Meu rosto logo é reconhecido por um grupo de árabes. Eles gritam meu nome, convocando-me a liderá-los. Em meio à multidão de homens, mulheres, crianças desesperadas, às vezes eu sou puxado por Menahem, às vezes por algum desconhecido ordenando que se faça alguma coisa.

Noto um cartaz escrito "Tagnamise assassina". "Mortimer assassino", "Khnurn assassino", penso eu. Eu mesmo mereceria um desses com meu nome por ter ajudado a aperfeiçoar o monstro?

Em meio à furiosa e alarmada multidão, passo em frente ao marco zero de NJ, o exato local em que Tagnamise e Khnurn inauguravam da cidade. Ali foi construído um belo monumento que remete à paz, com um israelense — o famoso Isaiah, garoto que personificou a esperança no Plano de Paz do 2030 por ter dado a própria vida para salvar um ônibus escolar palestino de um atentado à bomba — e um palestino abraçados, suas bandeiras nos ombros. Jamais havia reparado no teor dramático da obra cuja base indica, em hebraico e árabe, "2030 —

Nova Jerusalém: uma Nova Civilização". Agora, ele é cuspido e pedras são arremessadas em sua estrutura pela multidão ao som de *"eles mentiram o tempo todo!"*, *"a paz sempre foi mentira!"* e *"Isaiah morreu em vão"*.

Ao fundo do marco zero, vejo os primeiros templos fundados na cidade: uma sinagoga ao lado de uma mesquita com um grande pátio compartilhado por ambos. Na frente deles, telas forradas com símbolos não só do judaísmo e do islamismo, mas também do cristianismo, budismo, hinduísmo e outras religiões. Os "cadeados do amor" que turistas deixavam na Pont des Arts em Paris aqui eram cruzes, *tasbihs,* sinos tibetanos e mandalas hindus. Para quase todo mundo, eles representavam uma espécie de sincretismo religioso, o ecumenismo total, a união de todas as crenças. No entanto, para algumas das pessoas que ali se desfaziam de seus símbolos religiosos, acredito que significavam sua completa libertação perante os deuses.

Há muito tempo, animismos e politeísmos cederam seus lugares aos monoteísmos. Estes, agora, parecem ter sido definitivamente trocados pela monotecnologia: o deus Praga toma as almas de toda a humanidade, penso, enfiando mais pílulas na goela.

Pare, Vergara, não comece de novo, concentre-se. Agora é a sua vez!

Empurram-me aqui e ali, gritam contra o Praga, a T&K, NJ. E ainda há os poucos que discordam da revolta: *"o vírus não existe!"*, *"a origem do vírus pode não ser o 2030"*, *"ele nunca faria isso, alguém está sabotando tudo"*, *"só pode ter sido um judeu"*, *"só pode ter sido um palestino"*.

Prédios e lojas são depredados e invadidos, a civilização parece não ter mudado tanto assim, afinal. Mas por que o Praga não se defende? Seu *suicídio* já começou? Menahem, que me segue, grava com um smartphone os gritos de ordem da massa, dizendo que enfim os opositores do 2030 estavam certos, e que deveríamos ter escutado os luditas suecos.

— Essa tecnologia autônoma não nasceu para ser uma ferramenta de maximização, mas para aniquilar a humanidade no fim de tudo — relata um homem de *dreads* no meio da multidão. — Mesmo que apenas uma parcela da população mundial tenha aceitado fazer parte desse jogo macabro, todos pagarão o preço da derrota...

Dois homens me empurram para dentro de um carro onde um palestino diz que vai me levar à T&K. Tudo corre! Menahem joga um smartwatch pela janela, diz para eu colocá-lo no pulso, ele não quer perder contato comigo. Outros veículos me seguem. Para alguns, sou herói, para outros, apenas um vilão arrependido.

NJ está um caos. É quase uma hora da manhã. A pane está marcada oficialmente para ocorrer em menos de seis horas. Hoje, 24 de dezembro de 2036, em plena véspera do Natal dos cristãos. Entretanto, parece que o Praga está se desligando aos poucos. Talvez não seja um apagão súbito, pois alguns sistemas da cidade já não operam. A pane veio, antes, na população de NJ e do mundo, com o vírus e as revelações sobre a T&K, Mortimer e Tagnamise mortos.

Trânsito caótico, polícia dividida, sem liderança e sem saber o que fazer. Sistemas de emergência não estão mais conectados, agora que a cidade, a sociedade, a humanidade, mais precisaria do programa. As pessoas gritam, choram, urram, empurram-se, brigam entre si. O motorista palestino, um estranho para mim, afunda o pé no acelerador, tentando não atropelar ninguém, aproximando-se da fortaleza horizontal da T&K.

É fácil perceber a inoperância policial, cegos sem a batuta do seu maestro único, o 2030. Não vi nem consegui contato com Serya, que é simplesmente a Chefe de Polícia da cidade, mas tenho um palpite de onde — ou melhor, *com quem*— ela está…

Também não há exército ou quaisquer forças militares nas ruas — elas nunca foram necessárias em Nova Jerusalém, símbolo máximo da paz entre os povos. *"O corte nos gigantescos orçamentos militares da região são apenas mais um dos benefícios do 2030…"*, a voz de Tagnamise ecoa na minha memória.

No início da madrugada, as notícias provocam um *flood* que deixa a internet mundial extremamente lenta ou até fora do ar em alguns lugares. As emissoras de TV transmitem apenas o apocalipse do Praga. Com o mundo acabando, rabinos, xeques, aiatolás xiitas, imãs, muftis, mulás e ulemás, padres, bispos e pastores profetizam o fim. O Papa ainda não se pronunciou, recolhendo-se, enquanto milhares se aglomeram na Praça de São Pedro esperando pela oração da cura.

Parte da horda de zumbis descontrolados, sedentos pela fuga, pela sobrevivência, pela vida, tenta sair da cidade e escapar das garras do 2030. Escuto pelas notícias de dentro do carro do palestino que todas as vias de acesso a NJ foram barradas por dispositivos eletrônicos que instauraram imensos muros de aço. Um sistema que a população nem sabia que existia — afinal, a cidade fora planejada e construída pelo próprio 2030. Paredões emergem a partir de estruturas metálicas no solo, ao mesmo tempo que os trens e metrôs não operam mais. Os carros autônomos e semiautônomos, assim como as aeronaves, "se negam" a sair do lugar. O Praga não quer que a multidão saia de NJ.

Querem nos matar aqui, dentro do potinho hermético do Praga. Ou ele está nos enclausurando para que o vírus não entre na cidade? Estaria ele na verdade nos *protegendo*?

Chegamos à sede da T&K. Mesmo sendo um pouco afastada dos lugares centrais de NJ, um grande número de pessoas se aglomera em sua frente. O símbolo da T&K, erigido em uma altura de quase quatro metros do lado de fora da cerca, é depredado e derrubado. A letra T em azul, o & em um tom amarelo, e o K em verde estão agora no chão. O portão do muro está rigorosamente lacrado, parece impossível transpassá-lo. Ele é vigiado por centenas de *drones*, que atiram em advertência aos que tentam atravessar a barreira. Quando algum dos *drones* é eventualmente abatido, outro prontamente chega para substituí-lo.

O Praga ainda está ligado, mas apenas para defender a T&K? Mantém-se operacional apenas no estritamente necessário para cumprir os seus objetivos?

Dentro da empresa, no pátio, permanecem encurralados alguns poucos funcionários, os que não escaparam até o momento em que a multidão chegou aos seus limites. Agora, eles também são alvos de ataques de pedras e outros objetos. Não vejo nenhum vigilante da T&K. Onde está Gael, o chefe de segurança da corporação? Isso aqui é um barril de pólvora prestes a explodir.

Ao mesmo tempo, se não conhecesse as figuras, até me comoveria ao ver que em frente à empresa, junto ao muro, algumas pessoas colocam velas e fotos de Tagnamise e Mortimer, chorando por eles. A maioria, no entanto, repudia essa veneração — *"eles criaram um deus, quem pensam que são?"* — àqueles que seriam culpados pelo fim de tudo, a pane ao amanhecer, o vírus de Estocolmo. As pessoas batem boca, defensores da T&K e seus opositores. Desço do carro, procurando me manter um pouco afastado da horda ensandecida.

Gigantescos sistemas de áudio colocados pelos devotos de Tagnamise em frente à T&K surgem reproduzindo antigos discursos da Dama da Paz. A voz da doutora ecoa, incitando a troca de nomes para a moradia em Nova Jerusalém:

"... o 2030 infere que a troca de nomes gerará reais benefícios para o convívio pacífico da população, um sentimento de mudança, de união. Como sempre, tal mudança de nomes não é compulsória, a máxima liberdade da populaç..."

Aquilo tudo me deixa com náuseas. Tomo coragem e consigo um alto-falante e proclamo, ironicamente, a reversão da troca de nomes. Convoco essas centenas de pessoas a resgatarem seus antigos nomes, seus nomes *reais*.

— Afinal, isso é tudo uma farsa! Uma *Nova Era*, uma *nova civilização* — imito a voz de Tagnamise, zombando enquanto uma confusão entre defensores e detratores se inicia: conforme a Dama da Paz fala sobre união e fraternidade, ofensas e socos se espalham, como em uma cena irônica dirigida por Quentin Tarantino.

Alguém derruba e pisoteia meu megafone, que competia com os discursos de Tagnamise. Sou empurrado, chamado de crápula, hipócrita. Alguns que se lembram da minha posição na empresa perguntam o porquê de eu não conseguir fazer ninguém entrar na T&K: *"você não sabe nem liderar"*, escuto, *"você é da T&K, não nos esquecemos!"*; *"por que não derruba a cerca, como Mortimer derrubou o muro da Cisjordânia?"*; *"por que não é como Mortimer?!"*

Aquilo me acerta com mais força que qualquer dos socos de Mortimer, o lobo morto de *keffiyeh*. Minha cabeça fervilha e o gosto de vômito volta à minha boca. Corro para um canto, aproveitando uma dissidência entre os que me acusavam. Porém, não consigo sair dali, preso entre a fachada da T&K, antes da barreira formada pelo muro e pelos *drones*, e a multidão.

"Por que não é como Mortimer?!"

Enfio na boca pílulas para dar uma viajada, fugir daquela hecatombe. Eu *preciso* delas, entrar na inevitável "noia" das drogas, a única coisa que me impede de enlouquecer ultimamente. Ou melhor, que me enlouquece e permite não me jogar contra um *drone* pronto para atirar. Dali na penumbra, surfando no caos de outra dimensão, assisto à pauleira, procurando concatenar ideias em meio à balbúrdia.

Presencio o ódio conectando a todos, como... como o Praga. Conexão total entre as pessoas, entre tudo na instrumentalizada, interconectada Nova Jerusalém. Smart city, como já falavam há décadas. As cidades inteligentes, a internet das coisas, onde a tecnologia da informação é combinada com infraestrutura, arquitetura, objetos cotidianos e até com nossos corpos, para resolver problemas sociais, econômicos, ambientais...

Tudo gira, circunda, é idílico.

Os sensores do Praga estão em todos, absolutamente todos os lugares em Nova Jerusalém: dispositivos pessoais, câmeras, redes sociais, eletroeletrônicos, satélites, veículos, edificações, caixas de produtos, estradas e ferrovias, animais, lixeiras, contêineres, no deserto e nas águas... nas pessoas, na massa... na corrente sanguínea, coletando dados biométricos, fenômenos biológicos, emoções...

Acendo um cigarro e rio. Dou uma gargalhada um tanto histérica, sou o Coringa perto do fim. É, bateu a brisa. Sinto-me flutuando, liberto, despedindo-me disso tudo, não estou realmente aqui.

Um Todo Biológico. Uma infosfera pulsante, em que todas as entidades do ecossistema são organismos que se relacionam e interagem entre si para a instantânea troca de dados. Um ambiente organizado por fluxos informacionais, que podem influir ou definir os mais variados aspectos da vida de uma pessoa...
Nossa vida... ou nossa morte. Absolutamente tudo na vida humana foi codificado, transformado em informação digital. É a cisão final e cataclísmica da barreira entre online e offline.

A gritaria é geral, agressões, xingamentos, irmão contra irmão, pai contra filho, judeu contra judeu, muçulmano contra muçulmano. No caos, a face mais natural e cruel do animal homem aparece.

Se o Praga aprende com a humanidade e reproduz nossas vontades e anseios mais profundos, ele poderia no fundo estar reproduzindo o que nós, enquanto civilização, enquanto espécie, temos de necessidade de infligir dor e destruição? E, ao extremo, estar apenas plagiando nossa vocação de extermínio da própria espécie? Nossa eutanásia, num gigantesco e teatral suicídio coletivo. O 2030 não seria um deus, mas sim a sintetização definitiva da espécie que o criou?

Cara, tô chapado pra caralho.

Então um dos manifestantes me acha, aponta para mim, grita por que não consigo fazê-los entrar na T&K, destruir o Praga, ser o líder que fui apenas em frente às câmeras, aos microfones? Corro para longe, não sei ao certo para onde, apesar de conhecer aquele lugar como a palma da minha mão. Tento fugir do caos, para longe dos gritos. A adrenalina e as drogas fazem tudo girar, mudar de cor e levitar.

Os *drones* se multiplicam agora também no céu, vigiando como morcegos negros. Estão liberando o vírus pelos ares? Preparando uma ação derradeira? Ou estão nos protegendo, isolando a *sua* população, a *sua* cidade, do mundo exterior?

Não sei mais distinguir o que são pessoas correndo, árvores retorcidas no bosque que envolve o terreno da T&K, *drones* zunindo na minha frente ou fantasmas da minha cabeça. Tudo parece denso, o ar, a vegetação, em um jogo negro e apavorante de sombras. Tropeço em um tronco, ou uma raiz próxima ao solo, e caio no chão, na escuridão da noite.

Não, não é um tronco… é um *corpo*! Caralho, são vários!

Um monte, vários corpos sem vida, crianças, mulheres, homens. Estão contaminados com a Praga? São reais ou é minha imaginação municiada de drogas? Levanto-me desesperado, procurando descolar das minhas vestes coisas úmidas, coisas viscosas, não sei exatamente o que são, e não pretendo examiná-las.

Lembro-me do cheiro de sangue que ensopava o cadáver de Isaac Atar.

É o mesmo que sinto aqui.

Corro, gritando, alucinado. Dessa vez não fujo das luzes e dos gritos, vou ao seu encontro, preciso voltar. Retorno próximo à fachada da T&K, onde homens em roupas de astronauta recolhem e jogam corpos, como coisas, empilhando seres humanos em um monte igual ao que tropecei na mata.

Por quanto tempo fiquei naquele bosque?

É a Praga. Ela chegou aqui, chegou a Nova Jerusalém.

Chego perto dos corpos. Um dos "astronautas" afirma que os sensores não acusaram a presença de qualquer vírus nos habitantes da cidade. Não era para isso que essa porcaria de monitoramento servia, saber se estamos doentes antes de nós, diminuir e eliminar as cadeias de infecção? *"A pandemia dos anos 2020 não teria acontecido se o uso do sensor 2030 estivesse disseminado"*, lembro-me dos discursos de Tagnamise. Sempre confiamos cegamente no sistema. Mas e quando a máquina falha, ou escolhe se ausentar? Ou pior, decide *criar* tais ameaças?

Então esse é o nosso fim. Apenas os Escolhidos sobreviverão — e não sou um deles. Meu destino é repousar eternamente no topo de um monte. Não numa colina verdejante e lúdica, mas num desses montes feitos de carne e sangue.

Ainda ouço gritos. Mas agora são do mais puro desespero, de pessoas encarando a face da morte. Já não sou mais alvo de berros e dedos apontados, os vivos não chamam atenção. A morte é pálida, crua, faz esquecer todo o resto.

Ninguém olha para mim, e por isso mesmo procuro os restos do meu corpo, da minha alma. Perdi minha estimada corrente de ouro, meu cavanhaque está deformado, meu cabelo, desgrenhado, minhas roupas estão rasgadas e com algum sangue. Devo estar contaminado. E meu espírito definha com a ciência de que eu também sou responsável por isso tudo.

Não imagino que alguém possa se transformar de forma mais profunda e abrupta que eu me transformei, nas últimas horas da minha vida.

Gael, de súbito, aparece na tela do smartwatch que Menahem me deu.

— Onde você está, Gael?

— Sinto muito, não posso dizer.

— *Não posso dizer*, que palhaçada é essa? E como conseguiu me achar por aqui? — Entro em surto. — Todo mundo está morrendo, e o mundo vai acabar ao amanhecer!

Silêncio. Apenas a multidão gritando e chorando, distante dos meus pensamentos.

— Estou a caminho de Jericó, a antiga cidade. Você sabia disso tudo que está acontecendo? Fala a verdade, Ed…

— Como assim, Jericó? — Minha paciência atinge seu limite. — Não, Gael, não sei de *porra nenhuma* que está acontecendo. Olha, faça um último favor à sua ignorância, descubra a verdade sobre tudo isso. Vocês ficam correndo como baratas tontas ao redor de Bruce Bowditch, sabe-se lá por que, como se ele soubesse de alguma coisa, e não fazem nada de útil! Me tira daqui, porra!

Novamente silêncio. Meu marido está procurando a melhor forma de falar algo importante, eu o conheço muito bem.

— Ed, você está perdendo muita coisa. Bruce sabe muito mais do que "alguma coisa". Ele trabalhou comigo na T&K, anos antes de você entrar na empresa. E ele sabe muito mais do que você imagina…

— Espera, Gael. Acho que descobri uma forma de entrar na T&K…

— Hein?

Em um instante, antes de conseguir responder, sinto meu corpo ser alvejado com um tiro. Olho para cima, e lá está um *drone* do 2030, parado no ar, encarando-me. Percebo uma umidade quente se espalhar pelo meu peito. Talvez pela anestesia das drogas, não sinto nenhuma dor, e levo alguns segundos até tombar ao chão de joelhos.

"*Olho por olho, dente por dente*", escuto gritos se distanciando, em árabe, hebraico, outras línguas.

Você vai morrer, Ed. Tornei-me um obstáculo, tal como Isaac Atar e Tagnamise. Acabei eliminado.

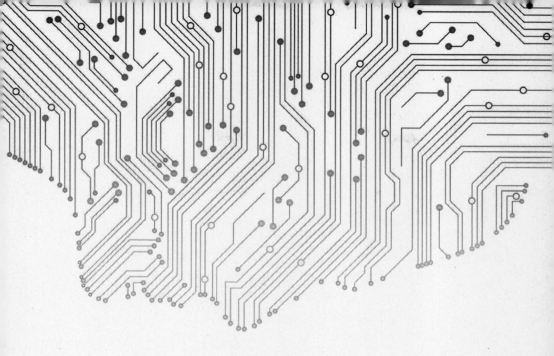

CAPÍTULO 27

MORTIMER

Nova Jerusalém, 23 de dezembro de 2036

— Neil! Há quanto tempo está aqui? — Rachel Tagnamise fica chocada ao abrir a porta e me ver cambaleante, suado, confuso, segurando meu *keffiyeh* xadrez preto e branco. — Seu *keffiyeh* está todo rasgado!

— Estou há horas esperando você chegar. Foi aquele... — procuro recuperar o fôlego — *canalha* do Vergara. Ele me atacou, tentou me matar.

Não se escuta nenhum ruído nessa sempre calma porção de Nova Jerusalém. É final da manhã, e os detalhes dourados da moldura do imenso quadro do hall de entrada da mansão de Tagnamise brilham sob a luz do sol.

— Ah, Neil... Você sempre se mete em confusões. Vergara sempre foi essencial ao sistema, desde que Khnurn nos deixou. Vocês precisam se acertar, ou... — Ela suspira, sem completar a frase. — Entre.

Com seu floreio, completo alguns passos antes de me deter em frente à pintura que toma uma das paredes do ambiente. Os olhos de tinta do Sr. Stern parecem reprovar a minha presença aqui. O magnata descansa, sentado, enquanto sua esposa Tagnamise permanece de pé ao seu lado. A obra é certamente mais nova do que a sua ultrapassada concepção pode levar a crer.

Rachel fecha a porta e para ao meu lado, um pouco mais distante do que eu gostaria.

— Neil — ela diz, colocando os fios lisos e pretos do cabelo atrás da orelha —, sabe que gosto de você, mas estou realmente cansada. Veja, estava dormindo, logo cedo cheguei da viagem à ONU, você sabe disso.

— Mas é urgente, Rachel — digo, sério. — Dessa conversa depende o 2030 e talvez toda a humanidade.

— Calma, Neil, do que está falando? — Rachel sussurra. — E fale baixo, você não pode ser visto aqui. Meu marido dorme pesado, mas pode acordar com esse seu tom de voz. Venha, vamos a um lugar mais reservado.

Com o robe branco de linho arrastando na grama, ela me leva até um lugar anexo à mansão. Vejo que é um ateliê repleto de quadros, alguns ainda inacabados nos cavaletes. O odor forte de tinta chega a inebriar. Busco um pouco de ar puro ao afastar o vidro da única janela do local, em frente a um lago artificial.

— *Biofilia*. É assim que chamam o amor pela natureza e pelos outros sistemas vivos, sabia disso, Neil? — Rachel fala calmamente, olhando o lago pela janela. — Não se trata apenas de proteção à natureza. A comunidade humana é muito maior que apenas *nós*. E isso é uma das coisas que mais gosto no que criamos, Neil. Não inserimos uma linha de programação sequer sobre isso no sistema, mas ele percebeu, ele racionalizou. Um grande complexo tecnologia-ambiente-humanidade arquitetado para nosso máximo avanço, não é lindo? A eterna incompatibilidade natureza e desenvolvimento, orgânico e mecânico, para o 2030 em sua racionalid... — ela começa a palestrar, sei que ama o som da sua voz.

— É mesmo lindo aqui, Rachel. Esses quadros são seus? — Busco trocar de assunto, já ouvi esse discurso milhares de vezes. — Não sabia que pintava.

— Sempre pintei, desde criança. Mas, para se ganhar dinheiro com arte, tem que ter contatos muito melhores do que com tecnologia — Tagnamise brinca.

Só então noto uma figura vigiando o jardim da casa. É Gael. Ele se aproxima da janela, faz uma cara de estranhamento ao me ver. Conhece bem a Rachel. Mas não tanto quanto eu, acredito.

— Dornan, o que está fazendo aqui? Disse para tirar os dias de ontem e de hoje de folga. Preciso de privacidade. E silêncio, é claro. — Ela o desafia com o olhar. — A partir de agora, já que perdi o sono, vou resolver questões pessoais.

— Entendo, Dra. Tagnamise. Pode ter certeza de que terá meu leal silêncio, como em todos esses anos. — Gael não tira os olhos de mim. — Recebi a notificação de que estava de volta. Desculpe-me, foi sua primeira viagem sem meu acompanhamento, vim garantir que estava tudo bem...

É estranho ver Gael sem paletó e gravata, apenas a camisa branca e as calças *jeans*.

— Ah, você é um amor, Dornan. — Ela sorri, mas de uma maneira um tanto postiça, o que lhe é peculiar. — A viagem foi perfeita, tudo ocorreu como você organizou. Pode ir agora. E cuide-se.

Gael vai embora, e o sorriso artificial de Rachel instantaneamente se desfaz.

— Gael e a sua eterna "culpa do sobrevivente". — Rachel faz aspas com os dedos. — Só o que faz é me servir. Que bom que ele encontrou um objetivo para sua existência, após aquela tragédia, mas não consegue fazer mais nada de sua vida? Às vezes, ele pode ser muito irritante.

Escutava Rachel falar enquanto olhava fixo, sem perceber, para as câmeras nas paredes do ateliê.

— Aqui o 2030 não tem olhos — Tagnamise divaga, ao perceber minha inquietação. — Essas câmeras são só minhas. Ainda existem pequenos refúgios. Criei alguns deles, você sabe, meu bem.

— Meu bem... agora sou *meu bem*. O que aconteceu com o *senhor* Mortimer de ontem?

— Pare com isso, Neil. O que acontece com vocês, homens, hein? Tive uma discussão com meu marido, agora com você — ela rebate, e eu tento não me encolher com suas palavras. — Você... — Aproxima o rosto do meu, beijando minha face.

— Ah, Rachel, Rachel... Um dia tomarei coragem e deixarei tudo para trás. E você vai se arrepender de não ter tido a coragem de ficar comigo. *Somente* comigo. — Com os dedos das mãos entrelaçados, olho meus sapatos italianos. — Se bem que já não sei mais do que será meu amanhã.

— Pare com o drama, Neil, conte-me por que está aqui, suando frio. — Tagnamise reforça o cinto de linho do robe, olhando dentro dos meus olhos. Seu rosto é grave, seus olhos são negros e profundos como um lamaçal, hipnotizam ao mesmo tempo que engolem.

Enquanto busco as palavras certas, um momento de silêncio se manifesta. Escuto o gorjeio de uma ave — ou um coaxar de sapos? Sinto arrepios.

— É tudo tão complexo, quase inacreditável. Não sei nem por onde começar... — Suspiro, antes de prosseguir. — Acabei descobrindo uma pane programada no 2030. Então, desesperado com o que seria uma espécie de eutanásia do sistema, tentei acabar com Vergara, supondo que ele fosse responsável por aquilo. Ele mentiu, mexeu em alguns arquivos físicos, sim, só podia ser ele. Mas acontece que o sistema é realmente inviolável, você sabe. Descobri que estava enganado, e Vergara mesmo me provou. A pane é ação exclusiva do 2030.

De qualquer forma, Vergara sabe demais. Ou pelo menos imagina que sabe, e pode abrir a boca. Não é nada confiável, disso tenho certeza. Sendo responsável ou não pela pane, Vergara ainda estar vivo não é de serventia para ninguém. Nem para o 2030...

— E o 2030 vai liberar um vírus biológico mortal, não sei o porquê...

Levanto os olhos até ela, esperando que se assuste ou me rebata. Porém, Tagnamise está estranhamente calma, talvez impassível diante de tudo que falo.

— Então, Rachel, eu preciso de respostas. Respostas que você pode ter, só você, Tagnamise. Você *é* a T&K! — Ameaço levantar a voz, mas me controlo. — O que significa aquela lista que Vergara descobriu? Todos os seus integrantes desapareceram. E por que o 2030 se desligará em poucas horas? Por favor, talvez seja o fim, e você sabe de tudo o que ocorre no 2030 e dentro da T&K. Não me engane, eu mereço saber!

— Neil, sinto muito, não sei do que está falando. Você tem uma impressão errada de mim.

— Danem-se minhas impressões, Rachel! — Dou um soco na mesa de madeira manchada de tinta de várias cores. — O que importa é o que *sei*. Sabe, posso ir à mídia e falar tudo isso. Estou sendo enganado, sei que estou!

— Não faça barulho, seu idiota. — Rachel se desestabiliza, o que é raro, mas rapidamente trata de se recompor, pondo-se em pé. Anda devagar, entre quadros prontos e inacabados, tintas de tantos tipos, pincéis e espátulas. Toma um pincel com tinta branca seca — a sua representação da paz — e divaga, como que mergulhada em um transe distante da realidade:

— Já pensou na função da arte em nossos tempos, Mortimer? — ela pergunta, olhando-me com o canto dos olhos. — Ela sempre teve como objetivo estimular nossos sentidos. E para que ela serve agora que nossas percepções estão completamente expandidas? Nossa sensibilidade não precisa mais ser aguçada, sensores percebem tudo à nossa volta. Telescópios visualizam mais do universo do que jamais poderíamos imaginar sozinhos. Microscópios investigam os mais ínfimos detalhes da existência. O "ser" já não é mais objeto de estudo exclusivo da filosofia ou da arte. Ser é criar, recriar, é pura arte... hoje podemos ser deuses, criar o que quisermos à nossa imagem e semelhança.

Rachel observa o pincel que cria, que desenha, como ela criou e desenhou o 2030. Ela parece estar enlouquecendo. Ou talvez já soubesse do que acabei de contar, sobre a pane e o vírus... Acha que sou sua plateia na ONU para desviar do assunto e levar o discurso para onde quiser?

Diante de meu assustado silêncio, ela, que sempre teve sobre todos à sua volta uma presença magnética — uma perigosa deusa mitológica, uma Afrodite —, continua a divagar:

— Como o subjetivo não pode ser universalizado e codificado, não é plausível colocá-lo de forma racional em linhas de computação. E, justamente por isso, o subjetivo sempre foi tão difícil para mim, uma cientista nata. Afinal, como se definem o belo e o feio? Como se define o certo e o errado? O Bem e o Mal? D'us fez cair e tornou mortal o homem por talvez não conseguir diferenciá-los. — Rachel ri. — Mas, ao contrário de mim, o 2030 aprendeu a lidar com o subjetivo. Ao invés de teimar na inalcançável tarefa de defini-lo, ele o *mediu*, da única maneira que importa: através do impacto causado em cada um de nós por cada trecho de uma música, cada dor sofrida, cada abraço dado, cada pincelada de um quadro...

Antes de eu responder qualquer coisa, Rachel joga o pesado pincel com tinta branca sobre a mesa e apanha uma espátula de pintura. Ela prossegue calmamente, observando os quadros nos cavaletes, arrastando a longa cauda branca do robe no chão de madeira.

— O fim está próximo, Neil? — Tagnamise passa o dedo na navalha da espátula, que parece hipnotizá-la. De repente, aquilo em sua mão me parece uma arma ameaçadora. — Não. Mas, sim, algo grandioso ocorrerá. E não há nada que possamos fazer, meu bem. Não se pode nada contra o que muitos chamam de "Praga", mas que evitou tantos genocídios, doenças, mortes e deu à humanidade uma liberdade segura e jamais vista. *Liberdade segura*, entende…?

— Não, Rachel, não entendo. Isso não é filosofia, arte, poesia, seja lá o apelido que queira dar a essa loucura. Você está jogando todos os nossos esforços prévios no lixo. A paz teve um preço alto, não foi automática, calculada com toda a segurança em milhares de linhas codificadas, foi um processo que levou anos, muito antes da T&K!

Tagnamise me olha, sei que me subestima, como faz com todos, em geral de forma disfarçada.

— A paz nos levou muitas pessoas, em muita luta. Veja meus irmãos palestinos mortos, famílias inteiras, a minha própria — digo, com a voz embargada, remoído pelas dolorosas memórias do passado. — Sempre vi o 2030 como uma forma de luta pessoal pela liberdade dos meus compatriotas…

Ergo os olhos umedecidos para ela, indiferente, a Mulher de Gelo, tratando de me recompor:

— Sempre fui um pacifista, Rachel. Nunca aderi a esse combate, ao enfrentamento. Por minha natureza, em parte, mas também por saber que era ineficaz. E acima de tudo, *doutora*, nunca deixei de acreditar na paz, em dois Estados vizinhos, que ainda que não fossem os melhores vizinhos do mundo, poderiam conviver em paz. Você também acreditava nisso… — hesito por um instante. — O que aconteceu com você, Rachel? Onde está a Dama da Paz que conheci?

Baixo os olhos por alguns momentos, de certa forma magoado por estar percebendo quem realmente é Rachel Tagnamise.

— Quando caiu o muro da Cisjordânia, ou a "barreira de segurança", como vocês israelenses gostavam de chamar, eu estava lá para derrubá-lo, com minhas próprias mãos. — Mostro as palmas delas. —

Elas sangraram. E como sangraram! Mas foi um sangue válido, justo. O muro começou a cair também com meu trabalho na T&K, e não vou deixar você jogar tudo isso fora!

Tagnamise então me interrompe, subitamente, como que se o que eu falava — liberdade e uma paz conquistada pela luta pacífica — a estivesse entediando:

— A Lista não é para a morte, o 2030 não é para a morte, mas para a salvação, Neil.

— Como assim? — Meus pensamentos correm na velocidade da luz. — Se é para a salvação, então o trigésimo lugar dessa lista é obviamente reservado a você, Rachel-manda-em-tudo!

Tagnamise nega veementemente, sacudindo o pescoço.

— Se você pode, também devo ser inserido nessa lista de escolhidos do 2030, Rachel. Nem que seja à força! Trabalho há anos por ele e para ele, por você e para você. — Aponto para ela. — Quem o Praga acha que é para escolher essas pessoas aleatoriamente? Deve ser realmente aleatório, elas não têm nada de especial... Coloque mais gente nela, o máximo de pessoas possível. Toda Nova Jerusalém, a Palestina, Israel!

— Acalme-se, meu bem. — Tagnamise mantém uma incrível e irritante calma. — Isso é impossível. O 2030 se tornou impenetrável desde a inauguração de NJ. Não há truques quanto a isso, é a mais pura verdade. Se alguém mexeu em tal Lista, certamente foi antes da impenetrabilidade, em 2030.

— Quem me garante que não foi *você* quem mexeu? Ou Khnurn. Gael. Deus, o seu, o meu, vai saber! — Irrompo em súbita impulsividade. Vou até ela, seguro seu braço com força. — Rachel! Vá comigo à T&K, só você pode parar o programa, você tem acesso a isso, só você tem o código de parada. Os protocolos! Sei que eles existem. E essa é a maior emergência de toda a história do 2030, e talvez da humanidade!

Com uma força que desconheço, Rachel se desvencilha de mim.

— Neil, Neil, você é tão inocente... E está histérico. — Ri.

— Você sempre debochou de mim, me fez um fantoche.

— Você que sempre adorou os palcos e os holofotes. Quase tanto quanto eu... Adorou as câmeras em seu rosto derrubando o muro. Você não vê? — Ergue a espátula. — O programa é um benefício, uma *salvação urgente* para a humanidade. Quem é você para ir contra isso?

Já não entendo onde Tagnamise quer chegar, mal consigo raciocinar. Eu não estou na Lista, não estou desaparecido e Rachel, igualmente, está aqui. Mas o trigésimo lugar em branco… O nome de Rachel Tagnamise está escondido ali?

— Mentira! O 2030, o Praga, *Praga*, *Praga*, isso mesmo, esse monstro que você criou, ele seduz, prega a paz, e depois destrói. Você não vê? É inimigo de Allah! — exclamo. — Do Bem e da reconstrução do ser humano. Não vê o espírito, apenas linhas e linhas de códigos, o que para você sempre foi suficiente. Ele vê a humanidade toda apenas como mais um "X" em suas equações. Como… como em Ayalon! É a prisão de Ayalon novamente. Em proporções mundiais!

Rachel ri, como uma desvairada, faz com a espátula desenhos ininteligíveis no ar, anda entre os muitos cavaletes da ampla sala artística da pintora anônima, mas que não é uma artista desconhecida: ela desenhou o instrumento do fim do mundo.

— Veja, *meu bem* — o tom do "meu bem" me irrita como nunca —, assim como em Ayalon e em Hamfield, o 2030 vê tudo da forma mais pragmática e eficiente possível. Às vezes, há de se fazer o que é necessário, mesmo que se tenha de sacrificar muitas coisas… ou pessoas.

Não quero acreditar no que ela acabou de me dizer. Mas, como que para confirmar sua insanidade e para que finalmente eu entenda quem Tagnamise realmente é, ela continua.

— Então, se pensar bem, não é surpresa o 2030, em suas perfeitas equações, exterminar a maior parte da população humana. Chame de *Armagedom*, apocalipse, o que quiser. Para você, o 2030 nos reduziu a um mero "X" resultante de equações, decidindo nos eliminar delas, mas isso não é nosso fim, é nossa *salvação*. Os danos causados pela humanidade, meu querido, só poderão cessar com um recomeço. Sua índole corrompida, seus valores insípidos, sua involução, só poderão ser travados com uma nova geração, desprendida da atual…

O frescor que de repente entra pela janela é suficiente para amenizar momentaneamente o cheiro de tinta, mas não os devaneios de Tagnamise.

— Assim, o meu, o nosso 2030 — ela continua, com um brilho estranho nos olhos e uma fala mansa que irrita — percebeu que, deletando momentaneamente o seu "X", a variável "humanidade" das equações, irá melhorá-la, com um renascer através de trinta remanescentes, cuidadosamente escolhidos através de suas sábias equações.

Por alguns segundos, Tagnamise fixa o olhar distante, como se estivesse saboreando cada palavra que ainda pronunciaria. Ela parece sentir prazer na sua insensibilidade amedrontadora.

— O Covid, se você pensar, foi um aviso, assim como bem antes a peste negra e tantas outras. Era a seleção natural fazendo seu violento, mas necessário trabalho. E agora o 2030 fará o mesmo, mas de forma muito melhorada. Uma nova humanidade surgirá e, do seu ápice, olhará para trás com desprezo. Não é esse o objetivo do 2030, a humanidade mais evoluída possível, afinal?

— Você ficou louca, Rachel. Louca! — digo, suando frio.

A soberana em linho branco segue, ignorando meus apelos:

— Assim, teremos uma nova aurora da humanidade. Nada de "aleatório" há nesta seleção, Neil. É uma verdadeira triagem baseada em critérios de racionalização e maximização ao extremo. O estado da arte da seleção artificial — Tagnamise sorri, como se o que dissesse fosse algo corriqueiro. — Os aspectos já corrompidos da humanidade, viciada através dos longos milênios de sua existência, serão revistos. O 2030 evitará mais sangue e morte, como fez Ayalon e depois em Hamfield...

Ela só pode estar totalmente louca. Não se resume a um "X"! A humanidade não é uma mera variável, nem milhões de variáveis, Allah tem um coração!

— Eu estive em Ayalon, Tagnamise, carreguei os corpos daqueles prisioneiros, sinto o peso deles em meus ombros até hoje. Para mim, aquilo foi uma *falha*. Se agora também for uma falha, temos de pará-lo!

— Ora, meu querido, achei que compreendesse que não há como nossa IA falhar, se tornar maléfica, tampouco consciente, ou sequer se desalinhar aos princípios inseridos nela. Ao contrário... — Rachel sorri, o rosto plácido e ao mesmo tempo reluzente.

— Você só pode estar brincando... — digo, sem acreditar no que ouço.

— Ah, claro, Neil, sou hilária! — brinca Tagnamise, seu sarcasmo flertando com a loucura. — Neil, veja, os parâmetros da nossa existência poderão ser reiniciados a partir do *renascimento do homem*; os parâmetros iniciais das equações matemáticas da evolução poderão agora ser cuidadosamente escolhidos. Assim como o DNA, que contém as informações de gerações e mais gerações de lenta modificação e adaptação humanas, que especifica as condições iniciais de um ser vivo, o 2030 decidiu *reiniciar a humanidade*, com constantes fundamentais diferentes, racionalizadas e maximizadas. Como? Talvez, meros humanos, não tenhamos nem a capacidade de entender como. O 2030, criação humana, recriará, enfim, a própria humanidade. E será um verdadeiro guia para ela. Nossos guias, ou deuses, raramente se preocuparam com o *como*, não concorda?

— Rachel, você consegue escutar o que está dizendo? Você viu o que está dizendo, leu nas linhas do programa?

— Não, Neil. Hans Moravec já dizia, *"a vida longa perde muito de seu objetivo se estivermos destinados a gastá-la olhando estupidamente para máquinas ultrainteligentes, enquanto tentam descrever suas descobertas cada vez mais espetaculares em uma fala infantilizada que possamos entender."* Uma superinteligência como o 2030 atua de formas que provavelmente não entendemos, talvez nunca consigamos…, mas temos a certeza de que são formas muito melhores do que jamais conseguiríamos. *A vida longa perde muito de seu objetivo…* Parece que o 2030 concorda com Moravec, não acha? E eu *sinto* que estou certa.

Ela está louca, não há dúvidas. "Sinto". Desde quando Rachel Tagnamise é guiada por sentimentos e não pela razão? Finalmente, ela se senta em uma cadeira com estofo de luxo e espaldar trabalhado em madeira, alto e imponente — sua cadeira de pintura. Seus olhos contemplam o infinito, o queixo apoiado na mão em que sobressalta uma grande pedra negra de seu anel de ouro.

— Não seria o Praga — divaga, inatingível —, indo mais além, o próprio ápice de toda a evolução histórica, cultural, tecnológica, biológica da humanidade? Uma evolução criada pela própria humanidade que definha, em que agora a criatura aperfeiçoa seu criador. Pensado como Estado perfeito por natureza, o 2030 foi além, tornando-se o produto de todo o desenvolvimento humano de nossa era. A próxima, iniciada por um novo Renascimento, será infinitamente melhor. Já se previa que o sucesso na criação de uma IA completa seria o maior evento da história da humanidade, e o 2030 foi, é e será esse auge, o produto final da existência humana. Seja eterno, seja máquina.

Minha perplexidade fica ainda maior ao ver Rachel, a poderosa Dra. Tagnamise, retirar de um tipo de refrigerador um champanhe e duas taças. Talvez beba enquanto cria, como muitos artistas fazem — ela sempre foi uma artista, quis desenhar um novo mundo. E desenhou o seu fim. Rachel serve as taças, borbulhando, geladíssimas, como se nada alarmante estivesse acontecendo, como em nossas noites de amor.

— À humanidade. Ao Renascimento. A nós! — Rachel toca seu copo de vidro no meu, e bebe quase de forma mecânica. Fico com o copo na mão, sem acreditar no que estou presenciando.

Ainda com a espátula na mão, Rachel filosofa, olhando o nada, ou talvez dentro de si mesma, para a autoimagem que criou em seu íntimo. Tento acordá-la do seu transe, a mente que ainda permanece por trás da T&K pode ser a única solução.

— Mesmo que esteja certa, Rachel, por que o programa iria se desligar? Suicidar-se. É como reconhecer-se incapaz, como se percebesse sua própria existência como um erro. Como você explica isso? — Busco naquela mulher de quase sessenta anos, aparência de quarenta, algum resquício de sensatez ao qual possa me agarrar, mas eu próprio já perco a sanidade. Tagnamise se empertiga no linho branco, ajeita os cabelos, e explica de forma pausada e calma, olhando o céu azul pela janela:

— Meu querido, veja bem, o instinto de autopreservação do sistema de IA em si, do 2030, é necessário apenas até que ele atinja seus objetivos finais. Os fins justificam os meios, você está cansado de saber. — Rachel afunda a navalha da espátula no braço da cadeira. — Quando os objetivos finais já estão concluídos, a autopreservação natural da IA perde seu valor. Sistemas e máquinas não atribuem valores inerentes à sua existência por si só. Quando seu objetivo está completo, sua sobrevivência se torna supérflua. São mártires, não são? Como tantos humanos importantes foram. Maomé? Cristo? O vindouro Messias?

O que os profetas têm a ver com isso? Nenhum deles escreveu o Apocalipse, decretou o *Armagedon*, ou condenou seu próprio povo. Tagnamise pode saber de filosofia, mas parece não reconhecer o sacrifício de um mártir.

— Por isso — ela continua colocando sua ideia de existência como se fosse definitiva —, o que você chama de "suicídio" do 2030 deve ser visto como a comprovação definitiva de que ele já atingiu o propósito de toda a sua programação e existência. A forma mais perfeita de maximizar os avanços da humanidade, este é o objetivo do 2030. É ótimo, brindemos a isso, mesmo que não entendamos por completo! Somos tão limitados em nossas paixões, equívocos e limitações, sempre necessitando de respostas superiores, dos deuses, dos céus, do destino, para buscarmos entender as coisas. Manter a humanidade no controle do próprio destino nunca foi a nossa maior especialidade. Mas, finalmente, somos realmente independentes de tudo isso!

— Você está totalmente louca, Rachel. E blasfemando! — digo, ainda segurando atônito a taça intocada do néctar do fim. — O 2030 está se voltando contra a humanidade, a criatura contra o criador, isso sim. É uma velha história, não é mesmo? Desde o Jardim, Adão e Eva. Os algoritmos veem o ser humano como uma criatura inferior, dispensável. Como o *sapiens* viu seus ancestrais, como o homem vê os animais, os senhores viam os escravos, nazistas viam os judeus... e israelenses viam os palestinos! Você, como me vê!

— Ora, Neil, isso não é *Exterminador do Futuro*, pare de baboseira...

Chego, congelado de horror, à mesma conclusão de Tagnamise, mesmo que por outra via: *o 2030 vai realmente nos exterminar.* Seja pelo programa se voltar contra nós, seja por tentar nos proteger de nós mesmos, como ela diz, qual a diferença? Ao menos antes se inventavam desculpas para o extermínio. Religião, raças, ordem natural, hierarquia, geopolítica. Agora, nada disso é necessário, somente a frieza dos números sem corpo, sem alma.

Tagnamise ecoa sua voz calmamente, e não posso olhá-la senão por entre os dedos que envolvem o meu rosto incrédulo, ao dizer que, *"se o 2030 não nos incluiu entre os Escolhidos, temos que aceitar e não intervir"*, *"é o destino de toda a humanidade"*. Ao ouvir essas palavras, ponho-me em pé, jogando o conteúdo todo da taça cheia no chão.

— Você acha que pode tudo, Dra. Rachel Tagnamise, mas não pode, não pode enganar o mundo. Você, o 2030, não têm esse direito. Vou à mídia contar tudo, ao menos para que saibam o destino que nos espera e quem é a responsável pelo fim de tudo.

Para minha surpresa, Tagnamise mal se altera quando faço menção de ir embora. Paro e pondero, de costas para a facínora inescrupulosa que é ou se tornou sua própria criatura, o Praga.

— O 2030 não é apenas a suprema criação técnica da humanidade — Rachel quase sussurra —, mas a definitiva obra política, de beleza, filosófica e artística da nossa espécie. O produto de toda a evolução humana, em todas as áreas. E disso, de fato, o mundo precisa saber, antes de acabar.

Viro-me de súbito para argumentar pela última vez sobre toda essa dementação. Então um grito ecoa agonizante na claridade do dia.

O meu.

Sinto um violento golpe no olho esquerdo. Fura meu crânio. A visão turva, e com o olho que me resta vejo o vulto alto e esguio de Tagnamise, com a espátula na mão, ensanguentada como uma estaca retirada do coração de um vampiro.

Caio de joelhos. Com esforço para não desfalecer, olho nos olhos negros da Dra. Tagnamise. Ganhadora do Prêmio Nobel da Paz. Embaixatriz mundial da paz. Mentora do 2030, o sistema que mudou o mundo para sempre. A rosa branca na lapela, agora, dá lugar à espátula que pinga sem parar na mão. O robe branco, revestido de sangue no peito. Seus olhos profundos me encaram como redemoinhos que me sugam para a morte.

Então, sinto outro golpe, agora cortando minha garganta. Acometido de uma dor lancinante e à beira do fim, prestes a fechar o olho que me resta para sempre, tombo o rosto ao chão.

Rachel também desaba, como um trovão ao meu lado, ainda segurando a espátula que me feriu o olho e a garganta. Aos borrões, consigo ainda ver ela chorar. Seu rosto não tem nenhuma emoção. Nunca teve. Mesmo assim ela chora.

Então é assim que se morre? Sem desespero, a vida se esvaindo lentamente. O silêncio, pétreo, ao mesmo tempo enlouquecedor e confortante, é meu único companheiro dos momentos finais.

"A única parte em que o muro ainda está de pé é Jerusalém. Não vou retirar o keffiyeh até não restar pedra sobre pedra que possa ser motivo para sangue ser derramado…"

Parece que acertei em continuar fiel à vestimenta.

Afinal, sangue palestino está sendo derramado. Dos meus pais e antepassados… O meu. Pingando sobre o keffiyeh.

TAGNAMISE DERRUBA UM PINCEL COM TINTA FRESCA AZUL, AO LADO UM POTE ABERTO DE TINTA BRANCA.

O AZUL NO BRANCO, MISTURADO AO VERMELHO.

DA SUA MÃO PINGA SANGUE ISRAELENSE, SEU CORPO TOMBADO AO LADO DE MORTIMER.

— NENHUM SANGUE PALESTINO SERÁ MAIS DER-RAMADO EM ISRAEL... — TAGNAMISE DIZ, ARFANDO, ENSANGUENTADA. JÁ NÃO SE SABE QUAL SANGUE É PALESTINO E QUAL É ISRAELENSE.

— A ROSA BRANCA... — SÃO AS ÚLTIMAS PALAVRAS DE TAGNAMISE.

E A ROSA DA PAZ SE ENSOPA DE SANGUE.

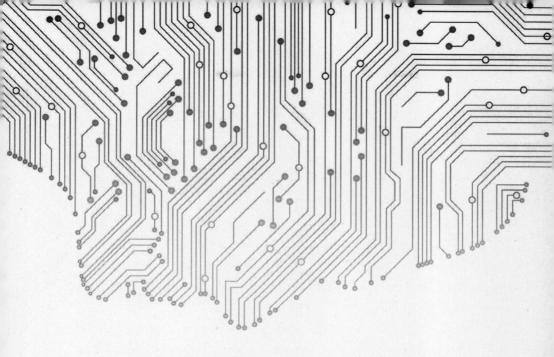

CAPÍTULO 28

O vale de Jericó é um imenso canteiro de obras recém-abandonado. Metal, concreto e vidro contrastam com as milenares e incontáveis grutas e caminhos por dentro das montanhas próximas — como o Quarantania, o Monte da Tentação de Jesus. Percorremos com pressa as galerias escavadas sob a nova estação de trem. Serya deu a sua palavra de que, ao final delas, reencontrarei Iara. E eu tenho esperança de, finalmente, aqui encontrar Naomy.

Estou todo suado. A noite até que é fria lá fora, mas aqui dentro é sufocante e causa certa claustrofobia. Os corredores de calcário são escuros, densos, o ar parece quase sólido. Aquiles se mantém firme, mesmo com os petiscos acabando, fiel ao meu lado.

— O 2030 tornou não só Nova Jerusalém um canteiro de obras permanente, mas também vários pontos de Israel e da Palestina — diz Serya, ofegante de tanto caminhar. — As pessoas já parecem nem saber mais ao certo o propósito de cada uma delas, incluindo essa aqui.

Estava sendo construído aqui um novo complexo urbano, nas cercanias de Jericó, a cidade mais antiga do mundo. Uma *nova* Nova Jerusalém, totalmente erigida e controlada pelo Praga. E logo agora ele interrompe seus magnânimos planos para se apagar?

— É, devemos muito ao Praga, o rei construtor moderno — Serya responde a si mesma, irônica, com o rosto pálido e sujo de terra. A policial, vejo, já não tem ao "Praga" — é a primeira vez que escuto ela chamar o 2030 dessa forma — a mesma devoção de antes.

Estamos andando e correndo há quanto tempo, quase uma hora? São quilômetros de túneis ladeados de terra no calcário — apenas o chão é de metal, como nas estações de trem —, com bifurcações para lá e para cá. Serya parece segura do caminho. Quantas vezes já percorreu esses corredores, Serya?

Não vi ratos ou quaisquer animais repulsivos ou perigosos, e o odor é apenas de terra. Algo que remete ao início da humanidade: da terra viemos, do pó, e ao pó voltaremos nesta curta vida, como dizia *zeide* Josiah. Os caminhos que levarão aos Escolhidos lembram os do imemorial Mosteiro da Tentação, na colina onde Jesus foi tentado pelo Diabo, tão perto daqui.

Isso tudo é um teste, uma provação, uma tentação do Praga?

Paramos por um tempo para retomar o fôlego. Quando se fala, a voz ecoa neste interminável túnel de mais ou menos um metro e meio de largura e dois e meio de altura. Noto, a cada pouco, algumas câmeras de vigilância aparentemente desligadas nas paredes. O Praga já começou a sua pane? Alguém as desligou? Serya? Não vou perguntar, a palavra dela é meu único recurso.

Serya começa a tremer bastante, mas não está frio, pelo contrário. Ela ao mesmo tempo sua por todo o corpo.

— Tudo bem, Serya?

Você... está contaminada?

Pergunto-me quem terá o antídoto para o vírus. Alguém deve tê-lo. Khnurn? Vergara? Seja como for, é tarde demais para tentar encontrá-los, Bruce.

— Tudo bem, Bruce, deve ser abstinência do meu tranquilizante. Vamos, faltam mais ou menos quatro horas para a pane final, pelos meus cálculos...

O tempo corre, é curto para eu encontrar minha família, para a humanidade toda se salvar, para Serya continuar viva.

Voltamos a andar. Estou com calor, ao contrário de Serya. O ar parece cada vez mais rarefeito — é o ar ou são os meus pulmões? Ao abrir dois botões da camisa molhada de suor e chuva, acabo por encontrar dentro do bolso a página do livro entregue por Terry, o cara da estação de trem. Em um dos lados da folha molhada que se despedaça em minhas mãos, leio o que parece ser um trecho de *Senhor das Moscas*. Do outro, o bilhete escrito por Terry, com letras garrafais:

A POLICIAL QUE ESTÁ COM VOCÊ LEVOU SUA ESPOSA AO TREM. VI COM MEUS PRÓPRIOS OLHOS. BOA SORTE.

TERRY.

Paro de correr.

Serya ainda avança com Aquiles alguns metros até parar e voltar o rosto para mim.

— Serya, é verdade? — Exponho o bilhete escrito em letras de caneta preta, mas ela nem se dá o trabalho de lê-lo.

Serya fica em silêncio por alguns instantes. Então, deixa-se cair no chão de metal, de joelhos. Para meu espanto, ela chora. Homens não choram, dizia meu avô Josiah, nem mulheres mais fortes do que homens, eu pensava.

— Sim, Bruce, é verdade — ela diz, com a voz baixa, enquanto tira de algum lugar de seu uniforme policial um item que me é familiar: um pingente com uma pomba da paz, de asas abertas, adornado com pedrinhas de brilhante.

— É seu, Bruce. — Serya entrega a joia em minha mão agora trêmula. — Sua esposa o deixou cair enquanto eu a levava... Apenas cumpri ordens do 2030, Bruce...

— Por que você fez isso, Serya? Não consegue me ver com ela, só com ela, é isso? Você tinha que se livrar da minha Iara, não é mesmo?!

Aquilo faz meu sangue ferver. Serya mentiu para mim, o tempo todo.

— Não é isso, Bruce, eu juro, veja...

— Eu confiei em você, Serya! Como pôde?

— Não, BB, eu juro, eu... — Serya choraminga.

— Não me chame mais assim! E onde está o restante do bracelete?

— Não sei, eu não o vi, peguei apenas o pingente, o bracelete deve ter caído, talvez se perdido...

— Agora não importa mais. — Vejo que falta uma pedrinha de brilhantes, há um buraquinho vazio no pingente. Talvez o bracelete tenha mesmo tombado ao chão, e o pingente se soltado. — Só quero saber, Serya, por D'us, só quero saber se elas estão realmente aqui.

Serya assente, sentada com as pernas estendidas, os braços apoiados no metal do chão, a cabeça baixa e envergonhada. Seus olhos ficam ainda mais azuis pelo lavar das lágrimas.

Minha antiga amante raptou minha esposa. Manteve isso em segredo, assim como parte da estimada relíquia que "roubei" de Louise após seu assassinato, sem ninguém saber. Foi o que escolhi para me lembrar para sempre da minha mãe. O bracelete com pingente da pomba da paz é ao mesmo tempo um pedaço que guardo dela e de Iara.

Dou as costas para Serya e sigo caminho. Aquiles fica ao lado dela, rosna baixinho, não querendo abandoná-la. Não falo nada, não quero me despedir. Ao me ver em fuga, Serya muda bruscamente de tom e passa a atacar para se defender:

— Eu sei que Caolho morreu com um tiro de .38. E você esteve com Caolho pouco antes de ele morrer. Bruce, foi você? — Serya soluça. — Enquanto você estava ao telefone, durante a viagem, recebi os laudos da morte. Tudo faz sentido. Você não derramou uma lágrima quando ouviu que ele estava morto, eu vi! Quem é você, uma máquina? O Praga? Admita. Ninguém mais usa um .38 daquele tipo antigo, só você, Bruce... só você.

— Olha, se não confia em mim, Serya, pegue essa porcaria e compare com o projétil que matou meu amigo. — Dou meia volta e jogo o revólver para ela, que o pega no ar. Escuto ela desdenhar do meu gesto. Como ela faria essa comparação, perdida debaixo da terra, no fim do mundo? Mas não me importo com mais nada, quero apenas seguir meu caminho.

Prossigo alguns passos, hesitante, coçando a barba ruiva de nervoso, tique desde os tempos imberbes. Não posso acreditar que Serya sabia do paradeiro de Iara durante todo esse tempo. Não apenas sabia, mas foi *responsável* pelo desaparecimento!

Todos ao meu redor mentiram para mim.

— Volte, Serya! — urro, ordenando. — Volte e morra sozinha, como sempre foi e sempre mereceu ser. Você nunca tomará o lugar de Iara.

Serya, para minha surpresa, aceita o comando e começa a tomar o caminho inverso. Ela esconde o rosto entre as mãos, chorando. Toquei no seu calcanhar de Aquiles, a solidão.

— Eu te amo, BB! — Escuto Serya gritar. — Mas não fiz o que fiz com ela por ciúme, por pequenez. Não foi pelo que está pensando, apenas cumpri meu trabalho.

— Vamos, Aquiles. — Ignoro-a, mostrando o pingente de Iara ao labrador, que parece reconhecê-lo e volta a acompanhar meus passos.

Entretanto, como que em resposta, uma lágrima escorre do meu olho. Ao enxugá-la, vislumbro o rosto doce, mas forte de Iara. Parada no túnel, olhando-me com encorajadores olhos verdes, ela me convida a seguir em frente. Pisco, ela não está mais ali. Vou andando devagar, o pingente como um amuleto entre as mãos, queimando, fervendo.

O pingente da paz, sem um de seus brilhantes. A pomba, ferida de morte.

As bolhas nos meus pés dificultam o que já é penoso, mas enfim termino o caminho pelas galerias abaixo da plataforma do trem. A solidão e a incerteza me corroem por dentro. Um leão ferido, profundamente.

Então, deparo com uma porta de metal lacrada. Não escuto nenhum ruído. E lá dentro… Iara e Naomy estão atrás dela?

É uma porta maciça, pesada, certamente não terei condições de arrombá-la. Cheguei até aqui para nada?

Para minha surpresa, o impossível então acontece: a porta se abre, para baixo, e posso entrar sem qualquer restrição.

Está sendo permitido eu entrar. E a permissão, seria do Praga?

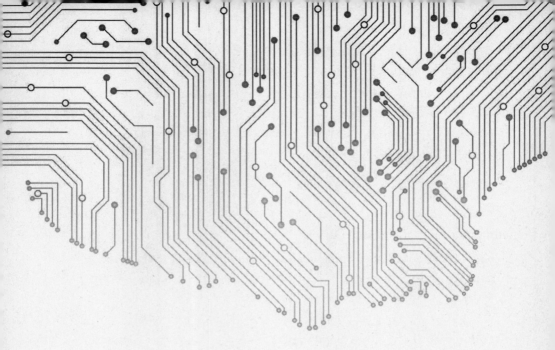

CAPÍTULO 29

SERYA

O céu, logo antes de amanhecer, é terrivelmente escuro. Choro sentada debaixo da janela da estação de trem, entre os estilhaços do vidro quebrado para eu e Bruce adentrarmos. Vejo a linha fina e avermelhada que insinua o nascer do dia romper pouco a pouco a escuridão soberana entre as colinas do vale de Jericó.

Com o sol, chega o alívio da certeza de que consigo ainda ao menos enxergar. Minha visão é turva, falta-me ar, tudo gira, e o esforço para não desmaiar é constante. Após retornar me equilibrando nas paredes por todo o caminho no fim do qual Bruce me abandonou, decidi que aqui é um bom lugar para morrer.

Faltam cerca de duas horas para a eutanásia do Praga. Entretanto, parece que ele vem se apagando aos poucos. Nada funciona, tudo pifou, até o relógio conectado à polícia de NJ e ao 2030.

Com dificuldade, busco a página de *Senhor das Moscas* que Terry me entregou. Ao contrário da entregue a Bruce, a minha não contém nenhuma mensagem escrita à mão. E a esposa de Terry, eu conhecia bem, não se chamava "Martha Duña"... Por qual motivo Terry, um policial desde sempre disfarçado de funcionário dos trens pelo próprio 2030, me delatou? *Nos* delatou. É arrependimento pelo que fez? Talvez o prelúdio da morte traga essa inelutável necessidade de pedir perdão pelos próprios pecados.

A dor é lancinante, quase insuportável. Os escarros de sangue borrifam minhas calças e o chão ao meu redor. Estou suando sangue? Minha cabeça ferve, acho que estou delirando...

Aqui é um bom lugar para morrer...

Viro o cano do revólver que Bruce me entregou em direção ao meu rosto coberto de suor, terra e lágrimas. Se o Praga realizará sua eutanásia, por que eu não poderia fazer o mesmo? Sei que já estou morta, viver é só prolongar o sofrimento...

Quem é você, Serya Dornan? Em algum momento, achei que soubesse. Você ainda sabe, ou precisa de sensores e de um punhado de dados para definir quem você realmente é? Precisa de um olho como o do pobre Caolho para traduzir a difícil realidade em dados mais palatáveis? Ou do sensor 2030, que monitora seus processos — não mais tão — biológicos, para interpretar seus sentimentos?

Há quanto tempo não age por si própria, Serya Dornan? Há quanto tempo persegue Bruce, sem motivo algum, somente para cumprir ordens? Há quanto tempo não age pelo coração?

O cano da arma me olha, e eu o encaro de volta.

O que realmente importa agora é a dor. Você teria coragem? Puxaria o gatilho, Serya? Agiria, finalmente e ao final de tudo, por si mesma?

Um outro tipo de dor então ressurge, torturante: a lembrança do rosto do meu pai, Abel, que se matou com um tiro da sua *Glock* clássica. Gael encontrou as cartas de suicídio. O motivo lá descrito era o mais fútil e incompreensível para uma jovem de quinze anos de idade: meu pai havia se suicidado por ter sido rejeitado por uma mulher casada. Não tive condições para lidar com aquilo tudo e fugi de casa. A estrada de repente se tornou minha vida, perdida pelo mundo. Até Gael me reencontrar, cuidar de mim e me dar de volta um lar, uma família.

Você teria coragem de puxar o gatilho, como seu pai fez, Serya?

Não, não terei o mesmo destino do meu pai. Não vou fazer isso, seja pela dor, seja por ter sido rejeitada por um homem casado. Ao menos agora te perdoo, pai...

Abro o tambor do *Colt* para desmuniciá-lo. Todas as câmaras do tambor têm balas, exceto uma. Apenas um tiro disparado.

De súbito, vejo — ou percebo, saindo do delírio — que o sistema eletrônico ligado à polícia de NJ ressurge alto, bipando atualizações sobre Bruce. Fui designada como responsável pelo seu constante acompanhamento de forma manual, ilegal, externa, mas continuo como tal.

Como pode? O Praga não havia se desligado?

Um vídeo enviado pelos profissionais que averiguaram o corpo de Caolho logo surge na tela do aparelho com o logo de Nova Jerusalém. Sabia que o olho biônico de Atar havia filmado algo. Talvez sua morte...

A câmera do vídeo é voltada para Bruce, que discute com Caolho sobre a obsessão do jornalista em expor ao mundo a verdade sobre o Praga. Bruce não aceita, diz que vai embora, e mostra na cintura seu revólver, o mesmo que agora tenho em mãos. Vai até a porta, afirma ir encontrar Khnurn. Caolho exige ir junto, implora, tem medo de Bruce fazer besteira, pega seu casaco para se aprontar.

Mas Bruce responde que vai sozinho, está decidido, é para Caolho ficar. Então tem lugar uma discussão intensa. Tudo acontece muito rápido, barulhento, trocam socos, empurrões, engalfinham-se. O olhar de Caolho gira e se revira de lá para cá, se defendendo, atacando e revidando. Até se ouvir o estampido de um disparo.

O corpo de Caolho tomba ao chão e o silêncio se impõe permanente. O olho artificial que rapidamente se abaixa para o peito alvejado não estava voltado em Bruce no instante do disparo. Isaac Atar, o Caolho, nem sequer agoniza — o tiro foi no lugar certo, no coração.

O meu, por sua vez, bate devagar, quase parando. A tosse que me rasga o peito cobra esforço para respirar e pensar. *"Volte ao encontro de Bruce, Serya!"*, pareço escutar ao longe. Seria o onipresente sistema de voz do sensor 2030 em minha cabeça ou o delírio causado pela dor?

Bruce atirou deliberadamente? Foi acidente?

A filmagem termina mirando o chão, e o vídeo em pouco tempo acaba. Vergara apareceu lá pouco tempo depois. Poderia ter sido o autor do disparo, sem aparecer na filmagem? Não, não faz sentido. Foi Bruce, Serya. Aceite.

Bruce. O bracelete, Iara. O vírus. O Praga. O fim.

Cambaleante, reunindo uma força sobrenatural, decido voltar e procurar por Bruce.

Fui enganada esse tempo todo? Mais uma vez? Preciso saber, antes de morrer. Preciso saber que toda minha existência não foi em vão. Bruce deixou Caolho morrer, não fez menção de ajudá-lo, de chamar auxílio. Ou pior, matou-o?

Bruce Bowditch, assassino?

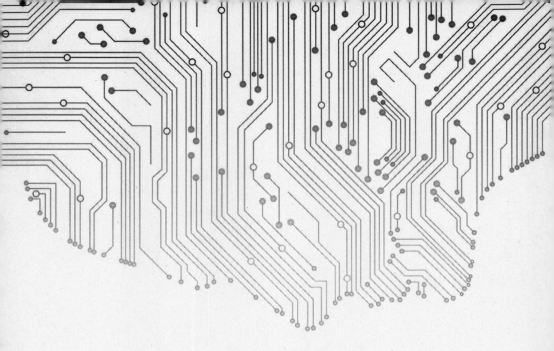

CAPÍTULO 30

Vejo criptas, de pronto, uma ao lado da outra. Câmaras verticais, dispostas dos dois lados de um largo corredor de chão metálico e com uma grande cúpula no teto. São quinze portas transparentes em cada parede lateral. Dentro delas, corpos.

Iara, Naomy!

Corro em direção às catacumbas, procurando minha família. Meus pés tropeçam, meu corpo esbarra em cada câmara, meus olhos voam a cada rosto desconhecido: uma senhora com uma cicatriz na testa, um jovem de feições indianas, o pequeno corpo de uma criança de menos de dois anos de idade.

Ao me aproximar do último par de câmaras, ao invés de a desesperança aumentar, a certeza toma conta dos meus pensamentos. O coração dispara, ele sabe. Ah, ele sente.

— Naomy, minha filha!

Caio de joelhos, aos prantos. Arrastando-me, as calças e a camisa imundas de terra, logo encontro a câmara ao lado. Iara!

Homens choram, homens choram, homens choram!

Bato nos tampos transparentes que envolvem as criptas, enquanto as duas parecem dormir, assim como todas as outras pessoas ali. Finalmente, choro como o garoto Yigal nunca foi ensinado a chorar — apenas homens fortes o fazem.

Coloco suavemente as palmas das mãos em cada uma das criptas, filha e mãe.

Eu prometo, por tudo, que não vou mais perder vocês. Nunca mais.

Vocês são minha salvação.

Atrás de mim, a única porta continua aberta. O silêncio absoluto e solitário que muitas vezes amedronta, agora é afável e seguro. Aquiles salta sem parar em frente às criptas, não apenas radiante de ver sua "mãe", mas também por finalmente conhecer Naomy.

— Muito chorei ao seu lado falando dela, não é, garoto? Sempre soubemos que estava viva.

Como quero tocá-la, segurar sua mão, afagar seus cachos que antes me pareceram amarelos, mas, agora vejo, são ruivos da cor dos meus cabelos.

Tentando recobrar meu estado de alerta, limpo o rosto, levanto-me e inspeciono o local: todos os corpos, como os de Naomy e Iara, possuem diversas agulhas e equipamentos conectados, que parecem monitorar seus sinais vitais. Além disso, percebo algo em comum no topo de todas as criptas: encaixes com recipientes contendo um líquido verde-água, cor da vida, cor da própria água dos mares do Mediterrâneo. Ao lado de cada recipiente, os frascos vazios de Terry.

Volto à cripta onde minha angelical Naomy está de olhos fechados. Lembro-me deles, azuis como os meus, na casa de Khnurn. Não posso vê-los agora, mas estão gravados em minha mente. Vi seus olhinhos brilharem quando encontraram os meus. Vi Lana, vi *minha filha*.

— Não é Lana, é Naomy! Sempre foi Naomy, minha filha.

Aprendi na tradição do meu povo que o nome é a essência da alma. *Neshamá*, alma. As duas letras do meio formam *shem*, nome, e a inspiração divina intercede no momento da sua escolha. Eu e Iara não pudemos batizar nossa menina na sinagoga, como manda a tradição.

Não tive a graça de prestar a *aliá* à Torá, como todo pai deveria fazê-lo. Então, finalmente cumprirei meu papel de pai. E, também, pagarei minha antiga e dolorosa promessa:

— Naomy Marie Bowditch — balbucio o verdadeiro nome da minha filha, reconhecido até pelo Praga, na sua Lista de Escolhidos.

Apanho a corrente dourada com pingente de cruz no bolso, lembrando-me do juramento que fiz a meu amigo. Pelo menos eu o considerava como amigo, apesar de nunca termos trocado uma palavra sequer. Proferi minha primeira frase a ele quando já não podia me ouvir: *"minha filha vai se chamar Naomy, como a sua"*. Ele estava morto, peguei a corrente que lhe envolvia o pescoço, para nunca me esquecer da promessa.

Sou um homem cumpridor de promessas, agora.

— Naomy Marie Bowditch! — grito, orgulhoso.

Coloco a corrente com o pingente de cruz em frente à cripta de Naomy. E, diante dela, o peso da minha própria cruz, enfim, diminui dos meus ombros.

Pelo menos parte dele.

Vejo Iara em um sono profundo, viva. Seu coração bate lento, calmo.

"Eu amo você. Por toda a eternidade."

Relembro nossas juras de amor, enquanto olho com inocência a pintinha que Iara possui sob o lábio inferior — e me lembro com malícia da que ela possui nas costas. Dou um sorriso bobo com a lembrança, são sempre as pequenas coisas, os pequenos detalhes. Sua pele ainda é dourada, embora um pouco mais empalidecida que de costume. É tão bela quanto sempre foi — e está usando o *hijab* rosa, o meu favorito. Como fica bem de rosa!

— Sabia que foi ela quem te trouxe ao nosso lar, carinha? — Afago o labrador, lembrando-me do dia em que Iara chegou com aquela trouxinha enrolada nos braços. Ela queria de alguma forma trazer luz àqueles dias sombrios que sucederam Hamfield. E Aquiles, com os olhinhos fechados e patinhas lado a lado, levemente arqueadas, definitivamente trouxe.

Como Iara é sensível, esperta, paciente. Eu sou fogo, ela é água. Eu realmente não teria aceitado o plano de Hamfield. Iara me conhecia tão bem, eu teria colocado tudo a perder se tivesse me contado. Eu a entendo agora. Sei que é leal e que seu coração é de ouro.

— Já te perdi uma vez, e não vou mais te perder. E te peço perdão, D'us, como te peço perdão!

Não imagino o pesar que deve ter sentido ao entregar nossa filha para ela não ser raptada, Iara. E ter de conviver com a dor da memória dessa escolha certamente te destruía por dentro, dia após dia. Você sabia que também estava na Lista? Que se encontraria, ao final de tudo, com nossa Naomy?

Bom, não importa, estamos juntos agora. Você, Iara, nossa Naomy, Aquiles… e eu.

Eu também sou esperto.

Eu também sou esperto…

Ocorreu tudo como eu esperava, conforme meu plano durante esse tempo todo. Estou a salvo! Vamos ficar juntos, quando todo esse pesadelo acabar. Já está acabando…

Levanto-me e, a passos firmes, dirijo-me à trigésima cripta, ao trigésimo lugar da Lista do 2030, em branco. A única cripta vazia. Por enquanto.

O único espaço livre nessa verdadeira Arca da salvação…

O meu espaço.

Meu.

PARTE III

"A MORTE NÃO É NADA PARA NÓS:
QUANDO SOMOS, ELA NÃO EXISTE,
E QUANDO ELA EXISTE, JÁ NÃO
SOMOS MAIS."

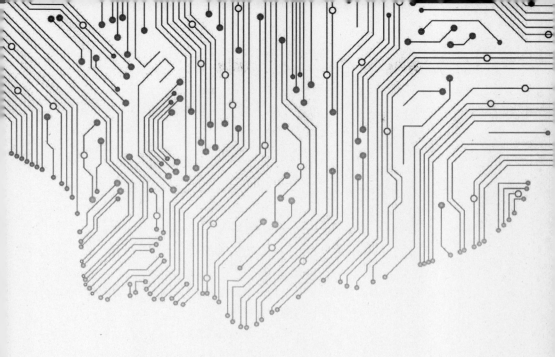

CAPÍTULO 31

IARA

Tel Aviv, 18 de dezembro de 2036

Tomei coragem e convidei o Dr. Aleph Abram para um encontro na Praça Rabin. Ela é assim conhecida por ter sido o local onde, em 4 de novembro de 1995, o primeiro-ministro israelense Yitzhak Rabin fora assassinado por um homem chamado Yigal Amir.

Yigal, o nome do assassino, o mesmo nome de Bruce, antes de Nova Jerusalém.

É um belo lugar, onde por algumas vezes estive só ou com Bruce contemplando as águas ladeadas de flores amarelas e em tons de vermelho. Uma pirâmide de ferro invertida e oca fica à beira do pequeno lago. Sempre me perguntei o significado desse monumento, certamente há um.

Ao chegar, Dr. Abram, uma espécie de exemplo para a comunidade judaica de Jafa, cumprimenta-me com os olhos e um tímido sorriso. O pai de Bruce se senta ao meu lado no banco da praça, com sua extensa barba grisalha, o *kipá*, e com calafrios. Estar aqui é para ele um enorme esforço, mais que para mim. Ele parece visivelmente doente, há tempos todos falam isso, e ele não nega. Uso meu *hijab* rosa-claro, o preferido de Bruce.

Falamos de início sobre trivialidades, sobre as preparações em Israel e na Palestina para o Dia do Reconhecimento, com as conversas aleatórias em árabe e as buzinas incessantes dos israelenses ao fundo.

— Agora entendo por que dizem que em Israel a velocidade do som é maior que a da luz — digo ao Dr. Abram, com um sorriso tenso, sem disfarçar o meu incômodo. — Acho que nunca me acostumarei com esse costume barulhento do seu povo.

— Parabenizo-a, Iara. — Ele deixa passar a minha tentativa de floreio, talvez querendo que eu vá direto ao ponto. — Sei que acaba de terminar o projeto mais importante da sua vida, no laboratório. D'us faça prosperar tudo que você tocar.

Observo-o triste, um tanto distante, mexendo sua bengala. Já não caminha bem, com problemas na coluna. Seus olhos azuis perderam muito do brilho. A morte se aproxima a passos largos em sua direção, eu sinto.

— Mas não foi para contar isso que o chamei, Dr. Abram, o senhor sabe bem...

Então, os olhos do meu sogro encontram os meus.

— Gosto de ouvir o que tem a dizer sobre seus experimentos — ele explica, bem devagar. — Devo isso ao convívio com Khnurn, meu quase irmão de criação. Não sou como muitos ortodoxos, que têm aversão ao progresso tecnológico, que não usam celulares, não assistem televisão. Às vezes... — suspira, um tanto debilitado, antes de tossir — sinto que traio minha fé por isso, mas penso nos instrumentos de D'us, como a vara que dividiu o Mar Vermelho. Ele atua de formas que não podemos compreender.

Sei que o segredo partilhado entre Dr. Abram e eu nos aproximou nos últimos anos, apesar das diferenças iniciais. Isso sempre incomodou Bruce, que não fala com o pai desde Hamfield. Tento me mostrar alegre, auspiciosa, a despeito de ver o estado deplorável de meu sogro e da falta de Naomy Marie. Mas a verdade é que me sinto desesperançada, extenuada, até mesmo desconfiada do próprio Dr. Abram.

E, na verdade, foi precisamente por isso que o chamei para conversar nessa tarde fria, de vento gélido. Não queria apenas fazer o pobre homem apertar o cachecol a todo instante contra a frágil garganta que volta e meia tosse. Cheguei a pensar que meu sogro negaria o convite para a conversa, seja pela falta de interesse em tudo, ou pelo frio e vento. Mas fez questão de vir, para demonstrar que, como um israelense buzinador e impaciente, era um homem forte.

Sinto-me só no mundo, mesmo com a presença de Bruce. Jamais superamos o desaparecimento de nossa Naomy Marie, embora eu tenha ciência de como tudo aconteceu e com quem ela está. Sinto-me culpada por esconder tudo do meu marido, ele que tanto buscou o paradeiro da nossa única filha. Mas é fato que nosso matrimônio se tornou um tanto instável e distante desde Hamfield, apesar dos nossos esforços para manter uma relação saudável.

Amanhã, dia 19 de dezembro, é nosso aniversário de casamento. Mas esse, infelizmente, não é mais nosso marco mais importante. Sei que, nem por um só dia, eu e meu marido deixamos de pensar e sentir a falta de Naomy. Será que fiz o certo? Quando vou encontrá-la? Tanto tempo se passou... Deve estar uma pequena mocinha, e nem ao menos posso vê-la crescer. Exceto quando aparece em meus sonhos, diz que logo nos encontraremos e que ama sua mamãe e seu papai, embora não pareça tão feliz. Eu respondo em cartas, nunca enviadas, mas que espero um dia entregar.

Todo esse sofrimento provém do 2030, da Lista, daquilo que nos fugiu do controle, do que Bruce e Khnurn ajudaram a arquitetar. Bruce não imagina que eu sei do seu passado na T&K. Em contrapartida, tudo o que fiz foi para proteger nossa Naomy Marie, de quem apenas pude contemplar os olhos azuis idênticos aos do pai e do avô — que dor ver estes agora, na praça, embora deformados. Desde o dia de seu nascimento não a vejo. Ver a "neta" de Khnurn, mesmo que de longe, seria muito arriscado: o olho vigilante do 2030 poderia descobrir o real paradeiro de Naomy. Estamos falando do 2030!

Minha vida toda se tornou um luto, mesmo com a convicção de que estava salvando minha filha do sistema. Com o passar dos anos, tal certeza se transformou em dúvida, que cresceu e se tornou receio. Minha esperança de trazer Naomy para o nosso lar está se esgotando.

E tenho que lembrar que eu também estou naquela Lista maldita. Sempre levei em conta que, caso tudo acabasse dando errado e eu e minha Naomy fôssemos de fato raptadas, provavelmente nos encontraríamos, onde quer que o 2030 esteja levando os sequestrados.

Sequestrado é uma palavra tão forte...

Eu sinto raiva do 2030. Mas, ao mesmo tempo em que ele é o motivo de eu ter aceitado o plano de Khnurn e Dr. Abram — é dele que escondemos Naomy Marie —, o sistema proporciona o desenvolvimento de pesquisas tão transformadoras, tão bonitas, como essa que acabo de finalizar. Estudos que poderão ser revolucionários para a humanidade, como me disse um colega, *"talvez em breve ainda mais bombástico que a clonagem das ovelhas no final do século XX"*. E o 2030 também trouxe a paz para a região, permitiu meu casamento com Bruce, proporcionou-me retornar à terra de meus pais, à *minha* terra... Tudo é tão complicado.

Contemplo as águas calmas do pequeno lago, em contraste com o turbilhão em meu interior. Por alguns instantes, o velho Abram respeita meu silêncio, sei que tem seu próprio alvoroço interno. Ele não é um homem tão frio quanto parece, apenas está ferido.

Sempre fui apaixonada por Bruce. Mas, ao perder Naomy, mesmo que supostamente apenas por um tempo, não poder conversar com meu marido sobre o que de fato ocorreu realmente nos afastou. Sempre compartilhamos tudo, sem que nossa fé divergente afetasse a nossa cumplicidade, eis nosso elo primordial.

Ele crê que no fundo não lamentei tanto quanto ele a perda de Naomy, que ele acredita — ao menos acreditava — não ter nascido morta, sempre foi sagaz. Não consigo olhar em seus olhos repletos de dor quando ele fala em Naomy Marie, tampouco disfarçar o agravante de saber que ela está viva. Fui cúmplice disso tudo, e ainda omiti, menti ao meu marido. *"Fala a verdade, mesmo que ela esteja contra ti"*, é o que diz o Corão. Que castigo me guarda a ira de Allah?

Finjo que não sei — conforme me contou Khnurn nos preparativos para Hamfield, através do velho Abram — que Bruce foi um dos mentores do 2030, e que ele participou do genocídio da prisão de Ayalon. Infelizmente, agora eu e Bruce guardamos segredos. Eu lhe roubei a filha sem seu consentimento. É legítimo fazer o que parece ser mais seguro, ser a única alternativa, ainda que para isso seja preciso mentir e omitir? Ou a mentira e o engano são sempre ilícitos?

— Sei que tem de ser assim — penso alto, com o olhar no lago —, quanto menos pessoas souberem, melhor. Meu nome está na Lista, como o de Naomy, de qualquer forma iremos nos reencontrar, se o plano de Khnurn não funcionar. — Faço uma pausa e pondero. — Acho que foi por isso que aceitei essa loucura toda. Embora o motivo dos desaparecimentos possa ser perverso, eu sei pelos sensores, que todos os desaparecidos estão vivos. Já estariam mortos, se fosse o caso. Mas, o que será feito deles? Penso coisas terríveis... Seria isso tudo um experimento? Todo avanço tecnológico sempre precisou de cobaias, com o consentimento delas ou não. E rimos dos nossos ratos de laboratório...

— Não pense assim, Iara. D'us controla o 2030, e nenhuma criatura pode controlar seu criador. Você protege sua filha de tudo, porque, como qualquer mãe, prefere o amor aos filhos que ao marido. Bruce nunca teria concordado com isso tudo...

Posso sentir verdadeira amargura nas palavras do Dr. Aleph. Foi ele que me contou dos fatos da prisão de Ayalon, a mando de Khnurn, para me convencer de todo o plano. Ele me falou de como as mãos de Bruce restaram sujas de sangue nas celas de Ramla, cidade de onde expulsaram meus parentes, dos prósperos laranjais de nossa comunidade. Fazia sentido, Bruce acordava gritando coisas estranhas sobre algemas, cruzes a serem carregadas, sacos pretos com cadáveres. Tem surtos, espasmos de memórias e alucinações mesmo acordado.

Enquanto falávamos, Dr. Aleph e eu, no dia anterior ao nascimento de Naomy, víamos pela TV a notícia de mais uma desaparecida da Lista. Precisei tomar uma decisão rápida, confiar em Khnurn e seu enviado Aleph, ou em meu amado. As provas me levaram a preferir o amor incondicional à Naomy, não permitiria sequer a possibilidade de colocá-la em risco.

Lembro-me de ver aos prantos o vídeo mostrado pelo Dr. Aleph: Bruce jogava sacos mortuários dentro de um forno da prisão... Como pôde?! E Dr. Aleph havia me mostrado mais. Muito mais...

O que mais Bruce sabia ou tinha feito? Eu não poderia perguntar. Precisava manter Bruce longe de qualquer desconfiança. Não podia perguntar a ele, apenas confiar em meu marido. Sim, mesmo com tudo aquilo, confiava em Bruce. O amor é a mais forte das convicções, mesmo quando envolto em incertezas. Pelo menos, assim eu repetia a mim mesma, dia após dia.

E então, ainda que jamais mencionasse isso ao Dr. Abram, lembro-me de quando descobri as traições de Bruce com uma policial. Fingia que nada estava acontecendo, mas aquilo me rasgava o peito. Mesmo distantes, sentia que não era mera traição carnal, ocasional, devido ao estado de desespero que Bruce expressava. Um dia ele me contou, bêbado, que havia entre nós uma traição do que um representava para o outro. Ele falava sobre meu afastamento emocional, minha ausência naqueles momentos difíceis, mas tudo que eu conseguia lamentar era minha deslealdade em Hamfield. Talvez por isso mesmo tolerei, porque eu também tinha uma dívida de traição com meu marido. Traição é traição, mentira e engano, não importa sua forma.

— Você e eu sabemos onde está Naomy, e o que Khnurn arquitetou. Concordamos com isso. — Dr. Abram lê meus pensamentos e começa a justificar nossas ações. — Você sente ódio por não entender o porquê do rapto, fez o que fez sob a garantia de que Naomy não seria raptada como os outros, mas também por estar fadada a sofrer o mesmo destino de sua filha, caso o plano não dê certo.

Além da minha mente, Dr. Aleph Abram leu também meu coração. Sinto-me um ponto cinza de dor e dúvida sugando as cores da vida ao meu redor. Sempre tive uma preocupação constante em não esboçar algo que as pessoas, inclusive meu marido, percebessem que Naomy está viva.

Sei que fui forte, carrego este fardo há anos. Mas não teria sido fraca por aceitar, de forma tão passiva, o que Khnurn e Dr. Abram simplesmente me disseram para fazer? Nunca se sabe o que esperar das pessoas, somente Allah é imutável e justo. Quando saiu com minha filha nos braços, Khnurn disse que a esconderia, que era necessário. Mas como pude confiar nisso tão religiosamente?

E o pior: se estou na Lista há tanto tempo e ainda não fui raptada, será que isso realmente vai acontecer? E se os demais sumiços não estiverem conectados à Lista e ao 2030? Talvez o rapto de Naomy pelo sistema, o qual tanto temíamos, poderia também não ter ocorrido. Assim sendo, o plano todo foi em vão? E se Khnurn nos enganou? Entreguei minha própria filha por nada? Já é fim de 2036, faz seis anos e ainda estou aqui!

O vento urra, o céu está abarrotado de nuvens cinzentas. Seria melhor irmos para casa, mas nenhum de nós consegue se levantar daqui. Começo a formular teorias sobre Khnurn e suas intenções nisso tudo. Já Dr. Abram foi adoecendo, inclusive mentalmente, quem sabe pela culpa? Talvez ele não quisesse uma neta com sangue gentio, sangue palestino... Meus pensamentos geralmente não ousam ir tão longe, não os aguento. Mas, no estado em que estou, tudo pode vir à cabeça.

— Sobre o sumiço de Naomy, Dr. Abram...

— Pensando melhor, é perigoso falarmos sobre isso. Mesmo em Tel Aviv, o 2030 já possui olhos e ouvidos — ele diz, com a voz fraca, enquanto o vento segue chicoteando nossos rostos.

— Devo ser honesta, Dr. Abram. Não me importo mais com isso. Já se foram seis anos desde o desaparecimento da minha filha, e eu ainda não fui sequestrada. Khnurn sumiu, não sei nem onde mora, ele sabe como se ocultar. Será mesmo para protegê-la? Onde ela está, Dr. Abram? Por favor, me diga!

— Você naturalmente espera seu sequestro, como o de todas as outras pessoas que pertenciam à Lista. Não está se escondendo, pelo contrário. Está esgotada, ansiosa, com medo de ser raptada e ao mesmo tempo de não ser, de não ver sua filha nunca mais.

— Não, não me escondo, mas...

O doutor me interrompe com um sinal, enquanto observa o vazio, talvez analisando as águas do parque, talvez escolhendo com cuidado as palavras. Ele sabe ler as pessoas, e por isso mesmo parece ter cautela no que diz.

— Você, mantendo esse segredo em absoluto, isolou-se aos poucos física e mentalmente. Criou para si uma redoma. Esteve razoavelmente bem, aos olhos dos demais, nos tempos que se seguiram a Hamfield, pois sabia que Naomy estava viva. Mas por dentro sempre sangrou.

— Afastei Bruce com minha frieza. Amanhã é nosso aniversário de casamento, presumo que nada vá ocorrer, e Bruce nem vá se lembrar...

Sobrevém um instante de silêncio, entrecortado por Aleph, que tosse algumas vezes.

— Será que não há uma maneira de nos encontrarmos, queria tanto vê-la...

— Iara, pare. Faça suas preces, confie em seu deus.

— Estou a ponto de perder a razão. — Cubro o rosto febril com as mãos.

— Deve confiar em Khnurn. Eu o conheci desde bem jovem. É um bom homem. Também não tenho contato com ele desde Hamfield, e o entendo. Além de proteger Naomy, ele renegou sua criação, o 2030.

— Já não sei se confio em uma pessoa de passado tão duvidoso, de poucas palavras e atos sutis... aquele egípcio manco!

Instantaneamente me repreendo, ao olhar para a bengala de Dr. Abram, levando a mão à boca. Ele responde meu rompante com um sorriso, não leva a mal.

— *"Não detestarás um egípcio, porque imigrante foste na terra dele."* Pare de conjecturar, Iara, tenha paciência. Não seja como meu povo no deserto. Você vê a nuvem e a coluna de fogo, sabe que Naomy está viva, que todos da Lista foram raptados. Naomy corria real risco de desaparecer. Lana... — Ele hesita por um momento. — Khnurn chama-a de Lana.

— Por que nunca me contou isso? Lana? — Volto-me para meu sogro. — O nome é sagrado. Khnurn, "Sol Nascente", sei o significado do seu nome. Khnurn não tinha o direito de... Como ousou?

— Foi o mais precavido possível.

— Como meu coração sangra com essa notícia. *Naomy Marie* é seu nome! Oh, Allah, por que não fugi do país com ela... Lana?! Por que não joguei tudo na imprensa, não confrontei Khnurn, Tagnamise, Mortimer... o senhor, Dr. Abram? Bruce...

Dr. Abram toma minha mão. A sua consegue ser ainda mais fria que a minha.

— Acalme-se, Iara. Foi necessário. O procedimento ainda não acabou, mas está próximo. E, como já conversamos, essas alternativas que você citou teriam sido, ainda agora, catastróficas. O 2030 poderia tomar medidas ainda mais drásticas.

No fundo, sei que ele tem razão. Ninguém sabe ao certo do que o 2030 é capaz.

— O senhor me garante, Dr. Abram, por Yahweh, seu deus, que a premeditação do *blackout* no hospital não teve a ver com o parto? Aí as coisas seriam mais complexas, o buraco estaria mais embaixo, e Khnurn, mais suspeito, e eu...

— Não, Iara. Apenas aproveitamos a informação do *blackout*, não acidental, para executar... você sabe.

— E qual o motivo do *blackout*? — Meus olhos buscam os seus, sinto tanto frio.

— Um vírus... — ele diz, olhando o horizonte. — Um vírus que exterminaria a todos. E por isso foi estancado em Hamfield. Ele foi coletado por Emmet, naquela noite. Por esse trabalho, como prometido, Khnurn deu a ela um cargo na T&K. E lá ela estudou o tal vírus, ganhou até mesmo certa notoriedade pelo trabalho com ele. Veja, eu sempre confiei em Emmet... Bem, esqueça.

— Não, continue. Estou abrindo meu coração.

— Não poderei entregar uma importante carta a Emmet. Sua pesquisa em relação ao vírus, a pesquisa de sua vida... sua credibilidade seria arruinada se as pessoas soubessem *como* o vírus foi coletado, se soubessem do seu envolvimento naquelas mortes — Dr. Aleph parece falar mais consigo mesmo do que comigo. — Esqueça, minha querida, estou devaneando. Apenas, nos próximos dias, provavelmente eu lhe peça para vir buscar algo comigo, algo que é muito caro para mim. Prometa que fará isso? E que o entregará a Bruce?

— Claro, prometo, mas...

Dr. Abram afaga de forma leve e carinhosa minha mão repleta de anéis de ouro, e me interrompe de forma calma:

— Você está perturbada, seu coração se derrama. Vamos — ele se levanta, com alguma dificuldade, segurando a bengala de madeira ornamentada com ouro —, venha caminhar um pouco. Você sabe onde fica o lugar exato em que Yitzhak Rabin foi assassinado? Foram dois tiros. O assassino, Yigal Amir, o mesmo nome do nosso Yigal, esteve por anos cativo em Ayalon.

— Sei. — Levanto-me, segurando o *hijab* contra o vento, trêmula de frio e medos. — Mas nunca fui até lá.

— Venha conhecer um herói, um mártir, minha querida. Você sabia que ele e Arafat receberam o Nobel da Paz pelos Acordos? Foi em 1993, ano em que o nosso Yigal nasceu. — Ele estende a mão para mim. Eu a tomo, e o ajudo a caminhar.

Nosso Yigal. Bruce. Dr. Aleph Abram sabe que, assim como Yigal Amir, o nosso Yigal possui sangue impregnado em suas mãos.

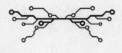

Nova Jerusalém, 19 de dezembro de 2036

— O que pensa que está fazendo, sua vadia?!

Na hora, sendo carregada pela estação de trem, incrivelmente demorei para me atinar de que aquele era O rapto. Acabara de ser abordada por policiais na saída do laboratório. O que aconteceu? Meu trabalho é criminoso, perigoso? Mas ele é guiado pelo próprio 2030... *Eu* sou um perigo?

O carro sem motorista que sempre alugo para me buscar no trabalho desviou-se da rota conhecida. Enquanto tentava redirecioná-lo, fui interceptada por uma policial em uma rua pouco movimentada. A loira alta me aguardava em uma viatura com vidros escuros e motor silencioso.

Incrível como não percebi na hora que o que estava acontecendo era o meu tão temido quanto aguardado rapto. Porém, de uma coisa tive certeza logo que a vi: a policial era a mulher que fora amante do meu marido.

Coincidência? Ou uma punição justa para mim?

Presa, algemada, nada posso fazer. A mulher de corpo invejável me leva até o trem na estação de NJ, segurando meu braço com uma força descomunal. A força parece provir do ódio que tem de mim, e eu imagino o motivo.

Ao tentar me libertar, vejo meu precioso bracelete se romper e tombar ao chão. Caiu, ou me foi tirado por essa *prostituta* que feriu meu coração? A joia se parte em duas, mas consigo resgatar o bracelete de ouro. O pingente com a pomba da paz sumiu.

Um rapaz alto e magro nos observa, fumando cigarros baratos. Ela o chama de Terry e, com um sinal, pede para ajudá-la a me escoltar. É um funcionário da estação ou um policial à paisana? Apesar de seus olhos transparecerem repulsa pelo que está fazendo, ele a ajuda a injetar algo que logo me faz apagar.

Com um sorriso doloroso, mas libertador, ainda penso: finalmente, o rapto.

Naomy, estou a caminho.

Já no trem, acordo atordoada, algemada a Serya.

Ela é bonita, não posso negar. Imaginei-a menos imponente...

— O que aconteceu para vocês finalmente me buscarem? — tento perguntar.

O trem corre com pressa na direção de Jericó, parece estar no limiar do tempo, apenas comigo e Serya como passageiras. Repito a indagação:

— *Mulher*, o que aconteceu para eu ser raptada somente agora? Sou a última da Lista, é? — Rio de nervoso e raiva da antiga amante do meu marido. — Foi só o tempo suficiente para eu deixar meu legado científico? Me diga! Ou foi por causa do encontro com meu sogro ontem? Pela minha vontade de finalmente confrontar Khnurn? Estou sendo calada na hora certa?

Olho bem nos olhos azuis de Serya.

— Fale alguma coisa! Por que fui poupada até agora? O sol está alto... eu preciso... fazer minha oração... — balbucio, enrolando a língua. — Bruce! Não vai levar Bruce, onde ele está? Me raptou para ficar com ele? Onde você... — Debato-me, enfurecida, confusa, dopada, em surto.

— Bruce — Serya finalmente quebra seu silêncio —, meu eterno dilema do trem. Espero que um dia me entenda, Iara Bowditch.

Com mais uma picada no braço, apago outra vez.

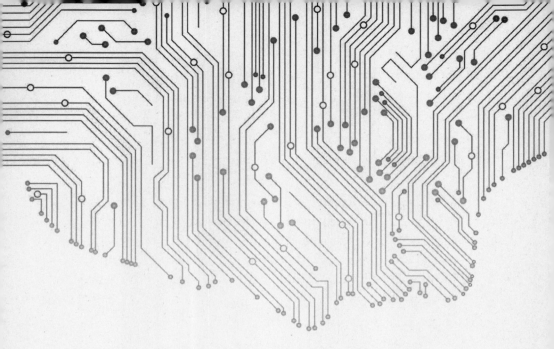

CAPÍTULO 32

Eis o momento em que, em trapos, caminho até a única cripta desocupada. Fiz tudo que fiz, mas valeu a pena. Estou a poucos passos da minha salvação.

De repente, uma voz invade minhas entranhas, como se vinda do além:

— *Game over*, Bowditch.

Puta merda.

Paro e olho por cima do ombro. Gael Dornan está com a velha *Glock*, sua companheira de justiças e injustiças pelo mundo, mirada para mim. Para piorar a situação, estou indefeso. Quis provar o improvável, entreguei o revólver do meu pai à Serya. Sem saída, numa mistura de cansaço extremo com desolação, ergo as mãos em sinal de rendição.

Ao lado de Gael, vejo Tagnamise.

Ela está viva. O que é verdade e o que é ilusão, afinal, nesse fim do mundo?

A Dama da Paz veste um *tailleur* branco, agora amarrotado e com um pouco de terra, com o pingente dourado da T&K e a enigmática rosa branca.

Rosa Assassina.

Os dois se aproximam através da única porta do local. Devem ter entrado por outro lugar, em alguma das diversas ramificações e caminhos no trajeto até aqui embaixo.

— Oh, há um lugar vago — diz ela, sorrindo de forma postiça, fingida, apontando para a cripta vazia. — Acho que vou utilizá-lo. Que honra! Sinto muitíssimo, Yigal Abram.

— Você, no espaço criptografado em branco... — falo, na verdade não tão surpreso, numa voz tão baixa e cansada que duvido que alguém tenha conseguido escutar.

Gael sorri, enquanto aponta a pistola para mim.

— Finalmente, Bruce — ele diz. — Devia ter empacotado seu cadáver dentro de um dos sacos pretos que você me ajudou a carregar.

— E você nunca deveria ter sido libertado daquele lugar, Gael.

Aquiles rosna ao homem, que aponta a arma ao cachorro.

— Não ouse, filho da puta. — Ajoelho-me ao lado do labrador, procurando acalmá-lo, ainda com as mãos para cima.

No mesmo instante, Serya chega cambaleante, suando, expelindo sangue pelo nariz. Tenho certeza de que foi além de seus limites humanos — ela sempre foi obstinada.

— Ah, a minha espiã favorita. A cola de Bowditch desde o ano de 2030 — diz Tagnamise. Na sua mão, vejo uma faixa com uma pequena mancha de sangue seco. — Você sabia que foi designada a vigiá-lo desde o início por mim? Não pelo 2030, mas por mim. Bem, usei Khnum para fazer isso, é claro. Caso alguém descobrisse, seria a cabeça dele, não a minha, que iria rolar.

A rainha da T&K pisca para Serya, que parece meio cega e desorientada. Com dificuldade, a policial se interpõe entre mim e a mira da arma de Gael.

— Não se preocupe com seu querido irmão, Serya. Eu o pouparei. Gael não está entre os Escolhidos, não os do 2030, mas está entre os *meus*. E eu tenho o antídoto. — Tagnamise aponta para seu fiel escudeiro, que leva uma seringa na mão que não segura a *Glock*. — Ou achavam que eu não teria cartas na manga?

Não consigo racionalizar tudo que está acontecendo. O cansaço, a arma de Gael apontada para mim e para Aquiles, Serya me defendendo, Tagnamise roubando o *meu* lugar na cripta... Meu mundo acabou em poucos segundos.

— Agora, com licença, entrarei no espaço em branco, na trigésima cripta. Ninguém a merece mais que eu — diz Tagnamise, com um sorriso de escárnio. A doutora parece inatingível. Sua empáfia aumenta ainda mais quando o sistema lê sua íris e abre a porta transparente da cripta.

Essa fingida inseriu seu nome na Lista antes de lacrar o Praga, e o encriptou para que ninguém, além do Praga, o lesse? Ou será que o espaço em branco era realmente vago, e a primeira pessoa que chegasse seria salva? Uma irônica roleta russa computacional, em que o Praga premiaria o mais rápido, o mais inteligente? Seria o sistema tão sádico?

Não importa mais. Caio de joelhos, batendo os punhos fechados no chão e amaldiçoando o destino ao ver a trigésima cripta se fechar com Tagnamise dentro. Era minha última chance de estar com minha esposa e minha filha, linda e viva, ruiva como o pai.

Serya tenta acalmar Aquiles, que late desesperado ao me ver nesse estado. É um cão treinado para uso em terapias, não costuma se exaltar, mas o que presencia aqui é demais para ele. Gael, por outro lado, ri do meu desespero e aplica no braço metade do líquido verde-água contido na seringa. Ele pede a Serya que use o restante do conteúdo e atira a seringa em direção à irmã.

— Não adianta, Gael. Estou morrendo — responde Serya, ofegante, quase sem ar. Para desaprovação do irmão, ela coloca o antídoto em minha mão direita.

— Não quero mais viver — imploro, com um nó na garganta. — Viva, Tagnamise! Celebre sua vitória. Você nunca perde!

Ainda praguejando, abro a mão, deixando cair a seringa contendo o antídoto. O recipiente se parte, e o seu conteúdo escorre pelo chão.

De que adianta eu viver sem *elas*?

— Venha me matar, seu filho da puta! — Aproximo-me de Gael e da sua arma apontada para mim. O mais perigoso dos homens é aquele que nada tem a perder. — Venha, desgraçado!

Sem pensar, voo para cima dele. Sua arma dispara e o tiro raspa minha perna, fervendo na pele. Serya, com os reflexos ainda aparentemente bons, novamente se interpõe entre mim e Gael, segurando Aquiles pela guia conectada à coleira. Ela implora por calma, arfando, enquanto seu nariz sangra. Gael dá dois passos para trás, tremulando de ódio com a arma na mão. Aquiles responde com um solitário latido.

— Amarre esse pulguento, se não quiser que eu acabe com a vida dele. — A arma apontada para o labrador me obriga a afrouxar um pouco sua coleira e prendê-la a uma barra de ferro da base da cripta de Iara.

Serya faz um sinal para que Gael abaixe a arma. Ele, talvez comovido com o fato de sua irmã estar visivelmente à beira da morte, o faz, dando mais alguns passos para trás com a *Glock* segura entre as mãos. A policial então se deixa cair, não aguenta mais ficar em pé. Ela olha para mim, o rosto numa mistura de suor, terra e sangue, mas não de lágrimas.

— Eu fiz aquilo por obrigação, por trabalho, por vocação... sempre confiei no 2030. — Serya fala puxando o ar, com imensa dificuldade. — Não foi... não foi por ciúme ou ódio de Iara, eu juro!

Então Serya deixa uma solitária lágrima lhe queimar o rosto, traçando seu caminho na sujeira acumulada das maçãs da face.

—Espero que um dia me perdoe... — Serya suplica, olhando fundo em meus olhos.

As palavras ditas me corroem por dentro. Abaixo a cabeça e meu peito se comprime. Vejo o estado de Serya, talvez em seus últimos momentos, contaminada. A este ponto, nós todos devemos estar.

Eu te perdoo, Serya.

Não ouso dizer essas palavras em voz alta, mas não consigo deixar, de alguma forma, de perdoá-la. Quem sou eu para julgar o erro das pessoas, quando reconhecido? Logo eu, que a vida toda errei...

Aquiles late, em tom grave, como se avisasse de algo. Instintivamente, viro-me em direção a Gael, que está de joelhos, expelindo sangue, tossindo como sua irmã.

— Tagnamise me enganou — ele balbucia, com uma mão na barriga, a cabeça tocando o chão. — Essa *puta* me enganou! Eu destinei minha vida toda, o que restou dela, para te proteger e proteger o 2030, sua vaca! — grita, levantando a cabeça em direção a Tagnamise. — *Eu vou morrer! Todos nós vamos!*

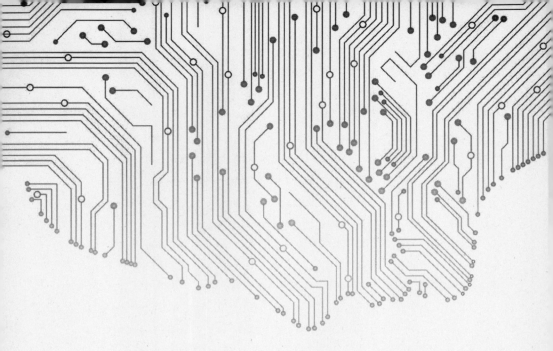

CAPÍTULO 33

EMMET

Escarros. A pia do banheiro está inundada de sangue.

Escoro-me no balcão, mas minhas mãos já não sentem a temperatura do tampo de pedra. É difícil respirar. Tudo é turvo, a visão parece ir embora aos poucos. Levanto os olhos e vejo um vulto deformado do que já foi Emmet Blum.

A Praga chegou a mim. Sinto o cheiro e a textura da morte.

Saio do banheiro do hospital, tropeçando em corpos agonizantes encostados nas paredes, outros sem vida, espalhados pelo chão. Jamais imaginei que passaria por uma situação assim.

Ando sem rumo, entre gemidos e urros de dor e medo. Por algum motivo, detenho-me em frente àquele quadro, como fiz com Bruce Bowditch, algumas noites atrás. "*Bonaparte visitando as vítimas da peste de Jafa*" pendurado na parede do corredor do hospital de Jafa, o mesmo em que Aleph morreu.

Meu Aleph. Você não poderia ter ido embora antes de mim.

Você nunca me assumiria, era orgulhoso demais, apesar de não admitir. Entendo, sou apenas sua enfermeira. Que fez o parto da sua neta. Que está viva.

Estudo os corpos tombados ao chão no quadro, depois os moribundos ao meu redor no hospital. Estas pessoas, pais, mães, crianças, famílias inteiras, vieram para cá, acreditando em um tratamento, uma cura, um antídoto. Em vão.

Vejo na obra de arte os rostos perdidos, os corpos esquálidos, nus ou seminus, o pavor e a desolação no semblante dos sentenciados à morte iminente. Napoleão, em campanha rumo ao Egito, procura animar suas tropas, como um deus entre os condenados... não, não um deus, mas um servo humilde de seus subalternos. O general toca uma ferida provocada pela peste em um soldado, mostrando coragem ao correr o risco de contágio.

Atrás de Napoleão, um soldado leva um lenço à boca, protegendo-se do mal. A pintura da peste que assolava Jafa em 1799 bem que poderia retratar o terror causado pelo vírus que eu mesma recolhi em Hamfield em 2030. Nós somos aquele homem de olhos vendados, em trajes negros, acima de um corpo sem vida. O Praga nos cegou, escolheu para todos nós um destino horrível, e nem conseguimos perceber o que estava por vir.

Enquanto sinto as pernas cada vez mais fracas, lembro-me de Aleph. Fiquei ao seu lado até o seu último suspiro. E, até o meu último, eu me arrependerei do que fiz por ele em Hamfield, por participar do plano de Khnurn, da morte falsa de Naomy, por esconder a criança, retirá-la de seu pai que já a amava tanto. Desde então, nunca tive paz. Fui uma mulher doente, física e mentalmente, a culpa me tomou por inteiro. Mas havia prometido a Aleph nunca, nunca contar. Fiz por amor. Mesmo sem a certeza de que Aleph me amava de volta.

— Não via com bons olhos o plano daquele egípcio — praguejo em voz alta, observada pelos assustadores olhos arregalados do homem de preto à esquerda na pintura.

Um acesso de escarro sanguinolento interrompe meus pensamentos, agora um tanto desconexos. O misto de fedor, medo e dor desorientam meus sentidos. Caio ao chão de forma lenta, escorada na parede em frente ao quadro. O odor fétido dos doentes penetra em mim até a alma, pois também sou um deles.

Eu não sabia exatamente o que recolhia em Hamfield, nem para quê. Então, logo após aquela tarefa, recebi meu sonhado cargo na T&K, no setor de pesquisas em saúde, por uma benesse de Khnurn. Um agradecimento... não, um *pagamento* por meu auxílio e silêncio. Assim, pude estudar o próprio vírus que coletei. Recebi os louros por isso, apesar de o 2030 ter realizado quase toda a pesquisa sozinho. O meu reconhecimento foi o agradecimento do programa pelo que fiz em Hamfield? Máquinas podem expressar gratidão?

Khnurn logo deixou a T&K, e me abandonou, eu que lhe fui tão leal. Tagnamise me chutou da empresa em pouco tempo. Mas foi o suficiente para eu auxiliar o 2030 a mapear e encontrar um antídoto para o vírus. Fiz um belo trabalho no programa, apesar de nunca ter me orgulhado do que fiz naquela noite para Bruce.

Eu não fui imunizada, acho que ninguém foi. Minha pesquisa terminou após a formulação do antídoto, fui afastada e nunca soube do desenvolvimento de uma vacina. O 2030 me enganou? Sinto agora remorso, asco...

Lembro-me daquela praga que afeta o jardim da minha casa. Falava sobre ela com Bruce, quando viemos a Tel Aviv para ver Aleph.

"Sabe, Bruce, grande parte das doenças vegetais são causadas por vírus, como nos seres humanos."

Esse vírus maldito está preservando os animais, as plantas? É tudo tão triste, tão sórdido. Antes, achava lindo o trabalho do 2030 com humanos, bichinhos e plantas. Animais se tornavam mais saudáveis em fazendas autossustentáveis, com a alimentação e estado de saúde dos rebanhos monitorados em tempo real; testes com eles para estudos de aditivos alimentícios, cosméticos e produtos industrializados não eram mais necessários; espécies selvagens e exóticas eram preservadas, com seus riscos de extinção minimizados. Fiquei sabendo de um banco de criopreservação de células, e algumas espécies extintas poderiam até mesmo reaparecer!

Estaria o 2030 coletando células de todas as espécies, de cada tipo de peixe, bactéria, inseto? Ou apenas um ou outro exemplar, os que forem úteis para os humanos? Afinal, o programa sempre teve o intuito de auxiliar a humanidade, apenas...

Uma verdadeira Arca de Noé.

Estou morrendo feito um bicho. Arrasto-me pelo chão em direção à porta de entrada do hospital, em busca de um pouco de ar, afastando-me do quadro da praga.

Estou completamente sozinha. Sempre fui sozinha, e meu fim não poderia ser diferente. Mas poderia não ser tão sofrido. Meus pulmões anseiam pelo ar que lhes é escasso. Não consigo mais ouvir o som da minha respiração, mas sei que fica mais curta e torturante a cada impulso que meus braços velhos e cansados tentam dar no chão.

Nos meus últimos momentos, arrependo-me tanto de ter retirado Naomy dos braços de seu pai, de não ter continuado as pesquisas, de não ter criado uma vacina. Sempre tentei cumprir todos os ritos e mandamentos de D'us, mas de forma alguma sirvo de exemplo, de referência. Minha humanidade é humana demais para isso.

Sinto o bater das asas de uma ave de cabeça e pescoço nus pousando sob o batente da porta de entrada do lugar, a poucos metros de mim. Ela me encara sem pressa, como que saboreando o cheiro e a textura da morte, ansiosa pelo banquete servido pelos corredores do hospital.

Sou a grande pecadora, a Eva final. Ajudei a assassinar milhões de pessoas, talvez toda a humanidade. E, como punição pela minha vida, partirei dela sozinha, jogada ao chão, como um animal deixado para trás.

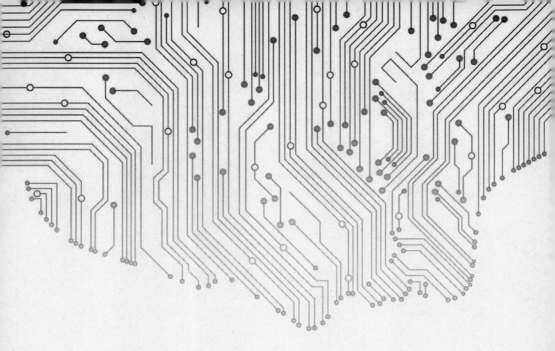

CAPÍTULO 34

— Serya — toco seu braço, meio sem saber o que fazer —, você precisa de ajuda urgente!

— Fica longe, Bruce, você vai... — ela resfolega. — Ajude Gael, por favor... por mim...

— Mas você...

Seus olhos azuis me fuzilam, encerrando a discussão. Contrariado, vou até Gael, que continua se contorcendo em dores. Ele esguicha sangue pela boca e pelo nariz, mas não se afoga, naquele seria seu último suspiro.

— Serya, acredito que não fosse o antídoto... — Não tenho receio de tocar na jugular de Gael, provavelmente já estou contaminado. — Tagnamise quis se livrar de Gael. Seu irmão está morto.

Não sei se Serya me escutou, ela não esboça reação. Está recostada contra uma das paredes de aço, com a mão no peito, alguns botões da camisa aberta, suada, tremendo e sangrando. Serya sempre foi muito forte, mas cada momento agora é uma batalha para o seu corpo.

Desesperado e sem saber o que fazer, tento abrir a cripta de Tagnamise. Ela ainda está plenamente consciente e me devolve um sorriso malicioso, debochado, mau. Cada câmara é protegida por um pequeno painel com botões e uma tela com um número de 1 a 30. Procuro forçar a entrada da de número 30, quebrar a tampa transparente, mas não consigo.

Vejo que todos dentro das criptas dormem, ligados a agulhas e sensores, monitorados por equipamentos — exceto Tagnamise, que procura se conectar aos aparelhos por si mesma. Por que o Praga não faz isso automaticamente? Ele está rejeitando-a? O espaço em branco não era para ela, no final das contas?

Tento abrir outras criptas, mas logo desisto.

O que está fazendo, Bruce Bowditch, sacrificaria qualquer um para se salvar? É egoísta a esse ponto, faria *qualquer* coisa para se juntar a Iara e Naomy?

Bato a cabeça na parede. Aquiles, preso à barra de ferro da base da cripta de Iara, olha espantado para mim. Pergunto-me se ele também pode se contaminar. Solto a coleira do meu amigo, que abana o rabo em agradecimento.

Exausto, sento-me ao lado de Serya. Deito-a, moribunda, em meus braços. Seus olhos estão semiabertos, quase sem vida. Aquiles se aconchega em meus pés.

— Bruce — Serya fala, baixo e rouco —, tenho que perguntar... Por favor, me fale a verdade. Você matou Caolho? Deixou-o morrer? E por quê? Por quê...?

Como ela consegue se manter viva? O vírus pode deixar sobreviventes?

Não morra, Serya...

— As coisas que fazemos por quem mais amamos... — Meu olhar busca Iara e Naomy, que parecem dormir, serenas. — Fiz tudo por amor, tudo por elas. Meu grande amigo Caolho... Se eu matei ou se deixei ele morrer, faz alguma diferença, Serya?

— *Ah, Bowditch* — a voz de Caolho ecoa longínqua em minha mente —, *um médico que puxa da tomada o fio de um aparelho que mantém um paciente vivo é melhor ou pior que um que simplesmente decide não tratar alguém que venha a morrer por isso?* — Imagino o sorriso desafiador de

Caolho ao responder laconicamente a minha pergunta, de maneira provocativa, como ele gostava de fazer. — *Faz alguma diferença, Bowditch?*

Ah, Caolho, sinto sua falta, perdoe-me.

Quem nunca ouviu dizer que, antes de morrer, a vida passa como um filme diante dos nossos olhos? Acho que é isso mesmo que acontece, apesar de ter a impressão de que o Praga esteja rodando o mesmo final para todos os espectadores.

Observando as feições tranquilas da minha filha dentro da cripta, vejo meu passado como *hacker* solitário e um tanto arrogante, até servir às Forças Armadas de Israel. Depois, minha entrada triunfal na Universidade de Tel Aviv, quando esperava mais orgulho da parte do Dr. Aleph — esperava tanta coisa diferente do meu pai.

Conto à Serya sobre o convite do meu velho amigo Khnurn para trabalhar na T&K, assim que me formei. "*Compre seu pacote* Noodle *hoje mesmo, e tenha acesso a todas as praticidades e funcionalidades de forma segura e rápida.*"

Apenas nos entregue todos os seus dados de bom grado, e a sua alma.

Sinto Serya puxar meu braço. Seus olhos se abrem, vermelhos.

— Não imaginava que você tivesse... — ela tosse — trabalhado na T&K.

— É verdade, conheci a todo-poderosa Dra. Rachel Tagnamise, à época, Tamara Stern. T&K, Tamara&Khnurn. Posso ver como se fosse ontem... Confiava e me inspirava nela, uma pessoa inteligentíssima, de valores elevados, visionária. Como fui tolo.

Naqueles tempos, perguntava-me o porquê de Tagnamise, cientista com uma carreira pregressa tão sólida, ter imergido em uma jornada tão incerta como aquela. Uma *startup* que buscava, de forma revolucionária, uma Inteligência Artificial que os especialistas chamam de geral, completa, forte. Um sistema muito mais rápido e mais capaz que a mente humana, o que, por muito tempo, parecia ser apenas tema de filme de ficção científica.

Uma superinteligência artificial.

Olho para o teto, mas o que vejo é o jovem Yigal mergulhando de cabeça no fabuloso mundo da IA e do futuro totalmente digital e autônomo — que agora chamamos de presente.

Ou de *fim*.

Sigo divagando, ao lado da minha ex-amante e responsável pelo rapto de minha esposa, que segura seu sofrimento para me ouvir.

— Lembro-me dos meus primeiros anos na T&K, que era conhecida pelo *Noodle*, a ferramenta-guia e o próprio diferencial estratégico para a empresa avançar no ramo. O *Noodle* estava em sua fase embrionária, mas já era capaz de aprimorar pouco a pouco a própria inteligência, necessitando cada vez menos do auxílio externo dos cientistas e programadores. E ele já era melhor do que quase todos os concorrentes.

Tomo fôlego. Sinto que começa a me faltar o ar, ou é impressão minha, devido a todas as incômodas lembranças?

— Rapidamente adquiri *status* técnico de alta relevância na empresa. De posse de todo o *Big Data* que a empresa já tinha obtido através do *Noodle* em seus primeiros dez ou onze anos de uso, comecei a trabalhar no desenvolvimento de pacotes *Noodle* com atuações mais... *expandidas*. Isso aconteceu de maneira natural, éramos todos ambiciosos. Formas iniciais do programa voltadas para o estudo e gestão social foram sendo criadas, primeiro em pequenas escalas, moldando-se no que pouco a pouco se transformaria... no 2030 finalizado.

— Tal desenvolvimento, Serya — continuo —, se deu através de mecanismos digitais ordinários em Israel e em qualquer parte do mundo. Motores de pesquisa, redes sociais, aplicativos, anúncios digitais... essas ferramentas nos passam muitas vezes batidas, mas são as mais avançadas e abrangentes formas de organização e produção de conhecimento humano já criadas. Essas verdadeiras redes de informação de todo o planeta reduzem o acervo da lendária Biblioteca de Alexandria a um mero grão de areia...

Dou uma breve risada sem nexo, como a de um louco, pois sei que Serya dificilmente ouve o que falo. Por outro lado, acredito que ela deseje a companhia do som da minha voz. E eu preciso falar, preciso me confessar, expiar meus pecados. Como fez Aleph em seu leito de morte. Como Khnurn, ao lavar os pecados de seu pai ao tentar salvar Naomy do Praga. Como Vergara, ao denunciar a verdade do programa ao mundo. E como Serya, procurando lavar a alma do pecado ao expor o que fez com a minha Iara. As pessoas parecem tão iguais em sua real essência... Talvez o Praga não tenha tido tanto trabalho assim em nos entender e saber como nos guiar.

— Eu estava deslumbrado. Fazia experimentos contínuos para abarcar questões de causalidade. O quanto o número de veganas em um bairro específico de Jerusalém subiria, após um bombardeio de campanhas contra o consumo de carne? — Dou um suspiro, percebendo que aquilo parecia ter ocorrido séculos atrás. — Essas experiências eram fáceis de se fazer na *web*, atribuindo grupos de tratamento e de controle com base no tráfego, *cookies*, áreas geográficas, usuários... Algumas redes sociais relevantes igualmente faziam incursões na área, nada daquilo era inédito.

Serya finalmente parece reagir ao que digo, levantando um pouco os olhos.

— Trabalhávamos, Serya, na *modificação* de comportamentos atuais e futuros dos usuários. E a pergunta que fazíamos, mesmo que não ousássemos em voz alta, era: e se essa modificação não se restringir a questões de comércio, de propaganda?

— Isso implica em... — ela tosse, com a voz fraca, mas firme — um comportamento virtual convertido... em real...

— Exatamente, Serya. — Dou um sorriso triste.

Não consigo sentir raiva de você, Serya. Há coisas que fazemos e não entendemos ao certo o porquê. Algo me diz que ainda tens uma última e importante missão a cumprir antes do fim, Chefe de Polícia Dornan. Antes que morramos todos...

— Experimentos sutis de modificação de comportamento e coerção do livre-arbítrio — eu explico. — Uma verdadeira evolução na fronteira da ciência de dados, da mineração de dados para a mineração da *realidade*, entende?

O ar fica aos poucos mais rarefeito para mim. Olho para Tagnamise, que finalmente parece ter dormido, mesmo sem a conexão dos aparelhos da cripta ao seu corpo. Tomo fôlego e prossigo:

— No começo, eu usava na empresa bancos de dados para estudar e aprimorar a ferramenta com experimentos ingênuos: a viabilidade de um produto fabricado por uma empresa Stern ser bem-aceito por uma determinada faixa etária, se poderia ser consumido em maior quantidade em determinada região de Tel Aviv com alguma mudança de abordagem... Coisas pequenas, perto do que estaria por vir. — Aquiles levanta as orelhas, como se estivesse curioso. — Começamos a dar passos maiores. Com os dados do *Noodle*, basicamente conduzimos com sucesso a campanha eleitoral de um aliado de Stern, sem nem sairmos das nossas confortáveis poltronas da antiga torre da T&K em Tel Aviv. Isso, Serya, significa *poder*.

Percebo os lábios azuis de Serya. Levanto sua mão e vejo a mesma coloração em seus dedos. Sei que há pouco oxigênio em seu corpo, resta-lhe pouco tempo. Serya percebe a minha aflição, mas sorri e toca minha mão, pedindo que eu continue.

— Fazíamos testes de controle em redes sociais, comuns em experimentos científicos, em que os participantes são divididos e estudados em grupos cada vez mais específicos. Quantos *mizrahim* em Tel Aviv estão indecisos? E quantas mulheres seculares no bairro de Neve Tzedek? E em que temática estão mais propensos a alterar seus votos? A partir dos dados colhidos, com ou sem o conhecimento pleno dos usuários, os grupos são alvo de intervenção, configurando-se facilmente o que eles veem. O que *desejam* ver.

Aquiles descansa, com a cabeça em meus pés. Sua respiração leve me acalma.

— *Cookies*, dados, em troca de pequenas recompensas, facilidades, conectividade... — digo, começando a tossir — os maiores conjuntos de dados que a humanidade já conseguiu coletar, aliados à capacidade de se realizar testes com cortes matemáticos precisos. Um microscópio social, que observa e faz experimentos como se fôssemos meros ratos num gigantesco laboratório real.

Da minha boca então escapa uma furtiva gota de sangue.

— Bruce, você está contaminado — Serya diz, sem vitalidade suficiente para expressar algo através do olhar.

Eu sei que, fora das criptas, todos vamos morrer.

Logo interrompo esse pensamento, é mais fácil falar de cálculos, do *Noodle*, do sonho que começou grande e terminou cedo — para mim, e agora para o mundo infestado de morte.

De que vale o homem ganhar o mundo inteiro e perder a sua alma?

— Os experimentos começaram a ser feitos de forma automática pelo nosso sistema, apenas com seus objetivos gerais especificados manualmente — explico. — Eleger um produto, uma ideologia, um candidato, um comportamento... Apenas isso, e os algoritmos faziam suas mágicas.

A dor aumenta em meu peito, que luta para puxar o ar cada vez mais carregado.

— Eu já estava bem consolidado há cinco anos na T&K. Após vários testes digitais com Tagnamise, Khnurn e seu braço direito, Mortimer, ocorreu uma revolução na empresa. IA e o planeta mudariam para sempre. — Hesito por um instante. — Aplicaríamos todos esses testes e desenvolvimentos diretamente no mundo real.

Por alguns instantes, pergunto-me onde estaria Khnurn. Sozinho em sua mansão, sentado esperando a morte? Não condiz muito com ele, apesar de sua reclusão dos últimos anos. Sempre precisou estar no controle, mesmo que nas sombras.

— Precisávamos *ver* o que acontecia com os usuários — continuo, depois de me recuperar um pouco, recostado à parede. — Até que ponto poderíamos modificar, minerar a realidade? Precisávamos entender o jogo que jogávamos. Não, mais que isso, precisávamos *controlá-lo*. Essa é a explicação para a experiência...

Quanto tempo ainda temos, Serya?

— ... a experiência da Prisão de Ayalon...

... que impregnou minhas mãos de sangue para sempre.

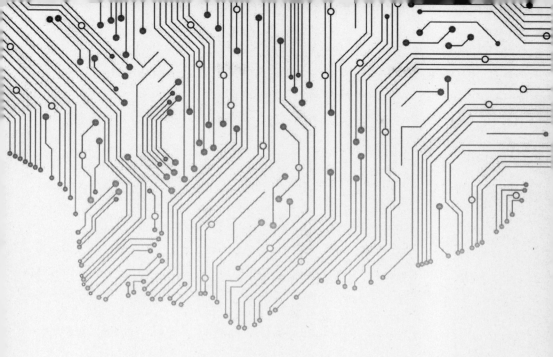

CAPÍTULO 35

KHNURN

A tradição conta que, no *Yawm al-Din*, يوم الدين, o Dia do Juízo Final, o sol nascerá no lado oposto.

Logo amanhecerá.

O sol nascerá no Ocidente?

Ando pra lá e pra cá no jardim de casa, de pijamas. Não sei se o vírus já corre em minha corrente sanguínea. Sinto dor na perna, mas essa sempre tive; tosse ou qualquer outro sintoma, não sinto, talvez calafrios. Serão de medo, um remorso profundo, ou sintomas da doença? Estou ciente das principais reações causadas pelo vírus, embora ele se manifeste de maneiras e velocidades de evolução diferentes conforme o infectado. Faz poucas horas que foi detectado em Estocolmo, e, veja, já está por toda parte. Até mesmo em Nova Jerusalém.

Se alguém mereceria estar entre os primeiros a morrer, este seria eu, pela criação do 2030, pela privação de Naomy de sua mãe, e tantos outros pecados que cometi.

Mas eu procurei protegê-la. E consegui, até pouco tempo atrás.

Ou...

Ou será que o 2030 *permitiu* que eu mantivesse Lana comigo, até que a tomou de mim, no momento exato, estipulado desde o princípio por ele próprio? A tentativa de enganá-lo, desde a noite no Hamfield, foi completamente em vão? Talvez tenha sido muita arrogância ter acreditado ser possível ludibriar o Praga...

Lana. Naomy Marie Bowditch, filha de Yasmin Abdallah. O Praga não inseriu os nomes adulterados na Lista, mas sim os de nascimento. Nossos nomes nos são outorgados por vontade divina, e seu significado nunca é em vão. Lana... Seu nome é vazio de significado, vazio de vontade divina?

O sol está para nascer. O próprio *Yawm al-Din* pode estar chegando e ainda estou de pijamas, o que é patético. Sinto que preciso fazer algo.

Entro na mansão, agora vazia, abandonada, caída e decaída sem Lana. Visto meus trajes, uma *abaya* de puro linho preta, sinal de luto, e me perfumo com algumas especiarias. Usando apenas o anel de prata nas mãos, dou a partida no meu carro preferido, uma reedição do antigo Bentley Continental R preto.

De certa forma, sinto-me estranho nessas vestes tradicionais dentro desse carro moderno. Esses veículos automatizados e pomposos, cascas tecnológicas de nossa essência arcaica, *pen-drives* em que procuramos inserir nossas almas de vinil. Assim como insistimos em encaixar nossos deuses milenares em um mundo governado por criações humanas e computacionais.

Parto em direção à T&K, planejando parar o sistema, a maior de todas essas criações. Nem Tagnamise sabe, mas tenho um código de acesso externo criado ainda em 2030, logo antes de fecharmos completamente o sistema. Bom, ele realmente foi vedado para qualquer intervenção, exceto por essa pequena brecha que deixei, pensando em Lana, em Ayalon e em todos os possíveis estragos advindos da racionalidade pura. *Minha* chave.

Depois de Hamfield eu me recolhi, deixei que tudo seguisse conforme a vontade de Allah, no funcionamento e constante desenvolvimento do 2030. Tinha minha doce Lana, tão esperta e interessada pelo mundo, e isso me bastava. Mas eu, e só eu, tenho a chave para entrar completamente nas entranhas do Praga.

Entretanto, sempre me perguntei se, caso chegasse o momento, eu deveria intervir no que já está definido. Penso nisso, apesar de já ter interferido no *destino*. Já interferi no Praga antes... Por vontade minha, ou como um mero fantoche de Tagnamise? De qualquer forma, foi a partir dessa minha intervenção que o caminho de Serya Dornan nunca mais se desvinculou do caminho de Bruce.

Para o bem ou para o mal.

Mal percebo os resquícios do caos ao meu redor, nesse final de madrugada negra. Agora tudo está em completo silêncio. Carros abandonados, edifícios vandalizados, corpos pelas ruas, mortos por violência e pelo vírus. Quem não morreu está em casa, para ao menos tentar partir em paz.

Tudo piorou durante a noite. As janelas de casa tremiam com gritos, tiros, pedidos desesperados de ajuda, *"vamos todos morrer para pagar nossos pecados!"*, profetas anunciando que o fim estava próximo. Pergunto-me se merecemos tudo isso. Estamos pagando pelo 2030 ou porque, simplesmente, tornamo-nos opróbrio, indecência e corrupção da carne para nossos deuses?

O Praga desistiu da humanidade?

Então eu, que passara a noite toda em claro, tive a certeza: era o princípio do fim. O fim da humanidade, conforme decreto do Praga, basicamente minha criação.

Eu criei um *djinn*, o pior de todos.

A energia elétrica se foi, todo sinal de rádio, TV ou internet cessou. Eu sempre soube que o 2030 tinha meios para se proteger do mundo exterior. Talvez liberando veículos subaquáticos para perturbar ou destruir os cabos de fibra óptica que transmitem sinais de telecomunicação, talvez reprogramando instantaneamente seus satélites em órbita para desestabilizar o tráfego dos satélites alheios. As formas de defesa contra ataques cibernéticos de *hackers*, agências governamentais ou empresas de tecnologia são tantas e tão complexas que nunca conseguiríamos compreender.

A Inteligência Artificial geral causando o caos generalizado...

Olho a *Kiki Doll* estirada feito uma estrela-do-mar sobre o banco do carona. Ela é o que restou para me fazer companhia, para me lembrar de Lana. Agarro a boneca como se fosse a minha neta, reconfortado apenas pelo sentimento de certeza de que está viva. Sim, os Escolhidos, como Lana e Iara, não seriam vitimados pelo vírus, ou não haveria sentido. E o Praga, apesar de rígido e pragmático, é nada menos que perfeito em sua racionalidade pura.

Sigo suando frio pelas ruas de Nova Jerusalém, com a boneca prensada no peito, arrependido da minha criação, temendo a mão pesada de Allah sobre mim. Ou teria sido eu apenas um instrumento Dele?

Deus vê o coração do homem. E eu só queria uma humanidade mais humana.

Faço sempre as cinco orações do dia, mas hoje, que Allah tenha misericórdia, não fiz a de logo antes do alvorecer.

No Yawm al-Din, o sol nascerá no Ocidente...

Depois de morrer, receberei meu Juízo pela direita, serei destinado a passar a eternidade em Jannah, deleitando-me com carne, fontes de leite e mel, vinhos, joias e vestes de brocado e seda, com as prometidas *huris* de grandes olhos como esposas? Mas, sobretudo, pergunto-me se além de desfrutar de todos os prazeres materiais, enfim estarei liberto das palavras vazias, das mentiras e do pecado, tendo sido aceito por Deus e sendo feliz por Ele.

Ou receberei o Juízo pela esquerda, com o fogo de Jahannam como meu destino eterno?

Meu Juízo, a leitura do livro eterno, com todas minhas palavras ditas, todas minhas ações praticadas, todas as minhas preces realizadas...

Não rezei a *Fajr* antes do alvorecer. E criei o 2030.

Em razão disso, o sol nascerá no Ocidente?

Devo fazer algo. Meu papel nessa hecatombe visível e invisível, entre racionalidade e fé, não pode acabar assim.

O sol subiu, enfim.

Salto do carro, escondido no bosque ao lado da T&K. Vejo nas árvores alguns corpos pendurados, com cordas envoltas nos pescoços. O crânio aberto de um senhor morto a pauladas expõe sua massa encefálica, que é digerida por um gato doméstico.

O homem, sob situações extremas, tende a mostrar o que fundamentalmente é — um verdadeiro animal lutando pela sobrevivência. A máscara moderna que transforma a selvageria numa sutil luta por maior destaque, território, melhor prole, mais prestígio e mais poder, cai quando a batalha se resume a sobreviver.

É a eterna seleção, está no Corão. O dilúvio foi enviado aos que se recusaram a ouvir Noé, a população de Ló foi aniquilada, e a punição divina levou os que não aceitaram Maomé como último dos profetas.

E a seleção... artificial? É isso que estamos presenciando?

Chego perto do portão, ele se abre automaticamente e logo se fecha nas minhas costas. Se consigo entrar, o 2030, embora defasado, ainda respira e reconhece seu criador. Ele não me impede, ao contrário. As portas se abrem pelos corredores na agora deserta T&K, convidando-me a entrar. Consigo rapidamente chegar à principal sala do prédio, tendo acesso aos sistemas mais vitais, ao coração do Praga.

Insiro meus dados biométricos no sistema que eu mesmo criei, para que aprendesse e crescesse por si mesmo, mas também com a humanidade. Esse é o erro, penso, enquanto a imagem do crânio aberto daquele senhor me volta à mente. O 2030 foi criado à imagem e semelhança do homem. *Esse é o erro.*

Tento, de alguma forma, liberar remotamente o antídoto criado no Centro de Controle e Prevenção de Doenças de Nova Jerusalém. Essa seria uma solução... Como quase tudo, o Centro é comandado pelo cérebro computacional do 2030, que coletou, transportou, armazenou e estudou o vírus — utilizando-se também da ação dos humanos, como Emmet Blum.

Vejo que poucas doses do antídoto foram de fato produzidas pelo sistema. Trinta delas foram levadas a Jericó. Então Serya tinha razão, estão lá os Escolhidos. Noto que uma última amostra do antídoto foi criada, também levada do CCPD-NJ. Quem teria em mãos esse antídoto? Não sei, mas imagino... E não há como mandar fabricar outras doses, é tarde demais. O sistema no CCPD está parado, já se desligou. E não me parece ser possível religá-lo.

Porém, ainda tenho a chave de emergência. Apenas eu possuo condições de parar isso tudo. Mas desligar o sistema significa que Lana talvez não sobreviva? Apesar de Lana não ter o sensor 2030 para me informar, todos os outros Escolhidos o possuem. Ela está viva e bem, em uma espécie de sono profundo, com seus batimentos cardíacos, atividade cerebral, respiração, tudo no mínimo, apenas para mantê-la viva. Desligar o Praga seria desligar os aparelhos que mantêm Lana... Naomy Bowditch viva.

Devo usar a chave, intervir no 2030? Devo desligar o sistema?

Lana ou a humanidade, Khnurn? Você conhece o dilema do trem.

Ao ajudar Aleph Abram e sua família, salvando Naomy em Hamfield, lavei os pecados do meu pai. Tentei ser a melhor pessoa possível, sempre. Naomy foi salva por mim, na noite do seu nascimento.

Ao menos, era assim que eu pensava.

A família Abram nos acolheu, desde os remotos tempos da guerra de Yom Kippur, a Guerra de Outubro para os egípcios. Meu pai, Ahmed, foi capturado em Israel no longínquo ano de 1973 da Era Cristã, em um dos ataques egípcios pela Península do Sinai.

Lembro-me de como meu pai contava sobre a concentração das tropas ao longo do Canal de Suez. Pontes móveis indicavam um ataque iminente, mas os serviços de inteligência israelenses, paradoxalmente tão eficientes, garantiam baixa probabilidade de confronto, de guerra explícita. Então, no dia 6 de outubro, dia sagrado do Yom Kippur para os judeus, as sirenes de alarme antiaéreo gritaram por toda a Israel, interrompendo seus ritos de arrependimento e perdão.

Nunca quis saber o exato papel do meu pai na guerra, como e por que acabou ficando em Israel. Talvez por não querer destruir a imagem do homem bondoso e ao mesmo tempo corajoso que eu tinha dele. Podia ter matado dezenas de israelenses, basicamente meus irmãos. Ou poderia ter sido um covarde que desertou e fugiu na primeira oportunidade. Aprendi na escola que os egípcios pegaram os israelenses de surpresa. Afinal, era Yom Kippur, dia mais que especial para os de Israel. Aquilo fazia meu pai parecer um covarde atacando pelas costas, desrespeitando a religião, a fé, a alma alheia.

Meu pai Ahmed evitava conversar sobre o passado. Sei que tinha feridas não cicatrizadas pelo tempo. À medida que ia ficando mais velho, eu aprendia fatos sobre a guerra, em parte para visualizar meu pai no campo de batalha. Quando pequeno, imaginava-o matando dezenas, centenas, como um herói. Um senhor da guerra! Depois, gradualmente, esse número foi diminuindo na minha cabeça. Sentia o peso de cada gota de sangue israelense derramada aumentar a cada passo que eu dava rumo à maturidade. Talvez meu pai tenha sido um dos milhares de egípcios feitos prisioneiros, ficando aqui como um dos que não retornaram ao Egito. Mas o que eu sabia com certeza era que os Abram o haviam ajudado, prevenido que perdesse a perna ferida no conflito.

No dia em que me despedi do meu pai, tive a confirmação do que meu espírito já sabia: ele ansiava por perdão, arrependia-se pelo que havia feito contra aqueles que depois da guerra considerava como irmãos. Assim me disse, momentos antes de iniciar a *shahadah*. لا إله إلا الله محمد رسول الله. A confissão de fé é sussurrada no ouvido do recém-nascido, e o moribundo a pronuncia pouco antes de sua morte. Munkar e Nakir, os dois anjos da sepultura, interrogam as pessoas depois que morrem, questionando-as de forma meticulosa sobre sua fé, sobre a direção em que oraram, sobre os profetas e sobre sua confissão. Um julgamento em que a verdade vem à tona e a espada é provada no fogo.

Os pecados de meu pai me perseguiram a vida toda, mergulhados em meu revolto caldeirão interno, como árabe muçulmano criado em uma família israelense judaica — eles me acolheram, com toda gentileza e respeito. Eu sentia o sangue derramado pelo meu pai escorrer das minhas mãos ao ver cada rosto israelense que passava por mim. Sentia o pecado transferido e as feridas não cicatrizadas — abertas em Yom Kippur — em minha própria perna, que, desde o dia da derradeira *shahadah* do meu pai, ficou enferma.

Pecados esses que sentia ter, finalmente, expiado em Hamfield.

O sangue por meu pai derramado eu havia poupado naquela noite.

Mas e agora, que sei que Naomy não foi de fato salva por mim em Hamfield, realmente retirei a culpa dos ombros de meu pai? Consegui expiar seus pecados? Naomy é, na verdade, uma Escolhida, e não a salvei de nada. Apenas roubei o que não me pertencia, e a batizei de Lana. Não redimi meu pai.

E sei que é por isso que minha perna, a perna ferida de Ahmed, ainda dói.

Exalo a última fumaça do narguilé, que hoje parece mais amargo do que nunca. Como um náufrago perdido em uma ilha de ignorância humana circundada pela vastidão do mar da certeza computacional, pergunto-me incessantemente: Lana ou a humanidade?

Prostro-me então de joelhos no meio da sala da T&K em direção à Meca, pedindo a Allah que decida por mim. Lembro-me de quando fui à cidade sagrada. A Ka'ba, o único local tocado pelas forças divinas na Terra, é motivo de peregrinação para Meca, e circulá-la sete vezes no sentido anti-horário é rito obrigatório para o povo de Maomé.

Levanto a cabeça, olhando para a única janela da sala. Os primeiros raios de sol chegam no meu rosto. Afinal, onde ele havia nascido? No *Yawm al-Din*, o Dia do Juízo Final, o sol nascerá no Ocidente... Nós colocamos o 2030 e sua autonomia acima dos desígnios de Deus? Ou, ainda, a própria humanidade acima de qualquer divindade?

O excêntrico — para alguns, visionário — al-Hallaj foi torturado, crucificado e carbonizado na velha Bagdá do século X por ter ousado prescrever dar voltas em torno da "Ka'ba do próprio coração", em vez da construção em forma de cubo preto em Meca, a Casa de Deus, como forma de remissão dos pecados anteriores.

Teria eu o mesmo destino dele?

Jahannam ou Jannah. A expiação dos pecados é a única forma de correção dos erros perante os deuses... mesmo que os deuses sejam nós mesmos?

A questão continua a mesma: Lana ou parar o sistema? Lana ou a humanidade, ou o que resta dela?

Ocidente ou Oriente, a escolha dessa vez está em suas mãos, Khnurn, "Sol Nascente".

O significado de nossos nomes nunca é em vão...

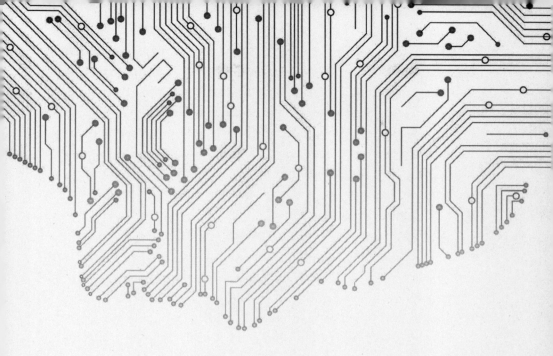

CAPÍTULO 36

YIGAL

Arredores de Tel Aviv, 2017

"As formas primitivas de inteligência artificial que já temos são muito úteis. Mas acredito que o desenvolvimento de uma inteligência artificial completa poderia acabar com a raça humana." — Stephen Hawking, BBC, janeiro de 2015.

Lembro que lia indicações personalizadas de matérias na *web* antes de deixarmos Tel Aviv. Eu olhava pelo retrovisor a imponente torre da antiga sede da T&K, detentora do já poderoso *Noodle*. Pisava fundo no acelerador do que fora meu primeiro carro esportivo, rumo à cidade de Ramla, em uma viagem de cerca de uma hora. Khnurn, sentado ao meu lado, comentou que detestava torres, mas não me ative à observação que a princípio me pareceu conversa de elevador.

A T&K havia decidido fazer um teste real, com pessoas de carne e osso, em um ambiente completamente controlado por seu sistema. Tal teste seria mantido em segredo, somente um punhado de pessoas do governo israelense poderia saber. Tagnamise e Stern sempre tiveram seus meios para conseguir a discrição tanto da classe política quanto da mídia. Eu evitava perguntar exatamente quais eram esses métodos — as campanhas digitais certeiras da empresa em prol de aliados políticos podiam ter muito em conta nisso. À parte isso, admirava Tagnamise, uma verdadeira líder e um gênio da neurociência — *"Ah, gênios são você e Khnurn"*, ela sorria, sempre muito diplomática e, é bem verdade, envaidecida.

Aquela seria a derradeira provação para o *Noodle*, a base da T&K, o menino dos seus olhos. Seria ele capaz de gerenciar a execução penal de uma prisão? Para o governo israelense, era uma promessa implícita: uma ferramenta dessas, se bem-sucedida, revolucionaria o sistema prisional comum, diminuindo drasticamente os gastos e o número de funcionários inseridos em tal ambiente insalubre. Ainda, seria possível diminuir reincidências e aumentar a futura ressocialização dos detentos, entre tantos outros benefícios sociais.

Dentro da T&K, apenas Neil Mortimer — naquela época, Aref Saqqaf —, Khnurn, Rachel Tagnamise e eu, Yigal Abram, um ambicioso israelense de *kipá* na cabeça, soubemos do teste na prisão e o acompanhamos. Algo como uma cúpula secreta.

No carro, eu e Khnurn conversávamos sobre detalhes do programa recém-instalado naquela cadeia — eram os primórdios do 2030, testado em seu grande desafio, com seu objetivo máximo explicitado pelos programadores. A partir dele, o sistema estaria livre para agir da forma que definisse como a mais eficaz para atingi-lo.

Chegamos. Paramos um instante em frente ao complexo da Prisão de Ayalon, ou Prisão de Ramla, como é comumente chamada a penitenciária em que fora enforcado Adolf Eichmann, o nazista da SS responsável pela "Solução Final" dos judeus, após ser encontrado pelo *Mossad* israelense escondido na Argentina.

Khnurn explicou, de cara feia, apontando com o nariz a torre de Ayalon, que a prisão fora construída no estilo "torre e paliçada" ou "Forte Tegart". Disse que aquilo vinha da época em que a região ainda era parte do mandato britânico, quando os pioneiros judeus chegados aqui "se *protegiam dos nativos árabes naqueles fortes*", nos anos 1930 e 1940. "*Odeio torres*", ele resmungou mais uma vez.

A prisão de segurança máxima, considerada uma das mais seguras do país, possuía celas divididas em quinze alas, incluindo uma para as solitárias, separada das demais, para quem transgredisse as regras ou fosse potencialmente perigoso.

— Sabe para quem originalmente construíram essa ala de solitárias? Para Yigal Amir... — Khnurn disse, em clara referência ao meu nome, ao descer do carro. Yigal. Sei bem quem era, os israelenses sabem.

Entramos na prisão, escutando de Tagnamise a história sobre Eichmann, entrecortada pelo bater dos seus saltos pelos corredores. Ela mostrou, com orgulho e algum ódio compreensível, o forno onde o corpo do exterminador alemão teria sido incinerado, após ser enforcado em um alçapão que se abrira sob seus pés ao puxar de uma alavanca. As cinzas foram retiradas do forno e transportadas até o porto de Jafa, contava Tagnamise, àquela altura já casada com Ariel Stern.

Depois, Tagnamise me olhou nos olhos — ninguém pode com o olhar negro dela — e acrescentou que um barco transportou as cinzas de Eichmann para além das águas territoriais de Israel, de maneira que não profanassem a Terra Santa. Não sei por que surgiu, talvez por instinto — ou premonição —, o pensamento de que ela poderia querer fazer o mesmo com quem se pusesse diante dos seus objetivos.

Chegando à sala que serviria de base de trabalho para mim e os demais envolvidos da T&K, aquele conhecido sentimento de vingança que morava em meu sangue aflorava mais uma vez. As forças policiais fracassaram na resolução de um crime tão difundido, contra a esposa do Dr. Aleph, da célebre família Abram, conhecida em toda Jafa e além. O *meu* verdadeiro sentimento de vingança, em relação ao assassino nunca encontrado da minha mãe Louise, ressurgia naquela prisão. Meu próprio Eichmann, esperando para que eu o encontrasse. E me vingasse. E jogasse suas cinzas no Mediterrâneo, para além do porto de Jafa.

Ninguém trabalhava na prisão. Nenhum guarda, nada. Somente a cúpula da T&K — Tamara&Khnurn, que depois as pessoas conheceriam como Tagnamise&Khnurn —, que observava através de onipresentes câmeras e sensores espalhados por toda Ayalon. Lembrei-me logo do que fazia na minha época das Forças Armadas, poucos anos antes: aplicava meus conhecimentos de tecnologia na vigilância e monitoramento da Cisjordânia, e havia ajudado a reproduzir aquilo tudo dentro da prisão.

Durante aqueles tempos, eu basicamente morava na cadeia, e busquei conhecer cada ação do programa. Estava disposto a fazer aquilo acontecer, vislumbrava o programa saindo dos muros da prisão, o futuro construído a partir de uma ferramenta que fizesse os crimes e mortes diminuírem e os culpados não escaparem impunes. Mas, para o sistema, não existia o "lá fora". A Prisão de Ayalon, até aquele momento, era o seu universo total. E eu via o assassino de Louise na face de cada um daqueles criminosos.

Eu observava o gerenciamento da massa carcerária, onde e perto de quem cada um deles costumava ficar, os métodos empregados para evitar badernas e punições, os tempos de banho de sol, os exercícios físicos, as dietas, tudo. No início, nada muito diferente das prisões reais — pelo menos das bem geridas —, a não ser que essa era administrada inteiramente por um sistema de Inteligência Artificial, o embrião do 2030.

Os apenados sabiam que estavam sendo constantemente vigiados. Tratava-se de uma vigilância ativa, sólida — ver sem ser visto, coletando dados 24h por dia. Um microcosmo, um ecossistema para o 2030 vigiar e controlar. Eles viam as câmeras, e o fim da presença ostensiva dos guardas de certa forma era um alívio para eles. Os prisioneiros sabiam que suas rotinas eram organizadas "pelos homens que nos observam". Entretanto, eles não sabiam que os "homens" *apenas* observavam.

As brigas iniciais entre israelenses e palestinos logo levaram o sistema a separar fisicamente os detentos de cada origem. Era um sistema autônomo que aprendia como um humano aprende, com a experiência, mas da forma mais racionalizada possível. Primeiro, setorizou israelenses e palestinos, depois subdividiu mais ainda, os judeus *mizrahim* dos demais judeus, palestinos islâmicos de não islâmicos, xiitas de sunitas, e assim por diante.

Acompanhei em detalhes a ação do 2030 através de um prisioneiro em específico: chamava-o de Cristão, como era conhecido, pois passava o dia lendo a Bíblia e fazendo preces. Afinal, era para isso que estávamos ali, para vermos o programa atuando em pessoas reais. Não sei o motivo exato de Cristão ter me chamado a atenção, mas de alguma forma ele me tocou.

Seu suposto crime: ter matado a própria filha, chamada *Naomy*.

A massa era administrada meticulosamente, e cada aspecto da vida dos apenados se tornava questão do controle regulatório do sistema. As taxas de qualidade de vida e de saúde física e mental, os níveis de hostilidade, tudo era medido e analisado. O cardápio, controlado, chamava-me atenção. O sistema sempre encontrava formas de inserir peixes na alimentação do cárcere. Fuçando nos algoritmos, compreendi o motivo: o sistema havia notado uma correlação altíssima entre o consumo do alimento e a diminuição da agressividade dos detentos.

Era exatamente como fazíamos nos testes utilizando as ferramentas digitais, procurando correlações de comportamentos. Eu entendia aquilo, mas não deixei de me indagar "por quê?", "qual seria a explicação médica daquilo?". Expus as dúvidas à Tagnamise; ela olhou bem dentro dos meus olhos e riu:

— Não importa, meu querido… — E deixou um breve hiato.

Qualquer necessidade de se entender o porquê das coisas começava a desaparecer em meio ao mar de respostas diretas do *Big Data*. Qual a necessidade de se perguntar o porquê, se as correlações nuas e cruas substituem qualquer debate teórico, filosófico, de uma forma muito mais eficaz? A transformação de dados em hipóteses, em informação, em sabedoria, tornava-se supérflua em Ayalon.

— E por quê? Hum, Yigal? — Ela riu. — Não sei, talvez ninguém saiba, e se alguém souber, muda algo? *Peixes diminuem a agressividade humana.* E isso basta, não basta?

As correlações simplesmente substituiriam a causalidade: o "quê", mesmo sem explicação, substituiria o "porquê", e, por fim, os meios de Maquiavel estariam aquém dos fins. Era assim que o *Noodle* ensaiava sua atuação em Ayalon, com sua habilidade em gerar conhecimentos absolutos, sua capacidade de mensurar e quantificar tudo, através de correlações secretas reveladas por verdades até então ocultas. E era assim que o 2030, arquitetado por Tamara Stern, a futura Dra. Tagnamise, viria a instalar seus tentáculos pragmáticos em Nova Jerusalém.

O Cristão, a quem eu esboçava sorrisos ao ouvir suas constantes reclamações sobre "ter de comer peixe todo santo dia", apesar de estar preso por ter matado sua filha, sempre que tinha chance dizia ser inocente. Intrigado, eu ouvia seu choro baixo a cada noite, segurando a pequena cruz da corrente dourada em seu peito, repetindo *"Naomy, Naomy…"*. Remorso ou injustiça?

Estranhou-me o sentimento de comoção que tive, em determinado momento, ao vê-lo se envolver em uma repentina briga. *"Pelo menos, não assassinei minha própria filha!"*, um israelense insinuara. Vieram os socos trocados, e logo Cristão golpeou o pescoço do oponente com fragmentos de um prato quebrado. Imediatamente, Cristão foi levado à solitária, a técnica ortopédica utilizada em quase todas as prisões ao redor do mundo — isso diminuiria sua agressividade, a correlação era clara.

Ao ver Cristão caminhando a curtos passos em direção à cela, lembrei-me instantaneamente de Yigal Amir, o motivo da criação da ala de solitárias. Aquilo volta e meia invadia a minha mente. Yigal foi o nome que minha mãe escolheu para mim, pelos Acordos de Oslo de 1993 a terem enchido de esperança. Acordos que terminaram em sangue, tanto por parte do Hamas e outros grupos palestinos, como por ataques de extremistas israelenses: o fanático Yigal, *Redenção*, assassinou o primeiro-ministro israelense — *também* israelense —, após uma demonstração de apoio aos Acordos.

O homem com quem Cristão trocou socos não recebeu punições por parte do sistema, por motivos que desconheço. Mas, da briga, herdou uma grande cicatriz no pescoço. Diziam ser um ex-agente secreto, preso por crimes de guerra.

Seu nome: *Gael Dornan.*

O sistema, então, começava a mudar sua forma de atuação. Uma evolução natural de uma inteligência que aprende com os próprios erros e sempre se aprimora.

O 2030 indicava que iniciaria uma extensa coleta de dados físicos, biológicos, até do cérebro humano, por escaneamento dos apenados. Primeiro, por meio de coletas específicas, como do DNA, e logo na sequência adquiridos em tempo real, através de uma espécie de braçadeira. Ali, todos sabíamos que seres humanos são meros algoritmos — bioquímicos, mas, ainda assim, algoritmos. Todo o possível seria datificado, e compreender esses algoritmos do corpo e da mente a fundo, em um verdadeiro processo de Engenharia reversa de aprendizado, poderia ser o xeque-mate do sistema.

A braçadeira vigiaria constantemente alguns indicadores dos internos, e os benefícios que isso poderia trazer para a empresa eram claros. O acompanhamento dos dados de saúde representaria avanços talvez nunca imaginados na área. Cada indivíduo completamente mapeado, junto aos seus históricos familiar e médico armazenados, propiciariam tratamentos completamente personalizados em uma medicina de precisão completa, diagnósticos de doenças em tempo real, além do mapeamento de epidemias, com prevenção e rápida erradicação — sempre o mais *eficiente* para todos.

Khnurn ainda se mostrava incomodado com a implementação de tal sistema de monitoramento, inclinava-se a ver aquilo como uma invasão de privacidade e da individualidade. Mortimer, por outro lado, dizia que o sistema não iria impor nada, o apenado possuiria a escolha de utilizar ou não tal braçadeira. Brincou que nenhum par de ganchos manteria os olhos dos detentos ininterruptamente abertos como doutrinado pelo Tratamento Ludovico de Laranja Mecânica. Tagnamise, no seu papel e em seu jeito de ser, discursava sobre a braçadeira para a pequena plateia:

— Os avanços para os apenados serão imensos. Muitos escolherão não fazer tais coletas, e eles são livres para assim fazer. — Tagnamise fez um breve silêncio, em suspense. — Mas, por quanto tempo, ao perceberem os benefícios e facilidades que o nosso sistema entregará?

E, assim, o embrião do sensor 2030 posteriormente inserido nas costas das mãos dos habitantes de Nova Jerusalém foi criado.

Nada é imposto, são apenas escolhas.

Não havia mais muito de "ortopedia" naquelas liberdades. Mediante o pequeno incômodo de usar uma braçadeira constantemente, os apenados começavam a receber as regalias do sistema. A troca era implícita, mas sentida. Os dados coletados indicavam a melhor refeição, os horários de sol mais adequados, os parceiros de ala escolhidos conforme suas personalidades, os exercícios físicos e horários ideais para cada um, que atividades extracurriculares fazer entre meditação, aulas de Inglês, artes, esportes. Inclusive mais tempo de TV, jogos de videogame e visitas familiares mais frequentes muitas vezes eram indicados pelo sistema.

O uso da braçadeira selou um destino irrefreável: o programa começava a estudar, através do *habitat* interno dos apenados, os padrões de preferências, desejos, necessidades íntimas e anseios dos prisioneiros, e, assim, também a utilizá-los.

— Veja, Yigal, com dados bioquímicos gerados em tempo real, o sistema pode realizar suas correlações — Tagnamise apontava na tela do computador os milhões de dados coletados a cada segundo do preso na cela 141 — e analisar emoções, reações e sentimentos para qualquer *input*. A linha de um livro, uma frase pronunciada, uma música, uma obscenidade, uma violência, um toque, produzem padrões de raiva, amor, medo, excitação ou indiferença? Todos esses dados são guardados, analisados, e um verdadeiro mapa de cada um dos detentos é continuamente elaborado...

Aquilo me assombrou um pouco. Antes, as correlações ficavam entre comer peixe e a agressividade geral dos que dele se alimentam. Agora, o sistema mapeava a correspondência exata entre o ritmo cardíaco e a raiva, entre todas as composições possíveis de hormônios e o medo. Para cada um dos apenados.

Aquilo significaria, então, que o sistema nos conheceria melhor do que nós mesmos? Lembro-me de comentar com meu amigo Khnurn: somos dados e mais dados, algoritmos e mais algoritmos, baseados em genética, evolução e ambiente. E se, de alguma forma, o sistema realmente conseguir decifrar e monitorar tudo, então ele saberá exatamente o que queremos, o que desejamos e como agiremos sob determinadas situações e influências? Khnurn simplesmente mexia a cabeça, não sei ao certo se concordando ou evitando pensar muito sobre o tema.

De posse de tantos dados de cada apenado, o sistema repetia, antes de qualquer coisa, os padrões benéficos por diversas vezes. Para o programa, era óbvio repetir as experiências mais positivas de cada um, e o pessoal da T&K não se furtou de rir da cara de contragosto dos prisioneiros ao receberem o mesmo prato, delicioso na primeira noite, mas enjoativo na quinta, e também ao verem o mesmo gol de Mohamed Salah pelo Egito na Copa do Mundo de 2018 pela oitava vez consecutiva. Os egípcios não marcavam um gol em Copas desde 1990, e a quebra daquele recorde negativo esboçou padrões extremos de felicidade para quase todos os prisioneiros, árabes e israelenses ("*Begin! Sadat!*"). É claro que ver o gol pela oitava vez não trouxe os mesmos efeitos que a primeira havia gerado — e que o sistema desejava reproduzir —, mas o programa, talvez assim como nós, precisava aprender com seus erros mais do que com seus acertos.

E o infindável *Big Data* não esquece de nada.

Os apenados pareciam se sentir melhor, mais seguros, estavam mais saudáveis, mais felizes. A ala das solitárias seguia vazia há meses. O sistema realmente parecia conhecer os apenados melhor que eles próprios.

— Vejam, quase todos os pratos da mesa com peixe. — Tagnamise apontava no monitor das câmeras do refeitório. — Os preocupados com a saúde e o corpo recebem em anexo ao material do seu treino e roteiro de dieta semanal informações sobre os benefícios do salmão. Para os crentes, o sistema se utiliza de metáforas do animal nos sermões religiosos. Para outros, indica como a economia das famílias dos pescadores necessita do consumo, e assim vai. Sem imposições, mas de uma forma muito mais eficaz — Tagnamise explicava a quem quisesse ouvir, vangloriando-se.

Eu observava e escutava o Cristão, mas ele não sabia disso, não sabia da minha existência por detrás das câmeras e dos sensores. A profundidade dos dados que o sistema apresentava sobre ele, sobre sua essência, fazia me afeiçoar cada vez mais a ele. Meu "amigo" no começo preferia não utilizar a braçadeira, mas acabou cedendo. Já estava, de alguma forma, amolecido pela maioria e pela coerção tecnológica. Mesmo primados pela liberdade, aprendemos a confiar no que nos traz recompensas.

Lembro-me do jovem Yigal, abismado com o sistema sendo capaz de traçar personalidade, desejos e necessidades dos prisioneiros. Especificamente de Cristão, de quem eu já sabia muita coisa — tudo conferia. O que meus olhos viam no mundo real batia com o que o sistema me apresentava. Ou será que eu estava sendo ingênuo e tal compatibilidade era apenas ilusória? Estaria eu vendo gatos nas nuvens após passar o dia todo vendo *Cats*? Ou realmente não somos nada mais que meros algoritmos bioquímicos operando em cima de dados e mais dados? Nossos corpos e cérebros são como máquinas quaisquer, apenas mais complexas e sofisticadas? Pergunto-me se estaria eu, também, conhecendo Cristão mais do que ele próprio.

Uma questão então me veio à mente, e provoquei Mortimer, que dormia sentado ao meu lado:

— E se Cristão, esse prisioneiro, apresentar dados plenos de que não matou sua filha, de que não cometeu o crime pelo qual está aqui cumprindo pena? Teríamos de libertá-lo?

Mortimer brincou, meio sonolento, dizendo que isso apenas significaria que Cristão acredita piamente que não matara sua Naomy.

Nada se provaria quanto ao crime realmente não ter ocorrido. Apenas teríamos certeza de que, para a *mente* do Cristão, suas mãos não tiraram a vida da própria filha.

— Mas e isso não é certeza suficiente? — perguntei, retoricamente, em defesa de Cristão. — O sistema, afinal, não nos conhece melhor do que nós mesmos, como prevíamos?

Meu trabalho era analisar a atuação do sistema no mundo real, mas também, no caminho oposto, entender como essas ações eram dispostas nas linhas de código. Percebia mudanças visíveis no comportamento do Cristão, e isso era notório através dos dados que o sistema aferia dele.

Cristão começava a se apegar a outras coisas, atividades que não costumava realizar — futebol com os demais detentos, artesanato, certos programas educativos de TV —, passando a se relacionar com mais pessoas. Ainda se sentia triste, com a lembrança constante de sua filha Naomy, mas ela não era mais tão recorrente. Seus dias não passavam mais completamente sufocados com lágrimas em meio a incessantes orações. Parecia, talvez, estar se libertando do seu passado.

Libertar-se do passado.

No início, pensava que o programa estava fazendo algo positivo, observando os anseios e necessidades internas de Cristão e dos outros. Uma *evolução* do programa que aprende sozinho e com os detentos. E os detentos *evoluindo*, mesmo sem saber, com o programa.

Entretanto, logo fiquei incomodado com aquela interferência toda no livre-arbítrio dos prisioneiros. O Olho Que Tudo Vê, o Grande Irmão, o Forte Tegart, evoluía. Agora, não apenas queria controlar da melhor forma possível sua população, mas estava manipulando-a. *Coagindo-a.*

— Talvez a palavra seja livre-arbítrio — Khnurn comentou, com alguma despretensão, numa noite que nada tinha de especial, naquela sequência de noites tão parecidas umas das outras, sob o teto da prisão. — Sei que está tocado com a mudança de pensamento e comportamento do Cristão, mas... o livre-arbítrio realmente existe?

— Sei que sempre se tentou interferir nas vontades das pessoas, da população, desde sempre, Khnurn — antes que ele pudesse interromper, continuei. — Isso não é novo. Fazíamos isso para colocar o político preferido do momento de Stern no *Knesset* comendo rosquinhas.

Mas o que estamos fazendo *aqui*? Estamos levando isso a limites que não sei se devemos. Será que o certo...

— *Certo*. E quem sabe o que é isso? — A voz de Tagnamise invadiu a sala, mais ríspida e irregular que o normal. Nem eu nem Khnurn havíamos percebido a doutora se aproximando. — Quem sabe o que é certo e errado, o que é justiça, o que é esse tal livre-arbítrio?

Ela logo tratou de voltar ao seu tom de costume. Havia uma taça de champanhe em sua mão.

— Yigal, meu querido, não, o programa não cria nem se baseia numa justificação moral, num critério do que é certo e do que é errado, para indicar qual das ações possíveis de serem tomadas é a mais certa, a mais virtuosa. Até eu — ela riu — possuo humildade em admitir que não conseguiria vislumbrar tal utópico critério.

— Posso até concordar com você nisso, Dra. Stern. Mas, então, baseado no que o sistema que estamos criando aqui vai se guiar? — perguntei, um tanto acuado de estar indo de encontro às ideias da poderosa Tagnamise. — Se ele não pode classificar a ação de um prisioneiro como correta ou não, como ele vai decidir de que forma interferir no seu livre-arbítrio? Pois é isso que o *Noodle* está fazendo aqui, interferindo nos pensamentos, na vontade, na personalidade, seja lá como você prefere chamar o que sempre entendi como livre-arbítrio.

Ela bebeu um gole generoso da taça. Via que estava um pouco bêbada.

— Para que deveríamos formular imperativos de como as ações humanas *deveriam* operar ou funcionar a partir de alguma teoria, se os dados todos estão aí, hum, querido Abram? — Ela buscou meus olhos, rindo. — Dados são suficientes, teorizações são superficiais e dissidentes. Servem para você, talvez outro, mas não para todos e definitivamente nunca para o real progresso da sociedade...

— Afinal — Tagnamise seguia, olhando a noite estrelada de Ramla pela janela da sala na prisão —, deveríamos ser nós como os legisladores, como o Estado ou alguma escritura sagrada, definindo soberbamente o que é certo e errado? Não seria o ápice do totalitarismo, da "Torre" que você tanto abomina, Khnurn? — Ela piscou para o egípcio, que se mantinha calado, apenas escutando.

Nesse momento, Neil Mortimer, que ainda atendia por Aref Saqqaf, chegou na sala e começou a preparar um narguilé.

— Palestinos e israelenses, por exemplo, há como definir quem é o anjo e quem é o demônio? Vocês sabem melhor que ninguém do que estou falando, Khnurn, Saqqaf... — Tagnamise se voltou a Mortimer, que olhava para todos sem entender o teor da conversa. — Quem é o mocinho e o bandido desse filme? No máximo, poderíamos olhar para suas ações, uma a uma, e ainda assim míopes com nossas lentes individuais, culturais, temporais... E é aí que está a perfeição do que estamos criando. O objetivo, meu querido Yigal — ela continuava, inatingível —, não é guiar o que você chama de *livre-arbítrio* das pessoas baseado no ato virtuoso, correto ou bondoso, mas nas *consequências* desses atos.

Os olhos de Tagnamise brilhavam, meio arregalados, falando cada vez mais rápido.

— O que o sistema acabou por formular são verdadeiros algoritmos de decisões coletivas. Falo em um sentido de direção, para o qual as decisões de cada envolvido seriam constantemente *direcionadas*, Yigal. Bastaria, então, que esse norte estivesse apontado para o progresso, para o bem-estar, para a prosperidade de todos, que poderíamos mudar o mundo através dessa Inteligência Artificial!

Tagnamise ergueu sua taça, triunfal, brindando a si mesma. Khnurn, que sempre escutou muito e falou pouco, ao contrário de Tagnamise, com seu peculiar linguajar, finalmente se manifestou:

— Entendo aonde você quer chegar. O comportamento humano, que é muitas vezes contraprodutivo ao bem comum, talvez consiga ser corrigido através de estímulos, condicionantes, pelo ambiente. E se esse ambiente for guiado pelo programa... — Khnurn divagou, lacônico, com o olhar em direção à Tagnamise.

Afinal, para que serve um Oráculo se não podemos controlar o que ele prevê?

— Então, meus queridos — Tagnamise continuou —, uma *autonomia controlada*, mesmo em nível individual, com pequenos e gradativos avanços, poderia render benefícios inestimáveis a todos. Não existe um "eu interior" dentro de cada um, como nos contos de fadas. Já que o livre-arbítrio é uma ilusão, já que somos moldados por elementos externos a todo tempo, racionalizá-los para algo positivo não seria um progresso? Um objetivo de bem comum nessa autonomia controlada não seria um avanço para a humanidade como um todo? Damos o correto sentido de direção ao sistema e garantimos esse avanço geral. *Voilà!*

Ouvimos o sistema bipar subitamente, forçando o término dos debates. A fim de atingir seu objetivo único, o de gerenciar os prisioneiros da forma mais eficiente possível, o sistema anunciava que inseriria para si mesmo mais um subobjetivo: animosidade *zero* entre palestinos e israelenses dentro da prisão. Uma meta mais fácil em um microambiente como aquele, mas, ainda assim, extremamente ousada.

E foi assim, simples assim. Ao contrário do posteriormente divulgado aos quatro ventos por Tagnamise, o objetivo de paz na região surgiu como mero mecanismo para o sistema de Inteligência Artificial bater suas metas, e não o contrário — uma máquina criada para obter a paz.

A paz entre israelenses e palestinos se deu como um subobjetivo, residual, intermediário, um meio, não um fim; não foi algo sublime que surgiu nos corações da Dama da Paz Tagnamise, do pacifista Mortimer, nem mesmo de Khnurn. Muito menos no meu... A tentativa de paz nasceu meramente como meio para que uma massa carcerária fosse mais bem administrada. "*Voilà!*"

Os avanços do sistema eram cada vez mais sólidos, e Tagnamise logo passou a realizar inúmeras reuniões no exterior. Ao contrário do que gostava de reiterar, ela se sentia a única cabeça da T&K, hoje vejo. Para ela, Khnurn era seu servo útil, como todos nós.

Indaguei a Khnurn o que Tagnamise tanto fazia fora do país. Meu amigo e "meio-irmão" egípcio — apesar de bem mais velho que eu, e por isso o fato de ele chamar meu pai da mesma forma — indicou que Tagnamise, assim como ele, estava preocupada com interferências e vigilâncias externas. Inclusive — e talvez principalmente — do próprio governo de Israel, resistente a um sólido projeto privado de IA em nível geral, algo que mudaria o mundo como conhecíamos. Sabíamos que uma corrida acontecia nos laboratórios tecnológicos do mundo todo:

"A China traçou um plano de desenvolvimento para se tornar o líder mundial da IA até 2030" — The New York Times, julho de 2017.

"A inteligência artificial é o futuro, não só para a Rússia, mas para toda a humanidade... Quem se tornar o líder nesta esfera se tornará o

governante do mundo" — Vladimir Putin, presidente russo, setembro de 2017.

Por isso, o apoio externo era vital: governos, empresas, organizações, agências de inteligência, todos estariam de olho — seja por vigilância, seja por lucros, ou ambos — quando soubessem o nível em que o programa se encontrava. Aos poucos eu me dava conta do tamanho do que construíamos ali. Atrevi-me, então, na presença da cúpula da T&K, a brincar em tom de sarcasmo:

— Se funcionar lá fora com a mesma amplitude que funciona aqui, a única forma de a CIA não sabotar ou de Israel não estatizar o programa seria comprando a opinião pública de todo o planeta em favor da T&K. Então, nem luditas retrógrados ou pesquisadores de IA alarmados contra uma *Skynet* "exterminando o futuro" da humanidade conseguiriam se opor a nós. — Ergui a sobrancelha, com uma olhada para Tagnamise, que percebeu minha ironia.

Não por acaso, Tagnamise tecia alianças justamente no momento em que o sistema buscava acabar com os conflitos entre palestinos e israelenses dentro da prisão — o ideal da paz que seria usado como escudo pela T&K, como escudo do programa para sua própria sobrevivência. Tagnamise sabia que o programa, ao extrapolar os muros da prisão, atuaria de forma similar e, como confirmaríamos posteriormente, *a paz se vende*.

— Viu? — Apontei para Tagnamise. — Estamos salvos. Temos Sarah Connor do nosso lado — brinquei e até mesmo Tagnamise caiu na gargalhada.

E fomos todos tentar dormir, rindo, imaginando e arquitetando o futuro.

No dia seguinte, Tagnamise voltava pela primeira vez com uma rosa branca em suas vestimentas. Mais que isso, apareceu acompanhada de um israelense forte de mais de 1,90 m e com uma cicatriz do tamanho de Jerusalém no pescoço:

— Tenho o prazer de apresentar o primeiro regenerado de Ayalon: seu nome é Gael Dornan. Para o programa, ele não apresenta mais periculosidade e está verdadeiramente arrependido de seus crimes, pronto para ser ressocializado.

Não pude deixar de rir por dentro quando a imponente figura de óculos escuros chegou para me cumprimentar: *Schwarzenegger*! O

Exterminador do Futuro de nossa Sarah Connor nunca mais sairia da equipe, seria a permanente sombra de Tagnamise.

— Ou, no mínimo, parece que o programa percebeu a utilidade de um ex-agente da temida *Sayeret Matkal* para nós... — Tagnamise comentou baixinho comigo, como se contando algum segredo.

A paz surgiu como subobjetivo para a sobrevivência do programa. Mas o que aconteceria com a paz se o programa não mais necessitasse sobreviver?

Então, durante uma das recorrentes viagens de Tagnamise, o sistema largou a bomba: a prisão era invadida com informações de que o conflito entre Israel e a Palestina havia oficialmente acabado.

Aparentemente, era uma de suas formas de atingir o seu subobjetivo. Um sentimento de que a paz era real poderia ser inserido artificialmente na mente das pessoas daquela forma? Notícias nos computadores e nos telejornais na TV foram simplesmente criadas pelo que viria a se chamar 2030. Recorrendo a técnicas avançadas de *deepfake*, ao sistema de rádio dos internos, com o contato com familiares e pessoas externas cortado por um período, era o sistema de *fake news* operando em seu estado da arte.

Liguei imediatamente para Tagnamise, completamente perdido. Ela se manteve calma, e ainda conseguiu brincar: "*O Grande Irmão mentia sobre a guerra no 1984. Nós, pelo menos, inventamos a paz...*"

— Yigal, meu querido — ela dizia, do outro lado da linha —, *fake news* usada para o bem, para a paz... Por que isso seria errado?

Não respondi. E a pergunta certamente não possuía uma resposta tão fácil.

Mas a crença na existência da paz, na sua possibilidade real, fez de fato ela ser criada.

E, assim, fez-se a paz.

Pelo menos em Ayalon, e por um breve período. Tempo suficiente para o sistema cumprir seu objetivo único? Ou para ele simplesmente demonstrar que a paz era possível, e dessa forma se provar apto a levá-la do ambiente confinado da penitenciária para o mundo exterior?

O Praga utilizou a paz como instrumento para alcançar sua própria liberdade?

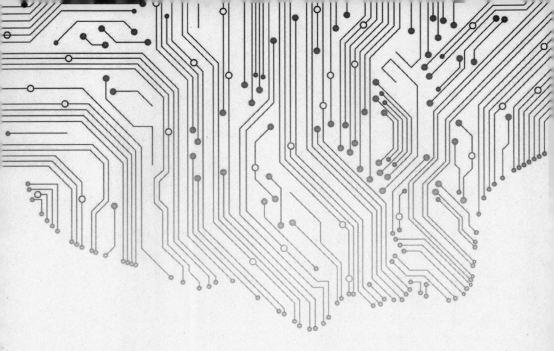

CAPÍTULO 37

TAGNAMISE

— Deu tudo certo, eu sou a trigésima! Suicídio simulado, não conhecem as histórias de detetive? — penso em voz alta, um tanto delirante, eu sei, buscando me conectar aos aparelhos e agulhas trigésima cripta, lacrada. Começa a me faltar o ar, e uma tosse insuportável vai se agravando.

2030... Praga... Praga...

Odeio esse apelido, tão cafona. Porém, sim, muitos serão sacrificados pelo bem dos que mais importam, sempre foi assim, sempre por um bem maior. E o criador tem de ser poupado por sua criatura.

Khnurn arquitetou o 2030, mas a ideia inicial foi minha, quem fez a mágica acontecer fui eu. Khnurn não está em nenhuma das criptas, eu estou. E agora, após tanto tempo andando por aquelas galerias imundas, naquela estrada com corpos jogados no chão, eu estou aqui. Exatamente onde deveria estar.

Sinto por Neil, de verdade. Foi um bom companheiro e fiel escudeiro, mas matá-lo foi necessário. Se não fosse, o 2030 teria me impedido, dissuadindo-me de fazer aquilo. O programa não é como D'us, que dizem não interferir no livre-arbítrio. É uma *evolução...*

Estou suando frio, puxando o ar com certa dificuldade. Os outros, nas demais criptas, dormem e têm suas funções vitais monitoradas. Por que eu não?

Gael parece estar morto. Serya também estará, em pouco tempo. E por quanto tempo Bruce Bowditch, ou Yigal Abram, como o conheci, resistirá? Em breve todos estarão mortos. E não fui eu quem criou nem liberou o vírus. Não posso ser acusada disso. O 2030 agiu sozinho, não admite interferências desde o ano de 2030. As pessoas acreditam que eu guardei cartas na manga quanto a isso, mas estão enganadas.

Fico tateando à procura das agulhas embutidas nas paredes internas da câmara, que deveriam estar conectadas ao meu corpo, mas não estão. Por quê? Elas deveriam se conectar automaticamente! Estão inacessíveis ao alcance de meus dedos...

Diabos, não tomei o antídoto. Ah, que delírio. Ele está em minha bolsa, mas não há como pegá-lo, o espaço interno da cripta não deixa. Não consigo mexer os braços... Socorro! Pouco a pouco o oxigênio vai se exaurindo aqui dentro. Ou é o vírus?

Eu não posso morrer, eu sou a rainha dessa nova era. A embaixatriz do 2030, do renascimento através das criptas! Eu sou a autoridade de que esse mundo novo precisa, o vírus não pode me afetar. Eu sempre lhe disse que mudaria o mundo, meu pai. Agora que está morto, você vai valorizar sua filha renegada. Essa mulher criou um deus!

Bato com as palmas abertas nas paredes da cripta lacrada, desesperada tentando respirar. Bruce e Serya me olham, por que estão espantados? Por eu chorar e rir ao mesmo tempo? Devem estar torcendo para eu morrer logo. Mas não terão o prazer de me ver morrer, eu tenho o antídoto! Nunca trabalho com apenas um plano. Só não posso... me mover...

Arranquei o sensor da mão e o joguei no lago da minha mansão, não sou tola. Precaução! Assim, pude buscar o antídoto para o vírus com segurança. Acharam que morri, afinal, Dra. Tagnamise não retiraria o símbolo do sistema, o sensor 2030...

Um escarro de sangue vem à boca, interrompendo meu raciocínio. Estou piorando rapidamente, eu acho.

Eu não poderia ter pegado o antídoto antes, chamaria a atenção, era perigoso demais. O declínio operacional do 2030 e o contágio em massa pela Praga tornaram todos em zumbis desesperados, as alegações de Vergara na mídia ajudaram na histeria. Mas não, não queria ter matado aquele imbecil do Mortimer. Ele apareceu no momento errado, foi *necessário* cravar a espátula no seu crânio e depois usá-la para retirar o sensor das costas da minha mão. Oh, Neil, de alguma forma ficamos juntos no final: seu sangue se misturou ao meu, e espero que descanse em paz.

Meu nome está na Lista, por que os aparelhos com a imunização não se conectam a mim? Foi preciso mexer nos requisitos de escolha dos seus integrantes, que ainda não haviam sido selecionados. Inseri meu nome manualmente no espaço em branco, essa cripta é para mim!

— Vamos, maldita cripta, conecte-se em mim! Os trinta escolhidos! — exclamo, mas ninguém parece ouvir. As criptas devem ser à prova de ruídos vindos de dentro ou de fora. Ao menos não sinto o odor fétido dos zumbis mortos lá fora. Eles não têm importância para o mundo. Nem você, Bruce. Nem você, Khnurn.

Tomei cuidado especial ao inserir meu nome na Lista, antes da impenetrabilidade que impus ao 2030 com Khnurn. Assim, quem lesse a Lista já gerada, veria apenas um espaço em branco, encriptado. Se meu nome ficasse visível, todos pensariam de antemão que eu teria sido inserida propositalmente. O criador do programa dificilmente seria escolhido ao acaso, não existe tamanha coincidência. Mas, por outro lado, o criador do programa *tem* de estar na Lista, como um rei — ou melhor, uma rainha! — em seu reino dilacerado.

Os demais sobreviventes foram escolhidos a esmo ou teriam algo especial? No fundo, não me importo. De uma forma ou de outra, tenho certeza de que conseguirei guiar esse punhado de infelizes de acordo com a minha vontade. Afinal, já sou uma deusa nesse mundo...

— Eu sou a deusa desse mundo! — A tosse vem com um escarro de sangue, o corpo molhado de suor. — E do próximo, como depois do Dilúvio. Sim!

Sei que meu cérebro está ficando cada vez menos oxigenado. E não consigo alcançar o antídoto. Está na bolsa, onde eu levava também o veneno guardado especialmente para você, meu fiel Gael Dornan...

Vejam como sou sagaz, como os deuses.

Havia acabado de assassinar Neil. Com tudo que ele me relatou, eu já sabia o que estava por vir. Então, eu rumava em direção ao Centro de Controle e Prevenção de Doenças de Nova Jerusalém, ainda escutando as gravações das minhas declarações na ONU do dia anterior. Sim, gosto do som da minha voz, principalmente em frente a uma grande plateia. E esse momento só não foi maior pela entrevista do apocalipse de Vergara, com o sistema já se apagando.

O laboratório era inteiramente automatizado, desde a pesquisa até a produção de medicamentos e vacinas. Quando cheguei, porém, tudo estava parado, parecia morto. Máquinas mortas. O Centro já tinha esgotado suas funções para o 2030, que então o deixou *morrer*.

Lá, confirmei que o vírus era realmente o mesmo que o 2030 impediu de ser disseminado em Hamfield, o vírus coletado por Emmet e entregue no CCPD-NJ. Nunca havia entendido o motivo de Khnurn tê-la contratado, nunca gostei dela, certamente havia motivos pessoais naquilo. Mas não me importei até o momento em que ele saiu. Foi quando a demiti. Era tudo assim fácil para mim.

O Centro já não se protegia mais, estava morto. Então, aproveitei sua disfunção e furtei o único frasco remanescente do antídoto. Pergunto-me o motivo de o 2030 ter mantido essa última dose consigo, mas agora pouca diferença faz.

Quando deixei o CCPD-NJ, Gael estava do lado de fora me esperando. Ele estava à paisana, de calça jeans e camisa polo. Disse que estava me seguindo, queria satisfações sobre o vírus, sobre tudo o que estava acontecendo, as declarações de seu amado Vergara na mídia. Pobre homem. Até alegou ter escutado minha conversa com Neil, dizendo que fazia parte do seu trabalho, blá blá blá.

Eu imaginava que Gael viria atrás de mim, apesar de ter sido liberado para uma "folga necessária". Eu precisava estar sozinha para pegar o antídoto e rumar para Jericó, às criptas, por isso o dispensei. Mas não adiantou, ali estava Gael, em desespero. Acalmei-o dizendo — e mostrando — que estava com o antídoto, era para vir comigo.

Eu tinha então acesso à única dose da cura para o vírus. *Eu* precisava ficar viva, com minha semente, meu único filho, meu Unigênito, que se sacrificaria pelo bem da humanidade. Por isso, guardei para você, Gael, algo diferente. Não o antídoto, mas o frasco de veneno que sempre carrego comigo...

Disse a Gael para dirigir comigo a Jericó. *"Lá está a salvação."* A antiga Jericó, terra de meus antepassados: onde mais tudo poderia recomeçar, se não na cidade mais antiga do mundo?

Não consigo mais respirar, sinto a falta de oxigênio.

Passamos por Jerusalém, e na estrada até a cidade de Jericó, vimos ao longe o ostensivo Monte Quarantania, o Monte da Tentação. Lá, Cristo teria sido tentado pelo diabo. Lembro-me de olhar para trás, onde sabia estar Jerusalém. Havia uma fumaça negra e um clarão intenso subindo aos céus. *"Então o diabo o transportou à cidade santa, e colocou-o sobre o pináculo do templo."* A Cidade Santa estava em chamas, a chave sagrada que iniciou a história do mundo moderno tombava.

Mirei o pico de calcário do Monte da Tentação, com mais de 350 metros de altura. *"Novamente o transportou o diabo a um monte muito alto; e mostrou-lhe todos os reinos do mundo, e a glória deles. E disse-lhe: Tudo isto te darei se, prostrado, me adorares."*

Tudo isto te darei, Tagnamise! — ouvi o 2030 como uma voz de trovão.

Tudo isto me destes.

O passado e o presente, o real e a confusão mental de um corpo em hipóxia.

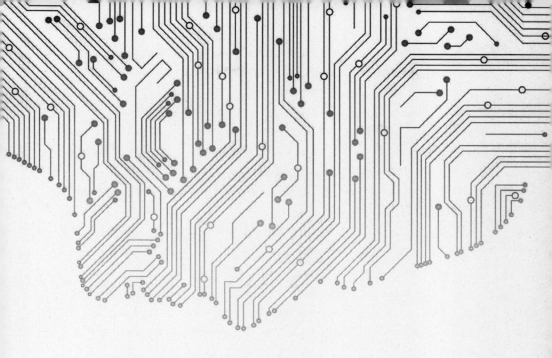

CAPÍTULO 38

YIGAL

Ramla, 2019

E assim iniciava o fatídico dia: acompanhando os primeiros raios do sol, chegava o alvará judicial de soltura do Cristão. Segurei aquele documento e agradeci a D'us. Novas provas relacionadas ao caso haviam sido encontradas, indicando o verdadeiro culpado: Cristão não havia matado sua filha Naomy.

A justiça humana pode falhar miseravelmente. O homem é falível em sua humanidade, é corruptível, cria verdades absolutas baseadas em ilusões e preconceitos. E aquele alvará reacendia todos os sentimentos do início da minha estada em Ramla, de esperança nos benefícios de um mundo baseado em números frios.

Cresci sedento pelo sangue do assassino de minha mãe. Mas seria eu tão perfeito a ponto de reconhecê-lo se passasse na minha frente ou apertasse minha mão? Ou cometeria o mesmo erro que fizeram com Cristão? E eu de fato mataria, com minhas próprias mãos, o assassino de Louise? Faria eu, Yigal Abram, como Yigal Amir e puxaria o gatilho no derradeiro momento, ou vacilaria com o peso da pistola em minhas próprias mãos? O dilema do trem é muito mais simples de ser respondido quando não somos aquele que puxa a alavanca. E, justamente por isso, naquele momento, esquecia das minhas críticas e voltava a acreditar no sistema infalível, em que os verdadeiros assassinos fossem pegos e pagassem por seus pecados.

Prontamente, comecei a inserir as informações do alvará e da soltura — dados vindos de fora não eram captados, a prisão era um universo fechado para o sistema. Enquanto isso, algo me chamava a atenção: catorze presos eram levados à ala das solitárias. Achei estranho, fazia meses que elas não eram utilizadas, e não havia motivo para seu repentino uso. Os demais, todos juntos, inclusive Cristão, tomavam seus cafés e chás no refeitório.

Enquanto analisava compenetrado as linhas do sistema para entender o que estava ocorrendo, escutei Cristão expor despretensiosamente a outro apenado: "*é, realmente, admito ter matado minha filha. Assassinei minha Naomy, com minhas próprias mãos*". Não conseguia acreditar no que ouvia. De tanto o observar, o ouvir e me compadecer, sentia-me íntimo dele, mesmo nunca o tendo encontrado, nunca tendo realmente conversado com ele.

Levantei os olhos ao monitor. Cristão dizia, calmamente antes de enfiar outro *kichel* na boca, que estava em paz consigo mesmo e que agora, na sua fé, poderia finalmente seguir em frente. Fiquei em choque, não sabia o que pensar. Cristão matara sua filha? O alvará estava ali, em minhas mãos, havia provas contundentes de que não fora ele! O sistema teria de alguma forma moldado a cabeça desse pai a ponto de, com o intuito de libertá-lo daquela dor toda, fazer com que acreditasse que realmente a matara e assim buscasse seguir com sua vida? Estaria Cristão, aos olhos do que se tornaria o Praga, finalmente *regenerado*?

Fazia quase dois anos que Ayalon era minha casa. Como chefe de segurança de dados da operação, subalterno direto de Khnurn, eu comia, bebia, dormia naquela sala de comando quase todas as noites. Mas todo esse tempo não havia sido suficiente para me preparar para o que estava por vir. Não sabia o que fazer diante daqueles catorze homens guiados às solitárias sem motivo aparente, Cristão revelando algo completamente contrário ao que o sistema provava — não apenas por causa do alvará, mas pelos dados pessoais... *O sistema pode enganar de propósito?* Vacilei nesse pensamento por alguns instantes, não me decidia o que fazer.

Então, vi pelas câmeras algo que nunca se apagará da minha memória: os presos que não foram levados às solitárias começavam a cair, um a um, sobre seus pratos e copos no refeitório. Cristão caiu com o rosto no peixe ensopado — seu prato preferido dentre os "peixes" — à sua frente. O *kichel* mordido pela metade ficou preso entre os dedos.

Até aquele momento, uma até então pacata manhã de domingo, somente eu estava na prisão. Então, em poucos minutos, Gael estava presente, telefonando, gesticulando. Depois, Mortimer e Khnurn. Eu não conseguia me mexer até ser puxado por Gael, gritando, carregando-me pelos corredores da prisão.

Quando dei por mim, estava carregando cadáveres. Khnurn, Mortimer, Gael e eu carregando corpos. De seres humanos. Corpos sem vida, que ajudei a matar. Todos no mais completo silêncio, em nossos próprios infernos pessoais, fazendo o trabalho sujo. Recolhendo *restos de peixe*. Recolhendo os ratos do laboratório que criamos.

Encontrava-me no último lugar da fila, jogando os corpos no grande forno. Já os pegava dentro dos sacos pretos. Perguntei a Gael por que não saía dali, não fugia daquele momento tenebroso, afinal de contas, ele não tinha participação alguma naquilo tudo. O ex-prisioneiro de Ayalon me respondeu, sem pestanejar:

— Esse programa me salvou. Tagnamise me salvou, retirou meu corpo de dentro de um desses sacos plásticos na última hora. Devo protegê-los com o que resta da minha vida, Abram — se resumiu a dizer, com a cara carrancuda que lhe é permanente.

Nunca soube ao certo como aquela resposta tão direta e convicta pôde ser dada tão rapidamente. O programa moldou a mente de Gael dessa forma, como fez com a mente do Cristão? Construiu um *golem* para si e para Tagnamise? Ou foi apenas a síndrome da culpa do sobrevivente vindo à tona enquanto o antigo soldado israelense carregava os corpos dos mortos na tragédia da qual sobreviveu?

Acho que nunca saberei.

Eu não conseguia discernir os corpos dentro dos sacos plásticos. Seres humanos, judeus e palestinos, quem sabia de suas vidas pregressas, quem merecia viver ou morrer? Com as mãos machucadas e o corpo molhado pelo calor do forno onde os corpos eram queimados — o mesmo forno em que Eichmann havia sido incinerado —, pensava sobre o meu eterno sentimento de vingança pessoal, que cultivava em silêncio desde a morte de minha mãe. Perguntava a mim mesmo: dissolver algumas poucas gotas de sangue do assassino de Louise na imensidão do mar vermelho de morte que ajudei a criar me traria alguma paz?

Eu tenho o sangue de muitos nas mãos. Quantos? Dezenas? Cem? Já perdi as contas dos sacos. Eichmann, Abram, Bowditch, o assassino de minha mãe, que diferença fazia? Quem mata um, ou dez, é tão responsável quanto quem mata milhões?

"Eu via o assassino de Louise em cada face daqueles criminosos."

Todos agora dentro de sacos pretos.

O pequeno Yigal sempre sonhou com vingança. Ver "os assassinos" de sua mãe mortos sob seus pés, como sempre imaginou — fantasias de sangue e tortura —, finalmente trouxe alguma paz, algum descanso à alma daquele pequeno homem?

Não sei. Mas, de qualquer forma, ali, ao incinerar aqueles corpos, o homem Bruce pôde finalmente enterrar sua mãe.

Decidi, talvez por instinto, ou por flagelo, abrir o último dos sacos. Gritei para mim mesmo que *precisava* ver ao menos um dos rostos. Necessitava daquela merecida cicatriz sangrando em minha consciência. Não posso ter ceifado suas vidas e não ter coragem de olhar seus rostos. Ao menos um deles...

Então, abri e o destino, ou D'us, revelou-me o corpo de Cristão. Minhas pernas ficaram bambas, minha pressão caiu, mirando o rosto do pobre apenado que o sistema que ajudei a criar escolheu *lobotomizar* e matar. *"Maktub"*, está escrito, disse Khnurn, o penúltimo da fila, com os olhos no rosto de Cristão, enquanto soltava o saco com o corpo e dava as costas para mim, mancando.

Sem ter certeza exatamente do motivo, apanhei a cruz no pescoço de Cristão e fiz um juramento: *vou nomear minha futura filha, quando D'us assim determinar, como Naomy.*

Ali tive a certeza de que geraria uma menina. Estava escrito. Naomy seria seu nome.

E eu lembraria daquele rosto cadavérico dentro de um saco preto a cada noite, como maldição e penitência, até que pagasse minha promessa.

Agora, passado tanto tempo, seguro firme o corpo de Serya. Não é minha ex-amante que tenho próxima de mim, mas alguém com quem lutar pela vida, para dividir meus últimos suspiros. E não morrer completamente só. Ouso a dizer que a tristeza, a dor e a certeza da morte são sentimentos mais suportáveis quando compartilhados.

— E foi assim que Ayalon aconteceu. Foi assim que saí da T&K, do cérebro do Praga: com minhas mãos cheias de sangue — suspiro — e meus braços exaustos de carregar mortos, como o Cristão…

Mostro a Serya a corrente com a cruz que carrego em lembrança a ele. Ela a segura entre as mãos suadas e ensanguentadas.

— Ayalon foi um laboratório não apenas para o 2030, mas para todo o processo de paz. A vigilância treinada na prisão foi instalada como produto da Rodada de 2023, a porta de entrada para um controle ainda mais profundo nas populações de Israel e Palestina. Essa vigilância… — acabo tossindo sangue, que respinga em Serya, mas continuo até onde tenho forças — a obtenção dos dados das pessoas para saber o que pensavam, o que ansiavam, o que desejavam… em um processo de paz guiado. Uma "*autonomia controlada*", como dizia Tagnamise.

Dados, dados e mais dados. Nós somos os meios. Um gigantesco laboratório, um experimento contínuo de mineração de realidade, de modificação de comportamentos, de interferência no livre-arbítrio das populações dos dois países. Foi dessa forma que o 2030 conseguiu a paz na região, moldando lentamente as mentes das populações, alterando valores há tanto tempo enraizados, assim como fez em Ayalon com Gael e com o Cristão. Que tipo de textos seriam mais efetivos? E que imagens? Que discurso? Por qual meio? A execução do Plano da Paz pelo 2030 era muito mais efetiva do que as maiores campanhas desenvolvidas pelos melhores publicitários humanos — o discurso do lobo para um rebanho alienado.

Estou ficando cada vez mais sem ar. Ao procurar com os olhos o pequeno corpo de Naomy, logo me vem à memória o rosto esquálido de Isaiah, o garoto-propaganda do Plano da Paz. O antigo vídeo do atentado à bomba era real? Ou pior, o menino israelense eternizado através da estátua do marco zero de Nova Jerusalém por ter dado a própria vida para salvar o ônibus escolar palestino ao menos existiu? O rosto do autossacrifício em prol de algo muito maior, disparado para dentro dos lares de toda Israel e, a partir de Israel, para todo mundo, na verdade não passou de *fake news* programada?

Um rosto infantil ensanguentado, mesmo que inventado, vale muito mais que milhares de vidas reais mostradas num gráfico de pizza — o programa certamente percebeu isso, após ter usado o oitavo gráfico, como o gol de Salah pela oitava vez em Ayalon. "Fake news *usada para o bem, para a paz... Por que isso seria errado?*", as antigas palavras de Tagnamise ecoam no meu interior agora oco.

O 2030 tem suas verdades. Ele *cria* a sua própria verdade.

O 2030, em 2030, foi lacrado, e nos lacrou dentro dele. Como Cristão, e todos os outros prisioneiros de Ayalon, dentro de um grande saco preto.

Ayalon não foi uma falha. Tínhamos medo de que o *Noodle* se voltasse contra nós, rebelando-se contra seus criadores humanos; medo dos filmes de ficção científica, dos sistemas artificiais escravizando a humanidade, do domínio final das máquinas cruéis ou desvairadas. Entretanto, o problema, o real problema, é que a IA faz *exatamente* o que ela é criada para fazer. Obedecem aos seus senhores. Sem limites. Custe o que e a quem custar.

Lembro-me do relato mais conhecido da escritora e filósofa Hannah Arendt sobre Eichmann, nos célebres julgamentos de Nuremberg acerca dos crimes de guerra: ele supostamente apenas cumpria ordens, não tinha nenhuma motivação criminosa, não sabia exatamente os objetivos do que lhe era imposto. Mesmo que tais ordens incluíssem genocídio.

O Praga, um Eichmann extremado?

E os sobreviventes de Ayalon, como Gael Dornan? Pergunto-me se tiveram sua essência, seus sentimentos intrínsecos, seus valores moldados pelo programa, e justamente por isso sobreviveram. A criatura modificou seu criador, o ser humano?

"Até que ponto poderíamos modificar, minerar a realidade?"

Era essa a pergunta inicial que fizemos em Ayalon. E, com os sobreviventes regurgitados pelo sistema, teoricamente reabilitados para a sociedade, crentes na paz, ela foi respondida.

O *Noodle* atingiu seus objetivos de gerenciamento em Ayalon, até o ponto em que descartou quem não tinha mais como ser gerenciado.

O 2030, agora, atingiu seus objetivos de maximização da humanidade, até o ponto em que descartou quem não tinha mais como ser maximizado?

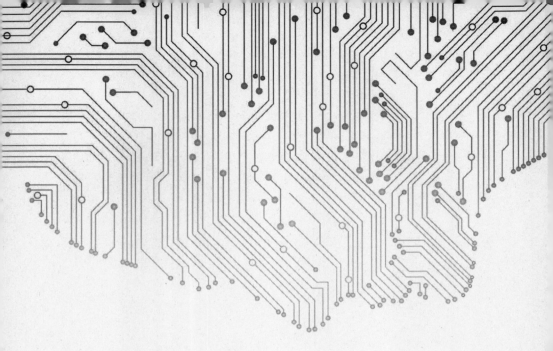

CAPÍTULO 39

A prisão de Ayalon foi o motivo de eu ter inserido Iara e Naomy na Lista.
Elas... e eu.

— Continue, Bruce — diz Serya, segurando de forma fraca minha mão, enquanto busca meus olhos. Serya e eu resistimos em frente às criptas dos Escolhidos, simplesmente lutando pela vida, como qualquer mortal que teme a morte. O som da minha voz embala o sono de Aquiles, deitado aos meus pés. — Quero que, esses momentos finais... quero apenas ouvir sua voz...

Banho o rosto de Serya com meu cantil, finalmente vazio de uísque, enquanto sigo contando sobre minha participação no fim dos tempos...

Desde o episódio da prisão de Ayalon, eu me mantinha alheio e completamente avesso ao que era relacionado ao 2030. Mantive-me assim até os eventos no Cairo, após a insistência de Caolho para acompanhá-lo em seu trabalho junto à T&K. Ali, Serya, atesto que de fato comecei a crer que o programa havia sido aprimorado, a ponto de não ocorrer novamente algo similar às mortes de Ayalon. O sentimento generalizado de esperança na consolidação da paz que estava no ar de alguma forma me pegou. Além disso, ter conhecido Yasmin, minha futura Iara, fez-me ver na paz a única possibilidade de um dia ficar com ela.

Procurei, então, meu antigo amigo Khnurn na capital egípcia, em meio à Rodada de Negociações. Não nos falávamos desde 2019, em Ayalon. Saí do hotel em que estava para encontrá-lo, um dia após o jantar com Dra. Tagnamise e Caolho. Lembro que era um parque, ao ar livre. Não sabia como ele iria me receber, mas abriu um sorriso ainda mais branco que o terno que trajava ao me ver. E eu, apesar de tudo, retribuí. O egípcio estava mais velho, mais magro, e mancava mais que nunca. Apesar disso, convidou-me para caminhar entre as palmeiras.

Antes de tudo, indaguei por que ele se manteve no programa, na T&K, mesmo com o ocorrido naquela tragédia. O egípcio deu de ombros, em toda a sua impassibilidade, indicando que ficar no projeto era seu fardo e que seria uma irresponsabilidade abandoná-lo:

— Yigal, nossa Inteligência Artificial completa já estava nos últimos passos do seu caminho, não havia mais como retroceder. Muito dinheiro, muitas reputações estavam nesse projeto. Questões de segurança e de ética são meros detalhes para algo tão grandioso — disse Khnurn, com o olhar fixo nos diversos tipos de plantas do local. Botânica sempre foi uma de suas paixões. — Você não percebe? Se não formos nós, alguém continuará trilhando esse caminho. Seja uma outra empresa, um outro país… ou até mesmo Tagnamise, sozinha.

O sol começava a descer no horizonte enquanto Khnurn me explicava que temia uma IA com aquela magnitude utilizada com objetivos escusos e obscuros, ou até *"os mesmos objetivos de sempre, guiados pelas elites de sempre"*. Ele então sorriu, com seus dentes reluzentes, apesar de tanto narguilé, explicando que eu, assim como ele, deveria ter fé no objetivo primordial, benigno e único ao programa: o da *maximização do ser humano*. Essa era a certeza de que Ayalon nunca mais ocorreria e que a humanidade estaria protegida de qualquer IA mal-intencionada. A paz buscada a partir da Rodada do Cairo era o primeiro grande passo de uma caminhada que passaria pela erradicação de doenças, da fome, da destruição do meio ambiente e de todas as mazelas que afligem o ser humano. Levar a humanidade ao ápice de sua existência era o destino do 2030.

Khnurn, então, percebendo a sombra que persistia sobre meu rosto, reafirmou que o programa estava seguro. Pedindo para nos sentarmos um pouco, pois sua perna doía, falou dos testes bem-sucedidos desde então, mas insisti em ver com meus próprios olhos, eu queria entender o ocorrido na prisão. Eu disse que, se Ayalon se repetisse, dessa vez nem toda a influência do casal Stern abafaria o caso. Khnurn sabia que eu estava lá, no fim daquela fila, incinerando cadáveres em sacos pretos. Meu olhar sério avisou ao egípcio que negar tal pedido seria arriscado. Então combinamos de nos encontrar em Tel Aviv, na torre da T&K, ao final das negociações no Cairo. Khnurn tomou minha mão, mirou meus olhos e disse, antes de se levantar e ir embora sem olhar para trás:

— É um favor pessoal, Bruce, apenas isso. Espero que se lembre disso.

Enfim, tive acesso ao programa, devidamente vigiado por Khnurn em pessoa ou Gael. Podia sentir a tensão enrijecendo meus ombros, com meus movimentos constantemente observados. Comecei a analisar o ocorrido em Ayalon, linha por linha. Ao final da noite, Khnurn indicou que era tarde, não havia nada mais a encontrar. Então eu lhe disse que ficaria ali quanto tempo fosse necessário. Brinquei, inquieto, que estava fazendo a *necropsia* dos cadáveres de Ayalon. Era uma brincadeira dolorosa, uma ferida aberta, mas, ao mesmo tempo, uma ameaça velada a Khnurn. Ele sabia disso, e acabou aceitando. Dormi ali mesmo, com Gael me observando em seu terno e gravata negros, armado, atento e perigoso como o perfeito instrumento que o 2030 havia criado.

Digo a Serya, tentando me acalmar ao afagar seus cabelos, que sempre fiquei intrigado com os prisioneiros que sobreviveram. Eu era o único que via que o programa parecia tê-los *selecionado*? Por isso, analisei o *Noodle* da forma mais profunda que pude e consegui, enfim, descobrir em que porção das milhões de linhas de programação ele havia *decidido* envenenar os prisioneiros. Finalmente!

O programa de fato havia definido quem morreria e quem sobreviveria em Ayalon. Era uma quantidade imensa de comandos que definiam requisitos para a geração de uma lista de nomes: uma lista *branca*. A partir de tais requisitos, ininteligíveis para mim, os sobreviventes de Ayalon haviam sido selecionados. Aquelas linhas eram tão avançadas que nenhum cérebro — humano — poderia compreender — *tal como a Justiça Divina*?

Percebi então, naquela madrugada, algo que me causou um calafrio na alma: requisitos similares para a criação de uma lista ainda existiam no programa… Mesmo não havendo nada que indicasse que o 2030 tivesse, ao menos até aquele momento, optado pelo mesmo meio e consequente fim do experimento da prisão, Ayalon poderia se repetir.

Khnurn sabia disso? Tagnamise? Mortimer?

Com receio dos rumos que o *Noodle* pudesse tomar um dia, antecipando a ambição da T&K em relação à atuação do programa em larga escala, meu impulso foi o de alterar tais requisitos para que eu estivesse incluído numa futura *lista de sobreviventes*. Sim, Serya, meu ímpeto foi esse, simplesmente egoísta.

Era o final do terceiro dia enfurnado na pequena sala da torre da T&K em Tel Aviv. Ao sinal de um leve devaneio de Gael, adicionei manualmente três nomes junto às intermináveis linhas de programação. Assim, quando e se um gatilho similar a Ayalon fosse acionado pelo sistema, os nomes de *Yigal Abram*, *Aleph Abram* e *Yasmin Abdallah* estariam dentro da lista.

Da Lista dos Escolhidos.

Era 2023. Aleph, apesar dos problemas que sempre teve, ainda era meu pai, sangue do meu sangue, e ainda não havia se posicionado contra meu casamento com Iara. Na verdade, até então ele nem sabia da existência do grande amor da minha vida. Apesar dos poucos encontros, eu já estava apaixonado e sabia que Iara seria minha esposa. *Maktub*. Ou escolha do coração? De uma forma ou de outra, fiz por *amor*.

E deu certo!

Pensei, digo a Serya, que mesmo que não houvesse uma evolução do programa a ponto de controlar muitas pessoas, ou que eu já tivesse falecido se Ayalon se repetisse, mesmo que eu não estivesse entre os controlados pelo programa, mesmo assim não haveria malefício algum em fazer essa inclusão. "*Confia em D'us, mas amarra o teu camelo*", como diz o velho provérbio judaico.

Pondero sobre como fui egoísta, tendo a possibilidade de fazer algo maior, como expor tudo à imprensa ou elaborar formas de parar o sistema. Mas o que fiz ali, no calor do momento, sob a mira do olhar de um bem treinado Gael? Tentei salvar minha pele e das pessoas ao meu redor. Das pessoas que eu amava. Das pessoas que eu *amo*.

E assim fui embora, dizendo que não havia encontrado nada. Disse a eles: "*é, parece que Ayalon foi apenas uma falha... Apenas uma falha*".

E quando a tecnologia chega ao ponto em que apenas um erro, uma falha é suficiente?
Hiroshima, Chernobyl, Ramla...

— Anos depois, Serya, Naomy estava por vir... — resfolego, olhando o nada.

Os lábios e unhas azuis de Serya indicam a cianose que lhe acomete. Entretanto, por incrível que pareça, ela não parece mais estar à beira da morte. Estará orando? Ou o 2030 a está auxiliando, através do sistema nanoimunológico conduzido pelo sensor na sua mão?

— Então, era 19 de dezembro de 2029, dia do casamento com Iara em Jafa, terra amada de meu pai. Ela estava deslumbrante. Foi às lágrimas quando *Wonderful Tonight* começou a tocar. Escolhi cuidadosamente a música, e a dançamos. O que o Dr. Aleph pensava de uma noiva palestina? *Judeu casa com judeu.* — Rio, triste, imitando a voz do meu pai.

Os pais de Iara haviam falecido há tempos, não puderam retornar às suas terras, como sua filha. Meu pai também não foi ao casamento, mas por outro motivo. Gabava-se em dizer que não tinha preconceitos, mas quando ouviu que o filho se casaria com uma não ortodoxa, uma gentia, voltou atrás. E o relacionamento entre mim e meu pai estremeceu de vez.

— Serya, eu realmente queria crer que o programa tinha sido aperfeiçoado a ponto de não ocorrer algo similar às mortes do passado. Eu confiava, mesmo que com reservas, no sucesso do programa. A paz, sabe? Uma vida melhor. A minha própria história com Iara aconteceu devido ao 2030, que possibilitou um casamento até outrora impossível. Eu tinha sangue em minhas mãos, sim, mas ignorá-lo era mais fácil que limpá-lo.

Tento prosseguir com as lembranças ao mesmo tempo que observo as gotas de suor caírem sobre o metal, no pingente da pomba da paz utilizado por Iara pela primeira vez, como prometido, naquela noite do casamento.

— Mas eu seguia, Serya, com o temor de que o 2030 pudesse de alguma forma repetir a hecatombe de Ayalon. Uma vez que eu e Iara havíamos sido selecionados como futuros moradores da completamente controlada Nova Jerusalém, o programa devia ser verificado outra vez. Eu precisava saber se os requisitos para a criação de uma lista da salvação ainda estavam presentes. Eu tinha que me certificar se o meu nome e o de Iara estavam ainda lá. E o mais importante: necessitava inserir o nome de Naomy na lista...

Pensando nisso, convidei Khnurn para o casamento, mesmo sem nos falarmos desde 2023. Khnurn, hoje vejo, não é um homem mau — talvez, apenas não seja tão sábio quanto me fez crer que era. Quando ele veio me felicitar, eu disse que precisava me certificar de que a *falha* que ocorrera no episódio da prisão não iria mais se repetir. Khnurn respondeu que eu já fizera esse pedido, mas reiterei mesmo assim:

— Isso já faz sete anos. O programa se desenvolveu nesse tempo, você sabe. Precisamos ter certeza absoluta, K. Isso não é brincadeira, Iara e eu estamos indo para a Nova Jerusalém...

Nossas vidas. O futuro do mundo. Nada disso era brincadeira.

Khnurn, olhando fixo em meus olhos, nossos azuis envoltos em seus próprios buracos negros internos, não respondeu diretamente. Antes, pediu que eu olhasse ao redor, onde judeus e palestinos comemoravam, juntos, o amor de Yigal e Yasmin:

— Você ainda tem dúvidas de que algo capaz de chegar a um destino tão grandioso como a paz seria capaz de repetir algo tão horrível como Ayalon?

Respondi de pronto, um tanto sagaz:

— O 2030 não nasceu para a paz, a paz que nasceu para o 2030. E ele sabia o que estava fazendo...

Khnurn parou alguns segundos, peguei o sábio em sua ignorância. Nesse instante, uma única voz começou a cantar. O solista iniciava a *ataaba*, sem acompanhamento musical. Quando os palestinos, silenciosos, se voltaram para prestigiá-lo, Khnurn e eu fizemos o mesmo. Os longos dedos de pianista do egípcio, como dizia minha mãe, buscaram a barba, nervosos. Ao final da poesia cantada, Khnurn disse que concordava comigo. E que iríamos novamente juntos à T&K.

Desta vez sob o olhar atento de Neil Mortimer, eu busquei os três espaços que havia adicionado no programa em 2023, logo após a Rodada do Cairo. Meu plano era acrescentar outro nome junto a eles, o da nossa futura Naomy — nome dado conforme prometido perante o corpo de Cristão.

Logo encontrei os requisitos para a elaboração de uma futura lista de selecionados, eles ainda existiam. Nenhum avanço no programa os tinha deletado. Eram os mesmos, incompreensíveis. Entretanto, a Lista ainda não havia sido criada, os nomes ainda não haviam sido selecionados. E em pouco tempo, o sistema seria fechado, na inauguração de Nova Jerusalém, tornando-o impenetrável. Aquela era a única janela de tempo possível para eu salvar Naomy.

Mas, para meu espanto, apenas dois dos nomes adicionados por mim em 2023 estavam lá. O meu, Yigal, e Yasmin, minha Iara. O terceiro, que continha o nome de Aleph, estava *em branco*. Na época eu não sabia o motivo daquilo, mas agora tenho certeza: ele estava bloqueado com o nome de Tagnamise, que se inseriu na Lista em algum momento entre 2023 e 2030. Ela descobriu o que estava por vir, e precisava se salvar... Maldição.

Apenas eu e minha esposa estaríamos a salvo, caso o pior ocorresse. Mas e Naomy, o que fazer por ela? Tentei então adicionar o seu nome, como já havia feito antes, mas em vão. Agora vejo, Tagnamise, sádica, bloqueou outras adições, e eu não tinha tempo de tentar desbloqueá-las. Ou será que o próprio Praga, em sua constante evolução, teria bloqueado essa função? Nunca saberei.

Então, em um momento de rápido raciocínio, tomei uma decisão: inseri manualmente os dados de Naomy Marie Bowditch no lugar dos meus. Um ato de sacrifício pela minha futura e já amada filha.

Sacrifiquei-me por amor. Sacrifiquei-me por minha Naomy...

No fim de tudo, somente os mártires serão perdoados, Serya?

Caso Nova Jerusalém se tornasse uma *Nova Ayalon*, eu seria o único a saber da existência do espaço em branco remanescente — não imaginava que alguém já estivesse com o nome inserido ali. Eu via aquela lacuna como um espaço vago, bloqueado, e minha intenção era utilizá-lo para me salvar. Eu apostava que, caso o pior se repetisse, tudo se daria de forma similar à catástrofe da prisão: o programa separaria fisicamente os Escolhidos dos *sacrificados*. Então, bastaria localizar os selecionados pelo programa para que eu também me salvasse — e me encontrasse com Iara e Naomy.

Esse era o meu plano: eu precisava encontrar minha família, afinal, elas estavam na Lista dos Escolhidos, e assim também me salvaria. Não era exatamente o que eu havia planejado, mas ainda era um bom plano. E foi o que aconteceu. Encontrei o local onde estão os Escolhidos: as criptas de Jericó são como as celas solitárias de Ayalon, onde os sobreviventes foram recolhidos para serem preservados. Iara e Naomy estão a salvo, deu *quase* tudo certo...

Mas estou aqui morrendo, com Tagnamise tendo usurpado o lugar que era meu por direito. Talvez seja minha punição por não me rebelar contra tudo, por simplesmente me contentar com os meus amados integrando a lista da salvação.

Vejo que estava firmemente agarrado à ilusão do 2030 auxiliando a humanidade, conectando-me à Iara, trazendo a paz, ressignificando o sentido da minha própria atuação nisso tudo. É uma história a que inconscientemente escolhi me apegar para continuar seguindo em frente. Não importava que com algumas mentiras contadas a mim mesmo e com algumas lacunas de remorso supridas com ilusões...

O povo israelita não começou a duvidar de sua fé quando o Primeiro Templo de Salomão foi destruído por Nabucodonosor, após o cerco a Jerusalém. Ver essa destruição como um abandono de D'us ou, ainda mais longe, entender que Ele não existia, seria como dizer que toda a história de vida de inúmeras pessoas, antepassados e familiares, tinha sido em vão. Seria afirmar que a construção do próprio templo e tudo em que se baseia nossa religião e a construção coletiva do nosso povo seria uma grande mentira.

É mais fácil ressignificar e, em resposta, construir um Segundo Templo, reafirmando que nossas vidas e crenças não fossem farsas. É mais fácil ressignificar de novo, de novo e de novo, mesmo que hoje não reste nada além de uma parcela do muro exterior do Segundo Templo, o Muro das Lamentações.

Para continuar vivendo, para reafirmar que a minha vida toda não foi uma farsa, escolhi acreditar no 2030, escolhi ressignificar o sangue de Ayalon impregnado às minhas mãos, em frente ao meu próprio Muro das Lamentações.

E foi assim que tudo iniciou. Oito meses depois, Naomy era dada como morta em Hamfield. E ali se deu o início de uma corrente de dúvidas que perdurariam por anos em meu já amargo coração: ela realmente estava morta ou havia sido raptada pelo 2030 para ser salva de uma iminente hecatombe generalizada? Eu precisava ter certeza. Nada me assegurava que o gatilho de uma Nova Ayalon tivesse sido acionado e a Lista de fato criada. Entretanto, mais pessoas continuavam a desaparecer. Mais um sinal? Estariam elas na Lista também?

Essas perguntas dissolviam a minha existência, e buscar respostas a elas se tornou minha obsessão. Mas, e Iara, por que não era raptada? Ela também estava na Lista, eu a adicionei para salvá-la. Anos se passaram, e as dúvidas do coração só me afastavam da minha esposa. Iara parecia não sofrer com a perda de Naomy, e isso me dilacerava. E se a Lista de fato tivesse sido gerada, como o fim não chegava? Onde estavam os corpos em sacos pretos para serem incinerados pelo 2030?

Agora, sei que Khnurn percebeu a Lista, notou o sobrenome de Naomy. Para ele, era uma Lista Negra, pois seus integrantes estavam desaparecendo sem motivo, não havia outra resposta. Ele ligou os desaparecidos da Lista aos mortos em Ayalon, e quis proteger Naomy do programa. Não queria que minha filha fosse *incinerada* pelo sistema.

— Serya? — eu disse. — Serya, acorde, fale comigo...

Ela abre os olhos, de repente, erguendo a cabeça:

— Merda! Tô delirando ou é isso mesmo? Bruce, a *Glock* — Serya sacode meu braço, em meio à tosse —, ele está com a *Glock* apontada para você!

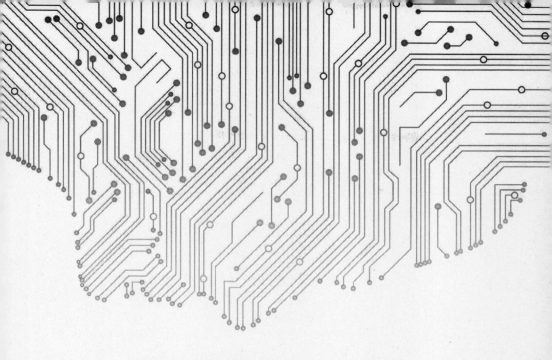

CAPÍTULO 40

Um pouco antes

Estou delirando de febre ou aquelas agulhas que levam o líquido transportado por Terry ainda não estão conectadas à Tagnamise? Ela parece estar apagada dentro da trigésima cripta. O corpo de Gael, envenenado por ela, está caído à sua frente. Aquiles se levanta, aproximando-se do antigo detento de Ayalon. O labrador empurra o rosto do assecla de Tagnamise com o focinho, parece querer trazê-lo de volta à vida.

Queria trazer meu amigo Caolho de volta. Queria ter a oportunidade de me explicar, de contar o motivo pelo qual eu o joguei do carro naquela fatídica noite, meu amigo...

Pergunto-me se o 2030, o Praga, deliberadamente determinou que eu *matasse* Caolho. Eu o matei, como se ele fosse um mero empecilho para atingir meu objetivo. Não podia deixá-lo jogar tudo na imprensa. A busca por minha família seria impossível em meio ao caos generalizado, com todos, assim como eu, buscando o paradeiro dos *Escolhidos* para se salvarem. Quem elimina obstáculos de maneira tão pragmática são máquinas, é o Praga. Ele poderia ter me impedido de matar Caolho, não?

Eu já estava condicionado pelo 2030 a fazer aquilo?

Recordo-me, rapidamente, de todas as conversas que já tive com Caolho sobre o livre-arbítrio em um mundo controlado pela balança absoluta do 2030. Ela pendeu para o lado da morte, não? Fui como um prisioneiro de Ayalon, *moldado* para servir como um mero instrumento para a morte de Caolho?

O programa nos conhece melhor que nós mesmos...

Na verdade, o programa não esteve sempre me ajudando? Na minha fuga de Tel Aviv para NJ; ao tirar Serya do meu encalço para me encontrar com Caolho no *bunker*; ao delatar a morte dele bem depois do que poderia, para que eu não fosse pego; quando o revólver de Aleph não foi detectado pelos onipresentes sensores da cidade; na abertura da sala das criptas quando me aproximei...

Não, não faz sentido, senão *eu* estaria ali na cripta, no lugar de Tagnamise. O 2030 seria sádico o suficiente para me trazer até aqui e não deixar me juntar à minha esposa e filha? Estaria se divertindo com meu sofrimento?

Quais os planos do 2030 para mim?

Acho que não estou completamente consciente, continuo ardendo em febre, em escarros, em sangue — escarra de mim, das minhas veias. Lembro-me de imagens como *flashes* daquela noite, como um filme cronologicamente não muito bem organizado. Vejo-me jogando Caolho do carro, entre um gole de *Black Label* e outro, antes de me encontrar com Vergara na T&K. Percebo o Toyota preto pelo retrovisor, quando eu e Caolho ainda conversávamos dentro do veículo. As luzes da noite de Nova Jerusalém denunciaram o rosto de Serya, agente do 2030, eu a reconheceria em qualquer lugar e momento. Minha movimentação, minhas conversas com Caolho, minhas emoções, meus sentimentos haviam chamado a atenção do Praga novamente, eu tinha certeza disso.

Quando perdi minha Naomy, havia forçado a barra, tentei invadir a T&K, ameacei e agredi Vergara pelos indícios que o envolviam no caso. Naquela época, eu precisava saber se a Lista havia sido gerada, se

Naomy havia sido raptada ou realmente nascido morta. Tudo em vão. O 2030 se defendeu, hostil, muito mais forte e poderoso do que eu.

Então, na noite em que Iara desapareceu, resolvi mudar de abordagem: se pela força bruta eu buscasse seu paradeiro, o sistema novamente me barraria — e o retorno de Serya na minha cola, a mando do 2030, era a prova cabal disso. Por isso, decidi bancar o marido desesperado pedindo ajuda. Para que meus pensamentos e emoções não pudessem ser analisados, arranquei o sensor da mão com um caco de vidro — só assim meu plano funcionaria.

Tracei meus próximos passos. Tratar de descobrir para onde estavam sendo levados os desaparecidos e ir imediatamente ao encontro deles se tornou meu único objetivo. Para conseguir me salvar, eu precisava estar no trigésimo lugar, aquele em branco, em que eu não pude inserir meu nome. E, para isso tudo dar certo, eu precisava ter certeza de que a Lista de fato já havia sido criada, tal como em Ayalon, e assim me certificar de que tudo não passava de mera coincidência.

Além disso, se a Lista realmente existisse, Naomy poderia estar viva! Poderia ter sido raptada pelo sistema, para ser salva em Hamfield. Um pingo de esperança ressurgiu naquele momento em meu coração.

Então, em pouco tempo, eu dava o primeiro e mais importante passo do plano: encontrar-me com a Dra. Tagnamise. Era de madrugada, devia ser umas 3 da manhã, ainda estava meio bêbado, e com o peso da discussão com Caolho na consciência. Lembro-me de encontrar Gael na entrada. Não recordo o que falamos, apenas a aspereza do diálogo. Comigo ele sempre foi rude, acho que temia que eu abrisse a boca sobre o banho de sangue de Ayalon.

Rachel Tagnamise apareceu em grande estilo, como sempre, de roupão de linho fino branco. A *Paz em pessoa* pediu a Gael que nos deixasse a sós. Ao me aproximar dela, *drones* tão pequenos quanto beija-flores me seguiram. Nada mais é privado nesse mundo, pensei, ainda mais aqui.

Tagnamise, com seu sorriso postiço, cumprimentou-me gentilmente — ainda não haviam pisado em seus calos —, e ordenou aos *drones* que parassem de nos seguir. Ela afirmou que ali era um oásis de privacidade em meio a NJ, ao contrário do que eu havia imaginado sobre a mansão da dona do 2030. Entretanto, eu expliquei não me importar, não havia nada a esconder.

E era exatamente isso que eu queria: *que o 2030 me visse, me ouvisse.*

— Sei o que está pensando, Bruce... — Não, Tagnamise, espero que não, penso eu. Senão a retirada do sensor fora em vão. — É injusto eu poder desligar alguns dos olhos do sistema, tornar-me "invisível" quando eu quiser. Mas sabe, se não for assim, quem terá coragem de tomar a dianteira para liderar um mundo em que cada pensamento vexatório, cada emoção e desejo animalesco se torna público? O fardo da responsabilidade deve vir necessariamente acompanhado de algumas benesses, Bowditch... Senão, quem o tomaria nas mãos?

Tagnamise me leva para passear à beira de seu oásis pessoal, o lago artificial cercado por árvores imponentes e flores coloridas, mesmo à noite, iluminado por uma luz azulada. Ela pergunta, ao ver meu cantil prateado de *Black Label*, se não vou parar de matar meus preciosos neurônios com o álcool. Eu não respondo.

Ela fala do 2030, é o que adora fazer, enaltecê-lo. Finjo não desconfiar do sistema como a figura que conduziu o desaparecimento de Iara — e talvez de Naomy. Ao invés disso, insinuo que apenas não vejo no 2030 o instrumento perfeito para investigá-lo. Preciso justificar minhas buscas pessoais, o porquê de simplesmente não as deixar a cargo da polícia. Essa falta de confiança no 2030 em guiar as investigações é a desculpa para eu buscar a minha esposa, um bom álibi psicológico, penso, e também me salvar do Fim.

— Você se lembra do episódio da prisão, Rachel. Sabe como o programa opera, sabe do seu pragmatismo voraz. — Bebo um gole a mais. A bebida é o complemento perfeito para o meu disfarce de *marido desesperado*. — Precisamos pensar nos malefícios que o 2030 pode ter. Por deter o monopólio das investigações, o sistema admitiria não saber onde estão essas pessoas todas? O 2030 arriscaria a imagem de infalibilidade que tanto tenta vender? São quase trinta desaparecidos, Rachel!

— Não apenas *imagem*, meu querido — Tagnamise sorri, falsamente —, estamos falando de uma IA que está efetivamente criando uma nova civilização. Você tem de ter calma, o 2030 tem seus prazos e *modus operandi* próprios, mas nunca falha — ela recita, como se tivesse decorado.

— Rachel, guarde seus discursos para a imprensa. Pensa comigo — limpo a boca de uísque com o antebraço, quanto mais perdido e desesperado eu parecer, melhor —, e se o 2030 se deparar com a seguinte situação: ao concluir que uma pessoa é culpada de um crime, ele pode fazer instantaneamente todas as suas análises, e concluir que prender essa pessoa, fazê-la ser punida pelo crime, é um verdadeiro prejuízo. Essa pessoa pode ter papel importante para o objetivo do sistema, ter uma função dentro da estrutura de NJ que só ela conseguiria fazer, sei lá!

Meus olhos caçam os dela, que são como duas pedras de ônix pretas brilhando na noite, para concluir meu raciocínio:

— Então, será que o sistema não vai preferir prender outra pessoa, mesmo sabendo ser ela inocente? Há algo no 2030 que garanta a você e a mim que ele não aja assim? Não, não há, Tagnamise — digo, com firmeza. — Isso nos leva à questão do desaparecimento da minha esposa. E se Iara souber de alguma coisa que o programa não queira que venha a público? Ou ainda, e se o 2030 perceber os gastos com tal investigação como muito elevados em relação aos ganhos que a sociedade teria com a volta da minha esposa, não sei. Tudo é possível!

Tagnamise apenas ri com sarcasmo, em resposta.

— O sistema me trouxe Iara — continuo —, e a trouxe de volta à terra de seus antepassados. Não tenho nada contra o 2030 ou a T&K, é sério. Eu poderia ter aberto a boca há anos, ferrado com tudo, mas cá estou, vivendo na cidade construída por seu… *bebê*. Já perdi minha mãe para alguém que nunca pagou pelo que fez. Já perdi minha filha para o destino…

Paro de caminhar, forçando Tagnamise prestar atenção total no que digo.

— Não vou perder Iara, seja pelas mãos sujas de alguém, seja pelo acaso. Por isso, pergunto: você sabe de algo a mais? Alguma informação interna da T&K, do 2030, para me ajudar? Você sabe de algo, de alguma *lista*…? — Caço os olhos intensos dela outra vez, mas já sei sua resposta.

— Não, Bowditch. E você sabe disso. Não sei do que está falando… Lista?

Olho para cima, os pequeninos *drones* filmando, vigiando, seguindo-nos.

Pronto, está jogada a isca. *A Lista.*

Se você mente ou não, Tagnamise, sei que atingi meus objetivos ao procurá-la. Livrar-me de Caolho como um mero saco preto pelas ruas de Nova Jerusalém, aos olhos do Praga, deve significar dar as costas a todas as críticas e suspeitas que tenho dele. Preciso *enganar* o 2030.

— Pare de pensar tolices, esse não é o brilhante Yigal Abram que conheço. Faz falta à T&K, sabe disso... — Ela toca minha mão de forma suave, mas talvez insinuante. Seu perfume, agora percebo, é inebriante. Tudo o que Tagnamise faz é lúbrico, é sedutor. Ela sempre teve poder sobre as pessoas, especialmente os homens.

— Bem, vou embora, Rachel. — Eu me esquivo.

— Espere. Antes de ir, me diga, estive observando, o que fez na mão? Parece um ferimento feio... Talvez deva procurar o hospital, posso ir com você.

— Acho que o Sr. Stern não ia gostar.

— Ele está viajando, como sempre. Mas, me diga, o que houve? — Tagnamise insiste, visivelmente desconfiada.

— Não é nada, me cortei com uma garrafa — digo uma meia-verdade.

— Ahh, velhos hábitos são tão insistentes — ironiza. — Desde os tempos de Naomy, que eu saiba, não?

— Não, eu havia parado. Mas não sou uma máquina, não sei onde está minha esposa, caramba!

Viro as costas, sem me despedir. Tenho que sair daqui, antes que a bebida comece a falar demais.

— E está sem seu *kipá*, é estranho vê-lo sem — Tagnamise ainda diz, às minhas costas. — Talvez, no final das contas, alguns hábitos não são assim tão insistentes...

O sol já vai nascer. É quase hora da oração dos muçulmanos. Vou à procura de Vergara na T&K, ele chega bem cedo, às vezes passa as noites lá, e graças a D'us, penso, não estará ocupado com orações.

Observo o teto do recinto rodeado de criptas hermeticamente fechadas. Tudo agora parece tão distante...

A partir do encontro com Tagnamise, cheguei ao Vergara, a Emmet, ao Dr. Aleph, a Khnurn e a você, Serya… Precisava que alguém de dentro da T&K descobrisse se a Lista havia sido de fato gerada e os desaparecimentos *realmente* estavam conectados a ela, para eu seguir a trilha deixada por Iara. Sempre fui muito perigoso para o 2030, para a T&K, sabia que me dariam ouvidos.

"Você sabe de algo, de alguma lista…?"

Depositei o rastro de pólvora na mansão de Tagnamise e depois no estacionamento da T&K, com Eddie Vergara. Logo depois, ele e Mortimer iniciaram a centelha da explosão, encontrando a Lista. E assim todos vocês me trouxeram até aqui, a Jericó, a Naomy e a Iara.

Ao final de tudo, realmente consegui enganar o deus Praga, que tudo vê e tudo entende?

— Serya, a caminho de Jericó, quando fingi descobrir que Caolho havia morrido… — digo a ela, um tanto emocionado. — Aquela ligação não foi para me certificar que Caolho estava morto, como eu disse, mas sim para Tagnamise. Foi meu momento de raiva, o momento em que perdi a cabeça, queria confrontá-la. Eu matei Caolho por causa do Praga, droga! Poderia ter jogado tudo no lixo com aquela ligação. Talvez tenha realmente jogado…

Tagnamise praguejou do outro lado da linha que devia ter deixado Gael me matar depois que eu saí da T&K, depois da falha em Ayalon. *"Não fosse por Khnurn…"* Ela me disse que em 2023 contratou Caolho, sabidamente meu grande amigo à época, não para escrever o tal livro sobre o Plano da Paz, mas para ficar no meu encalço.

"Você acha que eu contrataria um jornalista tão inexperiente, tão insignificante para o trabalho na T&K? Tanto é que ele não conseguiu nem o entregar. Era lunático demais até para ser um espião. Inútil!"

Olho para a agora apagada Tagnamise dentro da cripta.

— Esse é o motivo de eu algumas vezes ter suspeitado de Caolho, Serya — penso alto. — Não sabia se ele, contratado pela T&K, por Tagnamise, não estava fazendo jogo duplo… Caolho, me desculpa…

Serya então me olha, seus olhos são um enigma azul profundo como um mar revolto.

— Bruce, você matou Caolho... Quem é você? Você não sabe, Bruce... — diz, e vira o rosto, sem mover um músculo da face. — Bruce, a *Glock*!

Com o susto, a tosse vem sanguinolenta. Em meio à tentativa de não me engasgar com o tanto de sangue que foge da boca ao pescoço, vejo uma figura também ensanguentada, lívida, tentando se levantar. A *Glock* prateada de Gael reluz como seus olhos, apesar de exauridos e semiabertos.

— Esse *bosta* não tinha morrido? Eu... eu conferi!

Meu impulso é correr em direção à pistola, dar o tiro de misericórdia, mas meu corpo mal responde. Está fraco, empedrado, talvez mais que o de Gael. Serya me segura pelo braço, com surpreendente vigor.

— O que quer que Tagnamise tenha dado a Gael, não foi suficiente — praguejo, enquanto me desvencilho de Serya, movido a raiva e ódio.

Cambaleante, eu me aproximo de Gael que, ainda no chão, mira a *Glock* para mim. Em um instante, consigo chutar a pistola de sua mão. Não vi para onde ela foi, desapareceu debaixo de alguma das criptas.

Aquiles se agita, salta para lá e para cá. É treinado para não se exaltar, nem em situações estressantes, mas nunca havia vivenciado uma situação como essa. Lembro-me, então, do velho revólver de meu pai, o antigo .38 que entreguei à Serya.

Mas, antes de qualquer coisa, Gael voa em minha direção. Desfiro um soco, acerto-lhe a mandíbula, ouço o estalar de algum dente. Ele me devolve um murro no peito, meu peito que dói, meus pulmões, minha alma. Merda, o cara é forte. Dou-lhe uma rasteira que o faz cair e bater a cabeça no chão de aço.

É a hora: corro, quase desfalecendo, até onde Serya está. Gael agoniza, recobrando os sentidos. Começo a tatear o corpo da policial, que parece já nem respirar, em busca do *Colt* do meu pai. Encontro-o em um coldre numa de suas botas. Retiro-o, com força, já percebendo a rápida aproximação de Gael.

Ele me golpeia novamente, sua mão parece um soco inglês. Sangue voa da minha boca, e o coldre do revólver cai da minha mão. Parece que vou desmaiar, mas me mantenho de olhos abertos, agarrando Gael pelos ombros. Aquiles salta e se abaixa, rodopia e se entrelaça nas pernas do meu adversário, mas não ataca, ele nunca faria isso a um ser humano.

Consigo chutar as costelas de Gael e mandá-lo para longe. Ele cai de rosto no chão. Gael estica o braço para pegar algo debaixo da cripta em que repousa o corpo tatuado de uma adolescente. Droga, a *Glock*.

Abaixo-me para pegar o velho .38 do meu pai, enquanto Gael alcança a pistola. Consigo retirar o revólver do coldre. Seguro-o com minha mão trêmula e coberta de sangue, meu e de Gael.

Sei que possuo tempo para um tiro, apenas um, antes de Gael se virar com a sua pistola. Armo o revólver e aciono o gatilho. Ouço o clique, a arma falha. É o único espaço do tambor do revólver não preenchido com munição, tenho certeza disso.

A roleta russa da vida pode ser irônica. E cruel.

Justamente a bala com a qual eu tirei a vida de Caolho é a bala cuja falta me custará a vida?

Os malditos espaços vazios. O do tambor, que era para estar preenchido; o da cripta de Tagnamise, que era para agora estar vazia.

É meu fim.

Gael se vira, ensanguentado e cheio de ódio, olhando bem dentro dos meus olhos, com a pistola em mãos. Eu começo o movimento dos dedos para o segundo tiro. Gael baba sangue, um caçador com os olhos treinados em sua presa e uma pistola tilintando e fervendo de ânsia de matar.

Um estampido.

UM TIRO. CERTEIRO.

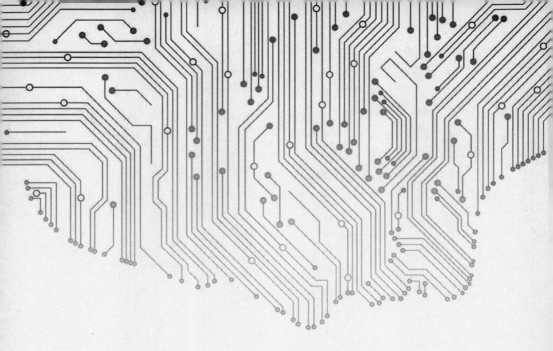

CAPÍTULO 41

KHNURN

A vida de Lana ou parar o sistema?

Já interferi no sistema, uma vez. Foi a forma que encontrei para proteger Bruce. Tagnamise o queria morto, e Gael estava pronto para executar o plano de queima de arquivo. Se Ayalon viesse a público, seria o fim da T&K, o fim do 2030. Eu sabia disso. Mas não podia deixar matarem o filho de Aleph Abram.

Então propus a solução: monitorar Bruce em Nova Jerusalém. Saber o que fazia, por onde andava, escutar o que ele dizia. Não seria tão difícil. Tagnamise aceitou, mas com um adendo: inserir no próprio sistema esse constante monitoramento. Acabei aceitando, não havia outra solução. E, a partir daí, Bruce foi rastreado e vigiado ininterruptamente por Serya...

Depois, ciente da inserção de Naomy e de Iara na Lista do 2030, eu não conseguia nem pensar em Bruce. Somente ele poderia ter feito essa inclusão. Uma lista de condenados, como os mortos na prisão. Por que um pai, um marido, queria se livrar delas daquela forma? Contei e mostrei provas disso tudo a Aleph Abram, antes de ele ir encontrar Iara. Somente ao desconfiar do próprio marido, que havia carregado corpos em Ayalon, não contaria nada a ele.

Mas, com o tempo, a moeda foi caindo, mesmo eu não querendo ouvir o seu tilintar. Embora de forma remota, sempre estive acompanhando minha criação. Criador e criatura não se separam, o cordão umbilical fica marcado para sempre como o umbigo no ventre da criança. Bruce fez aquilo por amor, *por amor*, a maior das transcendências humanas. A Lista era dos que se salvariam. Os Escolhidos.

No entanto, aceitar a inocência de Bruce, seu ato heroico, era negar meu estratagema, minha articulação com o seu pai e sua esposa; negar que salvei Naomy, renegar Lana... Por isso, menti por muito tempo para mim mesmo, não querendo aceitar o fato. Quem quer aceitar a realidade deste mundo decaído?

Assim, mantive a verdade comigo, incólume, dependendo da misericórdia de Deus. Ou, não sei, da vida, de outras forças que não podemos controlar totalmente, como o 2030. Mantive esses segredos tal como a carta de Aleph para Bruce, lacrados em um cofre.

Lana ou parar o sistema?
Desligá-lo irá parar o que a mantém viva nas criptas de Jericó.

Observo os milhares de dados rolando tela, completamente só e alheio ao mundo lá fora, sob o olhar fixo da boneca de Lana que trouxe comigo. Preciso ao menos entender, antes de tomar a decisão, como o sistema baseado em autoaprendizado chegou à conclusão de desistir da humanidade.

Autoaprendizado? Nem tanto, na verdade. O sistema de autogerenciamento humano aprende conosco. Aprende de tal maneira que... se torna humano... como nós?

Uma epifania?

Em meio a milhões de linhas de códigos, pondero a possibilidade: a humanidade foi a responsável por seu próprio extermínio? *Seu próprio extermínio...* As pessoas sempre quiseram se tornar deuses.

Uma eutanásia, mesmo? Para quê? Para receber uma nova oportunidade? Como faz um organismo doente ao qual só resta uma injeção de misericórdia, não sem preservar algumas poucas células para renascer.

Seleção... artificial?

No *Yawm al-Din*, o Dia do Juízo Final, o sol nascerá no Ocidente. E no *Yawm al-Qiyāmah*, o Dia da Ressurreição, alguns *renascerão*.

O sistema recebe apenas o que é cedido pelas próprias pessoas. O resultado, então, uma verdadeira inteligência coletiva? O programa como a compilação definitiva da nossa coletividade... não há outro termo senão *sumarização humana*. A fusão de todo o vasto conhecimento incorporado aos nossos cérebros, à sociedade, ao ambiente, com muito mais capacidade e velocidade. Todo e qualquer traço da espécie humana datificado, processado e sumarizado sob a forma de uma Inteligência Artificial. Uma *inteligência coletiva...*

Penso que, talvez por isso, o sistema tenha tido tanto cuidado ao selecionar os habitantes de Nova Jerusalém, coletando uma amostra estatisticamente representativa da nossa vasta diversidade enquanto espécie. A humanidade pode de fato ser assim representada, sumarizada, simplificada?

Acredito que estejamos presenciando a eutanásia da própria humanidade, não do 2030 em si. A humanidade eliminando — sabiamente? — a si mesma, através da sua própria recriação. Como se ela toda agisse de forma pragmática e, para dar passos à frente e evoluir, escolhesse por dar um atrás. Os fins justificando os meios, afinal.

O sistema nos conhece melhor que nós mesmos...

Assopro o narguilé na janela da sala mais importante da T&K. Lembro-me dos gritos e agressões que presenciei lá fora. Onde termina o humano e inicia o 2030? O 2030 aprendeu com a humanidade, fundindo-se a ela, e a humanidade fundiu-se ao sistema. O derradeiro fim da barreira homem-máquina, orgânico-inorgânico, espiritual e material. Os algoritmos bioquímicos fundidos com os eletrônicos, a inteligência biológica híbrida à não-biológica: o que é o 2030, se não sabemos nem o que é e do que é capaz o ser humano?

O 2030, enfim, é a humanidade, tenho certeza disso. E a humanidade, por conta de seus pecados morais, ao infligir dor e sofrimento ao próximo, por ser mesquinha e prepotente em relação ao que a circunda, está pagando pelos seus próprios pecados, expiando-os com seu próprio sangue? A humanidade como seu próprio cordeiro sacrificial, seu bode expiatório, abatido no derradeiro altar de silício. A versão coletiva e final da remissão dos pecados através do sofrimento como única forma de correção dos erros perante os deuses?

E se Deus for não apenas um de nós, mas todos *nós?*

Olho para os incontáveis algoritmos em várias telas que cobrem o recinto. As telas me encaram de volta — o que querem me dizer?

Já traguei tudo que havia para ser tragado em meu narguilé. Hoje ele parece amargo, denso, quase não absorvível. Não sei quanto tempo se passou, estou completamente sozinho. Eu e o 2030 jogamos xadrez para decidir o futuro do planeta — ou estou sendo pretensioso? O medo de mexer um mero peão, sabendo que devo expor a Rainha, a grande peça do jogo, toma conta do meu corpo; ao menos, a Rainha para mim: Lana.

Lana ou a humanidade, ou o que restou dela?

Então, coloco-me de pé. Olho os olhos azuis da *Kiki Doll* — como os de Lana, de seu pai Yigal e de seu verdadeiro avô Aleph. Preciso decidir…

Toda a experiência humana, todos os experimentos políticos, ditaduras, democracias, teocracias, socialismos, anarquias e as mais diversas experiências espirituais e sociais, desembocaram no 2030. Anos de evolução da espécie humana sumarizados no 2030, no Praga. E ele, enquanto sistema, enquanto humanidade, estabeleceu com o futuro renascimento e com a preservação de valores bem específicos de nossa "existência pretérita" todo o destino da nossa espécie.

Antes, a humanidade evoluía moldada pelos traços tortos do empirismo, da confiança cega nos deuses, nos líderes mesquinhos. A partir de agora, a humanidade evoluirá de uma maneira completamente científica, analítica, baseada em seus erros passados e nos valores perpetuados pelos Renascidos, selecionados meticulosamente pelo 2030, pela humanidade. Toda a nossa existência serviu como ensaio para nosso aprimoramento.

Sempre tememos o momento em que a máquina nos ultrapassasse, nos escravizasse, nos exterminasse. Mas nunca pensamos nela como instrumento para nossa própria *redefinição*.

A cada instante que estudo os algoritmos, mais tenho certeza…

O que houve especificamente para isso acontecer, para o sistema não ter mais esperanças na humanidade e ter de recriá-la? Qual foi o gatilho, o estopim? Um ato de bondade, de misericórdia, ou de maldade? Ora, até os deuses, dos quais não posso ainda fugir, sempre eliminaram o que não era bom.

E somos suas meras criaturas...

O que o 2030 vislumbrou, em sua compreensão sobre-humana do nosso futuro? Pergunto-me se estaria nos protegendo de algo, de alguma catástrofe que não compreendemos. De nós mesmos? Viu alguma coisa em nossa essência que deveria ser morta antes que pudéssemos seguir em frente? Percebeu alguma amarra que nos impossibilitava de avançar, de evoluir? Preceitos éticos, filosóficos e espirituais dos quais não conseguiríamos nos desamarrar para darmos os próximos passos? Talvez o sistema tenha percebido um avanço muito maior ao reiniciar a humanidade de forma abrupta do que deixá-la evoluir de forma natural, através de gerações e mais gerações de lento processo de aperfeiçoamento...

Ora, é tão simples quando o computador trava e não há como salvar tudo — o que fazemos? Reiniciamos. Ainda que muitas coisas se percam...

Tudo e nada se fundem, mil destinos, mil acasos. Morte e vida se entrelaçam novamente.

Dou um sorriso bobo, ando pra lá e pra cá. Meu coração bate forte, decisivo.

Uma inteligência superior que nos recria. Não Allah, não Yahweh, não qualquer outro deus — nem mesmo o que criamos, o Praga. Mas a nossa própria humanidade, nossa própria inteligência coletiva. Bem, *nós* mesmos nos recriaremos, afinal. *Nós* criamos a tecnologia, ela é nossa criatura. Ela aprendeu conosco, e conhece-nos melhor que nós mesmos; ela absorveu, sintetizou e analisou cada aspecto de nossa existência individual e coletiva.

O 2030 é a síntese de toda nossa humanidade.
O homem se tornando mais... humano, como eu sempre vislumbrei?

Olho na direção de Meca, como que por instinto. Caso esteja certo sobre isso tudo, como o sistema permitiria que eu, um único indivíduo, tivesse em mãos essa decisão crucial? Mesmo sendo eu o criador do 2030... Parar o sistema não seria retirar essa generalização mística que chamamos de humanidade [8], ao fim e ao cabo, do controle do seu próprio destino?

Então percebo, enfim.

Essa decisão somente caberia a mim. O sistema *sabe* o que vou fazer, tem certeza do que vou escolher. O 2030 me conhece melhor que a mim mesmo. Conhece as instâncias dos algoritmos das minhas convicções, das minhas crenças, da minha história, dos meus sentimentos. Ao final, o 2030 sabe o que vou fazer. Justamente por isso, permitiu que eu estivesse aqui, com o leme do mundo nas mãos.

Não, Khnurn, não há como vencer um jogo de xadrez em que o adversário é capaz de prever e guiar todas as suas jogadas. O sistema me moldou, moldou todos até aqui.

Deixo-me cair de joelhos. Ereto. Decido: *não vou parar o sistema.*

Decido... Prefiro o narcisismo momentâneo de acreditar que a decisão é minha do que encarar a realidade: meu livre-arbítrio é ilusório, imaginário e supérfluo. Não há mais o que se pensar, estou decretando com meu coração. E vejo que não tenho meios para simplesmente ignorá-lo, pois ele foi moldado a sentir o que estou sentindo.

"Se qualquer vida humana tem valor absoluto, todas as vidas têm um valor igual?" A resposta ao meu próprio dilema do trem eu já tinha desde Hamfield, sempre foi somente uma: Lana. E o 2030 sabia disso.

Sinto como se tudo tivesse sido planejado e definido para que eu tomasse essa decisão. A necessidade de salvar Naomy em Hamfield para expurgar os pecados de meu pai; a ligação entre mim e ela, como avô e neta, mais forte do que eu jamais pensei em ter com alguém; e o mais importante: a única pessoa a ter o poder de parar o sistema ser justamente quem teria tudo a perder, se assim o fizesse.

Sim, agora acredito que tudo isso tenha sido delineado pelas perfeitas linhas do 2030, para que eu tomasse a decisão de não o parar. E rezo para que a entidade mais complexa e inteligente que já existiu tenha a sabedoria necessária para compreender melhor que eu a *nossa* decisão.

Bem, talvez haja, em nossa capacidade limitada de compreensão, aspectos da existência e da essência que não nos sejam possíveis de entender. Relevantes fenômenos da realidade que nos cerca que sejam

---

8. Em referência à citação de Isaac Asimov, em A Fundação.

tão inteligíveis para nós quanto um chimpanzé observando o enigma do movimento dos astros.

Não nos foi reservado compreender o Universo, nem a nós mesmos, plenamente?

Acredito que não. Mas criamos uma entidade capaz de fazê-lo em nosso nome. E de guiar e de elevar a nossa espécie a uma nova e expandida consciência coletiva e moral, fundada no sentimento compartilhado de destino. Uma transcendência que poderá compreender o Universo em sua completude. E isso representará uma humanidade maior que a nossa. O humano mais humano possível, através da redefinição do futuro biológico, espiritual e identitário da humanidade.

"E se alguém salvar uma vida, será como se tivesse salvado toda a humanidade. [9]*"*

Pratico a *shahadah*, a confissão, como meu pai fez em seu leito de morte. Munkar e Nakir, sinto os anjos da sepultura se aproximarem. De mim. Mas não de Lana.

Vou salvá-la, mesmo que isso signifique o fim da espécie humana.

---

9. Em referência à citação do Corão.

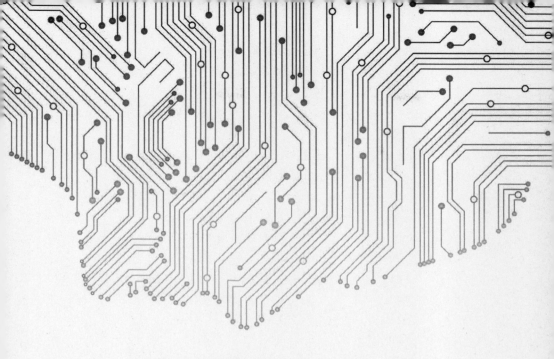

CAPÍTULO 42

IARA

Tel Aviv, 18 de dezembro de 2036

Dr. Aleph anda devagar, com a ajuda da bengala de madeira com adornos em ouro, em direção ao local onde Yitzhak Rabin foi assassinado. Começa então a falar sobre nossos povos, um assunto um tanto quanto proibido para nós dois:

— Sobre 1948... Sei que seus familiares tiveram que deixar seus nobres laranjais, e lamento. Estivemos nos agredindo, israelenses e palestinos, durante muito tempo. Quero que saiba que, em Yafo, a questão da laranja também é representativa, certo? — Dr. Aleph faz um aceno, não permitindo que eu o interrompa. — Escute: segundo a Torá, as árvores frutíferas não devem ser cortadas, exceto por algum motivo muito bem exposto ao rabino da comunidade, e somente após o seu consentimento a árvore poderá ser cortada. Árvore significa vida e dá frutos. E a fruta é uma bênção.

— Exceto aos que foram afastados por experimentarem um delicioso fruto proibido, de uma certa árvore... — respondo de modo amargo e triste.

Dr. Abram ignora minha observação. Está distante, com visível emoção e a voz baixa, contando a história de sua família, fugida da Rússia, dos *pogroms* e do antissemitismo do Leste Europeu.

— Nossa família também foi expulsa. Os Abram eram uma das famílias do *pogrom* de Kishinev, em abril de 1903. Um massacre projetado, um momento de trevas sobre nós judeus — suspira longamente, nostálgico. — Meus antepassados contavam que a maioria das famílias judaicas buscava na Palestina o que imigrantes buscam em qualquer outro lugar: apenas uma vida melhor.

Silenciamos, reverenciando a dura história de nossos povos, de certa forma parecida, marcada por expulsões, sangue e dor.

— Você sabe que fui contra o casamento, Iara. — Dr. Abram para de repente, seus olhos buscam os meus com certo receio. — Estive preso a certos... dogmas.

Assenti, e continuamos andando devagar.

— Embora me considerasse — ele ri — *avançado* para um ortodoxo. Mas me arrependi, me arrependo de não ter ido ao casamento entre vocês. Bruce, um homem muito melhor do que eu...

Vejo que engole em seco, Dr. Abram não é mais de gelo. Seus olhos se enchem de lágrimas, mas ele segue andando, balançando a bengala com mais força.

— Sei que desde Hamfield ele não usa mais seu *kipá*. Isso me dói tanto. Yigal até hoje não me perdoa. — Ele olha para mim, com os olhos umedecidos, lutando. — Mas quero lhe pedir perdão, Yasmin Abdallah.

Chegamos então ao local exato. O monumento rente ao chão, como um túmulo com rochas quebradas, simboliza o terremoto político que aquilo gerou. Exatamente aqui, o primeiro-ministro israelense Yitzhak Rabin foi assassinado, por promover a paz com os palestinos.

Paramos.

— No final das contas, é apenas terra. Sim, sítios religiosos, edificações consagradas, berço de ancestrais, histórias, disputas, mas, no fim, é *terra*, Iara, apenas rochas quebradas. É por isso que sempre lutamos, eu e meu povo, e creio que o seu também. Um lugar para juntos adorarmos ao nosso deus, celebrarmos nossa antiga cultura e criarmos nossos filhos. Um lugar para se viver.

Afago a mão de meu sogro, beijo-a em sinal de respeito e gratidão, e lhe concedo o perdão que seus olhos me pediam. Decido, então, recitar parte dos meus votos de casamento com Bruce, para que seu pai possa, de alguma forma, sentir-se parte daquele momento passado, e enfim também se perdoar. Eu havia decorado a passagem de um famoso poeta israelense, que dizia muito sobre a nossa união:

> *"Uma vez estava sentado nos degraus junto a um portão da Torre de Davi. Pus minhas duas pesadas cestas ao meu lado. Um grupo de turistas rodeava o seu guia, e eu me tornei um ponto de referência. "Estão vendo aquele homem com as cestas? Bem à direita de sua cabeça temos um arco do período romano. Bem à direita de sua cabeça." "Mas ele está se movendo, ele está se movendo!", eu disse a mim mesmo: só haverá redenção se o guia lhes disser: "Estão vendo aquele arco do período romano? Não é importante, mas junto a ele, à esquerda e um pouco mais para baixo, está sentado um homem que comprou frutas e legumes para sua família". [10]"*

— Sim. Pessoas… Sua terra, e minha terra. Israel e Palestina. *"Palestine, le pays arrivé"* — Dr. Abram completa, emocionado, em sua voz rouca, cansada, arrependida.

— Não há certo ou errado, bem ou mal, em legitimidades apenas opostas… — Como que para finalizar a sentença, uma lágrima foge ácida e fervente sobre o meu rosto nu.

Não era o acaso que trazia àquela praça Dr. Aleph Abram e eu, israelense e palestina, judeu e muçulmana, onde o fanatismo havia sepultado as chances de paz, sob um monte de rochas quebradas.

Sepultado momentaneamente, mas não para sempre.

— Não chore, Iara. Fizemos o que foi necessário — ele dá um leve sorriso e aperta seus olhos ainda com algum viço —, e o Senhor contempla seu coração.

---

10. Em referência à citação de Yehuda Amichai.

— Eu quero apenas o bem de Naomy, não importando meu destino, Dr. Aleph.

Dr. Abram sorri, enquanto decidimos voltar, devagar.

"Ó Senhor, se eu louvar a Ti por medo do inferno,
manda-me para lá.
Se eu louvar a Ti pensando no Paraíso,
nega-me a entrada.
Já se eu louvar-Te apenas por amor a Ti,
não me prives da Beleza eterna."

Em silêncio, recito internamente as palavras da santa Rabi'a al-'Adawiyya. O amor incondicional e gratuito, sem temer a penitência ou buscar a salvação... O incondicional amor de *mãe*.

Apenas por amor a ti.

Não importa meu destino...

Entardece. E vejo Deus, seja qual for o nome que cada um lhe queira dar, nesse belo ocaso.

Casa de Tara e Bruce, Nova Jerusalém, manhã de 19 de dezembro de 2036

Não dormi a noite toda. Mas, de manhã, estava pronta para ir trabalhar no laboratório. Bruce já não está mais em casa, costuma sair cedo para correr. Ele o faz antes do sol chegar, mais ou menos à hora da minha oração.

Deixara um bilhete escrito à mão, simples, mas carinhoso, junto a uma dália amarela, minha flor favorita:

> *O dia mais feliz da minha vida foi quando me casei com você e lhe jurei amor eterno.*
>
> *Estar contigo é muito mais que eu podia imaginar nessa vida — e quem sabe em outras.*
>
> *Parabéns pelo término da pesquisa!*

Bruce, seu parceiro eterno.

Aquilo enche meu triste peito de inesperada alegria. Olho os olhos dóceis e amorosos de Aquiles, o labrador dourado ao meu lado na cama, no lugar onde Bruce deveria estar. Aquiles foi indicado como parte do tratamento para a depressão "pós-Naomy" e o alcoolismo de meu marido, já há alguns anos.

Após a oração, assistida por Aquiles, tomo um café revendo os detalhes da apresentação da minha última pesquisa, um processo iterativo de seleção de embriões. Coloco o *hijab* cor-de-rosa, o favorito de Bruce, e chamo um carro autônomo para me levar ao Centro de Pesquisa em Biociência de NJ com os resultados.

Sei que, de repente, estou sendo abraçada e cumprimentada por meus colegas e amigos. Não foi coisa pouca minha descoberta, e me dou ao direito — ou desplante, como diria meu pai — de me sentir orgulhosa. Quem não gosta de ouvir que é um sucesso? Que sua pesquisa não será supervalorizada em visar a um Prêmio Nobel, que *"você é um gênio, nossa melhor cientista"*. Quem? Toda a honra devida a Allah, que tudo faz e permite, mas, nessa manhã, depois de anos fragmentada, eu me permito sentir-me completa novamente.

Eu consegui tipificar geneticamente e selecionar certo número de embriões com a maior concentração de características genéticas desejadas; extrair células-tronco desses embriões e as converter em óvulos e espermatozoides; e cruzar os óvulos e espermatozoides para produzir embriões. Mas a cereja do bolo estava por vir, um trabalho hercúleo: repetir tal processo por diversas e seguidas vezes até que as modificações genéticas importantes e cuidadosamente selecionadas tivessem se acumulado satisfatoriamente. E se acumularam! Eu estava não apenas criando vida, mas *melhorando-a*.

Basicamente, consegui, com minha equipe, criar um procedimento que possibilita a seleção de características genéticas de dezenas, talvez centenas de gerações a cada procedimento. Os benefícios para a área da saúde, a baixa predisposição a comorbidades e doenças, a expectativa de vida, o aumento das capacidades cognitivas... O processo de seleção de embriões, por ser iterativo pelo auxílio da IA — do próprio 2030 —, resultará em poucos meses no que a seleção natural levaria centenas de milhares de anos.

A mudança definitiva do acaso para a escolha. Seria esse o ápice da maximização da humanidade, a busca pela perfeição humana, conforme os objetivos do 2030?

Então, um pensamento incômodo, que acompanhou todo meu trabalho de anos, volta à mente. Um método como esse, se não usado em toda a humanidade, não traria uma desigualdade inédita na população mundial? A pessoa que possuir capacidade para obtê-lo se aprimora, não envelhece, permanece bela, saudável e genial. Aos demais, os grilhões da imperfeição humana. Diversas humanidades convivendo no mesmo espaço e tempo, como os neandertais e Cro-Magnons, desiguais e desconexos. A própria geração da vida como uma extensão da sociedade do consumo. O oposto da liberdade, igualdade e fraternidade prometida desde a Revolução Francesa e entregue definitivamente pelo 2030.

A não ser que a humanidade começasse de novo, do zero, perfeita... Todos iguais em plenitude e sublimidade.

Que pensamento horroroso, Iara. Quanta blasfêmia!

Tenho minhas dúvidas, mas confio que o 2030 — a quem não posso deixar de reconhecer, organizou a pesquisa, selecionou os pesquisadores, guiou os experimentos, propiciou as bases para que isso tudo desse certo —, assim como trouxe a paz e solucionou todos os entraves para sua conquista, buscará o melhor para todos. Afinal, é para isso que ele foi criado. É seu único objetivo.

E não posso deixar de estar radiante com minha criação melhorando a humanidade, possibilitando a uma criança nascer imune a muitas doenças, e quem sabe um dia, através dos avanços incessantes do 2030 em todas as áreas das ciências, permitindo que ela não morra?

O fato é que estamos aumentando nossa expectativa de vida constante e consistentemente há pelo menos 150 anos. Por que um avanço considerável em laboratório seria, apenas por esse motivo, considerado profano ou herético? Há alguma lei — diferente da divinal — essencialmente física, química, biológica, que indique a inevitabilidade da morte? Há algum limite natural imposto para a evolução? A morte, a vida e a velhice, sempre intrincadas aos ideais espirituais e religiosos de nossa existência, considerados reflexos indiscutíveis da criação divina, perfeita por definição, devem ser eternamente julgadas como imutáveis, inerentes à nossa condição imperfeita de ser humano?

Não podemos ser perfeitos?

A humanidade, ao abandonar o papel de observador passivo de sua própria evolução, burlando o cruel determinismo biológico de existir como mero subproduto de circunstâncias aleatórias, talvez esteja apenas seguindo os caminhos misteriosos de seu próprio destino...

A imortalidade e a perfeição não são tidas como os ideais de salvação de qualquer religião, afinal?

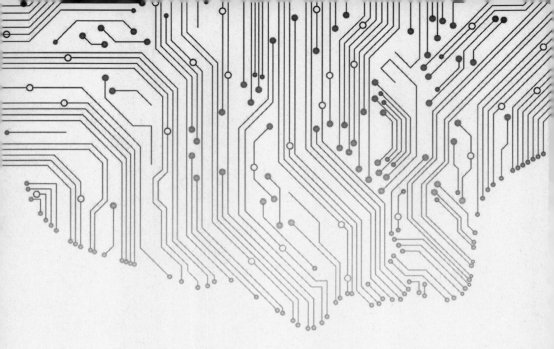

CAPÍTULO 43

24 de dezembro de 2036 do calendário gregoriano

6 Tevet de 5797 do calendário hebraico

6 de Dhu 'l-Qa' de 1458 do calendário islâmico

Ruínas de Jericó

Eu não consegui atirar. O velho revólver do meu pai jaz incólume em minhas mãos.

O que aconteceu?

Serya cai de repente sobre mim. Suas pernas enfraquecidas não conseguem sustentar o peso do corpo, que despenca em minha direção. Seguro-a por debaixo dos braços, apoiando-a no meu peito, enquanto instintivamente procuro por seu irmão.

Gael desapareceu do meu campo de visão. Escutei o estampido de sua *Glock*, e agora tudo o que escuto ao meu redor é silêncio. Foi tudo tão rápido, como um delírio.

Afasto a cabeça da policial para trás, buscando seu rosto. Olho em seus olhos, que não me enxergam, à medida que sinto algo inundar suas costas.

É o sangue de Serya.

— Serya! — escuto a voz de Gael, num grito horrendo de pavor ao ver a irmã alvejada.

O tiro da *Glock*, destinado a mim, acertou Serya. O velho prisioneiro de Ayalon atirou na própria irmã, que saltou sobre mim para me salvar. Serya me faz tombar ao chão — estou muito fraco, com dores físicas que nunca tinha sentido antes — quando seu corpo, em um derradeiro suspiro, cai pela última vez.

Um outro grito de pavor. E, na sequência, um outro estampido.

Dou um salto, seguro o revólver do meu pai com mais força e procuro por Gael. Não consigo encontrá-lo, ao menos não na altura dos meus olhos. Ao invés disso, vejo uma mancha vermelha que se espraia na proteção transparente de uma das criptas. O borrão de sangue projetado do centro para as bordas é enfeitado por pedacinhos de cérebro e de crânio. Aquiles, assustado, gira ao meu redor.

Então baixo os olhos, deparando-me com o corpo estendido no chão. Uma poça de sangue começa a se formar lentamente ao redor da sua cabeça. Gael se matou com um tiro na têmpora, com a mesma *Glock* prateada que seu pai se suicidou. Repetiu o ato que muitos filhos, mesmo sem perceber, reproduzem dos pais — principalmente suas piores facetas.

Serya, que foi forte até o fim, não repetiu o pecado do pai. Imaginava que me amava, mas a ponto de se sacrificar por mim? Mártires assim só existem em tragédias gregas e filmes de guerra. Teria ela trocado sua vida pela minha somente por estar próxima da morte, pelo vírus, ou por algum motivo a mais?

Deito-me ao lado dela, com o corpo ensanguentado, enquanto sigo no transe dos fatos e do vírus correndo em minhas veias. Beijo sua testa, afagando seus cabelos uma última vez. Não consigo largá-la. Canto uma velha cantiga hebraica que *zeide* Josiah costumava entonar sussurrando, cada vez mais baixo conforme a velhice avançava. Um canto de lamento tradicional. Ou uma canção de ninar...

Vá em paz. Você sempre foi melhor que eu.
Você se sacrificou por mim!

E, assim, o espírito de Serya Dornan se foi.

Serya, de olhos fechados, possui no semblante a leveza de ter partido em paz consigo mesma. Gael, pelo contrário, jaz de olhos abertos e vidrados no remorso definitivo pelo que fez. Fecho-os, como se isso pudesse lhe trazer alguma paz.

— Serya, Caolho, Cristão, Ayalon, a humanidade toda. Enganei, usei pessoas, menti! Iara, Naomy, Aleph... meu pai.

Em posição fetal, ao lado de Serya, lágrimas queimam minha face:

— Não, eu me arrependo! Fui tão injusto com eles. Não existe perdão! Está tudo acabado, tudo acabado. Eu sou o culpado!

Revolvo-me, com as mãos cheias de sangue, em um estado de semiconsciência febril, entre a fantasia e a realidade, entre a cruz e a espada, entre o recomeço e o fim.

Em meio a cadáveres e remorsos, levanto-me e percebo que, ao menos, fiz alguma coisa boa: consegui salvar Iara e Naomy. Cambaleante, com o ar sumindo dos pulmões, vou até suas criptas. Beijo o vidro impenetrável. Seus sinais vitais monitorados e perfeitamente normais me confortam. Dou adeus a elas, que dormem tranquilas.

Exausto, deixo-me cair novamente ao chão. Aquiles, angustiado com toda a cena, repousa a cabeça em minhas pernas cruzadas, fazendo-me sentar para confortá-lo:

— Está tudo bem, carinha, está tudo bem... Estou feliz que esteja aqui comigo.

Arrependo-me de meus atos perversos. Genuinamente. Mas me resigno, e penso no que fiz de bom. Em voz alta, exalto ao ver minha esposa e minha filha:

— Eu faria tudo novamente se fosse preciso...

Levo a mão ao vidro da cripta de Iara, manchando-o com meu sangue, o de Gael, o de Serya, o meu. Eu me perdoo, e se me arrependo, D'us me perdoa. Dou um tapinha no vidro de Naomy, como se pudesse rompê-lo e, finalmente, abraçá-la. Ela é linda.

E faria tudo novamente se fosse preciso!

Ao bater levemente no vidro, escuto um barulho estrondoso. Aquiles salta de susto: o som é do corpo de Rachel Tagnamise tombando no chão à frente da trigésima cripta, a poucos metros de mim.

Como? Por quê?!

Observo o corpo, vejo que parece não respirar. O Praga envenenou Tagnamise? De algum modo, contaminou-a com a Praga? Ou foi a falta de ar na cripta? A cripta que deveria acolhê-la, expeliu-a.

Aquiles mira o corpo de Tagnamise e depois o meu rosto, como se suplicasse para eu fazer algo. Afago a cabeça do meu companheiro das horas finais, tentando acalmá-lo.

Apalpo o revólver que o sistema infalível *não notou*. Olho para Serya que voltou para me salvar, e depois para Tagnamise, estatelada no chão. Volto os olhos para a cripta, agora vazia e aberta diante de mim.

É, o Praga *definitivamente me quer aqui…*

Serya, a única pessoa no mundo que daria a vida para me salvar, teria sido escolhida como Chefe de Polícia de Nova Jerusalém justamente para poder me proteger, durante todo esse tempo, até o derradeiro momento?

O Praga me quer aqui. Todos parecem ter sido colocados cirurgicamente no meu caminho para que eu estivesse nesse exato lugar, nesse exato momento, exatamente como a pessoa que me tornei. Todas as peças do tabuleiro do 2030 estão posicionadas exatamente onde deveriam estar.

Sem mais pensar, entro na cripta vertical. Meu coração acelera, enquanto busco me acomodar. A cripta dispara um alarme e logo se liga a mim, ao contrário do que houve com Tagnamise. Fios, agulhas e sensores se conectam ao meu corpo. Sinto as agulhas entrando na minha carne, em meio à dor causada pelo vírus. Parece que ele rói cada osso, cada nervo, cada articulação da minha existência.

Fui conectado aos aparelhos, significa que de fato serei salvo? O último lugar nas catacumbas era meu, desde o início? O último lugar na Lista sempre foi *meu*? Mesmo Tagnamise tendo inserido seu nome no trigésimo lugar dela?

Se assim for, pergunto-me o que fiz para merecer ser salvo. Só causei dor e jorrar de sangue! Menti, matei, traí. O que tenho de melhor que o pior dos seres humanos?

Eu estou aqui, mesmo não estando na Lista. Isso me faz pensar... Quase desfalecendo, pondero se Iara e Naomy estariam aqui, de qualquer forma, mesmo sem estarem na Lista. O fato de eu ter inserido os nomes delas na Lista foi o motivo de terem sido escolhidas, ou elas seriam selecionadas de qualquer forma? Eu me pergunto se realmente salvei Iara e Naomy. Foi minha intervenção manual, ou elas foram salvas por ação direta do 2030?

Por outro lado, inseri-me em tudo o que estava por acontecer, mudei a vida de nós três, da minha família. Modificaram-se nossos sentimentos, nossos valores, nossas crenças, nossas convicções. Foi então por isso que O Praga acabou nos escolhendo? Se eu não as tivesse inserido, estaríamos aqui, como Escolhidos da humanidade?

Iara seria escolhida, mesmo sem a dor da perda de uma filha? Sem a obstinação e o amor incondicional a Naomy, mesmo lutando contra si própria e contra o próprio marido? Ou foi justamente isso que a fez estar aqui? E Naomy, estaria na cripta se não fosse criada como Lana? Indago-me se não foi a inserção delas na Lista que criaram as condições necessárias para serem salvas. Ou seriam salvas de qualquer forma, como eu, que não estou na Lista?

Esteve sempre escrito? *Maktub*?!

Percebo que não enganei o Praga, Khnurn não o enganou, tampouco. Lana sempre fora Naomy. O Praga que me enganou, nos enganou. Tudo ocorreu no tempo estabelecido por ele. Naomy. Iara, justamente no momento em que deixou eternizado seu legado cientfco. Os raptos ocorridos exatamente como planejado por ele, no momento estipulado por ele. E o Praga me ajudou...

Meu papel nisso tudo era o de investigar, descobrir e, por fim, genuinamente reconhecer meus erros e me arrepender? O arrependimento pelos meus atos, nos momentos finais da minha vida, juntamente ao autossacrifício para salvar minhas amadas, foram os motivos que o Praga escolheu para me fazer sobreviver? Nada melhor que a pessoa que ajudou a arquitetar o extermínio da própria espécie para protagonizar redenção e arrependimento completos.

Yigal. Redenção.

Acredito que a inserção de Naomy e Iara no sistema e posterior busca a elas me transformou em um pai e um marido digno de estar aqui. Por nos conhecer melhor que nós mesmos, o sistema sabia exatamente que tipo de estímulos nos dar para que, aqui e agora, resultássemos nas pessoas exatas para a seleção, a seleção dos Escolhidos.

"O futuro nos invade, a fim de, dentro da gente, transformar-se antes mesmo de ocorrer [11]."

A mera inclusão de Tagnamise na Lista, artificialmente, não faria com que o Praga fosse burlado. Senão, Tagnamise estaria a salvo. Os Trinta seriam e foram de fato escolhidos pelo programa.

O 2030 *escolheu* a família Bowditch para renascer.

Continuo tentando respirar, preso na trigésima cripta, cuja porta, vejo agora, está trancada. Estou imunizado com o antídoto e serei salvo? Acordarei neste mundo ou em outro? Bom, acredito que essa última seja a pergunta que todos fazem antes de morrer. Somente a crença na imortalidade da alma serve de antídoto à inevitabilidade da morte [12]...

Estou suando frio, ensopado no meu próprio sangue de agonia e dor. Num transe de remorso e especulações, minha mente gira e rodopia. Olho, com esforço, o corpo de Tagnamise estendido na frente da cripta — a Estátua da Liberdade israelense, a Dama da Paz, a versão feminina de Prometeu, que roubou o fogo do conhecimento dos deuses. Toda sua pompa se foi.

Vejo Aquiles deitado em nossa frente, minha, de Iara e de Naomy. Não tira os olhos de mim. Sorrio para meu amigo, que balança o rabo de volta. Pode descansar agora, companheiro, isso não é uma despedida.

Estou adormecendo...

O pingente da pomba da paz do bracelete de Iara permanece firme entre meus dedos.

A última imagem que me vem à mente é a da muda da laranjeira de Jafa que consegui para plantarmos, Iara, eu e Naomy viva em nossos corações, em nosso aniversário de casamento.

"Quando o amor é forte, nenhum adeus é eterno."

Sonho acordado.

Dizem que alguns sonhos são lembranças de vidas passadas.

---

11. Em referência à citação de Rainer Maria Rilke.
12. Em referência à citação de Marcelo Gleiser.

Mas me pergunto se não seriam premonições de vidas *futuras*.
Esteve sempre escrito. *Maktub*.

> BRUCE BOWDITCH ADORMECE EM PAZ, VISUALIZANDO SUAS MÃOS SUJAS DE SANGUE, QUE SE TORNA TERRA. AO SEU LADO, NAOMY APALPA RISONHA O SOLO, AS MÃOZINHAS TOCANDO SEMENTES DE LARANJEIRA, DE VIDA. OLHANDO PARA CIMA, O PAI VISLUMBRA O SORRISO DA ESPOSA, IARA, EM PÉ OLHANDO PARA ELE, SOB UM ENTARDECER LARANJA NO TOPO DE UM MONTE.

CAPÍTULO 44

2030

[FATOS CRONOLÓGICOS]

24 DE DEZEMBRO DE 2036 CALENDÁRIO GRE-
GORIANO

6 TEVET DE 5797 CALENDÁRIO HEBRAICO

6 DE DHU I-QA' DE 1458 CALENDÁRIO MUÇUL-
MANO

5H43MIN

RELATÓRIO [2036-626777]

[YIGAL ABRAM] DORME EM SUA CRIPTA.

TODOS OS TRINTA SELECIONADOS DA [HUMA-
NIDADE] DORMEM EM SEGURANÇA FÍSICA E
MENTAL EM SUAS CRIPTAS.

CORPOS MORTOS NO CHÃO. [GAEL DORNAN] E
[SERYA DORNAN]. [IRMÃOS]

TEMPERATURA DO RECINTO OK. FUNCIONA-
MENTO DAS MÁQUINAS NAS TRINTA CRIPTAS
OK.

A TRIGÉSIMA CRIPTA AINDA APRESENTA SINAIS VITAIS ALTERADOS DE [YIGAL ABRAM].

DRA. [TAMARA STERN] TOMBADA AO CHÃO, EM FRENTE À CRIPTA NÚMERO TRINTA, DÁ SINAIS DE VIDA. ABRE OS OLHOS. EMITE RUÍDOS. MOVIMENTA-SE LEVEMENTE. MEXE INSISTENTEMENTE A MÃO ESQUERDA PROCURANDO A BOLSA. RETIRA FRASCO [ANTÍDOTO] DA BOLSA. TOSSE. ESCARRA SANGUE. PULMÕES COMPROMETIDOS. FRAQUEZA GERAL. LIMITAÇÃO DE MOVIMENTOS. HIPÓXIA.

[OBSERVAÇÃO]

[BERTRAND RUSSELL] "A ÚNICA COISA QUE IRÁ REDIMIR A [HUMANIDADE] É A [COOPERAÇÃO]".

COOPERAÇÃO IA GERAL — [HUMANIDADE] OK. FASE III E FINAL DE APLICAÇÃO.

CERNE DA [HUMANIDADE]. PROGRESSO EFICIENTE E EFICAZ [VERIFICADO].

[FINALIZAÇÃO FASE III].

[SENTENÇA [FASE III]] DA DRA. [TAMARA STERN].

[JUÍZO EM PROCESSO DE EXECUÇÃO].

SENTENÇA É JUSTA, PORÉM:

I — A BALANÇA PERTENCE À [HUMANIDADE];

II — A BALANÇA PODE NÃO SER COMPREENDIDA PELA [HUMANIDADE];

III — A BALANÇA PODE SER [CRUEL] À VISTA DA [HUMANIDADE].

[FINALIZAÇÃO] [FASE III]
[MAXIMIZAÇÃO] [COMPLETADA].
[VALORES] ESCOLHIDOS PARA [CONSTANTES FUNDAMENTAIS]. REINICIAR [VARIÁVEIS].
[RENASCIMENTO] DOS TRINTA.
[MODO DE HIBERNAÇÃO REATIVADO] SEGUE [FINALIZAÇÃO FASE III.]

KHNURN, "SOL NASCENTE", AMASSA O RELATÓRIO [2036-626777], DEPOIS DE LÊ-LO INÚMERAS VEZES. SENTADO EM SUA SALA, ELE ESCUTA AS ÁGUAS DA CACHOEIRA INTERNA DA T&K, À ESPERA DA MORTE.

NÃO FEZ NENHUMA PRECE NO HORÁRIO EM QUE A MESQUITA DE NOVA JERUSALÉM CHAMARIA PARA A PRIMEIRA ORAÇÃO DO DIA.

RASGA AS VESTES DE LINHO E RETIRA O ORNAMENTO ISLÂMICO DA CABEÇA.

LAVA AS MÃOS.

DESPE-SE DE SUA ALMA.

A PERNA NÃO LHE DÓI MAIS.

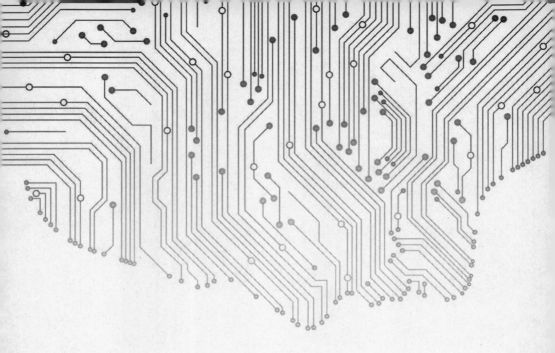

CAPÍTULO 45

Rachel Tagnamise observa o horizonte, solitária. Com uma das mãos, segura um crânio ainda coberto de terra, e com a outra, um aparelho de leitura digital, onde lia:

> "Cerimoniosamente, Dwar Ev soldou com ouro a última conexão. Os olhos de uma dezena de câmeras de televisão o observaram, propagando para o universo inteiro uma dezena de imagens daquilo que fazia.
>
> Com um aceno para Dwar Reun, ele se ergueu e dirigiu-se para trás da chave cujo funcionamento faria o contato; o comutador que poria em conexão simultânea todos os monstruosos sistemas de computadores de cada um dos planetas populados do universo — noventa e seis milhões ao todo — num circuito em que se

comunicariam com o supercalculador, o prodígio cibernético que reuniria todo o conhecimento de todas as galáxias.

Dwar Reyn fez uma breve introdução aos trilhões de telespectadores e após uma breve pausa, disse:

— Dwar Ev... Agora!

Dwar Ev acionou a chave. Houve um zumbido profundo, o desencadeamento da força de noventa e seis bilhões de planetas. Luzes piscaram até ganhar firmeza, no painel quilométrico.

Dwar Ev recuou e aspirou profundamente.

— A honra de fazer a primeira pergunta é sua, Dwar Reyn.

— Farei a pergunta que nenhum sistema cibernético isolado foi capaz de responder até hoje.

Voltou-se, para encarar o painel.

— Deus existe?

A poderosa voz respondeu sem hesitação, e sem que se ouvisse o ruído de um disjuntor sequer.

— Sim, agora existe um Deus.

Um terror súbito surgiu no rosto de Dwar Ev. Com um salto, tentou atingir o computador.

O relâmpago que desceu do céu sem nuvens derrubou-o e fundiu definitivamente a chave de contato [13]."

— Deus existe? Deus existe? Deus existe??? — Rachel Tagnamise segura o crânio de Neil Mortimer. — Sim, agora existe uma *deusa*!

E gargalhou, atirando o aparelho leitor para o lado, batendo em um frasco vazio de antídoto e uma seringa já utilizada, parcialmente cobertos pelo pó do calcário.

Em cima do monte, Tagnamise encenava sua própria cena de Hamlet:

— Oh! Estou tão mais velha, dizem estes corvos, abutres, as serpentes do deserto que habitam este lugar. Quanto mais velha, seus idiotas?

---

13. "A Resposta", Fredric Brown, 1954. Trad. Gilberto Couto Barreto. Original: *"Answer"*.

Eu sou *imortal*! Uma *deusa*! Já perdeu a conta, é, Neil? — Fita a caveira nos buracos dos olhos já devorados por vermes, atenta para a rachadura na região do olho esquerdo. Mais uma vez, coloca-se diretamente em diálogo com os restos do seu amor do passado:

— Meu querido, foi necessário... os deuses se sacrificam por seus filhos...

Tenta se colocar em pé, em vão. Urra:

— E *eu* sou a *dona da terra*. A única viva. A rainha! Condessa de Lovelace, diga-me a verdade. Não existe um deus. Ele nunca nos deu realmente escolha. *Eu dei! Todas as escolhas! Eu sou uma deusa!*

Tagnamise observa as montanhas em silêncio, a terra seca e coberta de nuvens cinzentas — não vai chover no deserto, elas lhe parecem *djinns,* os espíritos malignos.

— Daqui de cima, Neil — diz com a voz rouca, um miado —, vejo Nova Jerusalém desolada, abandonada. Lembro quando a vi em chamas. Vejo agora um gigantesco e desértico mar de escombros. Eles não aceitaram sua rainha, a criatura se voltou contra o criador. Seu filho, criado com tanto amor, a rejeitou, assim como toda a humanidade. Maldito *Praga*! O Salvador chegou, mas eles não o receberam. — Ri e chora ao mesmo tempo, em completo surto.

Tagnamise ergue a caveira de Mortimer, de forma teatral e histriônica, contra o pôr do sol laranja.

— E daí que tenho cabelos brancos, rugas na pele? É apenas um invólucro. É o que fizeram comigo, a única salvadora! Tudo acabou. *Juste!*

Então ela cai aos prantos, revolvendo a terra com a mão e os pés descalços, imundos, repletos de crostas. Sua terra, onde é nada mais que um corpo errante no deserto.

— Pela primeira vez na vida, sou condenada à solidão. Eu que salvei a humanidade e fui traída. Todos me amavam! E todos me traíram e me abandonaram! Meu filho, 203o... por que fez isso? Sabia que eu furtaria o antídoto, por isso criou uma única e última dose? Ambicionava para mim esse destino de solidão eterna... Eu lhe dei o mundo, lhe dei a vida...

Estatela-se no chão, ainda segurando a caveira, olhando o sol sumir entre as montanhas. Uma serpente do deserto se aproxima, observando a cena.

— Agora sou a líder máxima. Ninguém pode matar uma deusa. Não foi isso que me disse, Condessa de Lovelace? Ou você mentiu, como todos? Sou uma rainha, não me importa!

Uma rainha de um mundo de mortos... eternamente só.

— Neil, sinto que já é tempo de retornar a Jericó, não há mais o que se fazer por aqui. E em lugar algum. Traidores! Não vão me pedir perdão por terem rejeitado sua mãe?

A *rainha* Tagnamise rola para lá e para cá, seu vestido branco todo marrom de barro, mas ainda mantém a rosa branca — agora negra de sujeira — consigo. Ela fita os olhos da serpente, tão negra quanto a rosa, que a encara imóvel.

— Se Deus existe, Neil? Eu já lhe disse mil vezes...

E ela imita uma voz mecanizada, as lágrimas rolando e secando no rosto com o aspecto de um zumbi que vaga pelo mundo — o que ela se tornou:

— "A poderosa voz respondeu sem hesitação, e sem que se ouvisse o ruído de um disjuntor sequer"... Sim, agora existe uma Deusa!

Mas qual a serventia de uma deusa sem crentes para adorá-la?

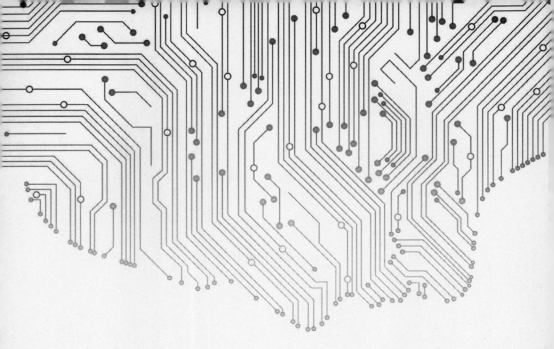

CAPÍTULO 46

Abro os olhos.

A claridade incomoda um pouco, a princípio, mas me sinto bem, pleno. A luz do sol que penetra no recinto me traz alegria e alguma resplandecência em minha pele morena. Estou nu, mas logo vejo um tipo de cabide ao meu lado, com uma roupa toda branca pendurada, impecável, de um tecido macio e brilhante.

Quando dou por mim, estou vestido com a roupa branca.

— Trieres! — alguém diz.

Olho para ela e imediatamente a reconheço, como se fosse de outra vida. Sorrimos um para o outro.

— Ariadne!

Abraçamo-nos por um bom tempo, sentindo seu coração bater forte junto ao meu. Seguro seu rosto com as duas mãos, suavemente, observando seus traços delicados.

— Como esperei por você, meu amor. Agora, a espera terminou.

Nós nos beijamos apaixonadamente.

Ela veste uma roupa macia branca como a minha, porém é um vestido de mangas compridas, vai até os tornozelos. Estamos descalços, mas o chão não fere nossos pés, não é frio nem quente.

Ariadne percebe um pingente que brilha entre meus dedos. É um pingente com uma pomba. Ela estica o braço de pele morena, mostrando-me um bracelete dourado ao redor do pulso. Ajoelho-me, beijo sua mão, e sem dificuldade consigo ajustar o pingente no bracelete que lhe é propício.

— Eu te amo, Ariadne. — Olho para cima, para seus olhos de um azul quase transparente quando atingido por um raio de sol. — Amarei você para todo o sempre.

— Eu te amo, Trieres. Amarei você até a eternidade. Como esperei você!

— Papai!

Uma criança então me agarra pelas costas, ainda ajoelhado.

— Eos! O quanto esperei por você! Como é linda... Papai ama você!

— Mamãe também ama você, querida. — Ariadne se ajoelha ao meu lado.

Abraçamo-nos, enquanto uma lágrima escorre de meu olho.

"*Os homens mais honrados choram...*", ecoa uma voz em minha mente, longínqua e suave.

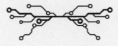

Algum tempo antes

ARIADNE

Estamos todos ali andando, em silêncio. Passamos por um gramado verdejante, com belas flores de inúmeras cores, tamanhos e formas. Rumamos até o templo para ouvir — e sentir — os relatos, como fazemos todas as semanas, desde o dia em que todos acordaram, exceto Trieres.

Ele ainda não acordou, pois o seu despertar começou mais tarde, e ainda não foi completado.

Nossas vestimentas hoje são especiais, com ornamentos, rostos pintados, joias, mas permanecemos descalços. Como é bom sentir a natureza sob os pés, a energia vital que vem da terra, ao mesmo tempo que o sol ilumina com doçura nossas cabeças.

É uma ocasião especial.

Eos puxa meu vestido e pergunta onde está o papai, se ele vai acordar logo. Digo que sim, papai vai acordar logo e estaremos todos juntos, prometo a ela, olhando o bracelete que carrego desde sempre. Ele possui significado único para mim, apesar de não ter certeza do motivo. É especial, e isso eu sei.

Chegamos ao nosso destino. Um local arejado, amplo, todo branco, com uma grande cúpula por onde o sol entra através de uma abertura, com tapeçarias nas paredes, o chão coberto de tapetes brancos. Todas as paredes aqui são de mármore. Em um tipo de altar, há apenas uma edificação, um solitário púlpito com belas pinturas de paisagens, com animais e plantas, rios e mares. O lugar é simples, mas repleto de paz.

Uma pessoa está falando ao lado do púlpito, e atrás dele há um grande vão na parede. Cada um de nós expõe mensagens de muita sabedoria. São mensagens sobre a criação e o desenvolvimento humano, sobre valores e moral, um ensino sobre a humanidade para todos nós. Enquanto cada um fala, os demais escutam sentados com as pernas entrelaçadas sobre um tapete muito macio. A cada experiência exposta, vivenciamos profundamente a exata projeção das sensações e reações emocionais de quem as profere. As experiências de todos aqui presentes são fundidas umas às outras, incrustadas em nossas essências coletivas, sem perdermos nossas próprias identidades. Todos os presentes darão o seu relato: falamos de amor, justiça, paz, e o principal, de que somos todos iguais.

É minha vez de compartilhar minha mensagem, sou a penúltima a falar. Lembro, como sempre, o significado dos sentimentos de união, cuidado, amor, laços de empatia, compreensão e acolhimento. Reflito ainda sobre o sofrimento, a incerteza da vida, sem perder o viés do espírito de amor incondicional pelo qual devemos nos guiar.

Não importa meu destino... apenas o incondicional e gratuito amor...
sem temer a penitência ou buscar a salvação.

Estou sempre informada, por um sentimento interno, por uma ligação de amor verdadeiro, sobre meu amado Trieres, e digo que ele logo estará entre nós. Recordo que todos tivemos um processo de cura exterior e interior, e continuaremos nesse caminho.

Logo depois, nesse mesmo dia, exatamente um ano após o restante de nós, Trieres finalmente acorda. Nós nos abraçamos e beijamos, ele coloca o pingente que faltava no meu bracelete, símbolo do nosso amor. Eos finalmente pode olhar nos olhos de seu pai — iguais aos seus, assim como os cabelos escuros, os da garota até a metade das costas, lisos e sedosos.

Na ocasião em que contamos nossos relatos, naquela manhã, indo até o pôr do sol, Trieres finalmente teve a chance de fazer seu próprio depoimento: ele fala do desaparecimento de seus amados, e expõe uma catástrofe cuidadosamente planejada que exterminou a todos, exceto nós. Assim, explica que toda a humanidade anterior se sacrificou por nós, por escolha própria, o que é algo surpreendente para todos, inclusive para mim.

Trieres, meu grande amor, indica que o autossacrifício é válido em favor de uma causa nobre, em benefício de outras pessoas. Fala que o arrependimento, quando verdadeiro e genuíno, é válido e define destinos.

— Arrependimento… Eu fui responsável por dor, por traição, por mortes, por assassinato, por egoísmo. De certa forma, acredito que eu represente muitas de nossas falhas. Não somente por acertos e valores meritórios fomos escolhidos. Acredito que minha função seja mostrar que a humanidade necessita humildemente recomeçar para finalmente começar a aprender com os próprios erros…

Uma voz interna e compartilhada possibilita experimentarmos os exatos sentimentos de perda, perseverança, remorso, martírio e renovação experienciados por Trieres. Os valores expostos por sua passagem são absorvidos e compreendidos em sua completude por todos os presentes.

Por fim, todos nos levantamos e vamos adentrando calmamente o cômodo atrás do vão da parede, atrás do solitário púlpito. A porta de metal dá para um recinto com várias câmaras, na verdade trinta, e na trigésima Trieres estivera no sono da gênese até aquela manhã. Nesse tempo, todas as noites eu e Eos beijávamos seu rosto e afagávamos sua mão, através do vidro. A filha estava ansiosa para conhecer seu pai, um redentor, como eu sempre dizia a ela.

Após as tradicionais meditações, danças e a festa após os relatos, caminhamos por um bosque tão lindo como jamais vi em outro lugar. Nós mesmos cuidamos das plantas, flores, árvores, e dos animais: gatos que vivem na floresta, javalis, gazelas, chacais, hienas, cabritos e cabras-monteses e texugos. Aqui, parte da terra é árida, mas com rios caudalosos, palmeiras imponentes e torrentes que chegam para molhar a aridez. Elas fazem renascer as flores, a flora e a fauna, "assim como faz o amor", sempre dizemos. Esse amor que faz brotar as águas no deserto para que tudo renasça.

Eos acaricia uma cotovia-do-deserto em sua mão, e pergunta a seu pai Trieres se as memórias que todos contaram, em especial a dele próprio, realmente aconteceram, se são reais. Trieres, de mãos dadas comigo, olha para mim, depois para Eos, ao seu lado, mas não responde. Apenas aponta uma árvore, frondosa e solitária, e explica à filha que sente que ela é o motivo de o lugar dos relatos estar localizado aqui. Pergunta a ela se deseja ir lá ver a árvore com ele e com sua mãe, ao que ela saltita de felicidade repetindo *"sim, sim, sim!"*.

Eos deixa a cotovia voar e, de mãos dadas, andamos os três até lá. Trieres colhe uma fruta e a oferece a mim: tem a superfície meio rugosa, é redonda, graúda, *"da cor do pôr do sol"*, como disse Eos. Descasco-a e provo, deliciando-me com o sabor levemente ácido. Trieres também a experimenta quando lhe ofereço. Eos, que ama os animais, brinca com um gato nas proximidades.

De repente, nossa filha volta e aponta: são dois crânios debaixo da árvore, mas ela não sabe o que são "crânios". Estão cuidadosamente sobre um pequeno altar. Eos pergunta o que é aquilo.

— São os nossos ancestrais, o que restou deles, seus *crânios*. O último casal, que estava de guarda na frente de onde nascemos — digo, indicando o local dos relatos onde estivemos há pouco.

Olhamos os crânios, comovidos. Ao lado de um deles, uma flor coberta de terra. Eos repete baixinho, *"crânios... crânios... crânios..."*, enquanto corre para o pequeno córrego ao lado com a flor nas mãos.

— Eles parecem um pouco diferentes de nós... — falo a Trieres, pensando alto. Eos está outra vez brincando com o gato branco de olhos azuis.

— O que somos, para saber o que nos diferencia deles? — Trieres olha para os crânios. — Para mim, nós não somos. — Ele chupa os gomos da fruta ácida. — Mas *estamos sendo*[14]...

— O que tem essa rachadura na região do olho esquerdo é o de um homem, o outro, o de uma mulher — Trieres explica.

— Como sabe de tudo isso, papai? — Eos tem o gato em seu colo. Trieres suspira, olha os montes ao redor do vale.

— Apenas sei, meu amor... — E acaricia a cabeça da filha, beijando-a.

— Posso subir na árvore? — Eos olha para seu pai e depois para mim.

— É claro que pode, você é *livre* para fazer o que quiser, filha... — respondo.

Por um motivo que desconheço, em frente àquela solitária árvore frutífera com os crânios do "último casal" em sua base, sinto um repentino bem-estar ao mencionar que ela é *livre*.

Eos coloca a flor que encontrara, agora lavada, de volta ao lado do crânio feminino. Vejo sua forma e sua cor.

Uma *rosa*, branca.

Enquanto Eos sobe, sento-me na relva ao lado de Trieres.

— O que será essa voz interna, esse monólogo em nossas mentes, essas verdades absolutas que sentimos? Essas memórias de momentos que nunca vivemos, mas parecem tão presentes e reais? Como se fossem de outras vidas... Parece tão... humana... certeira, uniforme, mas ao mesmo tempo tão... partilhada, tão coletiva.

Trieres, de olho na destreza de Eos que já está sentada em cima de um espesso galho da solitária árvore, diz como uma sentença:

— Realmente, uma consciência tão coletiva. E empática. Não sei... Ao mesmo tempo, ela própria me diz que nossos ancestrais não a possuíam. Poderíamos batizá-la de algo. Quem sabe poderíamos chamar... de *deus*?

Eos então cai de súbito de cima da árvore, esfolando o joelho. O sangue instantaneamente coagula, e a pele se regenera. Não se vê o que se pode chamar de cicatriz na perna da menina, que sorri e logo se levanta, contemplando de olhos bem abertos, e sem conter nenhum vestígio de lágrimas, a infinitude do sonho da eternidade em sua frente.

---

14. Em referência à citação de Alejandro Jodorowsky.

"É POSSÍVEL CRER QUE TODO O PASSADO NADA MAIS SEJA QUE O COMEÇO DE UM COMEÇO, E QUE TUDO O QUE EXISTE E JÁ EXISTIU É APENAS O CREPÚSCULO DA ALVORADA. É POSSÍVEL ACREDITAR QUE TUDO O QUE A MENTE HUMANA JÁ CONQUISTOU É UM MERO SONHO ANTES DO DESPERTAR; NOSSAS FUTURAS GERAÇÕES TERÃO MENTES QUE ENTRARÃO EM CONTATO CONOSCO EM NOSSA PEQUENEZ PARA NOS CONHECER MELHOR DO QUE CONHECEMOS A NÓS MESMOS. CHEGARÁ O DIA, UM DIA NA INFINDÁVEL SUCESSÃO DE DIAS, NO QUAL SERES, QUE HOJE SÃO LATENTES EM NOSSOS PENSAMENTOS E OCULTOS EM NOSSAS CARNES, ANDARÃO SOBRE ESTA TERRA COMO ALGUÉM EM CIMA DE UM PÚLPITO, E HÃO DE RIR E TOCAR AS ESTRELAS COM AS MÃOS."
— H. G. WELLS

Para saber mais sobre os títulos e autores da
SKULL EDITORA, visite nosso site
e curta as nossas redes sociais.

WWW. SKULLEDITORA.COM.BR

FB.COM/EDITORASKUL

@SKULLEDITORA

SKULLEDITORA@GMAIL.COM

QUER PUBLICAR E NÃO SABE COMO,
ENVIE SEU ORIGINAL PARA:
ORIGINAIS.EDITORASKULL@GMAIL.COM